名家名篇

# 中国新实力作家成名作

伍英　吴琼　飞鸟　主编

江西高校出版社
JIANGXI UNIVERSITIES AND COLLEGES PRESS

图书在版编目（CIP）数据

中国新实力作家成名作 / 伍英，吴琼，飞鸟编. --
南昌：江西高校出版社，2024.1
（名家名篇）
ISBN 978-7-5762-2048-3

Ⅰ.①中… Ⅱ.①伍… ②吴… ③飞… Ⅲ.①中国文学—当代文学—作品综合集 Ⅳ.①I217.1

中国版本图书馆CIP数据核字（2021）第191220号

| 出版发行 | 江西高校出版社 |
|---|---|
| 地　　址 | 江西省南昌市洪都北大道96号 |
| 总编室电话 | （0791）88504319 |
| 销售电话 | （0791）87919722 |
| 网　　址 | www.juacp.com |
| 印　　刷 | 永清县晔盛亚胶印有限公司 |
| 经　　销 | 全国新华书店 |
| 开　　本 | 700mm×1000mm　1/16 |
| 印　　张 | 20.5 |
| 字　　数 | 336千字 |
| 版　　次 | 2024年1月第1版<br>2024年1月第1次印刷 |
| 书　　号 | ISBN 978-7-5762-2048-3 |
| 定　　价 | 58.00元 |

赣版权登字 -07-2021-1278
版权所有　侵权必究

# 目 录

## 微小说卷

| | | |
|---|---|---|
| 相逢是首歌 | 符浩勇 | 001 |
| 十年流水账 | 黄克庭 | 003 |
| 模拟应聘 | 徐均生 | 005 |
| 距离一米看孙子 | 安晓斯 | 007 |
| 羊场奇遇 | 王平中 | 009 |
| 喊太阳 | 陈洪涛 | 011 |
| 空位 | 厉剑童 | 012 |
| 黄小全卖书 | 周独明 | 015 |
| 羞答答的玫瑰 | 刘向阳 | 016 |
| 穿旗袍的女人 | 杨富安 | 018 |
| 眼皮跳 | 朱红娜 | 020 |
| 责任 | 飞 远 | 022 |
| 到底咋样称呼你 | 秦 心 | 024 |
| 大袖 | 天 晴 | 026 |
| 作家和农民工 | 邓丽星 | 028 |
| 等 | 曾 冠 | 030 |

| | | |
|---|---|---|
| 潭门女人 | 麦　麦 | 031 |
| 出击 | 高淑霞 | 033 |
| 长点记性 | 宋　超 | 035 |
| 孩子是上帝派来拯救父母的天使 | 苏　龙 | 036 |
| 大师 | 张以进 | 038 |
| 一棵杏树 | 蔡冬桂 | 040 |
| 1980年的木头 | 谭维斯 | 042 |
| 城里人张三 | 大　海 | 043 |
| 红杏 | 姚　伟 | 045 |
| 祭 | 凯　歌 | 047 |
| 海风轻轻地吹 | 何献国 | 049 |
| 干闺女 | 朱　群 | 051 |
| 瓷制观音 | 李广贤 | 053 |
| 鸽子 | 用兵韩信 | 054 |
| 老张其人 | 原上秋 | 057 |
| 一双鞋子 | 黄奕诚（新加坡） | 058 |
| 惊魂 | 唐和耀 | 060 |
| 老七 | 刘　文 | 061 |
| 拔牙 | 汪云飞 | 063 |
| 红牡丹 | 徐建军 | 065 |
| 疯婆婆 | 荷　花 | 066 |
| 种菜人 | 应金法 | 068 |
| 孝 | 张先军 | 070 |
| 妻子来探亲 | 潘国武 | 072 |

| | | |
|---|---|---|
| 因为掌声 | 黄政芳 | 074 |
| 节马之魂 | 黎桂良 | 075 |
| 燎炭 | 李军民 | 077 |
| 迷人的冬夜 | 刁家乐 | 079 |
| 青丘白狐 | 薛会霞 | 081 |
| 信任 | 吴 剑 | 083 |
| 第一千零三滴泪水 | 孙金生 | 085 |
| 叔叔，再见 | 吴瑞清 | 087 |
| 使者 | 李伯虎 | 089 |
| 肇事者 | 李职贤 | 090 |
| 狗娃的春天 | 吴淑娟 | 092 |
| 阿四和小野猫 | 张小华 | 093 |
| 私人订制 | 马桂芹 | 095 |
| 染血的芦苇堰 | 代应坤 | 097 |
| 大厨 | 张兴梁 | 099 |
| 军礼 | 杨树也 | 101 |
| 打屁股 | 凌云彬 | 103 |
| 红尘 | 段亚明 | 105 |
| 刘哥 | 魏立国 | 106 |
| 白菜石 | 三 石 | 108 |
| 心愿 | 杨春贤 | 110 |
| 茯苓 | 唐家松 | 112 |
| 满山墨白 | 翟桂平 | 115 |
| 一个老兵的签名 | 樊碧贞 | 117 |

## 中国新实力作家成名作

| | | |
|---|---|---|
| 一块石头的华丽变身 | 寇建斌 | 119 |
| 他有了姐姐 | 张军青 | 121 |
| 阵地 | 胡华军 | 123 |
| 老孙头的千米长堤 | 姚凤阁 | 124 |
| 城市猎人 | 曹 裔 | 126 |
| 永生 | 萧 军 | 128 |
| 老太爷 | 朱莲花 | 130 |
| 消失的舌头 | 徐永辉 | 132 |
| 发小 | 吴德伙 | 134 |
| 风雪之夜 | 赵文新 | 136 |
| 梦回江南 | 方再红 | 138 |
| 内疚 | 脱微娜 | 140 |
| 下鱼 | 王苏华 | 143 |
| 香火 | 邹立文 | 144 |
| 父亲是木匠 | 陈金祥 | 146 |
| 李钟表 | 孔繁强 | 148 |
| 母亲的银元 | 罗园芳 | 151 |
| 逝者如斯夫 | 丁大成 | 152 |
| 局长之死 | 刘佩华 | 154 |
| 王小二的婚事 | 张浦建 | 157 |
| 宋老师 | 王晓燕 | 158 |
| 替罪羊 | 莫文师 | 160 |
| 给死囚一个选择 | 伍献卫 | 162 |
| 回家的路 | 孙琪山 | 164 |

"歹徒"有两个要求 ……………………………… 章理申 166

行走在空中的树 ………………………………… 王 苘 167

神秘号码 ………………………………………… 张乙伟 169

美丽的紧箍咒 …………………………………… 蒋丽英 171

意外 ……………………………………………… 张晓玲 173

父亲的"霸王条款" ……………………………… 李明新 175

办公室 …………………………………………… 陈慧君 177

岐阳牛客 ………………………………………… 苏文谦 179

# 闪小说卷

哭丧 ……………………………………………… 王平中 181

爱的拼图（外一篇） …………………………… 姚 伟 181

心霾 ……………………………………………… 姚 伟 183

洗澡（外一篇） ………………………………… 刘向阳 184

尴 尬 …………………………………………… 刘向阳 185

进城过年的老爸（外一篇） …………………… 祁军平 186

母与子 …………………………………………… 祁军平 187

不一样的风景（外一篇） ……………………… 张以进 188

作家的位子 ……………………………………… 张以进 189

责任 ……………………………………………… 秦 心 190

自扫门前雪（外一篇） ………………………… 冯国彪 191

你是好人 ………………………………………… 冯国彪 192

包还没到（外一篇） …………………………… 李宗山 192

剩饭 ……………………………………………… 李宗山 193

| | | |
|---|---|---|
| 温情抓捕（外一篇） | 白玉兰 | 194 |
| 两颗大枣 | 白玉兰 | 195 |
| 替身（外一篇） | 宋　超 | 196 |
| 解困 | 宋　超 | 197 |
| 慎独（外一篇） | 唐和耀 | 198 |
| 寂寞 | 唐和耀 | 199 |
| 不速之客（外一篇） | 蔡冬桂 | 200 |
| 大黄 | 蔡冬桂 | 201 |
| 神医（外一篇） | 章理申 | 202 |
| 天下第一 | 章理申 | 203 |
| 龟兔赛跑（外一篇） | 司　文 | 204 |
| 狗写别字 | 司　文 | 205 |
| 得的是啥病（外一篇） | 曾利华 | 206 |
| 朋友 | 曾利华 | 207 |
| 修手机（外一篇） | 江春风 | 208 |
| 王老实 | 江春风 | 209 |
| 军帽上的野百合 | 红　墨 | 210 |
| 胡子 | 红　墨 | 211 |
| 换个角度（外一篇） | 刘　文 | 212 |
| 江湖菜 | 刘　文 | 213 |
| 送鱼（外一篇） | 汪学猛 | 214 |
| 我就说三句话 | 汪学猛 | 215 |
| 英子（外一篇） | 廖东平 | 216 |
| 第三个是骨灰盒 | 廖东平 | 216 |

| 愿望（外一篇） | 黄政芳 | 217 |
| --- | --- | --- |
| 温情抓捕 | 黄政芳 | 218 |
| 送爸一套新房子 | 张孝成 | 219 |
| 发财妙招 | 张孝成 | 220 |
| 遗爱（外一篇） | 吴　剑 | 221 |
| 碧玉镯 | 吴　剑 | 222 |
| 大餐（外一篇） | 李伯虎 | 223 |
| 生死中间人 | 李伯虎 | 224 |
| 土酒（外一篇） | 龙　艳 | 224 |
| 母女连心 | 龙　艳 | 225 |
| 梦中童话（外一首） | 白子阿丁 | 226 |
| 微刀故事 | 白子阿丁 | 227 |
| 哭娘（外一篇） | 代应坤 | 228 |
| 患过脑膜炎的海子 | 代应坤 | 229 |
| 美差（外一篇） | 张兴梁 | 230 |
| 县长的狗 | 张兴梁 | 231 |
| 捉猴子（外一篇） | 蓝　鸟 | 232 |
| 美丽人生 | 蓝　鸟 | 233 |
| 娘（外一篇） | 周春亭 | 234 |
| 白丝袜 | 周春亭 | 234 |
| 表叔的面子（外一篇） | 李　横 | 235 |
| 妈妈的味道 | 李　横 | 236 |
| 遥望（外一篇） | 浊　木 | 237 |
| 一场官司 | 浊　木 | 238 |

| 寻找（外一篇） | 宜　江 | 239 |
| --- | --- | --- |
| 伤 | 宜　江 | 240 |
| 山路弯弯（外一篇） | 陈祥云 | 241 |
| 数学奖 | 陈祥云 | 242 |
| 鸟痴（外一篇） | 伍月凤 | 243 |
| 桥 | 伍月凤 | 244 |
| 女教师的辞职信（外一篇） | 张弃资 | 245 |
| 问罪 | 张弃资 | 246 |
| 看蜗牛（外一篇） | 何志强 | 247 |
| 不争 | 何志强 | 248 |
| 圆滑的石子（外一篇） | 刘春叶 | 249 |
| 妈妈的礼物 | 刘春叶 | 250 |

## 微散文卷

| 姚记粉店 | 符浩勇 | 251 |
| --- | --- | --- |
| 雪中情 | 杨富安 | 253 |
| 捡鸟蛋趣语 | 麦　麦 | 254 |
| 霞落古镇烟尘中 | 幽　子 | 256 |
| 缝在针脚里的爱 | 葛少文 | 258 |
| 洗钱 | 司　文 | 259 |
| 八月桂花香 | 查　珂 | 261 |
| 一棵花菜的微笑 | 段万义 | 262 |
| 乡间听雨 | 汪云飞 | 264 |
| 守候夏天 | 徐浩然 | 266 |

| | | |
|---|---|---|
| 雨中游神潭大峡谷 | 薛国英 | 267 |
| 母亲的缝纫机 | 吴瑞清 | 270 |
| 舟溪赏荷 | 龙　艳 | 272 |
| 母亲的韭菜 | 吴淑娟 | 273 |
| 你是我的新娘 | 黄政芳 | 275 |
| 寻寻觅觅的鸟 | 代应坤 | 277 |
| 送站 | 欧阳在衷 | 278 |
| 游潜夫山 | 高　杰 | 280 |
| 宣城照片 | 玉　霖 | 282 |
| 老伴的心事 | 杨春贤 | 284 |
| 荷花赞 | 王树彦 | 285 |
| 与春天的约会 | 曹　矞 | 287 |
| 故乡情怀 | 刘佩华 | 289 |
| 我是故乡的一片云 | 潘　艳 | 291 |
| 天堂里的母亲 | 吴若兰 | 292 |
| 回乡记 | 柴亚娟 | 294 |
| 老方的一天 | 唐家松 | 295 |
| 母亲 | 方再红 | 297 |
| 春前草的童话 | 姚凤阁 | 299 |
| 五月艾飘香 | 凌云彬 | 300 |

## 微诗歌卷

| | | |
|---|---|---|
| 镜子（外两首） | 郑　炜 | 302 |
| 两只小鸟 | 郑　炜 | 302 |

| | | |
|---|---|---|
| 相遇 | 郑　炜 | 303 |
| 情系梦乡（外一首） | 黄凤娇 | 304 |
| 雪 | 黄凤娇 | 305 |
| 夜（外一首） | 司　文 | 306 |
| 夜归来 | 司　文 | 307 |
| 梦中的故乡 | 代应坤 | 308 |
| 我从蓝天飘过（外一首） | 吴传文 | 309 |
| 当丁香盛开 | 吴传文 | 309 |
| 擦肩而过的你（外一首） | 刁家乐 | 310 |
| 心灵崇高的音阶 | 刁家乐 | 311 |
| 麦子黄了（外一首） | 王德强 | 312 |
| 一颗麦粒，一尊父亲头像 | 王德强 | 313 |
| 曾经（外一首） | 薛福良 | 314 |

# 微小说卷

## 相逢是首歌

符浩勇

我们支行建立了对营业室岗位日常考核指标体系，每季度实行考核一次，考核结果与当季绩效工资挂钩。一个季度里实现零差错的，奖励绩效工资325元。季度末，营业室尚未转正的梅兰姑娘保持了安全无差错的记录。

"这个梅兰，看来要白捞300余元。其实还不是我们姐妹的钱，借个名目奖给了她吗？"说这话的是营业室的胖大姐。年前整合岗位时，人事部门拟重新调整胖大姐的岗位，她说："调整岗位须重新学习适应岗位需求，我都快退休了，精力也不容许了，就继续待在营业室吧。"没料到第一个月她就出了差错，将必用信汇的凭证错用了电汇。

"唉，梅兰年轻，不出差错。表面上看认真负责，其实是在乎那点钱！听说读大学时靠的是奖学金，助学贷款还未还完！"说这话的是瘦菊姨。年过五旬的她将自己装点成一派少妇媚态，她的衣物全是网上秒杀的。她是第二月上旬与财政部门对账时出了差错。

"那算什么嘛，不就是区区300余元？上了麻将场，我赢一把不就回本了？"说这话的是长得颇有姿色的娇妹妹，她丈夫在外面开了家贸易商行，很少回家，她平日下班的时候就把大量时间掷在麻将场上。有人逗过她，说丈

**中国新实力作家成名作**

夫不在家，要有个盗贼歹徒从顶楼翻身剪窗入屋，到那时候歹徒不单是劫财还劫色。她却哈哈大笑："好呀，来贼好呀，我会让他下不了楼！"她也是第二个月出差错的，那是她审查支票填写日期不慎，直到上级行营业部打来电话告知她，错了，当然错了！

"幸亏梅兰没错，要不，我们主任的绩效工资就同我们姐妹们一样了！我们这些小人物出错了按规定扣了就扣了，可再不能连累我们主任呀！"说这话的是支行刚离异的林姐。平日她的情绪也不见大悲大喜的神色，可前半年，忽然传出她同丈夫离婚了。她是第三月中旬出了差错。每一次出了差错，她都像自知理亏，诚恳承担责任，但就是屡改屡错。

"别自己吃不到葡萄就说葡萄酸！建立考核机制，奖励只是一种手段，并非是目的，而是通过正向激励达到杜绝差错的手段。"说这话的是我们营业室的吕主任。她虽然没有出过差错，但考核指标有一款规定，部门里超出一半岗位发生了差错，作为营业室主要负责人，她负有组织管理责任，当然也要与绩效工资挂钩，更不用说有奖金。到了下午，轧差结账时传来一个意外的消息，梅兰操作流程出现账款不符，账上少出300万元。胖大姐知道后，脸上马上流露出滑稽神色，摇头摆手，幸灾乐祸："活该！扣我们老员工的血汗钱，去奖年轻人不是那么容易的。"

瘦菊姨则粗粗地吐了一口气："就是嘛，谁不一样出力工作？谁又存心想出差错？梅兰凭什么资格要比我们多拿300余元？"

娇妹妹却越发高傲地昂起下巴说："你说人民币是那么好拿的吗？我们扑在会计核算岗位多少年，就是石头也熬长了青苔。她梅兰工作不到一年，就想超过我们这些老姐妹啦？没那么容易！"

"哎哎，你们怎么能这样说话？"林姐叹气说。好在吕主任不在场，她去参加支行行务会了。

到了下午系统停止运行前，终于澄清了事实真相。原来梅兰没出差错，是货币金银股会计漏递了一张300万元的账单。梅兰像终于卸下了重负一样长长地舒了一口气，可姐妹们却没有人为她欢欣鼓舞。

支行兑现发给梅兰奖金325元那天，下午吕主任有个口头招呼，邀请大家下班后到郊区腾龙农家乐去聚餐，这是部门吕主任第一次有请，大家都欣然接受了。

腾龙农家乐装潢雅致，木质的镂空吊顶与古朴的木质桌椅相得益彰，身处其中不由得感受到一股浓郁的古色古香。姐妹们第一次聚餐，格外高兴，早已心旌摇荡，一阵大呼小唤，忘却工作的烦恼。她们丝毫不因工作因素显得生分和客气。

不知谁提议点了一瓶红酒为梅兰祝贺，杯盏交错间还说了什么，大家事后都记不得了。梅兰依然记得的是，临走前她去买单，圆圆肉肉的老板娘对她说，账单早被人买过了，而且是 688 元。

# 十年流水账

## 黄克庭

常常想起一个人。这个人姓常，名见真，原先是乡下某中学的一名教师，退休后定居于城区的祖房里。此人右眼天生只有左眼一半大，平时只睁开右眼，说是为了让其多用而变大，可他努力勤睁右眼一辈子，也没能明显缩小两眼的差距。

那天，我到市中心医院看望因车祸住院的同事陈某，在病房里竟意外地遇到了常老师。常老师不是特意去看望我的同事陈某的，而是他比我同事早 25 天就住进这个病房里了。我这才依稀想起确实有多天不见常老师来报社了。

常老师确实瘦多了，绑着白纱绷带的右眼格外刺眼。

我问常老师怎么受的伤？

他努力睁开闭惯了的左眼说："性格即命运啊！性格不好，所以命运也不好！"

细谈中，我终于明白了事情的经过。

出事那天，常老师是应校长邀请才回到阔别 10 年的乡下学校的。校长说："你是学校的老教师，经常在报上发表作品，怎不给我们自己的学校宣传宣传？"常老师说："我对自己任教 36 年的学校没有好感，所以退休后从未回去看过。这次突然接到校长打来的电话，我有点激动——或许是鬼迷心窍吧，竟然一下子就答应了。"

我问常老师："教了 36 年，可谓是一生心血都奉献给了这个学校，怎么会没有好感呢？"

常老师凄然一笑,告诉我,他原本住在学校的自来水塔边上的实验楼里。实验楼不大,只有一层,共4个教室。其中两个教室是给学生上实验课用的,另一个半教室是用来放置教学仪器的,剩下的半个教室用薄木板隔开给常老师当寝室。实验楼在学校的西南角,地处偏僻,就常老师一人住此。那自来水塔是常老师退休前3个月才建好并开始使用的。有了自来水,大家都很高兴,因为以前洗脸、刷牙、洗衣、蒸饭全要自己动手取井水。有了自来水,问题也来了。最大的问题是浪费,一些人在刷牙、洗衣时不关水龙头,水哗哗地流,让人心疼!为此,校长在大会小会上从不吝啬口水。领导重视,效果当然就好!学生教师这头,浪费情况堵住了,可常老师发现,更大的浪费却在水塔这边。只有人开抽水电闸,却没人及时关电闸。除用水高峰期外,特别是晚上无人用水时间,水塔上面的溢水口老是冒水,常有"庐山瀑布"之景观。为此,常老师没少向校长报告,校长也没少向管自来水的刘四发火。后来,事情闹大了,刘四被扣一个月奖金,刘四扬言要毁了常老师的左眼。常老师被总务主任张二请去饭馆撮了一顿。张二告诉常老师,新招工进来的刘四是教育局局长的外甥,专职管自来水,智商不高,脑子又生过毛病,从小娇生惯养,所以性格也不好,又懒又蠢,要不是关系户,早就开除了!校长说了,人也批评了,钱也扣过了……到此为止吧。一个开关都管不好的人,还能做什么事?总不能将刘四往绝路上赶吧!他可是全校工资拿得最少的人啊。校长以前可从未扣过别人的钱啊!

"我已严厉警告了刘四,只要常老师的毫毛少了一根,我就把他的双手废了!常老师啊,您是德高望重的老教师,总用不着跟刘四这种有靠山没脑筋的小混混去比见识吧?"张二主任的这句话好像一块鸡蛋石一下子就把常老师的出气口给封死了。

后来,水塔里装上了一根手臂般粗的引流管,溢出的水从管里边流下,很快进入排污涵道,彻底消除了"庐山瀑布"。

后来,常老师退休回家。一别10年,从没回校去看看。

"想不到啊!这次校长要我回去宣传学校的节水教育。校长说,自来水井原先只有28米深,10年后的今天井深已达158米,可水还是不够用……"

正当校长忙于布置全校师生节水宣传会议会场时,常老师特意去水塔边看看。老远,常老师就听见"哼哄——哼哄"声,他走到水塔下,好不容易撬开一块50厘米见方的水泥盖板。

——天哪！只见10年前的那股清澈的流水正从手臂般粗的引流管里欢快地冲下来！

常老师眼前突然一黑，一头栽倒在水泥地上，等他醒来时，发觉自己的右眼已被撕裂……医生告诉他，现在他的双眼已经一样大了。

# 模拟应聘

## 徐均生

唐宋去应聘单位领导，漂亮的女工作人员把唐宋引到一台电脑前，轻声地说："测试从模拟当上了领导开始。您现在可以答题了。"

屏幕上立即跳出一行字：欢迎您成为我们单位的领导！

唐宋觉得这样招聘很新鲜，便开始操作，屏幕上立即出现了一行字：唐先生，您现在已经是我们单位的领导了，为了向您表示最热烈的祝贺，我们全体职工将在国际大酒店宴请您！如果您同意，请点"是"；如果不同意，请点"否"。

这样的酒会岂有不去之理？唐宋立即点击"是"。

接下来屏幕上是一幅喝酒敬酒的场面，唐宋喝了很多的酒，下属个个红光满面地敬他，说着动听的话语。

屏幕上又出现了一行字：现在您喝得不省人事，只好住在酒店的房间里。酒店老板特意安排一位漂亮的小姐照顾您。如果您愿意，请点"是"；不愿意，请点"否"。

唐宋认真地想，那时候我已经喝醉了，什么都不知道。唐宋脸上露出一丝微笑，欣然地点了"是"。

屏幕上出现一行字：天亮后，您醒了，连忙看身边，却发现有一张存有一万块钱的存折。这存折上是您的名字，谁也不知道，而且连今后是谁送的您都不可能知道。如果接受，请点"是"；不接受，请点"否"。

唐宋很疑惑，送存折的人想要我帮忙？可一想又不对，万一被人发现怎么办？唐宋只得求助疑问查询处（整个答题过程中只可查询一次），查询结果：安全率99.9999%。有这样高的安全率，还是放心收下吧。于是，唐宋果断地点击了"是"。

屏幕上跳出一行字：单位准备建一幢办公大楼，选择建筑商有两种方法，一种是公开招标，一种是由单位决定。在整个决策过程中，您作为一把手会不会听取其他领导的意见？如果不会听取，请点"是"；如果会，请点"否"。备注：这是一道能力测试题。

唐宋有些纳闷，听取其他领导的意见当然好，问题是万一听取了意见，他们会不会说我没有能力没有主见？对！这是一道能力测试题，我应该而且必须自主决策！

唐宋很有信心地点击了"是"。

屏幕上又出现了一行字：您的直接领导给您打电话，让您给他的妻弟推销一批货物。如果愿意，请点"是"；不愿意，请点"否"。

唐宋没有多想，就点了"是"。今后工作还要多靠领导支持呢。

屏幕上又出现一行字：要过年了，您会去给领导拜年吗？如果会，请点"是"；不会，请点"否"。

唐宋想都没想，就点击了"是"。

正在这时，屏幕上忽然跳出一张大红的任命书：兹任命唐宋为单位领导！

接着，就是鞭炮和焰火占领了整个屏幕。

漂亮的女工作人员却笑着问："唐先生，想不想看看五年后的您？"

唐宋欣然地查看五年后的结果，一看脸色骤变，非常恐惧，一行粗黑的大字映在上面：五年后，您将成为监狱里的一名犯人！

漂亮的女工作人员安慰他说："您还可以重新答题一次。"

唐宋急忙重新操作，都作了这样的选择——

问："是否去喝酒？"答："否。"

问："是否和小姐同床共枕？"答："否。"

问："是否收钱？"答："否。"

问："是否独自决策？"答："否。"

…………

结果很快出来了：杭州灵隐寺将是唐宋最好的处所。

唐宋目瞪口呆："为什么？为什么？为什么会这样？"

## 距离一米看孙子

安晓斯

接到儿子从那座大城市打来的电话,张叔和张婶就没睡好过觉。

儿媳生了个大胖小子,这在我们农家可是大事。

"说啥也得去看看我们那大胖孙子。"张叔和张婶没事就唠叨这话题。

儿子张晖算是真争气。大学毕业后,顺利在那个城市找到了一份不错的工作。听说那个城市很大,距离张叔和张婶有五百多公里。工作了一年多时间,儿子就报喜来了。说在那个城市找了个对象,叫楚雪,家里就她一个女儿,条件很不错。

张叔就说:"那我和你妈去看看,替你把把关。"张晖就说:"爸妈你们别来了,这么远的路,回头我带她回老家一趟。"张叔和张婶就一直等啊等,到底没等来。

终于等来消息了。是儿子准备结婚的消息。这可是大事,张叔和张婶就告诉儿子准备去一趟。儿子说:"爸妈你们别来了,回头我带她回老家一趟好了。还有,把咱家的旧房子拆了再盖一次,人家是城里的姑娘,回去也得有个干干净净的地方不是?"

张叔一咬牙,卖了猪杀了粮食,就拆了旧房盖了新房,还更换了所有的家具。儿子电话来了,说:"结婚就不回去了,楚雪家把啥东西都准备好了,房子、车子也都买好了,不用咱家花钱。"张叔不听:"那咋行,咱必须得拿点钱。"两天后儿子打来电话:"楚雪家把在地下停车场买车位的事让给咱了,爸妈你们就寄五万元钱好了。"后来,张叔和张婶才知道,他们花五万元购买的车位,实际上就是用白漆画的一个长方形框。

张婶就开导张叔:"孩子在大城市里结婚,咱不去也行。咱农村人知道啥,弄不好还给咱孩子丢人呢。"张叔听了点点头,这老婆子说得有道理。

儿子终于打来电话,说:"结婚日子定下了。楚雪家里人说了,路太远,爸妈你们就别过来了。结过婚,我抽时间带楚雪回去一趟。"

张叔和张婶就在家里等。每天,老两口除了干农活儿,回到家就开始收拾房间，扫啊，抹啊，虽然累点，可是真的很高兴。

儿子终于又打来电话了。火车票儿子都给买好了。张叔和张婶就按儿子说的，怎么到车站去取票，怎么坐车，怎么出站，在哪等，都一一记下了。坐在火车上，张叔和张婶兴奋得没法说。张婶就提醒张叔，别忘了那俩红包。

下了车，儿子就在出站口等了。到了一家宾馆。张叔说："咱不住这里，我和你妈就在你那住一夜，看看孩子就走了。"儿子的双眼就湿湿的。

饭后，张叔和张婶就和儿子一起去看孙子。

进了门，张叔和张婶就看见一个衣着讲究、戴着金边眼镜的女人。"亲家，都来了。"很亲热的声音，"楚雪，快来，你爸妈来了。"张叔和张婶就知道一定是亲家母了。换了拖鞋，儿子就拉着张叔和张婶在一个紫光灯下照了一会。

"有了孩子，我们从外面回来都要照一会儿，杀菌效果很好的。"还是那个女人亲热的声音。坐下来喝茶的时候，张叔就拿出那两个红包来。张婶就说："楚雪啊，这是给你的，10001元，在咱农村老家叫万里挑一。这是给孩子的，8800元，咱老家叫宝贝蛋蛋。别嫌少，是爸妈的一点心意。"

闲聊了一会，张叔和张婶就提出想看看孩子。亲家母就说："好不容易哄睡了，脚步轻点儿，咱去看看。"轻轻地推开卧室的门，张叔和张婶就看见一个罩着粉红色蚊帐的婴儿车。距离一米远时，张婶想上前抱抱孙子，亲家母就拉住张婶说："咱今天就不抱了啊，就看看。哄孩子睡着不容易。"

张叔和张婶就隔着那个粉红色的小蚊帐，在朦朦胧胧中看见了孙子红扑扑的小脸蛋儿。

第二天一大早，哭了一夜的张叔和张婶就来到了火车站。离开宾馆时，张叔没有告诉儿子。他把儿子交的押金留在了服务台，自己结算了房费。

张叔对张婶说："看出来咱儿子有多难了吧。"张婶流着泪点点头。"哎，老头子，我眼神儿不好，你到底看清楚咱孙子没有？"张叔还没说话，大把大把的泪就涌了出来。

## 羊场奇遇

王平中

当我们十个膘肥体壮的伙伴从羊群中选出来,又被主人强行拽上一辆四轮车时,大家都"羊心惶惶",仿佛大难临头。

每年,主人都要从我们中选出一批膘肥体壮的,用车运到远方去。这一去,就再没有回来。因此,当主人说要选十头羊到远方去时,大家便暗暗祈祷,千万不要选中自己。

主人一边挑选,一边"一、二、三"地数着。主人已经数到了"九"。我知道,主人再数一个数,我这次就算是万事大吉了。但主人迟迟不数这个数,眼光在我们身上逡巡。

主人的眼光盯在了小三的身上,小三像打摆子,浑身抖个不停,可怜巴巴地望着主人。哼!想当初,你小子自不量力,竟然敢跟我争花儿……哎呀,不好!主人的眼光从小三身上移了过来,紧紧盯着了我,还说:"嗯,这个不错嘛!"我知道在劫难逃了。我看到小三冲着我挤眉弄眼,洋洋得意。

哼,小三,忘了刚才你那熊样,老子大不了一死,岂能让你笑话!于是,我昂首挺胸,不待主人靠近,便大步走出了羊群。我听到花儿在低声哭泣——她肚子里怀了我的孩子!

车子在坑坑洼洼的公路上颠簸着。车上的伙伴一个个都哭丧着脸。我冲着他们嚷:"看看你们,还有没有一点羊样!是祸躲不过,躲得过的不是祸嘛!何况,主人并没有说送我们去屠场,说是送我们到大王乡去凑什么数嘛!大家听我的,唱首歌好不好?"于是,大家便一起"咩咩"地唱起来,歌声在山谷里回荡,将一只岩鹰惊得忽地滑翔到山后。

终于,四轮车停住了。主人从驾驶室钻出来,伸个懒腰说:"到了,到了!"有一个陌生人快步过来,握着主人的手说:"老王,你带了多少只来?"主人说:"十只,张场长。""好,你这真是雪中送炭呀!有了你这十只,我们羊场终于凑足了一千只,不怕明天检查了!""你讲的话要兑现啊!""放心吧?老王,每天每只十元钱,只要扶持款一下来,就给你送去!"

主人边说边将我们赶下了车。这个羊场好大好大哟,有十几个圈吧。我

009

们被赶到场角的一个圈里后，整个羊场里都装满了膘肥体壮的羊。我们刚走到圈里，那个叫张场长的人便给我们送来了美味佳肴。

一起来的伙伴因命运未卜，没有胃口。我说："不吃白不吃！就是要死也要成为饱死羊！"于是，我们狼吞虎咽地吃起来。这时，我听到邻圈有只羊在咿咿呀呀唱着情歌，声音优美而富有挑逗性。顺声望去，那是一只黑山羊，浑身的毛黑得发亮，就叫她黑牡丹吧。

黑牡丹那双眼睛含情脉脉地看着我，但两圈相隔，我怎么过得去呢？黑牡丹眼睛转向圈角，并努了努嘴。原来圈角的木栅有些松动。我走过去，用角一拨，那根木栅就脱了，露出一个洞，刚够黑牡丹钻过来。

一番云雨情后，黑牡丹躺在我的身旁。我用舌头爱抚着黑牡丹发亮的黑毛。我说："亲爱的，你们这座羊场真大呀！"黑牡丹撇撇嘴："这哪是我们的羊场？我们也是今天被主人用车拉到这里来的嘛，说是迎接什么'检查'！"我想起刚才张场长也说什么"检查"。检查什么呢？"明天就知道了。"黑牡丹说着，就向我告辞，钻进了她的圈。

第二天，一群人来到羊场。领头的是个胖子，迈着方步在圈外缓缓地走着。他身边跟着的人唯唯诺诺，脸上挂满了笑。张场长在胖子旁小心翼翼地说："在各级领导的关心和支持下，羊场逐步发展壮大，现已达到了千只……"

胖子脸上露出了满意的微笑。我却忍不住哈哈大笑。笑声惊动了胖子。他走过来，用手轻轻抚摸着我的头说："这家伙真是个好种！"这时，胖子前面一个扛着摄像机的家伙，忙将镜头对准我。

以后几天，我们又被主人先后送到了几个羊场，都受到了场主的热情接待。我看到胖子每天都带着人来看望我们。我已经认得他了，但遗憾的是，他好像把我忘了。

一个星期后，我们回到了主人的羊场。小三得知我和黑牡丹的艳遇，还有那个叫领导的胖子摸我的头，并上了电视，羡慕得要死。

不久，主人又要选几位伙伴到远方去。大家都争着要去。我抢先一步跃上了车，却被主人一脚踹了下来："你去干啥？还要留你做种呢！"

这一次，小三被选中了，他高兴得山羊胡子一翘一翘的。

# 喊太阳

陈洪涛

太阳一出来，树杈就兴奋起来，春风满面地走向庄稼。树杈给庄稼施肥，树杈给庄稼浇水，树杈给庄稼打药。太阳把树杈身上弄得满是汗，噗嗒噗嗒地往下滴。

树杈一看太阳到头顶了，哟，该回家吃饭了。树杈告别田禾中的那香那气，在太阳的光环中打道回府了。

太阳在天上，也在树杈心窝窝里。树杈有时不用看天，闭目一想，雨水够用了，树杈喊："太阳你出来吧。"太阳像个听话的屁孩儿，露脸了。刚秧下禾苗，不需要毒日头，树杈说："我的太阳，你躲几天吧。"接下来，一连串的阴天。很多时候，太阳就像件棉袄，伺候得树杈心暖暖的，美美地。

这阵子，树杈世界里的太阳，不那么得心应手了。

连着多日的雨，树杈的房，树杈的苞谷，树杈的大豆全被雨罩着了。

树杈走一步是雨，甩一下身子是雨，抬头低头也是雨。树杈急了，连连喊他的太阳。树杈喊了一遍又一遍，太阳就是不出来。树杈的心湿漉漉了一星期。

一星期过了，太阳蹦出个脸。树杈喊："我的娘啊，可有个太阳了。"树杈像喜鹊，蹦出屋，喳喳着，手搭个遮沿，看天，看那些讨厌的雨。雨看不见了，云也躲了。

树杈赶紧收他的苞谷。树杈说我这又喜又大的棒子啊，掰一棒，树杈说我这黄澄澄的苞谷呀，又掰一棒。树杈挥挥镰，收大豆。树杈说看看我这颗粒饱满的豆子呀，割一把，树杈说亲亲我这金豆呀，又割一把。苞谷蹦着跳着上了车，大豆叽叽喳喳攀上垛，肉嘟嘟地滚到院子里。

刚收回家，太阳又没了，雨又开始下。雨浇在庄稼上，也浇在树杈心上。树杈赶紧拿了薄膜，盖苞谷，盖大豆，边盖边喊："太阳，太阳，你咋这么不顶用，让我的粮食多晒几天中不中？"树杈喊了一遍又一遍，除了噼里啪啦的雨声，还是噼里啪啦的雨声。树杈立在院里，抬头看着箭头般的雨，万箭穿心呀。看着看着,树杈把自己淋成刺猬包子。树杈淋成刺猬包子雨还在下。

树杈房子上的雨水,树杈身上的雨水,薄膜上的雨水,聚在一块,围着粮食籽跳舞,映得树杈心慌慌。树杈喊:"太阳,太阳啊,雨水快吃了我的苞谷啦,我指望这给囡囡送学费的。太阳,太阳啊,雨水快吃了我的大豆了,我靠这买种子买化肥的。"

这天,树杈摸一摸粮食籽,好烫手呀。树杈把薄膜往上撑了撑,透透气。树杈说:"苞谷,苞谷你可要顶住,好天了,我给你送日头枕!"树杈说:"大豆大豆你可要顶住,晴天了,我给你塑金衣!"

雨下一天,树杈的心紧一下,雨下一天,树杈的心紧一下,下了一星期又一星期,树杈的心成了瓷疙瘩。树杈心瓷得疼,我的太阳啊,我的太阳地喊。喊着喊着,树杈在床上打滚,在地上打滚,在粮堆旁打滚。

树杈的心由瓷疙瘩变成铁疙瘩时,太阳出来了。树杈一下子抱住了太阳。树杈揭了薄膜,喊着我的苞谷啊,我的豆子啊。树杈赤起肩膀扒苞谷,扒豆子。站在粮食堆上的树杈像只勤劳的小蚂蚁。树杈在太阳面前扒呀扒,扒得满院金蛋,有的还跑到院外。金黄金黄的粮食就像太阳的宝宝。

树杈摊完了粮食,对着太阳说:"亲亲太阳,这是一季的收成,让黄澄澄粮食顺顺当当地变成钱吧。"

树杈正在说时,太阳还在跑。太阳你别跑,太阳你别跑。

树杈发疯地追。树杈跑出汗,树杈跑出喘劲,树杈跑出夸父追日的样子,一头撞入一块甘蔗地。扶了扶那甘蔗,小树样的,树杈对着太阳喊:"亲亲太阳,今年甘蔗咋这么好?"树杈盘古状的脸扭得如同向日葵。

# 空 位

## 厉剑童

"你说,这是怎么搞的?!你们班明明只有 55 个人,为什么上报 56 个?这不是弄虚作假砸学校的锅吗?你给我说清楚,那个空位是怎么回事?!"

初一(1)班班主任赵老师前脚刚跨进校长室,司马校长就怒气冲冲地朝他发话了。

也难怪司马校长发火。上午，县教育局基教科马老师来检查固生工作，赵老师的班报了56个学生，可马老师进教室一统计，却发现班里只有55个学生，并且教室中间一排的第三个位子空着。铁证如山，说明这个学生的的确确辍学了。

学生辍学这在哪一个学校都是天大的事。因为县教育局每年一度的年终督导检查，明确规定超过限定辍学率，考核一票否决。你赵老师班里不仅有辍学的，而且还明目张胆弄虚作假，就等着挨处分吧！这不，前脚送走马老师，司马校长后脚就把赵老师找来了。

司马校长铁青着脸，拿烟的手抖抖的，烟头眼看就要烧着手指了，却浑然不觉，眼睛自始至终紧盯着赵老师的脸。

赵老师沉默了许久，终于开口了："校长，您先别生气，我们班的确有56个学生。"

"还说56个！你说，少的那个学生哪儿去了？"司马校长质问道。

"校长，您还记得那个李小米吗？"

"李小米？就是那个经常给学校惹个小乱子的浑小子李小米？你提他干什么？"司马校长一脸狐疑地问道。

"是他，两个月前他出车祸走了。"赵老师说到这里，顿了顿，摘下眼镜，擦了擦眼睛。

"这我知道。唉，小小年纪就这么走了。"司马校长不无惋惜地说。

"那个空位子就是留给他的。"赵老师说道。

"给他留的？这人已经不在了，为什么还给他留着位子？计算人数时为何把他还算在你们班？这不是胡闹吗？"司马校长的脸阴沉得要下雨。

"这——校长，请您跟我一块到教室里走走好吗？"赵老师恳请说。

"去教室？干什么？"司马校长看着赵老师，不知道他葫芦里卖的什么药。

"去了您就知道了。"

"不给我个合理的解释这事没完！"

两人一前一后进了教室。

这是下午第三节自习时间。教室里，学生正在专心致志地学习，只听到沙沙写字的声响，如一群春蚕吃桑叶。

## 中国新实力作家成名作

司马校长扫视了教室一眼,很显然,他对学生的表现很满意。然而,当目光落在中间那个空着的位子上时,司马校长的脸色顿时晴转多云。

赵老师走上讲台,轻轻敲了敲讲台,说:"同学们,请停一下。"

学生齐刷刷地抬起头,愣愣地看着赵老师和司马校长。

"同学们,我有一个问题想请同学们解答。"赵老师说着,看了司马校长一眼,接着说,"请大家谈一谈你心目中的李小米是个什么样的同学好吗?谁先说?"

"老师,我先说。"

"不,老师我跟他同桌,我先说。"

"不行,他跟我是最要好的同学,我先说。"

⋯⋯

赵老师话音未落,学生便争先恐后地说起自己心目中的李小米来。

司马校长静静地听着。

听着听着,司马校长的眼睛湿润了。因为,在他的眼前,分明看到了另一个李小米,一个曾经将自己的零用钱捐给灾区的李小米,一个为了解开一道数学难题步行七八里找老师请教的李小米,一个在运动会上不小心摔倒了却坚持走完全程的李小米⋯⋯

"多可爱的一个孩子啊!"司马校长由衷地赞叹道。

正慨叹着,司马校长突然发现教室里不知什么时候静下来了。他再次用目光逡巡了一圈教室,只见每个同学的脸上都挂满了晶莹的泪珠,和李小米前后桌的那几个女生伏在桌子上,肩头一起一伏,发出轻轻的啜泣声。

"我们喜欢李小米!"

"李小米,我们爱你!"

"李小米,我想你!"

"李小米永远和我们在一起!"

⋯⋯

也不知是谁喊出的第一声,全班同学一个接一个深情地呼唤着。骤然间,教室里汇成情感的海洋。

司马校长震撼了。

望着眼前这群可爱的有情有义的孩子,他再次将目光落在那个空空的座位上。

许久许久,司马校长忽然用颤抖的声音说:"对,孩子们,李小米永远和你们在一起。他永远属于我们这个班。中间的这个空位也永远属于李小米！你们班永远有56名同学！"司马校长说着，两行热泪早已滚滚而出。

# 黄小全卖书

## 周独明

三桥镇的少年黄小全初次到省城投奔他大姑时，他大姑便用一种审视的目光看着他，说道："住在省城里的人，不论大人或小孩都得自己去挣钱呢。"黄小全听了非常高兴，脸上焕发出光彩。黄小全带来了两大书包旧书，那都是爷爷留下的医书。爷爷是乡村郎中，在今年春天去世了，这些"遗产"就留给了黄小全。黄小全对大姑说："我要把这些医书卖掉，以便一面赚钱，一面履行济世救民的义务，爷爷就可以安睡在那边了。"黄小全说着往西边指了指。

第二天，黄小全背着一些旧书到火车站去，直到下午才卖了三本，都是里面有男女裸像的。黄小全回家后对大姑说："看来，我得把这些省城青年拖到爷爷的坟地面前，才能使他们懂得这些医书的价值。他们简直是白痴，不但不想买书，反而讥笑我是疯子。"不料，大姑听了黄小全的话并不同情他，还怪他不懂得时代的要求，这使他十分惊讶。

第三天，黄小全又去火车站附近卖书。可是只卖出了一本《玉房秘笈》，给了三十块钱。下午回家后，黄小全就把三十块钱都交给了大姑，还喃喃自语道："这儿的人不如我们镇上的人敞亮，还牛逼哄哄的。"但是，当黄小全瞧见大姑接那三十块钱的脸色时，他就马上改变口气说："从明天起，我一定拿回更多的钱！"

可是第四天黄小全回家后，讲不出一句话。大姑一面端米饭给他，一面发出怨言，黄小全不敢正面看她。

黄小全沉思了很久，后来就把医书全都卖给了旧书摊，然后把钱买了明星挂历。大姑脸上挂着笑容发问："这么说，你现在卖明星照片啦？你真是戏台上的小旦——有模有样。"大姑咧着嘴，表露出心中的喜悦，因为她很清楚，明星的照片就像烤羊肉串一样畅销。大姑高兴地说："现在你懂得时代的要求啦。"果然，黄小全第二天就带回六十块钱。这时，大姑又说："人们都知道你是售卖明星扎堆的挂历，这个家家户户都需要的东西，做买卖就应该这样。元旦快到了，不是咱们需要买主，而是买主需要咱们。"

从此以后，每当黄小全回到家，大姑总是笑脸相迎。然而元旦过后，黄小全开始不敢看大姑的脸色，而且觉得大姑给他的饭菜很难下咽。大姑的话语从有点不满到有点刻薄，说："现在该怎么办？春节快到了，大米和鸡鸭鱼肉的价格又涨了不少，可你的东西却卖不出去！"

黄小全不敢搭腔，急忙外出，到黄昏才回家来。黄小全交给了大姑八十块钱。大姑的眼睛似乎要跳出来，她口吃地问道："你从哪里弄来这么多钱？是不是偷来的？"黄小全急忙说："不，是做买卖赚来的！"大姑就问："做什么买卖？"黄小全说："能畅销的，买主需要，而我们又不必花费很多力气的东西。"大姑又问："什么东西？"黄小全出示一叠裸女照片说："就是这个。"大姑看见那些照片差一点儿叫出声来，手里的几张票子仿佛秋天的黄叶无声地飘落到地上……

# 羞答答的玫瑰

## 刘向阳

年前，福根落寞地目送工友下山。大伙春风满面，人人脸上洋溢着即将回家的兴奋与喜悦。

"福根，你莫趁我们不在，偷偷下山找女人啊。"有人调侃。

福根脸一红，哪还有那心思？

工友渐行渐远，直至看不见影了，福根才怏怏地返回工棚。摸摸胡子拉碴的脸，他不由得眼眶一热，涌出了酸酸的泪花。若不是老板给三倍的工资，一举粉碎了他回家的念头，他也不会留守工地，守着那些毫无生气的搅拌机、铁锹、扁担……

除夕，细雨飘飞，山犹冷凄。福根缩着手，在那条奋斗了一年多的高速路上踱来踱去。路面铺有一层粗麻袋，踏上去"咯吱咯吱"地响，像踩在心尖上。

郝灿在电话里说:"我想跟大伙一块过来,在深圳当保姆也能挣个几千几百的。"

福根一听就火了,声似炸雷:"你出来了,咱妈谁服侍?崽女读书呢?还有……"

哪知郝灿火气更大,马上打断他的话:"够了,我受够了,我又不是你家的保姆。我偏要来,偏来!"她歇斯底里一阵呐喊,继而抽起鼻子,嘤嘤哭泣。

福根晓得她是故意气他的,便好言安慰几句。在内心,他特别希望老婆在身边,最起码能洗衣暖脚唠嗑啊。想着想着,就有一团火焰在体内奔突——福根已有一年多没碰女人了。有一次,与工友上街理发,福根坐在沙发上看电视,看了一会儿,工友皆不知去向,有卷发女孩笑眯眯地走向他……福根稀里糊涂被女孩带进了包厢,一双嫩手在他身上如蛇般游弋。福根呼吸有些不匀称了,一股久违的热浪席卷全身。女孩说:"大叔,你先去洗个澡吧。"福根一听"大叔"二字,羞愧难当,汗如雨下,赶紧推开女孩,溜回工棚,大口大口吞酒……

像往年一样,春节过后,工友们辞妻别子再出发,踏上打拼之路。众人下了火车,租一辆大巴直抵工地,大包小包的下了车。福根早已做好饭菜,上前迎接,一时竟惊呆得说不出话,眼睛瞪得比铜铃还大。

郝灿来了!

这是真的吗?福根揉揉眼睛,掐掐胳膊,感觉到疼痛,才知不是做梦。

郝灿羞怯一笑,红云满面。福根也想笑,却脸一沉:"蠢堂客,你来做么子?家都不要了?"

满腔的喜悦突遭粗暴的呵斥,郝灿几欲坠泪:"你一年没回了,心里还有家吗?"

"我,我不都是为了这个家……咱妈治病,崽女的学费,还有化肥农药……"

"福根,你老婆专门来看你,你要请客啊,今天是个好日子。"

"对,今天是情人节,福根要过幸福生活咯。"他们故意把"幸"读成"性",声音拖得老长。

郝灿低下了头,脸色绯红。福根拿眼偷偷地瞅她。

傍晚时分,福根带郝灿去逛街。小镇繁荣,不亚于内地城市。华灯初上,流光溢彩。

福根抱怨郝灿太任性了，别的不说，盘缠都不易。郝灿没好气道："你呀，要不是咱妈和崽女催我来一趟，打死我也不来看你……"

"真的？"福根故作惊讶，心里却窃喜，崽女懂得疼老子咯。又扯她衣角，"我们租房子住一夜，要得不？"

郝灿拧他胳膊："你是大老板？有钱租房啊。"

福根捉住郝灿的手："那，那，我……今天还是情人节呢。"

郝灿"扑哧"笑了："这洋玩意你都学会了。你不是不要我来吗？"

春雨淅淅沥沥，玫瑰花芳香缕缕。瑟瑟寒风中，传来了少女清脆的叫卖声。福根问花怎么卖，少女答十元一束。福根掏钱。郝灿按住福根的手："你傻呀，十块钱买一朵花，能吃还是能喝？"福根执拗买了两束，双手捧着，面朝郝灿，郑重其事道："结婚这么多年，这是我第一次献花给你。"郝灿一时无语，泪光点点。

夜色深沉，缠绵春雨没有一丝停的迹象，福根牵着郝灿大街小巷找房子。他们寻遍了所有的宾馆旅社，全都挂起了"客满"的牌子。看到福根一脸的沮丧，郝灿偷偷乐了。

此时，福根电话响了，一接听，是女儿甜美的声音："爸，你为了替奶奶治病，为了供我和弟弟读书，为了家，一年到头在外面打工，辛苦了……希望你和妈妈过一个温馨快乐的情人节。"

福根眼眶湿润了，用手去拭，却被郝灿抓得紧紧的。

两人越挨越拢，手中的玫瑰轻轻摇曳着，余香袅袅。

# 穿旗袍的女人

**杨富安**

10年前，我在一个小镇工作。

镇上有个女人，经常摆地摊，卖些杂七杂八的小东西。她总是穿着一件旗袍，面料不算高档，价钱也不昂贵，看上去却很得体。我经常路过她的摊前，常常被她秀美的长发、匀称的身段和乌黑的眼眸所吸引，让我驻足多瞅几眼。

听小镇上的人说，她的家境非常窘迫，住二间土房，儿女年幼，丈夫憨厚木讷，给别人打零工，还有个半身不遂的婆婆，卧床不起。

按理说，这样的女人，不会有什么好日子。

可是，每当我看到她时，她总是穿着旗袍，地摊前热热闹闹地围满了许多人，有男人、女人、老人，还有大大小小的孩子。那些女人总是问她的旗袍什么面料，多少钱，在哪里买的，穿在身上显得特别纯洁和高雅。那些男人，有事没事，总爱在她的地摊前转悠，与她打趣，说些酸酸的话，说什么一朵鲜花插在了牛粪上，这样的女人咋不是我的老婆呢？还有那些叽叽喳喳的孩子，总是把地摊上的小东小西，翻过来翻过去，掏出身上皱巴巴的零钱，买自己喜欢的小玩意。

女人的话语里，渗透着羡慕和嫉妒。男人的话语里，充满了挑逗和刺激。

她不管小镇人的风言风语，总是在那个固定的地方早出晚归，穿着不同颜色款式的旗袍，坚守在地摊前。她的穿着打扮，总是吸引小镇人的目光，好像小镇是她一个人的舞台，她就是小镇人眼里最美的风景。

2年后，小镇上不见她的踪影了。

小镇人似乎对她很感兴趣，茶余饭后议论最多的还是关于她的话题。一个女人，既要照顾全家老小，还要种地干活，咋就喜欢穿一身旗袍，把头发盘在脑后，用蝴蝶发卡高高隆起。

我在一次工作巡查中发现，她在另外一个小镇租住了一间20多平方米的小屋，经营服装。

当我走进她的小店时，她仍然穿着旗袍，步态轻盈，端庄大方，热情地为顾客挑选各种各样的衣服。我说明了来意，她便主动地缴纳了当期税款。

3年后，我因工作需要去了别的地方，对她的情况就不知道了。

一次，我坐班车去亲戚家，她还是穿着旗袍，在座位间穿梭，向旅客收费。我止不住好奇地问："怎么，你现在跑班车了？"

她微笑地告诉我，去年，她把钱交给丈夫，拿到驾照，贷款买回这辆客车。我环视了车内，坐垫整洁卫生，窗帘朴素典雅，前窗上的风铃声此起彼伏，曼妙的音乐悦耳动听。小镇上的人说，她班车的生意特别好，顾客都喜欢乘坐她的车，惹得别的班车司机非常嫉妒。

后来，她的班车出现了一次事故，丈夫高位截肢，勉强保全性命，她腿骨折，留下残疾，车辆报废，欠下十几万元的债务。

小镇的人们开始议论起来。这下，她更困难了，可能再也没有出头之日了，再也不穿那身旗袍了。

5年后，我回到鹿城工作。一次下班途中，街道上一个熟悉的身影映入眼帘，她一身旗袍装束，一个大大的发髻盘在脑后，似乎看不出她的腿曾经留下残疾，仍然焕发出一个女人应有的魅力。

她告诉我，那次车祸后，她把丈夫和公婆托给亲戚照管，带着孩子南下深圳打拼，还清了家里所有的欠债。

我和她在不期相遇的简单交谈中匆匆而别。

一个兰花盛开的日子，我正在办税厅里紧张地处理业务，一个熟悉的声音喊我。

我抬起头，望了望面前这个女人，她一身旗袍，金灿灿的耳环显得耀眼，身上散发出淡淡的清香，比起先前的她，仍然不老，不失一个女人自然的美丽。

"是你？有什么事吗？"

"我想注册一家服装公司，你看这些材料齐全吗？"

"好呀，现在生意做大了，当起经理了。"我微笑着调侃。

不到5分钟，我办完了她的业务，望着她报以满意的微笑，步态款款地走出办税厅。

后来，她公司的会计前来办理业务，说她在小镇盖起了三层楼房，招收了十几名女工，专做旗袍，远销上海、江苏、深圳等地。同时，她组织编导的旗袍秀节目活动，小镇上的人们特别喜欢。

这样的女人，自由自在地生活，活得充实高贵，这种高贵是那种从骨子里透出的高贵，不管遇到什么样的困苦都不会畏缩。

# 眼皮跳

## 朱红娜

老李的母亲有一怪病——老是眼皮跳，隔三岔五的，就跳得厉害，且越发严重。

这病有十几年了,老李记起,从自己当上科长开始,母亲就得了这病,去了好多医院,看了许多医生,始终没检查出什么原因。

"这不是病,"母亲说,"眼皮跳是预感,可准了。"

每次母亲眼皮跳了,就跟老李说:"最近有小灾,你可要小心预防。"

这种封建迷信,老李不相信。

可事实验证,每次母亲说过以后,总会出些问题。

这天一早,老李西装革履,正准备出门,母亲来到老李跟前:"山啊,妈右眼老跳,你千万要小心啊,注意身体啊。"山是老李的小名。

"妈,我身体好好的,您放一千个心好了。"老李用力拍了拍自己的胸脯。

可晚上,身体棒棒的老李就被人抬到了医院,迷迷糊糊的老李在打了点滴稍微清醒以后,突然记起早上母亲的叮嘱,难道眼皮跳真有预兆?不对,都怪那帮王八龟孙,说什么三十年茅台不醉人,结果他硬是被灌得不省人事。

"说了右眼跳灾星到,你偏不信。不听老人言,吃亏在眼前。"母亲在老李面前直唠叨。

"好了好了,这次是例外,下不为例。"

没过几天,母亲又说右眼跳了。母亲叮嘱要防血祸,开车要小心。几天后单位的车就出了车祸,虽然老李不在车上,车也只是撞上了树干,瘪了车头,但老李仍然冷出了一身汗。莫不是母亲的眼皮跳准了?

单位人事变动,老李发现科室里有人背后搞他的小动作……老李才想起母亲几天前曾告诫他要与人为善,不与小人计较。原来母亲说的小人还真有。罢了,就听母亲的,任他去吧,不与小人一般见识。

左眼跳财右眼跳灾,老李的母亲从未左眼跳过,每次都是跳灾。

"妈,你就不能左眼跳跳吗?老李戏谑母亲。"

"山啊,妈左眼跳了,你有好事了。"终于有一天,老李听到了母亲的报喜。

其实,不用母亲左眼跳,上级已跟老李谈话了,要提拔了。

母亲的眼皮真灵,老李心服了,真信母亲了。

"妈,等着吧,以后您就不会右眼跳,只会左眼跳了。"老李喜滋滋地跟母亲说。

"糟了,糟了,右眼又跳了。"老李笑声还没停下来,母亲的惊叫声就起来了。

"妈，怎么了，好事黄了？"

"山啊，福祸相依，福也祸也。"

老李一听浑身打一激灵。

此后，母亲隔三岔五就右眼跳。老李刚想收老板送上的巨款，母亲就说右眼跳了，老李马上把手缩了回来。

老李对女秘书动心了，母亲的右眼又跳了："山啊，你可要防色劫啊。"老李牢记母亲的话，再看女秘书的时候，怎么看怎么丑陋。老李就把女秘书换成了男秘书。

母亲的眼皮一直不时地跳。老李宁可信其有，时时防着，处处谨慎。

许多一把手纷纷落马了，老李却安然无恙，安全着陆。

老李悠闲在家，看80多岁的母亲身体健朗，脸色红润，不时在厨房忙碌，烧他喜欢吃的菜，在阳台侍花弄草，老李感觉自己特幸福，仿佛又回到了童年，被母亲宠着，爱着。

老李突然发现，母亲的怪病竟然好了，再没听她说过眼皮跳了。

"山啊，那是骗你的。"母亲嘻嘻笑着说，"我的眼皮从来就没跳过。"

老李挠了挠头，忽然明白了母亲的良苦用心。

# 责　任

## 飞　远

严局长接到老人突发疾病的消息，她心急如焚，立即上路，等了半个多小时也没拦到出租车。眼前景象让她联想到一句谚语：蜻蜓盘旋半空中，不过三日雨蒙蒙。果不其然，天空乌云密布，豆大的雨点纷纷扬扬洒落下来，匆忙之中没有带伞的她，倍感忧心忡忡，极为不快。

忽然，从她身后伸出一把红红的伞来。它宛如硕大一朵盛开的红牡丹，一下把她的心照得通红透亮。一只机灵可爱眼睛闪亮的黑燕子蹦跳地停歇在她的身旁——一个清纯的身材纤巧的女孩。

女孩喊："阿姨，我给您打伞。"

阿姨和女孩开始对话：

"你是这个大学的大学生吧?"

"是啊,我叫秀妮,我是社会科学系的应届毕业生,准备考公务员。"

"你赶紧去吧,不能耽误你啊!"

"阿姨,我建议您叫一辆滴滴出行出租车。"

"滴滴出行是什么?我没有呀,也不会用啊。"

"我帮你从网上下载一个,请把您手机给我用一下。"

"你还没吃饭吧,左转直走拐弯处有一个食堂。"

"没事,您赶紧搭上车重要。我下载好了,叫了去医院的出租车,就等司机师傅接单啦。"

"去吃饭吧,妮。考试不能迟到。"

"我要帮你接听师傅接单电话,再等等。我妈常对我说帮助有困难的人是一种责任。"

"接下来的事情我自己来做吧,你赶紧吃饭去,别饿着,一会卖完了。"

"我不饿,阿姨。听,师傅接单来电话啦,他说路上堵车还要等一会才能到这里。"

"哎呀!你不用再管我啦。你看,阵雨也过去了,你把伞收好。吃完饭去好好考试。"

"不行,阿姨,车没来我放心不下,看您坐上车我再走。"

严局长真是好感动啊!她拗不过这个纯真善良的大学生妮子。

她和妮子加了微信好友。

车终于来了,妮子微笑着招手和车里的阿姨道别。

下午面试,先抽签。时间到了,考生中缺一人,考官严局长请假晚点到。正好剩下那个考生的一个签,是最后一个答题。当考生赶到时,她仍保持镇静地轻轻敲门,谦卑地鞠躬问好。她前面严考官已经和其他三个考官一起端端正正坐在席位上,她左边坐着两个记录员,右边也坐着两个人,整个考场就像一个包围圈,紧紧地包围着她。她很惊讶,没想到考官就是她刚帮过的那个阿姨。

她只有十五分钟的答题时间。她看了一下试卷,总共三道题目。其中有一道题目是:谈一谈你对精准扶贫工作的见解。她看完题目之后,马上联想到考上公务员的师哥师姐们的经验之谈:"你是个农村妮子,要主动请缨,一腿勤,每周五天蹲在村子里;二嘴勤,每天向局长汇报进展;三手勤,每周写书面材料呈给局长；四送勤，每周回来给主要领导捎上绿色养生土特产。"

她边想边等考官提问，感觉等了好久。"不行不行，"她想，"自己千万不能这样回答。"

她想起了她山区的家乡，孩子们从小翻山越岭打着火把去上学，老百姓中流传"要致富先修路"；她想起大学一年级假期随志愿服务队去大山深处的希望小学支教，一个叫妮子的女孩梦想就是用家养鸡蛋换钱，买把花雨伞去上学；她想到领导人给志愿服务队回信中提出的，与祖国同行，为人民奉献的殷切希望……

想着想着，她觉得是不是超过时间了？她急忙举手说："我审完题目了，可以回答问题了。"

考官说："请开始你的回答！"

她的回答言之有序、言之有理，由表及里、由近及远，由浅入深、由小到大。

宣布面试成绩时，她得了第一名。

她俨如一个公务员充满自信，心怀壮志。

可是，她没有想到，她竟然接到不知名的人的电话，明确告知已经走关系了，愿意拿重金让她放弃录取资格……

她想到了阿姨，和她在微信上陈述了情况。

严局长以自己的职业道德和强烈的责任心直接干预了此事。

半年后，她走进了县扶贫办。

# 到底咋样称呼你

## 秦 心

"刘哥你好！我们明天准备到王家崖下乡，你看安排哪辆车去？"来向财务科刘科长请示问题的，是刚从基层调到局里另一个科室的副职小杨。

刘科长收起瞄在报纸上的目光，笑眯眯地回过头看了小杨一眼："哦，杨科长啊……嗯——你看……这车都已经安排满了。要不……你们坐公交去吧。"

"坐公交？……那么远的地方……再说停车点离那个地方还有好几里路呢！"小杨苦笑着嘟囔道。

"那就没法了……要不，就往后拖几天再说。"刘科长说完，又把目光重新投回报纸上面。

小杨一看刘科长一副再无商量的架势，只好回到科室给王科长汇报情况。王科长听了小杨一番汇报，便嘿嘿笑了一下，然后对小杨说道："下乡计划不变，明天按时出发……待会我去财务科请示。"

第二天一早，由小杨带队下乡检查的人员，果然坐上了局里安排的车辆。临走之前，小杨不解地询问王科长其中缘由，王科长拍了拍小杨的肩膀说："以后呀，要再去请示问题，最好叫他刘局……否则，你什么问题都别想得到解决。"

"哦，原来这么回事！可——以前，我一叫他刘科长，他还跟我急呢，说这样叫着多生分呐……就叫刘哥听着亲切！……现在这是……"小杨真有些迷惑不解了。

不过，经王科长进一步点拨，小杨才弄明白，主要是在他调至局里之前，刘科长已经提升为副局长兼财务科长职务。职务上的差异，已经不允许他再和人家称兄道弟了。

弄清了原委，小杨之后再去请示刘科长时，就一口一个刘局地叫着，事情果然好办多了。

几年过后，刘副局长因为年龄缘故，直至退休都未能转正，而接替他财务科长一职的，正好是年轻有为的小杨。

小杨就任此职约有一年左右的某天，他坐车外出办事，路过一个公厕想去方便一下。车门刚一打开，却见刘副局长从公厕迎面走出。小杨正要上前招呼，不料刘副局长却抢先过来握住了小杨的手，并热情地叫道："兄弟，你好！你这是——"

"哦，是刘局啊，我……"小杨淡淡地笑着，正想把话说完，谁知立刻被刘局给打断了。

"哎呀，我说兄弟，啥刘局不刘局的，看这叫得多么生分，还是叫刘哥吧，叫刘哥听着顺耳啊！……正好哥还有个事要麻烦一下兄弟呢……过几天哥想去疗养院修养一阵，你看能否给哥派辆车过来？"刘副局长笑容满面地望着小杨。

谁知，小杨却皱了下眉头不紧不慢地说道："车嘛……唉，这些天局里紧张死了，都安排得满满的，一时半会还真叫兄弟有些为难啊。要不你……"小杨那副无可奈何的样子，当下就叫刘局无法继续开口，他只好讪讪地又和小杨闲聊两句便带着一种失落的神态离去。

看着刘局远去的身影，小杨嘴角泛起一丝冷笑。他朝路旁唾了口唾沫并在心里自语道："兄弟……谁是你的兄弟？你难道不知，我早都是科长了？！"

# 大　袖

### 天　晴

侠士们是奔葛老爷的大袖来的。

听说葛老爷面子上是个两袖清风的父母官，双手从不沾半点不义之财。

还听说，葛老爷有件法宝——无比宽大的袍袖，任多少金银珠玉都会像蜜蜂一样拥进袖子里去。

当初，葛老爷对皇帝发过誓，左手要钱烂了左手，右手要钱烂了右手。当那些白花花的银子晃他眼的时候，他的两只手伸了又缩，缩了又伸。师爷为他想出个贴心的法子，只要葛老爷口念咒语，就让白花花的银子乖乖地投进大袖的怀抱。

有了大袖，葛老爷成为人上人，天下人没吃过的他吃过，天下人没见过的他见过，天下人没玩过的他玩过。

这里是他第一百零一个老婆的别院。斜月轻笼，树影婆娑，房前屋后悄无声息，原是都到几里开外的老太太宅院祝寿去了。

留守的家丁难得懒散，偷吃小酒后恹恹欲睡，竟没发现后墙上闪过几个黑点，继而消失在西厢葛老爷的寝室。烛光下，黑点拉成线，立在屋中央，现出紧衣窄袖的身影。

这支讨伐小分队，是庄稼人张三、李四、王五、麻六。他们要趁葛老爷不在家，铰烂他的神袖，把它吞进去的福气财运都倒出来。

四条身影在烛火映照之中，时大时小，时短时长，像游蛇，像走猫，你看不见他们紧张的青筋在跳，额上的细汗在冒。

"找到了！"一小声惊呼，夹杂着兴奋。

"看袖子。"几个人睁大了眼睛，把袖子抖落开看，折起来瞧，想葛老爷如何风光，自家却老爹卧床、小儿待哺，不由得义愤填膺。

剪烂了它！

烧了它！

先打它稀巴烂，再游街示众！

嗞啦一下，布匹的撕裂声。

突然张三的手被有力地制住，试试它能装下多少银子？

大袖开口朝天，几人便把搜来的黄白之物灌进去，好家伙，这肚没底！

这么一打岔，本要当即铰烂大袖的锐气挫了不少，众人决定带回去处理。

不知谁的肚子咕咕叫了起来，大家的肚子便都跟着叫了起来。几条黑影潜进膳厅，但有熟食、果品和蔬菜，一股脑端来。竟还搜出两坛好酒，封盖一揭，酒香四溢，众人不由得深吸一口气，酒香从鼻孔灌进肺腑，几乎要醉了。

不觉喝得心醉神摇。

不知道什么时候，张三披上了金光闪闪的大袍，猥琐的模样不见了，竟变得威武起来。挺胸，叠肚，神色渐渐严峻。他缓缓地迈了一下方步，还算从容。小心地扬起大袖，一缕金光闪耀，那大袖舒展开来，飘逸，大气，显出气魄和肚量。张三突然感受到大袖的可爱和神圣，他暗投一注爱怜的目光。

又一碗酒落肚，张三神经愈加兴奋，思绪无限地扩张，这袖子真神奇，黄的白的我要多少就装多少。给老婆买补品，让她奶水像雨注一样哗哗地流，小儿滋滋地吸奶有声；把镶钻的烟袋锅子带回家去，让老爹靠在被垛上悠闲地吧嗒吧嗒吐着烟圈；还把那幅字画挂到家里去，让人赞叹我也是风流雅士……然后买套豪宅，娶两个小妾……

侠士们看得呆了，只顾投去羡慕的眼神，纷纷感到紧衣窄袖箍得身子太紧，被他们体内的气流冲撞着，都毕毕剥剥地响，终于布衣撕裂，由他们的视线织成宽大的袍袖，白花花、银灿灿便像受了磁石的吸引一样，隐身在大袖里面。

每个人都似穿上葛老爷的红袍，挺直腰板，洋洋洒洒挥舞着大袖，仿佛幸福美满的种子一股脑飞了进来。

侠士们东倒西歪，醉眼迷离。

不知过了多久，瘦月西移。

门外响起落轿声，葛老爷回来了。

张三见闯进外人，目光如炬，凛然喝道："来呀，把这个刁民给我抓起来！"

差役们愣了神，等到三魂七魄回归体内，疑问终于通过声波传送过去："你你你，是谁？这么大胆？"

张三一甩大袖："尔等还不动手！这个毛贼深夜闯入本府，图谋不轨，给我绑了！"

差役们再次抬眼望去，这位大老爷，那仪态，那威严，那放光的眼神，甚至那嘴——脸！身子不由得抖了起来。

待葛老爷由惶惑到怒气上冲的时候，已被差役麻利地绑了。

张三满意地点了点头，悠悠转过身来，潇洒地挥舞大袖，目光落在李四王五麻六身上："把这几个小贼给我捆了！"

# 作家和农民工

## 邓丽星

作家专门去一家豆腐脑做得好吃的小餐馆吃早餐。他要了一根油条，一个油角，一碗豆腐脑。他去得早，挑了一个幽静的角落坐下，一口一口咬着油条，一勺一勺舀着豆腐脑，慢慢地吃喝。

一个农民工走了进来，蓝衣服上溅满了白色斑点，几乎覆盖了整件衣服，让人感觉好像正刷着墙，突然饿了就走进来吃饭了。他要了四根油条，一个油角，一碗豆腐脑。他端着这些东西走近一个空位，旁边那个穿西装的男人抛给了他一个拒绝的眼神，他只得离开了；又走到一个空位，对面那个年轻小伙子丢给了他一个嫌弃的眼神，他又只得离开了；再走到一个空位，那个染红头发的女孩直接对他鄙夷地哼了一声，他只得又识趣地离开了。正在不知道坐哪儿时，他看到角落里有个空位，旁边坐着吃饭的那人看起来比较和善，就走了过去。

作家看农民工过来，显得很亲和。作家慢慢喝着豆腐脑，嚼着那根油条。农民工坐下，大口地往嘴里填着，四根油条一会儿就下去了三根。作家很诧异，望着他问："你能吃完吗？"农民工回答："能，干活的人吃得多。"作家看他狼吞虎咽地吃完了四根油条，自己一根油条还没吃完就感觉饱了，还剩一个油角，准备夹给农民工吃。农民工发现他的意图，就用筷子压住他的筷子说："不用，够吃了，不够我会再要。"看农民工拒绝的眼神，作家惊愕了一下。

看农民工吃得那么香，那么爽快，作家也想多吃，但最终还是吃不下。农民工说："吃不了还要那么多，不糟蹋粮食啊。"

"那就给你吧，不然也浪费了。"

农民工说："我穿得脏一些，但也能自食其力。"

一个有自尊的农民工，倒让作家心里敬佩。他让服务员拿袋子，把剩下的油角提走了。

服务员过来收拾东西，农民工伸出大拇指说："刚才这人好。"服务员说："那是，作家嘛，能和普通人一样？"

"他是作家？那写出的书肯定好。我闲时也看书，喜欢书里有老百姓的心里话，不喜欢高高在上的说教。"

"你也是有文化的人？"服务员打趣说。

"现在打工的一般都是高中水平的人吧！别说，这个作家的口音跟我有点像呢。"农民工有点自豪地说。

"听说他老家是XX的。"服务员说了一个地名。农民工高兴地说："是吗？我们老家也出作家了。太好了。我要买他的书看，让工友们也读。"

农民工站起来往外走的时候，一直这么兴奋着，好像要让满屋的人都分享幸福似的。

作家第二天来吃饭的时候，服务员告诉了农民工说的话。

作家眼睛湿润了，他想去工地看望农民工，送给他们几本书。服务员说："昨天是他们在这儿干活的最后一天，任务完成了，不知道又去了哪里。"

# 等

曾 冠

我是娘路边捡的。

娘只生了一个孩子，比我大七八岁，我唤他哥。咱就一家三口过日子。

小时候，哥背着我四处跑。哥的头发极短，耳朵特长。我总爱用小手拨哥的大耳朵。哥不讨厌我，让我逗着玩，笑一个够。哥被我拨弄得痒了，头摇得就像拨浪鼓。

哥万事总护着我，从不容人欺我。

我开始读书，哥就辍学。这年春节，全村孩子只有我有新衫子穿。那是一件十分漂亮的红碎花上衣，用哥挣的钱买的。

我上初中，哥到了结婚的年龄。隔壁阿婶给他介绍对象，哥说不急。那时，娘有病，我又读书，家里缺钱。

读高中要住县城，得花更多的钱。我打退堂鼓就要辍学，哥急了说："好不容易才考上，咋不读？"

我灵机一动说："挣工分，帮哥娶嫂。"

沉吟片刻，哥说："你知道不？哥谁都不喜欢！妹听话，聪明，能读书，哥就爱妹一个人。"

哥是厚道人，能说出此番话，不容易！我按捺着猛跳的心，压低声对哥说："妹还小呢。"

"只要妹继续读书，哥等。"

面对着哥，我感受到了一种特别的真诚，觉得自己很幸福，良久，我红着脸垂头答应哥："嗯。"

高中三年，寒暑三秋，哥凭一双大脚行几十公里山路，不断来来回回给我送钱送米送柴。每次见到哥，总有一种温暖涌上我的心头。由此，我更加发奋读书。

我是以优异的成绩被大学录取的。

在京城深造，哥把一点一滴的汗水凝成一张张汇票，填满娘的声声叮嘱，铺就一层层阶梯，让我拾级而上，踏进更高的学业的殿堂。本来，我还能考取公费出国留学的，但我想到哥，不忍心他苦等，一完成硕士研究生的学业，便鸟儿恋巢般地飞回了土围村——我的家园。

哥说："妹，正等你呢！吃，哥的喜糖。"

哥和村上的李寡妇成亲了！

"哥，何苦呢？妹不是回来了吗？"

"寒窗苦读熬出来，妹不容易啊！哥为有你这般了不起的妹而感到自豪。哥满足了。"

"没哥，哪会有妹的今天呢？"

"长兄为父，这是责任。如果捆着妹，哥当初就不会送妹读书！妹今天已经长大成人，且知书达理，应理解哥才是。哥是粗人一个，但也懂得人生。哥与你手足情深，是兄妹情，是亲情；哥与你嫂自由恋爱结婚，这是爱情。现在。妹能自立了，哥也成家了，省了娘的心。哥等的就是今天啊！"

"哥——"

## 潭门女人

### 麦 麦

潭门是靠海的一个小镇。海边的田地不多，一年就夏季种植一次水稻，秋季种植菜椒经济作物。有些女人干脆不种田，专门打杂工，做点小生意或开车。惠芳却是一边开车还种了些水稻。

一大早，镇墟沐浴在凉爽的海风里，惠芳跟其他三轮女一样把车稳当地停靠指定的三角路口，然后从座椅上跳下来，径直走入附近的一家早餐店。她跟熟人打着招呼，很快就提着装着一个包子的白色的塑料袋又回到驾驶座上。惠芳把包子放嘴里一边慢慢地咬，一边盯着四周的目标。

"嫂子，真早啊！快点上车！"目标出现，惠芳马上把未吃完包子的袋子打结挂车上，一边跟客人打招呼，一边用力猛踩油门，启动车子往目标奔去。等客人上了车，三轮车并没有停下来，而是在原地"嘟嘟"地开着，继续等候下一个目标。

"嫂子，你的公爹（男人）人回来了没？"惠芳扯着嗓门问上车的女人。

"回来了，昨晚回来了。这不，一大早的我就上街买早点回去给他吃咯。"车上的女人回答，晃了晃一大袋子让惠芳瞧。

"你的公爹人呢？"女人反问。

"他还没回来。"惠芳心里有点沉，也有些忐忑不安。因为这两天天气预报说南海附近的强热带风暴迅速加强成台风，她的男人阿海就在南海附近海域作业。现在已经有很多出远海的渔船陆续回到潭门港避风了。

"前两天咱打过电讲机，公爹人说，那里风不大，要是风大会跑到西沙的琛航岛避风。"惠芳忧心忡忡地说，她到底还是很担心的。

"说的也是，不过咱们公爹人作海不容易，还是小心点好。"

两个多月前，惠芳开着三轮车载着阿海到潭门码头。每次阿海出海回来，惠芳都要开着三轮车来接阿海。

这次阿海出海也到了该回来的时候了，偏偏这个时候遇到台风，真是让人不得不担心。

夜晚，远远就听到波涛"嘣嘣"的轰隆声，一声比一声高，一阵比一阵急，有台风的夜晚月光反而很亮，透着一股清凉。惠芳躺在床上辗转反侧，她不时地看手机，不时地看着床正面的结婚照。黑暗里的镜框反射出一种金属的亮光，惠芳还是能清楚地看到照片里的阿海，哪怕是闭上眼睛。天越来越逼近清晨了，惠芳哪里睡得着。她很累，那是心累。

她的阿海此时会不会跟她一样牵肠挂肚？她的阿海此时是不是跟她一样望眼欲穿？惠芳心想。

其实每个夜晚，惠芳都担惊受怕，她担心阿海带氧气瓶下深海作业时发生危险，出海的男人不仅要防着海里的大风大浪，还要防着海里凶猛的鲨鱼，更担心的是周遭的海寇。惠芳想到阿妈的话是对的，作闯海的女人多么不容易啊！

第二天，一切似乎很平静。惠芳早早就开着三轮车到港口打听消息。

"听说昨晚停靠在琛航岛的几十艘渔船被台风打坏了，还有两艘被打沉了，具体情况还不是很清楚。"有人说。

"听说有一百来人失踪了，还有很多人受伤了。"又有人说。

惠芳的脚很软，越来越站不稳，身子不由地往后靠，倒在三轮车上。

"不过，听说国家已经派部队搜救了。"

惠芳的耳朵在嗡嗡地叫，她几乎听不见大家在说什么了……

越来越多的人围聚码头,人头攒动。很多的运输车来了,人们从车上卸下一箱子一箱子的矿泉水、方便面、红烧肉罐头等食品往船里搬。这些食品很快就运往西沙助援台风遇险的渔民。

这一天半,天仿佛塌下来了,时间仿佛凝固了。

惠芳的脸苍白憔悴,眼皮浮肿,眼圈发黑。她提了提沉重的眼皮,往大门外望了望,其实她什么都看不见。她舔了舔干裂的嘴唇,有股血腥味。惠芳很累,她觉得身上压着一块巨石喘不过气来,几乎令她窒息,她感觉自己就快要死了。

"老婆,电话来了。"一声手机设置的铃声响了:"惠芳,我是阿海,我很好,一切都好,多亏海军的救援……"阿海的声音仿佛从天而降,惠芳拿手机的手在颤抖,呜咽着说不出话来,眼泪只是吧嗒吧嗒地往下掉……

# 出　击

高淑霞

酒馆不大,昏暗。

我在犄角的一张酒桌前坐下,要了酒菜,自斟自饮起来。

桌子对面坐着一个陌生男人,瘦弱,脸色通红。他用迷离的眼睛盯着我,举起粗瓷酒杯向我晃晃说:"我那天也怪了,非拽着白帅喝。我很谨慎,在科里没交一个朋友。白帅是二楼计划科的,是在……?"男人左手两指点着太阳穴,皱了下眉说,"是2003年,在碧玉湖开年会时结识的。当时住一个房间,挺谈得来。关键是做酒友,在一个局不在一个科室,这距离正合适。"男人朝我挤挤眼,那样子像说:"你懂的,哥们。"我回了一个笑。

男人喝了口酒说:"那天酒刚入肚,秘密就冲出口来,按也按不住。白帅问我你怎么知道的?你看到了?我说看到了,我到九天大饭店看朋友,在楼道看到老头子搂着冰美人进了802房间。我朋友住807,我当时正开门想出去,哎呀妈,我立马退回来了。"

男人看了我一眼,说:"嗨,老头子是局长外号,冰美人是财务科长,白帅也是外号,脸白,帅气。"

男人又喝了一口酒说:"回到家,我就后悔。白帅的话总在我耳边响:'这件事你只能跟我说,要是让老头子知道,小鞋你就穿定了。'我当时想是啊!人都说老头子心毒手狠,我必须管住嘴。可白帅的嘴严吗?人这个东西,不好说啊!那些日子我像惊弓之鸟,觉得单位里每双眼睛都变得异样。于是我找机会往老头子身边凑,观察他的反应。一个月过去了,老头子对我如同以往,没任何变化。我觉得自己多疑了,甚至怪自己怀疑白帅。可半年后,当我快把那件事忘了时,这小鞋竟来了。"

男人的脸变得阴沉:"去宁夏支教,怎么说也不该我去。我学结构的,39岁,孩子正上小学。"

我突然有了想跟面前这个陌生男人聊下去的冲动,我起身把他的酒杯倒满,说:"你这个岁数,正是科里的顶梁柱,孩子也需要辅导,是真脱不开身啊!"我的声音充满感情像是说自己,"是白帅嘴不严传出去的?还是他把你卖了,向老头子告了密?"

男人笑了,笑得很惨:"嘿嘿,老头子,老头子一直蒙在鼓里!"

我疑惑,问:"那,不是老头子给你穿小鞋?"

男人举着酒杯点我:"你啊,弱智!弱智!"他举着酒杯的手在抖,杯中的液体迸溅,滴滴拉拉洒落桌面。

我催促道:"你说,怎么回事?"

男人一仰脖把杯中的酒喝光,说:"刚才,临来的时候,傍晚我在家整理去宁夏的行李,想起一个优盘放在办公室的抽屉里,就想取回来带走。于是我就去了单位。单位离我家三站地,晚上只有保安守大门。我和保安面熟,进出方便,路过二楼的时候,我往里瞟了一眼,发现白帅的办公室门前有一条光束,就蹑手蹑脚地走过去躲在门外观察。唉,也怪了!鬼使神差似的,我好像就知道里面有事。我看到了冰美人倒在白帅怀里……妖精般的手指戳着白帅的脑门数叨'你笨死了,我哪能把书呆子看到的事告诉老头子啊!那老滑头,贼得很,他知道了就会警觉,就不会听我的话,让书呆子去支教了。'书呆子是我的外号,我可真够呆的,要不是听到他们谈话,怎么也不会想到他俩早有一腿,而且还是白帅让冰美人去勾搭老头子的。"

我的心一颤,天呐,难道真有神灵指引?

我正经历了一半眼前这个男人经历的事情。还差一步,还差一步我就要陷入泥潭。

我问男人:"你当时怎么没用手机录下来?"男人瞪着我,所答非所问:"有眼无珠,有眼无珠!活该被耍弄!"

我无奈地摇摇头,起身,指着他说:"这不怪你,谁都有认错人的时候,关键是……"

我走到吧台,替男人结了酒钱,离去。

7个月以后,我们局的副局因为贪污受贿被双规了。至于我起了什么作用,哈哈,你猜猜。

# 长点记性

## 宋 超

正月的一个晚上,退休多年的二大爷老两口正窝在沙发里看电视,有人敲门。儿子、儿媳带着孙子给乡下的老泰山拜年去了,这门是开,还是不开?二大爷举棋不定。家里又没有亲戚在城里,亲戚都在乡下,要来一般都是白天,还提前打个电话。开吧,是原则问题,不开吧,是礼节问题。二大爷犹豫了一会儿,出于礼节还是去开了门。

是个胖子,二大爷不认识,还提着东西,沉甸甸的。胖子没有立即进屋,先把半秃的脑袋从门缝里伸进来,贼眉贼眼地把客厅里扫描了一圈,一副进退两难的样子。

"进来吧,家里没外人,就咱老两口在家。"二大爷看出胖子窘态,乐呵呵地说,胖子这才点头哈腰地进了屋。

"马局长不在家?"胖子问。

"拜年去了。"二大爷说。

"马局长也给人家拜年呀,是县里还是市里?"胖子说。

"都是乡下的亲戚,相互间走动走动。你找他有事?"二大爷说。

"马局长神速,这么早就把上面的都拜完了?"胖子小心翼翼地问。

"他从来不给上面的拜年。"二大爷说。

"请问你是……"二大爷顿了顿又问。

"我是来给马局长拜年的,平时没少给他添麻烦,想请他吃顿饭,他老是忙，所以……"胖子说着把东西放在茶几上。

"有啥需要他帮忙的，你直接告诉我就行了，这孩子，从小就听我的。"二大爷说。

"也没啥大事，就是他们公路局有一条通村公路的项目，想请他……"胖子吞吞吐吐地附在二大爷耳边说，声音有些小。

"啥？"二大爷问。

"就是他们公路局有一条通村公路的项目，想请他……"胖子吞吞吐吐地附在二大爷耳边又重复了一遍。

"你能不能说大声点？年岁不饶人呀，这眼睛花了，记性差了，耳朵也背了，声音小了听不清……"二大爷摸摸耳朵说。

"理解，理解……"胖子说，又大声重复了一遍。

"这回听清楚了吗？"胖子不放心，又问。

"听清楚了，就是他们公路局有一条通村公路的项目，想请他……"大爷大声说，还把胖子的话重复了一遍。

胖子出门的时候，好像还是有些不放心的样子，已经到了门口又折了回来。

"千万别忘了哦！"胖子大声对二大爷说。

"记住了！你放心吧，就是他们公路局有一条通村公路的项目，想请他……就是我这把老骨头忘了，它总不会忘吧！"二大爷指了指门廊的楼顶大声说。

胖子一惊，抬头看楼顶，一只小巧玲珑的摄像头正对着客厅的门，进进出出一览无余，胖子大惊。"这是……"

"没什么，就是谁想祸害我儿子，咱就给谁长点记性。"

## 孩子是上帝派来拯救父母的天使

苏 龙

老张喜欢孩子，有空就混在孩子堆里做"孩子王"。

老来得子后老张把心思全部倾注在儿子身上，朋友不约，饭局不去。

老张说小孩子就要有小孩子的样子。所以儿子蹒跚学步时，老张就带他玩沙、踩水；儿子走路稳了，老张就带他放风筝、追蝴蝶。闲时老张还带儿子到乡下骑牛骑马、摸鱼捉虾。

老婆看不过眼，"哼"地说："没有教养的大人才会跟熊孩子疯玩胡闹。"

老张就反驳："真是妇人之见。教育家说过：越是顽皮好动，越使生活乐趣无限。我就是让我的仔仔有一个活泼快乐的童年。"

老婆只有苦笑摇头的份。

但是儿子整天疯玩个不停，老张也是常常身心交瘁、疲惫不堪。

在这快乐而不消停的日子中，儿子逐渐长大，兴趣爱好也在不停转换。这不，等到小家伙上幼儿园小班时，对画画产生了兴趣。

老张两公婆舒了一口气：不安分的捣蛋儿子终于肯静下心来做点什么了。

老张一股脑地把小黑板、粉笔、画板、画纸、水彩笔买回来。儿子规规矩矩地或者在小黑板上用粉笔作画，或者在画板上用水彩笔涂鸦。

不久，儿子又干了一件让老张两公婆捶胸顿足、咬牙切齿的"大事"。

那天恰逢周末，老张正——窝在书房里"啃"书，儿子一人独自在客厅画画。

"我的妈呀，老张……"老婆歇斯底里的尖叫声把没来得及穿鞋的老张扯到客厅。

"看看你的乖儿子干的好事！"刚从外面买菜回来的老婆暴跳如雷地喊。

老张定睛一看，吓了一大跳：我的乖乖，只见墙壁四周，只要是小家伙够得着的地方俨然变成了"动物园"，有老虎，有兔子，有乌龟。

难怪老婆心疼得直掉眼泪，他们住在单位的老旧小区，住房是二十世纪八十年代建的大板房。分到他们手上时很是陈旧了。经过两公婆的精心粉刷，从客厅到卧室，雪白雪白的，很是舒适宽敞。没有想到两公婆的一番心血，竟毁于一旦。

两公婆轮番训起了小家伙，训完小家伙又相互指责，互不理会。二十多年培养起来的夫妻情谊小船差点说翻就翻。

墙壁重新粉刷一遍后，老张就加大了盯梢力度，像影子一样围着儿子转，儿子稍有"不轨"行为马上制止在"萌芽状态"，倒是风平浪静了一段时间。

老张就想出了一个"疏"的办法。儿子不是想在墙上画吗？老张就在书房挪开一个书柜腾出一个角落给儿子开辟了"第二战场"，美其名曰：创作园地。以后儿子就乖乖地把作品画到这个固定地方了。

有一回，儿子"爸爸爸爸"地把老张召唤了过去。儿子说："墙壁长皱纹了，我要盖住它。"随着儿子手指处，老张发现"创作园地"内有一条不显眼的小裂痕。

"大概是当时粉刷时双灰粉刮得不均匀吧。"他想，也没放在心上。

过了一段时间，老张忙完手头文字工作，一面伸着懒腰，一面移步到"创作园地"欣赏儿子作品。

突然老张打了个激灵，倒吸了一口冷气：我的妈呀，儿子覆盖墙壁"皱纹"的那张水彩画不知几时被形如非洲大裂谷的一道裂痕硬生生地扯成了两半！那裂缝宽得手指都能插得进去！

"不好！"他家很快就把家人疏散到户外。然后他扯开嗓子一吆呼，楼上的人也全部撤了出来。

国土和住建部门的调查结果很快出来了：大雨常年冲刷楼房地基，逐步掏空楼体的地基，逐步造成地基下沉。结论：重度危房，不能住人。

"还好你们发现得早，要不然发生楼房坍塌事故是分分钟的事情。"现场参与调查的一位工程师说，听者直冒冷汗。

在当地政府和单位的帮助下，住户们很快得到了妥善安置。多年推进不了的旧房改造问题也"迎刃而解"。

人们都说是老张救了大家一命，老张却淡然一笑。老张常常想：当初如果自己不尊重儿子的爱好，如果自己不让儿子在墙壁上画，那原本躲得深深的裂痕绝不会被发现的！

有人说，孩子是上帝派来拯救父母的天使。老张深以为然。

# 大 师

### 张以进

孟强是一个偏僻山村的农家孩子，要不是那场车祸，他会和其他的农村孩子一样，渐渐长大，成为一个农民或者在都市漂泊的打工者。孟强的父亲是个瘸腿残疾人，母亲是个子矮小的侏儒。

孟强六岁那年的秋天，父亲到镇上摆摊了，母亲就在公路旁的水渠里洗衣服。独自在家的孟强，耐不住寂寞，步履蹒跚地来到公路旁。看到母亲的身影，孟强欣喜地迈着小脚冲了过去。

急促的刹车声后，孟强的母亲看到孟强倒在一辆货车的前轮底下，吓傻了的货车司机愣在驾驶室里不知所措。孟强的母亲踮着脚用手擂着车门泪流满面声嘶力竭。纷纷赶来的村民救出了孟强，孟强的双腿被轧断了。

孟强被送进了医院，双腿做了截肢手术。货车司机家境贫寒，连医药费也没能拿出多少。孟强的父亲和母亲东奔西走，村里捐村外讨，感动了一位报社记者，媒体的报道引发了市民的关注，市民的爱心捐款让孟强渡过了难关，他从死亡线上捡回了一条命，活了下来。

生活中精彩的故事很多，市民很快对孟强的故事失去了兴趣。孟强回到了老家，呆坐在床上，床边的那扇小窗是孟强唯一的欢乐和希望。有一次，看到几只麻雀在窗台上叽叽喳喳闹个不停，他看得痴了。

孟强的父亲依然去镇上摆摊，母亲给人家串水晶玻璃珠，串一串几分钱。孟强有时候也想帮母亲一点，但那一分一厘积攒的钱仅够一家人的日常开支。

过了一年，孟强被送进了一家马戏团。马戏团的胖团长来到孟强家里的时候，围着孟强转了好几圈，又让孟强张开嘴巴看了看，就把孟强带走了。胖团长说："到了马戏团，管吃管住还能开眼界。"

马戏团的胖团长很严厉，孟强在那里什么都学。特别是学习扑克牌的变牌技巧，胖团长每天都盯着他练，一天练上数十遍。有时候，手酸了，胖团长还是一个字：练。

马戏团到乡村演出，没有双腿的孟强让村民感到惊奇。而他表演的扑克牌变牌更让村民叹为观止，一副扑克牌在孟强手里像一条甩不掉的花手链，在孟强的手里飘呀飞呀，让人赞叹不已。孟强的表演结束后，村民纷纷把钱丢进胖团长的帽子里。

孟强跟着胖团长走南闯北，胖团长很少要求孟强做什么。但是，每天的牌技训练却是从不妥协。孟强把扑克牌玩得眼花缭乱，胖团长却让他一次又一次重做。胖团长说："人家是十年磨一剑，你练了才几年？火候差远了。"孟强不服气，把扑克牌一丢，说："你试试？"

胖团长捡起扑克牌放在他面前，说："你不练，随时可以走。"

孟强没有走。孟强没有双腿，离不开马戏团，他只能听胖团长的话，继续练扑克牌。

不知不觉过了十多年，乡村的人不少进城了，乡村家家户户有了电视或电脑，马戏团的收入也越来越少，终于有一天，胖团长把所有员工召集在一起，说："马戏团入不敷出了，再带着大家，连饭都吃不饱，我于心有愧。大家都有一手绝技，各奔前程吧！"

孟强抱着胖团长大哭，胖团长拍拍他的肩膀说："继续练你的牌技。"

孟强回到了老家，父亲依然在镇上摆摊，母亲还是串那水晶玻璃珠。孟强除了帮母亲串珠子，就练牌技，他记着胖团长的话。

胖团长给孟强汇来一笔钱，还不时打电话过来，问孟强有没有继续练牌技，孟强笑着回答："师傅，您放心。"

春风送暖的时候，胖团长打电话过来，说省电视台举办绝人绝技大赛，已经给他报了名。

孟强来到省电视台那个令人炫目的舞台上，七彩的灯光流光溢彩，柔和的音乐舒缓流淌，台下的观众热情如潮。孟强有点紧张，但他很快镇静下来，他看到了观众席上的胖团长。

拿牌，出牌，玩牌，在舒缓的音乐声中，孟强的双手像两根魔棒，手中的扑克牌像一片片叶子，围绕着他翩翩起舞。随着音乐加快，他的牌也越转越快。猛然，音乐戛然而止，他眼前的扑克牌也骤然消失。

台下掌声如雷。主持人来到孟强面前，她赞叹孟强牌技表演得精美绝伦，更希望孟强能说说成为大师的传奇经历。孟强说："我从没想过会有这样一个舞台和这么多的掌声。我只知道，失去了双腿，我要靠精彩的牌技活下去，所以我要天天练牌技。也许是那次车祸让我成了大师。"

# 一棵杏树

### 蔡冬桂

喜贵院子里有棵杏树。杏树是喜贵爹和娘在成家时栽的。

喜贵爹一辈子爱杏树，年年给杏树施肥、打药、整枝、授花粉……

喜贵是老幺，上有三个哥，大哥喜荣，二哥喜华，三哥喜富。

爹一天天老了,哥几个先后成家分了出去。喜贵就在老宅,爹随喜贵过。后来喜贵也结了婚,小两口对爹十分孝敬。

喜贵爹八十出头了,生活不能自理。喜贵媳妇每天都要打盆热水亲自给公爹洗脸洗脚。公爹逢人便夸,俺老幺媳妇比闺女还亲。

爹病了,几天屙不出来,喜贵就和妻用手指一粒一粒把屙不出来的粪便抠出来。

哥嫂几个却说,喜贵两口子,这样对爹好,是想多拿爹的积蓄。爹一辈子勤快,哪能没点私钱呢?

爹走了,留下八千元,说:"兄弟四人平分。"可喜贵不要钱,却要院内那棵老杏树。

哥几个窃喜,满口答应,心想那棵老杏树有什么好的?

爹走后,喜贵依然像爹一样侍弄杏树。想爹了,就站在树下看看树。

可后来谁也不会料到,喜贵院子里那棵老杏树竟升了值,而且价格一涨再涨。花木贩子喊价从五千涨到了两万。

喜贵哥几个反悔了,吵着要退钱,分杏树。

喜贵不理,也没一点要抛树的样子。

行情说变就变,杏树价一下又跌入低谷,无人问津。喜贵哥几个骂喜贵傻子。

可喜贵没一点恨的样子。

又是几年,喜贵他们所在的村子要开发。

因为这棵杏树,纠结着喜贵,喜贵夜不能眠,成了"钉子户"。

两万,三万,五万,开发商急用这块地皮,把杏树价抬上了天。

喜贵仍在犹豫……

哥几个看红了眼,见喜贵还不动,这天,不经喜贵同意,几个人就来动手刨树。一向文弱的喜贵一下火了,吼:"哥!你们敢这样,休怪我为弟的不客气了!"喜贵哥几个才泄了气。

一天,开发区传来消息,这杏树不动了。因为这棵杏树正好在一条道路绿化区内。树价还按原价两万赔偿。

喜贵二话没说,就签了协议。喜贵哥几个有摇头的,有叹气的。三哥喜富挠挠头,说:"我怎觉得爹不在了,冥冥中还向着喜贵呢?"

## 1980年的木头

### 谭维斯

　　周天是在检察院反贪局里才想起1980年的木头的。当然，周天首先想到的是2002年某公司经理送给他的二十万元钱红包，然后是2001年某企业老总送给的股票。周天是从2002年一直往回想的。只有到了这种特定地方的人才有这种特定思维，就像翻晒日历一样翻晒自己的过去。

　　周天无意中发现了两件很有意思的事。一是周天的身子从肥胖一直慢慢地消瘦，直到1980年周天已是一个清瘦的小伙子；另一件事是周天的胆子慢慢地由大变小，以致收受的礼物也在一年年减少，直到1980年，周天居然收了某生产队送来的三截木头。

　　1980年的周天是个活泼的小伙子，带着一班电工到某生产队牵电线装电灯，周天是公社供电站的一名小头目。乡下人很朴实，也好客，不但每天鱼肉鸡鸭招待周天他们，完工时，生产队长还临时决定送三截木头给周天打套沙发用，周天那时还没有女朋友，但很想拥有一套质地坚硬的木沙发。周天没有拒绝，也没法拒绝。

　　三截木头被周天沉到屋后的鱼塘里浸了整整一年，见没有什么风声，周天才敢打捞出来，请木工师傅做了一套木沙发。周天每每坐在这套木沙发上都倍感亲切和暖和，因为这木沙发里凝聚了乡亲们对周天给他们送来光明的无限感激之情。

　　周天相信1980年的木头很坚固，质地也很好，特别是经过了一年时间的浸泡。但周天没想到，1980年的木头居然经不起时间的考验，会被蛀空、会腐烂、会变质，就像周天本人一样，从1980年的清纯朴实到2002年的冬天，坐在反贪局里那张木沙发上反思。

　　周天很后悔，周天开始怨恨1980年的木头。假若没有1980年的那三截木头，或许便不会有后来的一笔笔礼物收入，不会有那笔股票，也没有那二十万元钱的红包。当然，周天也不用坐在这里拷问良心。1980年的木头，将一个汉子的腰杆慢慢地压弯。

# 城里人张三

## 大 海

22岁以前的张三，是个地地道道的乡下仔。张三出生的村庄叫浣纱涌，名字很文艺，景致也很美，绿树苍翠，白鹭飞翔，一条小河像位少女，围着村庄咿咿呀呀地唱。读过几本古书的爷爷，常常告诫少年张三："万般皆下品，唯有读书高。"张三躲进稻草堆，苦思冥想不出爷爷为何志存高远，但爷爷的话犹如田间的谷子地头的薯，朴素却充实着张三的理想。张三发奋读书，努力向上，考中了县城的重点高中，考上了省城的师范大学，分到省城国营机械厂当了办公室秘书，还娶上白白胖胖的城市女，成了真正的城里人。

城里人张三，过着平平淡淡的城里生活，偶尔回乡享受下城里没有的荣耀。遗憾的是，城里岁月像块油腻的抹布，擦净了张三从农村带来的灰灰土土，却留下了斑斑驳驳的城市伤痕。好好的国营机械厂，在改革开放大潮的冲击下，毫无征兆地扑倒在地。厂子倒闭，张三下岗。张三向来安逸惯了，这么一下就慌了神。年过半百的张三，找出几近腐烂的专科文凭，偷偷摸摸地去了几个私企应聘，无奈人家总有理由拒绝。

城里人有他的荣耀，也有他的无奈。越来越多的国有企业，像浣纱涌大水浸后的稻子，一茬一茬，拦腰栽倒。那些吃国家粮的国企职工，滋润的日子说没就没。张三的老婆，不久也提前内退。这时节，张三儿子考上大学，正需要钱花。迫不得已的张三，用下岗补助款开了一间食杂店，在熟悉的城市开始另一种陌路生活。

城市无暇理会民生疾苦，照样马不停蹄地日益繁华，任高楼大厦雨后春笋般疯长。大学毕业的儿子每次带女朋友回家后，都向张三开炮："家里总共六七十平方，连个说话地儿都没有。"张三说："不是有你的房吗？"儿子愤怒地说："屁大个地方，除了床椅子都安不下。"张三说："那……明儿换大房。"儿子气咻咻地出去，张三立马后悔，自己的低保金加上老婆不高的退休金，在寸土寸金的城里，搭个浣纱涌那么大的猪圈都不够！

儿子在外租房，与女友过起二人世界。没有儿子的炮火，家里清静多了，张三开始自我安慰："龟儿子有本事自己换房，没本事缩回家里来，老子好歹有个窝给你。"张三还悟出一套城市普通人的安乐思想："莫说比上不足，也莫说比下有余，日子能过就好哟！"夹在城市缝隙里的张三，迅速调整心理状态，在食杂店生意好时，还会光顾下遍地开花的足浴按摩馆。女按摩师们，在收到张三的小费之后，总能让他收获久违的荣耀。

爷爷去天国志存高远，父亲也见马克思了。张三停留在浣纱涌的目光渐行渐远，昔日的浣纱涌却在发生翻天覆地的变化。就是说，改革开放的触角伸到了农村，哪怕那片地曾经鸟不拉屎，突然就山鸡变成了凤凰。一个说话像打铁的香港老板投下巨资，将原本山清水秀的浣纱涌打造成梦幻般的世外桃源，引得城里人蜂儿采蜜样飞来度假。热闹的浣纱涌，人人有分红，个个有工作，家家户户盖起漂亮小洋楼。一次，儿时伙伴狗生来省城办事，张三请吃饭，狗生抢着买单，说："你挣那小钱还不够我抽烟哟！"张三问："村里人挣钱比城里人多？"狗生用戴着金表的手拍着张三说："老子是农民，但老子现在瞧不起你们有些城里人！"

几年之后，张三下决心回家乡祭祖时，却被一座高大的门楼堵在村口。一个涂脂抹粉的小姑娘坐在写着"购票入村"的小窗里，说："成人票，八十！"张三说："我是浣纱涌出去的哟！"小姑娘说："只要现在不是本村人，都要买票！"张三再要争辩，被两个威武的保安请到一边。第一次被生养的村庄挡在外面，张三茫然不知所措。小河还是过去那条小河，记忆里的光景却荡然无存。靠村的堤岸，已经变得花红柳绿，灯光烂漫。张三努力把它回想成幼时见过的浣纱涌的丰腴少妇，怎么看，却都像城里按摩馆的风骚女子。

张三目光迷离中，一辆旅游大巴驶入村里，又一辆面包车在村口停下，下来几个膀大腰圆的领导。一个白衣白裤黑皮鞋的男子从村口急步而出，将领导迎入。

男子就是狗生！张三很想叫住狗生，让他带自己免费入村。话到嘴边，又吞下了。

# 红 杏

姚 伟

女人是那种让人一见就想入非非的女人。

让人想入非非的女人难免会有故事发生。

故事发生的时候，杏花开得正艳。粉嘟嘟的杏花爬满了枝条，杏枝蔫吧吧地耷拉着，有几枝伸出墙外。男人进到院子，在杏树下驻足细观，月光下看不清杏花，男人拉近一枝杏花嗅着。蜜蜂在花间忙活，把花香带到男人鼻尖。

工地上有个很妩媚的女工，喜欢上了男人，投入男人的怀抱。男人想把身上的躁动发泄到女工身上时，想起了院内的杏树，想起了家中的女人，那个伺候着瘫子娘的红杏，他推开了女工。男人逃回了家，逃回家的男人闻到了杏花的香味。

"红杏，咱盖房花的钱，给娘治病塌的账，得打工挣钱还。"男人攥着女人的手说，"我出去打工，得一年半载才能回来，我丢不下你。"

女人搂着男人的腰，泪眼婆娑："想起这棵杏树，就会想起我。根在树在。"

现在杏树根深枝繁，女人呢？男人的心跳又一次加快，浑身燥热，向内屋望去，望见了将要发生的故事，窗户上显出两个身影。男人握紧拳头急急上前，听到女人和一个男人的声音。

"你滚开！"是女人的声音。

"红杏嫂，山庚哥不在，还是咱俩享乐吧！"男人听出是隔壁山娃的声音。

"你不走，我喊人了。"

"你喊吧，除了你那瘫子娘，没有人会听见。"

"那好，我死给你看！"

"你死吧，死了，我也要快活。红杏嫂，你来真的呀，我走，你快放下剪刀。"

男人松开拳头向墙角退了退，一个黑影窜了出去。女人插死了门，男人怕立即进去吓着女人，在门外站了好一会儿，上前轻轻叩门："红杏，红杏，我回来了。"

屋内没有响动,男人叫道:"红杏,你睡着了没有,我回来了!"

女人惊道:"山庚,是你吗?"

男人听到噔噔噔的脚步声和绊倒小凳子的声音。屋门猛地拉开,女人卷着一股风,扑到男人怀里:"山庚,你可回来了。"

男人说:"我想你,想早点回家,倒了几趟车回来晚了,没吓着你吧!"

男人的嘴被热乎乎的东西堵住了,浑身再次燥热。木板床咯吱咯吱欢快地叫了好长时间。

男人搂着女人:"我太想你了。结婚四年了,经常把你留在家里,我很……想你。"男人想起那个山娃,想说"我很不放心",改口说"想你"。

女人眼里湿湿的:"我们要个孩子吧!你看,我们结婚时栽的杏树都要挂果了。"

"再缓缓吧,要养孩子,要照顾娘,会累着你的。"

"为了你,为了家,再累我也不怕!"

男人紧紧拥抱女人:"你知道吗?工地上的男人再苦再累的活也不怕,就怕想家想女人。有个小伙干活时掏出女友的照片看,一脚踩空从楼上掉了下来,脊椎骨摔断了。那天有个叫卖杏子的,我想到咱们栽的杏树,想到了你,也差点从楼上掉……"

女人嘤嘤地哭叫:"山庚,别说了,我怕!"

男人轻轻拍着女人:"别怕,你说过,根在树在,你在我在!"

"你不要走了,我想要个孩子!"

"为了我们的孩子过得好一点,我还要出去打工。有我们的爱情树作证,我永远想你想这个家。"

男人还在熟睡的时候,被一阵嘭嘭声惊醒。男人捶捶腰,穿衣走出内屋,看到在晨曦中,女人正举起斧子砍那棵杏树。男人惊问:"红杏,你怎么把咱们的爱情树砍了?"

女人回过头说:"我怕你在工地上想起杏树,分心。"女人没有告诉山庚,山娃是顺着伸出墙外的杏枝溜到家里来的。"我砍了杏树栽棵女贞吧,我喜欢女贞四季常青。"

男人说:"别怕,有你在,我会活得好好的!"

女人说:"你放心去吧,我会照顾好咱娘,保护好咱家的!"

过了两天,男人要上路了,一棵女贞已栽到院子里了。

# 祭

## 凯 歌

　　在茫茫的原始戈壁上,曾经生活着这样一支奇异的民族:他们采绿野为食,掬沙泉为饮,域内通婚繁衍,几千年来概不与外界往来,亦不容纳异族介入,甚异之处是他们以土石为神,虔诚膜拜,成为东方奇谈。

　　对于这样一个神秘的部落,我一直怀着一种敬仰和好奇,这次终于背上行囊,挎上照相机,踏上漫漫的考古之途,去寻觅这个传说中的神秘王国。

　　沙丘环集,罡风烈烈,头顶的烈日在戈壁上肆意炙烤,皮肤有一种随时被炽裂的灼痛。

　　一枚金币在沙漠中灼灼闪耀。我举过头顶喊:"谁的金币,谁丢了金币?"

　　一位老者匆匆赶来,老者抹去脖子上的汗说:"人老不中用喽!"

　　我跟随老者来到一片绿洲,穿过大片大片的成荫绿树,落脚处嫣然绿盈遍野,河水淙淙,花香禽语,清风怡人。人们行色匆匆地赶往同一个地方。路上,有人向老者打着招呼:"泰伯早!"

　　泰伯告诉我,这是要拜神了,去拜祭一个刚刚成为神的神。

　　人们簇集在一个大祠堂前缄默得深沉:人群有老人,有小孩,有脸如火炭的汉子……其中一些人似曾相识,像是路上偶遇的过客。

　　泰伯坐在正堂的一个石椅上向大伙儿介绍:"这个年轻人捡到了我的金币!"

　　泰伯双手扪胸:"太阳神的子嗣们,谁都明白,今天的聚会只有一个目的,那就是拜祭刚刚离开司库部落的英雄阿丘特。阿丘特和沙漠中凶残的恶狼作战,保护了我们的羊群、孩子和土地,按照司库人的族规,这样的英雄将成为司库族又一位神!"人群沸腾了,人们一起喊着:"让太阳照耀在司库族的土地上,让司库部落向伟大的阿丘特致礼!"

　　我似乎明白了,他们是在祭祀一个为部落而殉难的英雄。

　　人们口中念念有词地依次来到沙雕旁。沙雕周围纵横跌宕,延绵不绝,每块沙雕山石都呈现出奇形怪状的人兽模样,似细工雕刻,又似自然天成。

　　泰伯带领大家将一碗清冽的青稞酒举过头顶:"阿丘特,我亲爱的孩子,你的灵魂将与伟大的太阳神同在，让你的灵魂同太阳神一起保佑司库族的儿女吧！"

所有人对一尊高大的形似猎犬的沙雕膜拜，祭拜者掌心向上，双膝跪地，一次又一次地俯身下去、俯身下去……月光下的人们脸上写满了虔诚，额头和大地相触的那一刻又是怎样的热情和坦荡。

我若有所思地想，这该是怎样的一个神呢？

"一只优秀的牧羊犬！"泰伯像是读懂了我的心思一般。

"一只——狗？"吃惊之余，我怀疑风沙遮掩了我的耳蜗。

一只尽职的牧羊犬，他用身体证明了自己的存在，应该值得人们尊重……在这个部族，凡是为了族群的利益而献身的生灵，灵魂将与太阳神一起受到祭拜！

泰伯指着山上一层层形体迥异面呈百态的沙雕说："不论是为司库族找到了泉眼的老马斯翰达、整整唱了几年晨歌的公鸡卡拉，还是为司库族繁育了好些儿女的老女人阿什采、做木马给孩子们骑的干瘪老头古旺克……这些英雄们都是太阳神最优秀的儿女！"

祭祀活动还在继续着，我震惊得无言以对：一支以狗和任何生命为神的部落！这该是怎样的一个部落，我又该以一种怎样的方式去解读这个部落的低俗与尊崇？在眼神充满了迷离的瞬间，我的眼角分明有了一种潮湿的感觉。

一滴泪随风而走，在飞向天宇的一瞬间，化作一缕青烟升腾向太阳所在的地方。

大片大片的乌云压过我的头顶，黑夜即如脱困之兽呼啸而至，瞬间将大漠笼罩，沙漠中一场无情的龙卷风就要来了。在排山倒海的呼啸中，周围的一切尘埃在浑黄的苍穹下狂舞，似悲壮的歌者，似纵情的舞人。

等我醒来，周围恍若另一个世界，男人、女人，还有那个主持祭祀的老人以及那些各具形态的沙雕皆消失殆尽，唯有大片大片的瀚海波澜壮阔，纵横绵延。

一本典籍从我的衣兜中陡然滑落，一段文字赫然醒目：司库族，西汉时一支西疆夷族，公元前216年，宣帝征西狄，部落遂亡。史无再考。

# 海风轻轻地吹

何献国

他们相恋了,是在网上。

他有老婆,是一个长相凶悍,河东狮吼式的女人。

她有老公,是一个吃喝嫖赌的家伙。

他上网是为了倾诉,倾诉他十多年来枯燥无味的婚姻和漫长无期的忍受。

而她上网仅仅是因为寂寞,想在网上找一份自己的感情寄托。

他们相遇了,聊上了。仿佛五百年前就认识似的,他们一见投缘,不到一个月就聊得如火如荼,俨然一对神仙眷侣。每到夜深人静时分,他们的网上生活就会准时开放。他发过去一杯咖啡,她就发过来一壶绿茶,他发过去一个红唇,她立马就发来一个拥抱。而这一切,她的老公和他的老婆却浑然不知。因为他们上网的时候,他的老婆早已经像一头肥猪进入了梦乡,而她的老公不是在和乌七八糟的朋友喝酒,就是坐在牌场,眼放绿光,大把大把地赢钱或输钱。

两个人是无话不说了,可谁都没见过谁。开始他是有视频要求的,她说还是不见的好,这样会多一份神秘。他说也好,毕竟是网络,见了可能会有遗憾。他们越聊越火热,已经聊到上床这样的话题。有一个晚上他终于忍不住了,说:"亲爱的,想见你了,我想死你了。"她也说:"我也好想见你!"他又说:"我想要你。"她就说:"我给你呀,你来吧!"尽管他们一直忍着没打开视频,可两个人明显地能感到网络两端两颗怦怦直跳的心。那个晚上,他们说了一夜的情话,都没睡好。第二天起来,她的眼圈发黑,就和她老公打了一晚上牌回来的眼圈那样。他也是无精打采,就像以前老婆在很多人面前骂了他一顿似的。

不行,这样下去他们准会累死,第二天晚上一上到网上,他们就情不自禁地告诉对方,还是见面吧,一定要见,哪怕对方是猪八戒,也要了了那份心愿。去哪里,什么时间,在什么地方,他们开始做周密的分析和计划,最后决定去青岛。因为哪儿离他们都近,还有大海。他们最向往的就是看大海了,在海边见面那才叫浪漫呢!

他偷偷从存折里拿了五千块钱，坐了两天两夜的火车去青岛了。说好的，她在海边一个酒店里等他。可是在海边，他等了她一整天了，也不见她的人影。他甚至去了海边所有的酒店。他给她发短信，没回，他打她的电话，关机。一直到天黑，他几乎走遍了整个海滩，也没见一个可疑的女人进入他的视线，他彻底失望了。他无限懊恼地来到临近大海的一个网吧，一上网，他一下子就看见了她闪烁的头像，他真想一拳抡过去，但他忍住了。

很快她发话了："亲爱的，你在哪里？想你了。"他愣了半天，本来想说我在海边，他却说自己在家里。她又说："哈哈！我就知道你不会去的，大海那么远！"接着一连串的飞吻就发过来了。放到以往，他准会发一串红心或者拥抱过去，可这会儿，他没一点心思。大海到底有多远呢？他不是来了吗？

他轻轻地关掉电脑，不知不觉地又来到海边，海风轻轻地吹着，咸咸的。他把鞋脱掉，光着脚坐在海滩上，看远处的海浪不断地涌向岸滩。后来他就在沙滩上睡着了，梦中他竟见到了她。她比他想象中的还要美丽。他的深沉和潇洒也深深地打动了她。

他们一见如故，很快就像一对年轻人开始了他们的恋爱之旅。

他们在海边忘情地玩耍，嬉戏。

他们买了两个游泳圈，笨手笨脚地下海了。

他托着她，她拉着他，他们的浪笑、尖叫随着海浪很快就被大海淹没了。

他们湿漉漉地躺在沙滩上晒太阳，海滩软绵绵的，好舒服。突然他们发现了一个熟悉的身影，他的老婆和一个男人，她也发现了她的老公和一个女人，更为奇妙的是这两个人就走在一起，他的老婆和她的丈夫手拉着手，说笑着，拿着游泳圈，他们旁若无人地从他们面前走过，走向大海，两个水桶一样的身材在海里竟然那么和谐，那么灵活，就像两只发情的海豚。

他看呆了，她也看呆了，两条肥胖的海豚在海中自由自在地漫游。此时，海风轻轻地吹着，吹乱了他们的头发。他和她的头发就那么乱乱地交织在一起。

他一下子惊醒了，天已经彻底黑了，大海上面的夜空早已繁星点点，这时他收到了她的短信：亲爱的，你在哪里？怎么不回话呢？明年我们一定去大海，好吗？

他没回，苦笑了一下，然后一转身，潇洒地把手机扔进了大海。

# 干闺女

## 朱 群

王秀芸老太太一儿一女，老伴去世早，她含辛茹苦把儿女拉扯大，结婚生子，自己却得了脑梗，落下半身不遂的毛病。村里干部找到王老太太办了低保证，被村民代表评为贫困户。

王老太的女儿小侠嫁到邻村，她全家到浙江台州一家机械厂打工，常年不回家。除了春节过年时回家一个星期。

小侠的厂子今年生意不景气，刚进腊月，厂里就给员工放了假，正月十六开工。

小侠到家的第二天就马不停蹄地往娘家赶，一年没见到老娘了。

一年不回家，小侠自然是大包带小包提了。小侠的车停在村道水泥路边，她知道车是开不到家门口的，因为有一段200米的泥土路。刚下过雨，一冻一化的，泥巴很大。小侠在车上就把高跟鞋换成了胶鞋。下车后，小侠看到她家门前的土路变成了砖渣路，上面撒了层石沫。小侠的车一扭头开到了王老太太家门口。小侠心里暗自感谢大哥，大哥对娘照顾真周到，为了不让娘踏泥巴，竟给娘修了砖渣路。小侠的娘王老太太正坐在门前的小板凳上晒太阳，冬阳暖暖地照着，没有一丝风。小侠看到娘的土坯房不见了，眼前是三间瓦房，里外粉刷得雪白雪白的。娘的堂屋中间挂了一幅"江山如此多娇"的风景画，枣红的画框，装裱得美观大方。东屋山的墙上贴着一张年历，年历旁边是贫困户的"收入明白牌"。小侠向娘的里屋望去，东屋山一个崭新的大衣柜，两床厚厚的棉被叠得有角有棱。地面扫得干干净净，门后放个小垃圾桶。一张小桌，几把小凳。小侠知道娘的左手不能端碗，只能趴在小桌上吃饭。小侠看到这里，不由得感谢起大嫂来了。看看娘穿得多暖和，紫色的大棉袄，褐色的棉裤，看来我平时给嫂子寄的钱没白花。要不然，嫂子会把娘侍候得这么好吗？小侠曾直言不讳地在电话里跟嫂子说："你放心，只要你对咱娘好，我不会亏待你的。"

小侠握着娘暖和的手，上看下看，娘非但没瘦，脸上似乎还胖了些。

小侠从大包里往外掏东西，边掏边说："娘，这袄这裤是给您的，这皮靴

**中国新实力作家成名作**

这呢子大衣是给我嫂子的。你看今年我嫂子把您照顾得多好！"王秀芸老太太苦苦一笑："你说啥，你说我都是你嫂子照顾的，屁话，你嫂子一次也没来看过我。"小侠迷惑了："那我哥呢？""你哥给人家掂泥巴兜，忙，也很少来。"小侠说："那您的衣服……"王老太太说："我穿的衣服，东间的柜子，都是我干闺女买的。"王老太说起干闺女抑制不住脸上的兴奋，话也稠了。

小侠问娘干闺女咋回事，娘像笊头拿馍，一样样说起来。

春天的一天，王老太家来了个城里的姑娘，打听王秀芸住哪儿，这个年轻的姑娘叫小梅，是县里的干部，是王老太太的帮扶人。小梅每次来都拉着王老太的手问长问短，亲热得像娘俩。小梅见王老太的房子破了，帮助申请了危房改造，房子建好后，看屋里太空，又自己掏钱买了大衣柜。小梅和王老太亲热的场面被邻居婶子看到了，邻居婶子酸溜溜地说："嫂子，看小梅对你多好，干脆认个干闺女吧！"王老太没信心地说："人家是城里的干部，会认我这个脏老太婆？"小梅接着话茬说："大娘，只要您不嫌弃，从今天开始您就是我干娘，我就是您的干闺女。"

王老太的闺女小侠听得心里不是滋味，小侠自己责怪自己，常年不回家，对娘的照顾太少了。小侠问娘："我给您寄的钱收到没有？"娘说："收到了，都在你哥那儿。寄再多的钱花不出去，还不是跟纸一样？"小侠又问："这房子这路不是我哥弄的？"娘说："这房子是小梅帮助申请的，这路是村里帮垫的。你哥都没露面。"小侠越听越气，一年来钱没少给娘寄，也没少给嫂子寄，为的是自己不在家，想让嫂子多照顾照顾娘，没想到哥嫂还不如帮扶干部。

王老太问闺女："你给你嫂子买的皮靴、呢子大褂哪个贵？"小侠说大衣贵。

晌午了，小侠开始忙活午饭。做饭前，娘让小侠给干闺女小梅打电话，要她来家里吃饭。电话通了，小梅说她在出差，不能和干娘一块吃饭了，等出差回来就去看干娘。王老太听说干闺女出差不能来吃饭，脸色立时就难看起来。

做好饭，小侠还是把大哥大嫂叫来。王老太不知道怎么了，一口饭也没吃，说是不饿。吃罢饭，小侠找给嫂子买的皮靴和呢子大衣，小侠只找到一双皮靴，呢子大衣怎么也找不到了。小侠问娘，王老太说没看见。其实小侠给嫂子买的呢子大衣被王老太藏起来了，她舍不得给儿媳妇，她要给干闺女小梅。闺女小侠也明白娘的意思，也不说破，自己跟自己打圆场："我可能忘家里了，下次来，再带来。"

# 瓷制观音

李广贤

　　圆胖的月佬儿走近窗户的时候，我岳母还没睡着。别看我岳父一辈子没给过她几个笑脸，可我岳母脚头一时少了他还真心空，更何况在这要冻死人的冬夜里。下午总理完关银儿的丧事，我岳父就出了门，走时撂下一句话："大妮家住两天。"我岳母觉得奇怪："死老头子，平日大妮让你去住都不去，今个是咋了？"

　　自打我岳母嫁给我岳父那天起，我岳父就没给她说过一句多余的话，天天严严肃肃一本正经的样子。显然我岳母也着实难受过一阵子，但她还是谅解了岳父。谁让他是喜丧大总理呢？全村男人谁有他知礼懂礼？谁有他那一脸正气？如此一想，她心里反倒为丈夫骄傲起来。就说白天他为老寡妇关银儿总理那场面，真叫她打心眼里激动。先前那一整套大礼小礼让他给使用得滴水不漏，再加上他那洪钟似的声音，那有力的手势，那临大阵而不乱的威严，让九九八十一桌吊孝亲朋无不竖起大拇指！事后直感动得关银儿那在外地当大官的儿子握住他的手不放呢！

　　正想得高兴，一股干冷的风卷进窗户，扑面而来，似乎还夹杂着一丝什么人的哭音。我岳母不由地打了个寒战，出了身鸡皮疙瘩。

　　唉！我岳母叹了口气。自己这老没出息的，人家关银儿二十来岁熬寡熬了四十多年又咋过了呢？她骂起自己来。可这关寡妇也是的，新社会又不兴立牌坊了，何必呢？白白地糟蹋了自个儿。一会儿她又为关银儿惋惜起来，最让人想不通的是，罪也受了，儿子做官后接你去享福咋就舍不得离开这破家呢？唉，也真是……

　　院里的狗突然叫起来。莫不是老不死的回来了？我岳母从被窝里伸出手拉亮了电灯，探身望望窗外，没见人影。狗也不叫了，我岳母正要躺下，看到对面桌上供奉的观音菩萨正朝自己慈眉善目地笑呢。忙坐正身子，双手合十，默默诵起了"阿弥陀佛"。

　　这菩萨真是美丽动人。关灯重又躺下后，我岳母忽然觉得自己年轻时在哪儿见过一个菩萨模样的美丽女子，可怎么也记不起来了。也许是在侄儿家看《西游记》看迷眼了。

平日里我岳母对菩萨的虔诚完全是我岳父给带出来的。他不仅是村里最知礼的人，也是最敬神的人。结婚那年他一下请回了两尊一模一样的瓷制观音，一尊供在堂屋，另一尊就供在这里间。"咋请两尊？"当时她不解地问。"心诚则灵。"他瞪了一眼。从此她就跟他一起敬奉起观音菩萨来。不仅逢年过节上供烧香，平日里，尤其在晚上，他必然对着菩萨双手合十默默地祈祷一会儿。"你在说啥？"起初见他嘴动她便问。"阿弥陀佛。"他闭着眼道。于是她也默默诵起"阿弥陀佛"来。

又一股寒风卷了进来，依然夹带着一丝哭音，像是男人的。风一住，哭音立时没了。这下我岳母真的害怕起来。是谁在哭呢？是关银儿的儿子？兴许是。也难怪，他娘寡妇熬儿把他拉扯大，直至他做了大官也没享上一天福，能不难过吗？如此一想，我岳母心里安静了许多。

月佬儿躲过窗户西去了，我岳母终于困了。朦胧中她来到了大妮家，一进院门发现我岳父正坐在院中的地上，怀里抱着一尊观音，像是睡着了。她忙走过去晃他，不动。摸他脸，冰凉冰凉的……

我岳母从梦中吓醒时天已放亮。她觉着这个梦不吉利，起身梳洗一下便奔了大妮家。她急急地走着，心中不住地祈祷着："菩萨保佑。"一会儿到了北大洼，这儿埋着昨日刚刚入土的关寡妇。远远地她看见新坟处立着一块黑青的石碑，心里毛悚悚的。走近了，她一下僵在了那儿，眼前的情景使她再也迈不动腿了：我岳父怀抱着一尊观音，背靠关银儿墓碑坐着，一动不动……

我岳母向大妮和我哭诉完她的故事，突然举起家里仅剩的那尊瓷制观音（另一尊随岳父入土了），"砰"地一下摔到了地上……

# 鸽　子

**用兵韩信**

舅舅搬来我家时，还带来了一大笼鸽子。

舅舅说他喂的鸽子霸道惨了。那只没有一点儿杂毛的灰鸽子，有人把它带到几千公里远的天安门去放，它飞呀飞呀，飞过了一座高得不得了的秦岭大山，飞了半个月硬是飞了回来。那人出了好多钱买那只灰鸽子。舅舅说他不卖。他只卖灰鸽子的儿子和孙子。我说："舅舅坏惨了。"

经常有人来找舅舅。他们拿一个拇指大的望远镜，用一只眼睛对着鸽子的眼睛看，还看老半天。我好几次要拿他们的拇指望远镜，想看看远山，照照天空，他们都不干。这些大人真小气。

买鸽子的人坐在我的小板凳上，把舅舅那个比我脑壳还大的瓷盅盅里的茶水都喝干了，才买走一两只鸽子。我巴不得他们买舅舅的鸽子，这样我就能得到两分钱买红苕麻糖了。

舅舅把卖鸽子的钱交给妈妈。他说他的亲人只有我妈妈和我们四姊妹了。有了舅舅的鸽子，我们姊妹几个就有了新衣服穿。

好景不长，舅舅的鸽子闯了祸，而且闯了大祸。

那天，太阳很大，把二婆土里的曲蟮（蚯蚓）都晒到土上面来了。我捉了几条，爬上舅舅睡觉的小阁楼。

舅舅的床边有一个鸽笼，比舅舅的木床还要高大。床对面是那个低矮的窗子。舅舅把窗门用木棍撑上去，鸽子就从窗口飞进飞出。窗户外面是二婆家的厨房房顶。一下雨，房顶的水全流到二婆的菜地里。

我把曲蟮放在二婆厨房房顶的青瓦上。鸽子在我家的房梁上，散开翅膀，转动小脑袋，就是不下来吃我的曲蟮。

于是，我端来一个小板凳，站在上面，把曲蟮往鸽子扎堆的近处放。

不知怎么回事，我滚出了窗口，顺着二婆家厨房的青瓦，滚到了二婆的菜地里。我连叫都没有叫一声就什么都不知道了。

接下来发生的事情是后来大人们不断议论中我听到的。

"哪个遭千刀的又用石头砸我的厨房？"没看见二婆，二婆的声音就从厨房里传出来。

二婆迈着她那双跟我的鞋一样大的尖尖脚，一溜烟转到厨房背后。"乖乖呀，是我的小蛮孙滚下来了，这可不得了。快来人呀，救人呀！"

二婆的尖叫声把邻居们都惊了出来。在七嘴八舌的声音里，哥哥姐姐们抱起我就往医院跑。

被我吓飞了的鸽子在天上盘旋了几圈又飞了回来，站到房梁上不停地"咕咕咕"，欢快得很。

"遭千刀的鸽子，前几次刨烂了我的瓦，这次又害了我小蛮孙，看我不打死你！"二婆抓起旁边的晾衣竹竿，抖掉竹竿上晾晒的衣服，就向房梁上的鸽群挥舞。

舅舅心痛他的鸽子，跑过去阻拦，脚下一滑，一个趔趄恰好倒在二婆身上，把二婆压在土里。

"钟科学打人啰，钟科学打死人啰！"

围观的叔婶赶紧去把舅舅拉起来，二婆却死死拉住舅舅不放，嘴里不停地喊："钟科学打死人啰。"

这时，公路上跑下一队人马，戴着红袖章，手拿钢钎手榴弹："谁在打人，谁敢打人？"

"一个青壮年，敢打老太婆，抓起来！"

不由分说，这群人把舅舅抓走了。

"今天街上到处抓人，我们男人是不能出面去要人了。大嫂去看看吧。"二叔焦急地对妈妈说。

妈妈一会儿就跑回来，扑通一声跪在已被扶坐在石凳上的二婆面前："二娘，不好了，科学跪在公路上，怕是要被一起枪毙了。"

缓过神来的二婆，"嗖"地站起来，抓起墙边赶鸡鸭的竹响，将那双尖尖脚迈得飞快，几步蹿到公路上，朝跪着的舅舅背上打了两竹响。

"好你个钟科学，还敢打你二娘！"

"二娘，我没有。"

"还敢犟嘴。"二婆又朝舅舅背上打了两竹响。

"二娘，您打嘛，我错了。"

"走，回家去跟我跪三天。"二婆生着气把舅舅拉起就走。

那些拿着钢钎端着枪的叔叔阿姨，谁也没有阻拦二婆。

根据妈妈的要求，舅舅第二天就把鸽子全部卖掉了。

舅舅卖出去的鸽子，有几只飞回来了好多次，舅舅都把它们送还给新主人。那只没有一点儿杂毛的灰鸽子，几个月后又飞了回来。舅舅含着泪水对它的新主人说："你回去喂它点儿隔夜茶吧，它就再也不会飞回来了。"

# 老张其人

## 原上秋

老张一扭头，瞥见一只手，很诡谲，伸进一只小包。他没有看清小包的主人是谁，却看见一双火辣辣的眼睛盯着自己。这时候抽回眼光已经晚了，小偷已经发现了他。老张心里一阵慌乱。公共汽车晃悠着往前走，若无其事。乘客们有的想心思，有的在交谈，大部分没有发现身边发生了什么。

此时正是下班高峰，每一站都有几个人要上要下。小偷得手之后没有随即下车，而是窥探再次得手的机会。这对老张是一种折磨。老张平时和一帮老头喜欢议论时政，遇见不平也是义愤填膺。在梦里也无数次和歹徒搏斗过。但是，那仅仅是思想层面的东西。现在，小偷就在眼前，制服小偷不仅仅需要正义，更需要勇气和行动。一瞬间，老张有点看不起自己。因为他打算沉默。然而，他做不到心安理得。作为唯一的目击者，这个视而不见让老张有生以来第一次感觉脸红。

小偷第二次下手了，和第一次一样，还是干净利落。

这一次老张强迫自己不去看，就假装和其他人一样，只是一位缺乏警惕的乘客。但是，不行。他挤着的眼睛在关键时候开启一丝缝隙，将那一只手伸进别人裤兜的动作尽收眼底。老张的血液此刻沸腾了一下，但随即被莫名的心态釜底抽薪，眼见的沸腾只是咕嘟了一下沫子。老张在心里头和小偷在那一个瞬间做了几个回合的较量，但都失败得很彻底。有那么一个念头涌动一下，他要挺身而出。但这个念头酝酿时间过久，他的犹豫不决让生活失去了一次生动和壮烈，事件的发展朝向了另一个方向。

汽车摇晃了一下，停住了。老张看见，小偷下车了，旋即消失在人流的海洋。

这时，有人大叫："我的包。"又一个人也叫："我的包。"车厢内一阵骚乱。"有小偷，抓小偷啊。"有人大叫。

小偷下车了。老张指认了小偷的踪迹。老张绘声绘色地讲述了小偷的盗窃过程，全车的人都把目光投在他的身上。

老张讲完了，令人惊奇的是，所有的目光没有随着讲述的结束而抽回，他被异样的眼神编制的笼子套住,异常局促。

我怎么了?老张这才发现,很不对劲。

我又不是小偷。老张恼怒了。

他的恼怒情绪一直延续到家门口。一群老头正在讨论国家大事,好几个人摩拳擦掌,要在国家需要的时候挺身而出。老张原先也是这里的常客,今天突然觉得自己没有资格参与他们的交流,就闷声不响地绕开走了。几个老头和老张招呼,老张理也不理。

走到楼道口,一只宠物狗踏踏地朝老张跑来。老张飞起一脚,小狗在空中划出一条大跨度弧线,在几米远的地方落地,哀号不止。

从一楼跑出来一位老太太,冲着老张怒叫:"你个老张,你是不是疯了?"

# 一双鞋子

### 黄奕诚(新加坡)

当我得知老鞋匠突然心脏病发作去世的消息,我觉得自己也差点心脏病发作。

因为我拿去修补的那双鞋随着老鞋匠一起消失了。

那双鞋修了不知道多少次了,老鞋匠曾不解地问我:"你的这双鞋子补了又补,鞋底换了,鞋面也换了,这双鞋已不是原来的那双鞋了,为什么你还要修呢?看你的样子也不像生活穷困的人呀!"我笑笑说:"我喜欢这双鞋子。"还有一个原因我没说,鞋子是我先生生前送给我的。我穿着那双鞋,感觉他就在我身边,我怎么舍得丢弃?

我发疯似的翻遍了老鞋匠居住地附近的垃圾桶,但是一无所有。

即便如此,我依然时不时在那边转一下,希望我的鞋子会突然出现。

也许是我的执着感动了上苍,在一个傍晚,一个身材矮小的女人吸引了我的目光。

女人穿着一双平底鞋,分明就是我的那双。

我走过去微笑着打招呼:"你好,你的鞋……"

"好看……老公……老公……"女人开心地笑着,指了指不远处的男人。

这时一个身材矮小，走路有些瘸的男人步伐急促地朝我们走了过来，她立刻跑了过去，我也跟着走了过去。

"能把她脚上那双鞋子卖给我吗？"我对男人说。

"不要，不要……"女人一脸的惶恐，好像我会抢了那双鞋似的，先前脸上的笑容没了。

男人把那女人挡在身后，一双眼睛锐利地打量着我。

"我老婆说不卖就不卖，你走吧！"

"你看那双鞋有破洞，你把这双鞋卖给我，你可以买一双更漂亮的给她。"我尝试说服男人。

"不要，不要……"女人躲在男人身后紧张地盯着我。

"你这人怎么这样啰唆，说了不卖了。"男人拉起女人的手，匆匆就想走掉，很显然他不想让自己的女人受到惊吓。

"但是，那双鞋是我的……"我急了，只好说出了实情和这双鞋子对我的意义。

男人听后不好意思地说鞋子确实是他捡的，因为买不起新鞋子，看着合适就送给了智障的妻子。

"要不，我出钱买吧？你看，我老婆她真的很喜欢这双鞋子……"男人眼睛看着我，又疼惜地看了一眼自己的女人。

从男人的眼睛里我仿佛看到了自己已逝的先生，眼泪不由自主地流了下来。

"你……不要难过……"男人看见我流泪，手足无措起来，转身和女人轻声商量："阿莲，咱们把鞋子还给她好不好？"

"不要，不要……"女人蹲下身子，低着头双手紧紧地抱住自己的脚。

看到这女人如此眷恋男人送她的这双鞋，看到这对恩爱有加的夫妻，我心里好挣扎。这双鞋对我意义非凡，我……我心里交错着许多复杂的情绪，内心辗转缠绵，犹豫不决。

一番琢磨后，我心意已定。我迈步走向女人，男人再次用身子挡住了女人说："你等等，我会劝说她的。"

"送给你们吧。"我轻声说。

"你……"男人不解地看着我。

我点了点头说："是的，祝福你们。"

"可是这双鞋子……"男人的脸上写满了愧疚。

"这双鞋,鞋底和鞋面先后都换过了,它已经不是原来的那双鞋,现在是你妻子的了。"我真诚地说。

"谢谢,谢谢你!好了,阿莲,不要怕,这鞋子是你的了。"男人开心地拉起了女人,把女人搂在怀里。

我和他们挥手道别,急匆匆离去了,因为我忍不住自己的眼泪,我怕那男人看见了又会内疚。

走过一段路后,我再次转身,那对夫妻已经不在了。

我轻轻地对自己说:"既然已经回不到过去,就让这双鞋子陪伴呵护另一个女人的爱情吧!"

# 惊 魂

## 唐和耀

刘副局长接连赶了两个酒场后,到家已近午夜。一进门,打过十几次手机都被告知关机、窝火在心的夫人起身拦截,劈头盖脸一顿谩骂。

借着酒劲,脸色通红、恼羞成怒的刘副局长猛地打开手提包,掏出七沓百元大钞,箭步冲到阳台,朝楼下潇洒地抛出。

终于醒过神来的夫人,最先冲出门。突然酒醒一半的刘副局长,随着冲出门。他们住在十九层,靠电梯上下,可偏偏在这节骨眼上电梯出了故障,根本就没反应。两口子只得徒步下楼。

按理说,这时候外面应该几乎没有行人。然而,当他俩气喘吁吁到达地面时,一下子傻眼了——所有抛下的钞票无影无踪。

就在刘副局长犹豫的时候,夫人拨通了110报警。大约二十分钟后,三名警察到来。现场查看了一番后,他们去调取监控记录,糟糕的是那里恰恰为盲区。

从第二天一早开始,警察们在楼管员和同一楼道下面各层住户的协助下,在同向各阳台进行仔细查找,结果仅在二层、十一层的空调架内各找到一张钞票。

就在陷入僵局的时候，警方根据举报捣毁了同一小区的一个赌窝。在讯问过程中，有人为了争取宽大处理，主动交代了最近赌资大增的缘由。原来，那天深夜他们结伙前往赌窝的途中，遇到从天而降的大量钞票，迅速捡起，装进口袋，然后到窝点平分。

警方很快从没收的赌资和赌徒上交的赃款中，凑齐了刘副局长失却钞票的数目。千恩万谢后，刘副局长夫妇到近郊旅游了。

两天后，本市晚报刊发了实习记者与警方通讯员采写的关于钞票离奇遭遇的详细报道。甚至，对刘副局长的大名、具体工作岗位、家庭住址，都有详尽记载。

正在小吃店用早餐的市纪委副书记、监察局局长老林，看到报道眼前一亮。近几天，他一直为一件事伤脑筋：某局一下属单位为了在专项基金拨付中得到关照，竟然以工会活动费的名义，超支七万元，以现金送给了一名局领导。有人举报到市纪委、监察局，但举报人搞不清收受者具体为哪一领导。那个单位领导、经办者、财务人员都极力否认。从这一报道中，老林比对了主要信息，大致有了眉目。

接下来的一次行政例会上，刘副局长被临时进入的纪委工作人员带走。当天晚间，市纪委、监察局网站公布了刘副局长涉嫌严重违纪接受组织调查的消息。

那天下午局里通知刘夫人送衣服时，她才得知消息。至此，她才明白那七万元钞票的来路。多少年来，她从来就没有询问钞票来路的习惯。

她狠狠地甩自己几巴掌，然后瘫坐在地上，号啕大哭。

# 老 七

### 刘 文

在我们北大荒这疙瘩，无论为人还是做事，都十分敬重粗犷、豪放、仗义的人，俗称办事"讲究"的人。这不，我们蔡家岗就有一位十分有名的"讲究人"——老七。

说起老七的讲究，不仅蔡家岗大人、小孩都知道，就是在临近的林业局、

**中国新实力作家成名作**

镇政府地界那也是赫赫有名。

说老七讲究绝对是有根据的。

老七打小办事就讲究，因为家里孩子多，属老七最小，可老七也真懂事，衣服给啥穿啥，从来不争不抢，无论冬夏敞着个怀，就是不得病。母亲去世得早，全靠父亲一手拉扯哥几个，蔡家岗的人都说："老七活着，全靠天照应。"

老七不但在家里讲究，在外边更讲究，老七的父亲曾经是队里的保管员，有点实权。上海、哈尔滨知青下乡的时候，年节回家探亲，都要在老七父亲那领全国粮票。回来时，免不了带点上海糖、哈尔滨糕点什么的，反正在七十年代是稀罕物，老七最小，分得自然最多，老七总是偷偷拿到外边，分给左邻右舍的小伙伴，小伙伴们都夸老七不抠，办事讲究！

最让小伙伴们佩服老七的讲究事是：在老七上小学三年级时，一个同学没有按学校规定交上冬天取暖烧炉子的引火柴，被老师罚站，老七看着来气，偷偷将校长家的板杖子掰下来不少，劈完替同学交了任务，结果被查出来开除了。被开除的老七没学上了，因为整天没事做，只要谁家有个零活，喊老七一声，一准到，而且干活卖力气不要报酬，只要管顿饭就成了。因此，蔡家岗近三百户人家的活老七都干过，饭自然也全吃过。

那时候，能开上胶轮拖拉机在农场是相当的牛气，老七整天就跟在司机林老二身后，拿板子、递水、干零活，嘿，别说，两三个月后，老七竟然可以熟练地驾驶胶轮拖拉机来回接粮了。林老二自然乐得收下这个不要报酬且有眼力见的徒弟。当然，每天管饭是自然的了，不但管饭，还管酒，先是啤酒，后是白酒，反正老七是在那时候学会了喝酒，而且后来成了能"喝大酒"的"大手"。

一晃，老七二十多岁了，到了该成家的时候了，这时的老七，一米八的大个，身材魁梧，有着一身的力气，在师父林老二的极力撮合下，附近南岗村的一位姑娘就是因为觉得老七为人处事讲究，便不顾家里的极力反对与他成了家。一年后，生了个儿子，可再一年却离了婚！

离婚的原因还是老七太讲究。打小就是讲究人的老七特别喜好交朋友，无论是初次见面，还是在酒桌上偶遇的人，第二次只要在蔡家岗遇见，非得留你喝酒不可，不管有钱没钱，也要拉着你去下馆子，兜里实在没钱就在菜单上签上老七的大名。在蔡家岗、林业局、临近的镇里上百号饭馆、小吃部，没有不认得老七的。老七办事也真就讲究，有钱就还，绝不赖账！

就因为讲究，结婚两年多欠下吃喝钱10000多元，只好将父亲生前留给他的两室一厅的砖房以12000元低价卖掉。花3000元买个便宜的草房凑合着住，差额嘛，自然还了账。这还不算，导致离婚的直接原因，是为了帮朋友凑款买车，居然将马上就要收获的甜菜地卖了青苗！你说老七办事讲究不讲究？

人都说，好人没长寿。就这么个讲究的老七，却在去年10月份帮助邻居拉瓦的途中，从车上摔了下来。出事的现场，老七静静地侧卧在道中央，老七不满16岁的孩子正在用青草苫盖着尸体，等待交警来处理事故。闻讯后全蔡家岗的乡亲们都来了，大家都替老七惋惜："这么讲究的一个人，怎么说死就死了呢，留下个可怜的孩子可咋办哪……"

听着乡亲们的议论，我心如刀绞，欲哭无泪，我全额出资在众乡亲的帮助下为老七料理了后事，领走了老七还未成年的儿子，承担起了抚养孩子的义务。

或许读者朋友会说："能这样做，你肯定也是个讲究人。"其实那是因为事先我忘了告诉你：我是老七的亲哥——老六……

# 拔 牙

## 汪云飞

老实说我这个故事是瞎编的，千万别自寻烦恼地对号入座。

"罗院长吗？我是政府办小郑。有个事向你打个招呼。新来的刘县长下午准备到你院里来治牙病，估计是水土不服，来了没几天，牙突然疼了老半天，什么法子都用尽了。刘县长准备把它拔了。就这事，你安排一下……"

"小王吗？我是罗治远。你通知院班子成员12点以前到我办公室开会。回家了？叫他们立即回来，有重要工作安排。下午1点准时召开院中层干部会，你负责通知到每个人。原则上任何人不准请假。就这些。你抓紧时间通知。"

"刘县长来我们北乡第一次就医就选择了我们院，这是新领导对我们县院工作的信任。俗话说，牙疼不是病，疼起来要命。领导的痛苦也就是我们的痛苦，我们要以最精湛的技艺、尽最快的速度、在最短的时间里以最优质的服务做好这项工作。要从政治的高度认真对待，各个方面、各个环节不能出任何问题。大家都知道，我们院这几年不顺当，药品回扣、医疗事故、自家人吵吵闹闹瞎折腾了几年。院科技大楼奠基都好几年了，就因为建设资金不能到位。这次，刘县长来我院，我们准备再次提出拨款的事。大家都知道以前就因为我们管理太混乱、人心涣散，政府一直对我们有成见。如今，一定要以刘县长亲临我们院拔牙为契机，重塑医院的内、外部形象。总之，一句话，成败在此一举，大家掂量掂量吧。我的话完了。下面由张书记把几项具体工作布置一下。"

"刚才罗院长做了一个很好的动员，此项工作的意义和重要性我就不啰唆了。我按班子会确立的精神强调以下几点。一是要彻底打扫一下卫生，不能留任何死角。妇产科旁边的那条淤泥沟要掏干净，住院部后面的那座垃圾山要坚决搬掉。二是院门口随意摆摊、乱停乱放这回要坚决整治，无论是谁的家属一视同仁。病人家属晒在住院部房前屋后树枝上的衣物要动员他们立即取走。三是中午全员加班。办公室王主任负责买好快餐。标准可以高一些。今天下午，上岗人员必须穿工作服，不准迟到、串岗、干私活，更不能出现与医患及家属吵嘴等不良现象。一旦发现做待岗处理。总之一句话，必须干干净净迎领导，热热情情待患者。我的话完了，下面由分管口腔科的何院长就具体事项提出要求。"

"刘县长来我们科就诊是我院全体医务人员的光荣。现在最关键的问题是谁来为刘县长接诊。侯主任刚上任，才进修的牙科，技术上怕不是很熟练。丁医生是返聘的，技术过硬，年纪大了点，又有哮喘，怕到时候一口气上不来影响刘县长情绪。小史这人按理是最佳人选，可他由于这一次口腔科主任没上正闹情绪，刚好这几天休假他正准备到海南去旅游。刚才班子会上统一了意见，由我动员他回来上班，发3倍的加班工资，加2天的补休假。大家都知道小史头脑灵光，到时候他可以一边替刘县长拔牙，一边与刘县长套套近乎，顺便搭车实习的年轻漂亮有气质的女大学生作为护士临时配合小史的工作。哦，罗院长还补充……"

"也没有什么。我要说的是办公室王主任一定做好迎来送往工作。司机也要备一份礼物，来的都是领导，千万别因小失大。王主任还有什么事吗？"

"各位领导放心，办公室一切准备就绪，财务上安排好了此项工作的专项资金，能确保万无一失。我看时间不早了，我开始安排大家大扫除了……"

"罗院长！刚才接到政府办郑主任通知，刘县长牙疼状况突然有所变化，疼痛加剧。考虑到明天有市领导来我县考察，怕万一出现点情况影响大局，最后还是决定到市人民医院就诊。"

"知道了。通知口腔科恢复正常接诊！小史的加班费只发一个下午。这个小郑让我们白折腾了老半天。不过，看得出，关键时刻，我老罗还是有凝聚力的。哈哈！"

# 红牡丹

### 徐建军

公园的湖边，我呆呆地坐着，心如死灰……

市里的小提琴大奖赛上，我演奏的《红牡丹》名落孙山。

"今生与音乐无缘！"我要把手中的琴投向这湖，投向另一个世界。

"再奏一曲《红牡丹》吧。给自己。"我不无伤感地拉起了琴。

琴声悠悠，琴声哀哀。

琴声摇动着柳枝儿，柳枝儿弯下纤纤细腰，摇摇曳曳。好像在鞠躬致哀。

琴声拨动着湖水儿，湖水儿泛起微微涟漪，莹莹闪闪。好像在挥洒泪水。

透过模糊的视线：草儿青青，树儿青青，水儿青青……难道这青一色的世界要埋葬我的琴，我的第二生命吗？

蓦地，我眼睛一亮：这青一色的世界里奇迹般地出现了一束鲜花——红牡丹！

我眨眨眼睛，看清楚了，是位身着红衣的姑娘全神贯注倾听我的琴声。

这姑娘多美，多漂亮。

姑娘的出现像一阵春风，吹暖了我冰凉的心；姑娘的身影像一把火，点燃了我心底蕴积的干柴……

我的琴声迸出高亢和激越。

我的琴声震颤着强烈的生命之音。

…………

第二天……

第三天……

我天天来湖边练琴,她天天侧耳谛听。

春夏秋冬,我们默默相望,从没言语。

第二年的春天,我的《红牡丹》终于在大奖赛中获得了小提琴演奏一等奖。我站在领奖台上,想到的第一件事就是要让她分享快乐!

我迫不及待地跑出会场,跑向湖边,跑到她面前,双手捧着奖牌激动地说:"我的《红牡丹》获奖了!"

她微微笑着,用双水灵的眼睛一直望着我,什么话也不说。

"你说话呀?"我按捺不住心中的兴奋。

她依然笑着,笑得温柔而恬静,笑得美丽而动人。那一刹那间,我真想扑上去,将她拥入我的怀抱。

她显得有些害怕,本能地后退了两步,白净的脸庞漫出红晕,急忙用手指向自己的耳朵和嘴巴。

"啊……"我惊呆了。

红衣姑娘,我心中的女神,原来是一位聋哑姑娘。

愣了片刻之后,我走上前去,把我获得的那枚奖牌郑重地挂在了她的脖子上……

# 疯婆婆

## 荷 花

狗子来看无儿无女的疯婆婆,狗子敲了半天的门没有一点动静,狗子猛力几脚踹开了门,冲进去,闻见满屋的酒味。疯婆婆正躺在床上打着呼噜,狗子松了一口气。

疯婆婆睁开眼睛看到狗子在打扫院子。她走过去问道:"狗子,你咋进来了,谁给你开的门啊?"狗子指指木门说:"你去看看不就知道了吗?"疯婆婆走到门前一看,气呼呼地道:"好你个狗子,又把老娘的门踢坏了,赶紧、赶紧,给我修好,修不好我要赖你家吃住了。"

狗子看了看疯婆婆乐呵呵地道:"好啊,好啊,我巴不得呢,我家正缺一个烧火煮饭看家的人呢。"疯婆婆瞪着眼说:"瞧瞧,你这个憨狗子,一点都不憨哩,想让我当你家仆人啊?我呸。"狗子说:"哼,我可不敢要整天喝酒的仆人啊。"疯婆婆脸唰地红了:"你这小子,我好长时间都没沾酒了,昨晚不是睡不着,就喝了那么一点点嘛,真倒霉又被你小子给撞上了。"狗子看着空落落的院子,疯婆是村里唯一的一个孤寡老人。

那一年,疯婆婆带着三岁的儿子去赶集市,儿子被人贩子拐走了。她整天哭天抹泪地找儿子,见了小孩又哭又笑追着抱。一直恨她把儿子弄丢的丈夫无情地离家出走了,家里一下空了,寂寞了。从那时候,她学会了喝酒,喝醉了就乱骂人,见了小孩就追着喊儿子。村里人都说她疯了,小孩见了她,一边跑,一边喊道:"疯婆婆来了,疯婆婆来了。"

想到这里,狗子鼻子酸酸地看着厨房里的疯婆婆。他喊道:"婶子,你可要多煮点米饭啊,我把门修好了要在你家吃饭的哟,好久没吃过你做的米饭了。"疯婆婆伸出头乐呵呵地道:"赶紧,赶紧,修吧,上回你送来的米还有呢,有你吃的。"

午饭,狗子和疯婆婆坐在一起吃饭,疯婆婆一边吃饭,一边看着狗子傻笑,狗子说:"婶子,你笑啥啊?不怕吃饭呛着吗?"疯婆婆说:"笑你这么个憨狗子还当上村长了。小时候,你病得像只小猫又瘦又小,夜里哭起来没完没了的。你娘怕你养不活就去找算命先生,算命先生告诉你娘要把名字改成小狗、小猫的。还要帮你找个属龙的做干娘呢。你娘回来就把你的乳名改成狗子了,你娘还求着我做你的干娘呢。刚开始你小子还会叫我几声干娘,干娘的,大着大着,你这个死小鬼就跟着一群小学生喊我疯婆婆,疯婆婆了,从那以后就再没有叫过我干娘了。你看看我哪点疯啊,无非就是爱喝点小酒了嘛?你小时候,我还缝过衣服、帽子、鞋子给你小子穿过呢,你还记得吗?"

狗子不好意思地笑说:"我咋不记得嘛,我还记得,你还拿羊鞭追着我打过好几回呢,你记得你打过我吗?"疯婆一听哈哈笑个不停,眼泪都笑出来了。狗子看着苍老的疯婆婆,疯婆婆真的老了,再不是那个能种地,能放羊,能养猪,能担着柴火去集市里卖的那个风风火火的疯婆婆了。

狗子刚要出门时,疯婆婆喊道:"狗子,狗子,你媳妇不是快要生娃了嘛,我还有几套缝好的小衣服,你拿去吧!你可要好好照顾你媳妇坐好月子,可惜你娘走得早不然当奶奶了,不知她有多高兴呢。"

狗子抓了抓头，笑嘻嘻道："婶子，我媳妇就怕没有人照顾她坐月子呢，她说我这一个大老爷们照顾啥月子婆呢。她还说我又忙自家农活儿，又忙村里的事情哪有时间照顾她嘛。婶子，要不你帮帮忙来我们家，照顾照顾我媳妇两个月嘛？"

疯婆婆说："你媳妇会要我这个疯婆婆照顾她坐月子吗？你又逗我了是不是？"

狗子愣了一下说："婶子，这个可是我媳妇跟我商量好的，她说她还要亲自来请你帮这个忙的，她还说她从小没有了娘，长大了嫁到咱村里，只有婶子对她最亲。"

疯婆婆开心地说："就你媳妇这孩子嘴甜，心好着呢。"

过了几天，疯婆婆听到敲门声，她开了门，狗子扶着媳妇笑眯眯地站在面前喊道："干娘。"

疯婆婆愣住了，眼睛红红地说："你这小子，还不快扶我儿媳妇进屋啊。"狗子捂着嘴笑了，这疯婆婆终于有人叫她娘了。

# 种菜人

## 应金法

我们居民小区的小桥边，经常有个老人来卖菜。他的菜又新鲜又嫩绿，他说，他种菜用的是有机肥和复合肥，氮磷钾肥搭配合理，菜长得好。他卖的价格比菜市场便宜多了，人们都喜欢买他的菜。老人每天挑来卖的菜不多，只有两小篮，早上去得迟了是买不到的。

我也经常到他这里买菜，知道他卖得便宜，从来不去还价。因为我向老人买菜的次数多了，渐渐和老人熟悉起来，买了菜后，常常会和他说上几句话。那天，我买了一大袋菜，刚要走，老人问我："家里忙吗？"我说："不忙。"他说："那在我这里坐坐，我们聊聊。"我便在老人旁边的石沿上坐了下来。老人问我："能告诉我你的名字吗？"我说："我叫叶子，因为我成不了参天大树，只能是一片叶子。"老人说："我喜欢这样的名字，那些高、大、上的名字不喜欢。我还特意给女儿取名叫草儿。"随后，老人告诉我，他有一大块菜地，他的老伴早没了，儿子和女儿在外面工作，在外面都有了家，家里只有他一个人，种的菜吃不完，只好拿来卖了。他说："我每天上午卖菜，下午在菜地干活，如果你有兴趣的话，可以过来看看，学学种菜。"老人告诉了我菜地的位置。我说："好的，那地方我熟悉。"

第二天，我去了，老人正在菜地干活。我看着他吃力地掘着泥土，就一把夺过锄头干了起来。老人不好意思地站在旁边，说："怎么能让你来干活呢？"我说："没事的，我年纪轻，有力气正没地方用呢！"老人用手指划着菜地的范围说："你看，这一大块菜地全是我种的。"我看着老人的菜地，只见种满了各种各样的菜，我认得的有青菜、四季豆、番茄、茄子、香菜、油麦菜、大葱，丝瓜挂满了架子，地边爬满了南瓜藤，藤叶下躺着一个个南瓜娃娃。看看这些菜，都长得绿油油的，很旺盛。老人说："其实，我不需要种菜，我不缺钱，儿子和女儿经常向我寄钱，不让他们寄，他们偏偏要寄。"老人不愁吃不愁穿，只是舍不得把这块地荒了。土地是人的命根啊，没有土地，人吃什么！老人每当看到有大片的土地荒芜着，他的心就在流泪。有时候，会气得跺起脚来，那土地，一年可以出产多少粮食和蔬菜啊！

自那以后，我隔三岔五地往老人的菜地跑，帮他干一些活。老人常常会教我什么季节种什么菜，还有各种菜的生长特性和种植方法。每一次回来，老人总要送一些菜给我，我怎么也推不掉，只好带回家了。

转眼两年过去了，我又到老人的菜地去，他不在菜地里。过了几天，我又去了，还是没见着他，我以为他去儿子或女儿那里了，我帮他拔除了一些杂草就回来了。

我走到家门口，只见有一辆车停在我家门前，车旁站着一个女人，她见我去开门，问我是不是叫叶子，我说是的，她说她爸爸认识我，说我还帮他爸种过菜。她是老人的女儿草儿。现在，她爸病了，躺在医院里，说他想见我。我二话没说，就上了她的车。

老人见我去了，扬扬手以示欢迎。我便在他的床边坐下了。老人对我说，他是不久于世的人了，唯一让他放心不下的是那块地，不能让它在他的手上荒掉了。现在，他病成这个样子，无力去管理那块地，这块地成了他的心病，他要把这块地送给我种。如果我接受了，他这块心病就除了。老人说话断断续续的，似乎拼尽全部力气才说出话来。我看着老人，知道他不能再种菜了，我说："好的，地我先种着，等你病好了，还给你种。"老人说："我的病好不了了,就是好了,也不会再下地干活了。"我说:"那我就一直种着。如果有一天我也种不了,我一定不会把地荒着,我会传给会种地的人。"老人这才满意地笑了。

没过多久,他的女儿给我送来一张纸条,说这是他爸爸的遗言,她用笔写下来了。

我轻轻地打开那张纸条,只见上面写着:叶子,你一定要让地长出绿油油的青菜,我会在另一个世界看着、欣赏着。

# 孝

张先军

他是某局的局长。最近组织上正在找他谈话。

前不久,生活在乡下老家的母亲去世了。他办完丧事,急急地要赶回单位。

临别时,他对父亲说,过几天就回来看您。然后他迅速开了车门,上了车,他怕父亲看见,在眼眶里打转的泪水掉下来。

他明白,留在乡下的父亲,过的将是漫长、孤独、寂寞的日子。

祭日"五七"到了,恰逢星期六。他带上妻子和儿子,早早地赶回了乡下老家。

给母亲烧了香纸,放了鞭炮,他没流泪。回到老家,看到父亲憔悴的面容,他悄悄地哭了。

只个把月,父亲苍老了许多。头发白了,脸小了,凸起的肚子平了,后背也明显地驼了。父亲表面上和孙子亲热,从眼神中却能看出忧伤的影子。

以前他每次回家,总爱吃母亲做的两掺酸菜面。现在母亲不在了,他吩咐妻子做饭,可是那案板上、锅台上的卫生不堪目睹。两掺面像是受了潮,一疙瘩一疙瘩的,仔细一看,面里有好多虫絮。他找来母亲留下的面箩,叫妻子把两掺面重新箩筛了一遍。那些留在箩里的幼虫,裹在面团里,不停地蠕动。他揭开浆水缸时,一股酸臭味冲得眼睛直流水,缸面上漂着白白的一层沫,缸沿上已长满了一堆一堆的幼蛆。

他把屋内屋外看了个遍，眉毛皱成一疙瘩，一言不发。

一群鸡欢蹦乱跳，父亲是勤快人，牲口饿不了。一只山羊倒也喂得膘肥体壮，很乖，在坎边啃青草。那只花猫和父亲形影不离，前跟后撵。

门前的几分菜园子被父亲摆弄得郁郁葱葱，畦垅整齐，沟渠分明，豇豆一绺，茄子几行。他知道，父亲是庄稼把式，这不稀奇。

他目睹这些绿色，久久沉思，咋都高兴不起来，眼前总是晃着父亲那孤独、劳碌的身影。

他鼻子一酸，泪水像决堤的湖，刷刷地涌。他心里明白，父亲整天就是跟牲口和土地打交道，几天说不上一句话，唯独能打发时间的就是电视。

回到城里，父亲的生活起居，成了他的心病。父亲是闲不住的人，接到城里肯定待不住。前年接二老进过城，三天没到，父亲就偷偷地跑回了老家。父亲说，没活干，急得慌。

没几天，他给父亲打了个电话，叫把老家的牲口处理掉，在局里给找了份工作，月工资800元。老父亲听了，很高兴。只要有活干，还能挣钱养活自己，又能和孩子们在一起，是好事情。

他给父亲安排的工作很简单，就是每天打扫机关院子里的卫生，修剪绿化带里的花草和树木。

他把父亲平时舍不得穿的衣服翻出来，风趣地说，在局里别给儿子丢脸。父亲是明白人，在机关里，不比乡下那么随便，举止都要文明，穿戴虽不用过分讲究，却要整洁。

他知道父亲有轻度哮喘，他硬让父亲把烟给戒了，父亲再也不咳嗽，也不吐痰了。不几天，父亲年轻了许多，腹部微微凸起，走起路来，直直地精神。有人说他们像兄弟俩。

他知道父亲是敬业的人，不用使唤，每天早晨八点前就把院子打扫得干干净净，下午五点后再扫一遍，每次约个把小时就搞定了。中午给绿化带拔草，松土，浇水，这些活，都是父亲的拿手活。有些技术不大懂，他帮忙找材料，查百度，还亲自和父亲一起，边学习，边实践。

他看见父亲把机关院子整理得整齐清洁，总能给人清新的感觉。那冬青被剪得有棱有角，就像理发店里刚刚理过的平头。父亲时不时地还哼上几句花鼓。他望着父亲的背影，也偷偷地乐。

星期六，儿子回来了，他让父亲给孙子讲老家的故事，爷孙俩其乐融融。

一个月过去了，他对父亲说："你的工资我给你代领了。"父亲有些激动，手有些颤抖。父亲接过工资，对他说："我只拿400元，其余你给保管着，这些足够用了。"

然而，世上就没有一帆风顺的事。有人举报，说他用手中权力随便扩招编外人员，把六十多岁的老父亲安排在局里搞环卫。

他对组织上派来的同志说："这个事情千万要保密，不能让父亲知道了，否则，老人又要跑回老家了。"

经核实，财务上果然没有这笔支出。

## 妻子来探亲

### 潘国武

罗莉莉来到旮旯村委时，已经是下午4点钟。村委大铁门上，拴挂着一把大锁。丈夫雷国伟的房间，就在村委办公楼的三楼。两年前，雷国伟到旮旯村任党组织第一书记后，罗莉莉曾经来过。

走廊边上，挂晒有雷国伟的衣服。罗莉莉隔着铁门，朝楼上喊了几声，始终没有人应答。今天是周末，雷国伟会去哪里呢？罗莉莉拨打他的电话，语音提示"已关机"。

"小气鬼，还在赌气！"罗莉莉有些着急。她一大早就出发，坐火车赶班车，一路上辗转几趟车才来到旮旯村委，此时又饿又渴又困又累。要是来之前打声招呼，说不定，她现在就能吃上香喷喷的饭菜了。

那一次吵架，也不是没有原因。自从雷国伟到旮旯村任职后，几乎没有时间顾家，就连父亲患病住院，他都不知道。事后，罗莉莉在一次通话中不慎说漏嘴，雷国伟不但没有感谢，还埋怨她不该隐瞒。

"还不是为了你，真是吃力不讨好……"两人聊着聊着，竟然吵起来。过后，雷国伟主动打电话道歉，夫妻俩才冰释前嫌。

此后，罗莉莉在聊天中提道："亲戚朋友结婚第二年就当妈了，让人好生羡慕。"雷国伟知道她的言外之意，急忙转移话题。罗莉莉不依不饶："结婚三年了，老是被人说三道四，你考虑过我的感受吗？"雷国伟连忙安慰："我们迟早会有的。"

"以前，他从没关机过。"思忖间，罗莉莉见一男一女从附近果园里走出来，动作亲昵。男子的背影，很熟悉。只见两人横穿过村道后，走进附近一栋居民房。民房有三层高，屋后是厨房，那里设有一道小门。

罗莉莉跑到屋后，见两个黑影已经穿过大厅走进左厢房。

"电话里总是说忙，原来只是个托词。你这个忘恩负义的负心郎，我要抓个现行让你永远抬不起头来。"罗莉莉气急败坏。她在门外胡乱抓起一根棍子，箭一般穿过大厅，"国——伟——"罗莉莉背倚门框，朝里喊道。

"嘘。"女子转过身来，用左手食指竖在嘴唇边，示意小声一点。不过，女子见来人手里拿着棍子，一副怒发冲冠的模样，不由后退几步反问道："你，你是谁？"

"我是雷国伟的合法妻子。刚才的一幕，我都看到了。"

女子听了，这才放宽心说："大嫂，请你不要胡思乱想。"

话刚说完，却见几名男子抬一副担架进来。来人凑近女子后说："雷书记的手机没有电了。卢医生，120救护车已经出来，我们是不是先把雷书记抬到路边等候？"

"他，雷国伟他怎么啦？"罗莉莉瞪大双眼抢问道。

"哟，她是村医卢医生。"来人说，"此前，雷书记被查出肠胃疾病。卢医生抓药治疗后，病情有所好转。可雷书记没能按时吃饭、按时休息，病情这几天愈发严重。本来想今天去医院，可水果专家突然进村做技术指导，他就……"

见来人这么一说，罗莉莉丢下棍子转身钻进房里。躺在床上的雷国伟，手上打着点滴。整个人看上去，比以前瘦黑许多。罗莉莉端坐一旁，紧紧握住他的手哽咽道："国伟，我，我不该错怪你。"

"我没有尽到责任，让你受委屈了。"雷国伟双眼红肿，声音微弱。

"雷书记？雷书记……"

"雷书记他怎么啦？"

不知什么时候，屋里黑压压站满了人。来人中，有送鸡蛋的，有提水果的，还有抓活鸡赶上门来的……他们把东西塞到罗莉莉手中说："这是一点心意，给雷书记补补身子。"

"乡亲们，感谢大家的关心，雷书记没有事的。你们带这些礼物回去吧，家人等着你们平安回家呢。"罗莉莉招呼村民说，"天黑后，赶夜路很不安全。"

"没事，村里都装上太阳能路灯了。"村民说，"雷书记给我们送来致富技术，带动我们发展肉牛、生态鸡产业和乡村旅游。如今，泥沙路变成水泥路，我们都搬住新房，生活过得有滋有味。"村民低头压低声音说，"没想到，他却……"

雷国伟的任期，只剩下不到三个月的时间了。如今，他因为劳累过度，积劳成疾，倒下来了。村民们站在村头，望着救护车载着雷国伟渐渐远去，他们迟迟不肯离去。因为，他们不知道，该不该再继续留任请愿书上签名。

# 因为掌声

## 黄政芳

伟军工作三年就能当上镇党政办主任，源于他的掌声。

因为儿时的农村没有什么玩具，父母就用拍手掌逗他玩，每次啪啪一响他总是被逗得哈哈大笑。

慢慢地，他自己也学会了拍手掌，能坐着拍，站着拍，跑着跳着拍，而且很有节奏感。

一次，村民组开群众会，组长刚把话讲完，伟军就把小手掌拍得啪啪响。组长激动得伸出大拇指说，这小子将来一定有出息！

这不，上中学时，老师一讲完他带头拍手掌，就当了班长。

大学时，校长一讲完他带头拍手掌，就当上了学生会主席。

刚一分到茂林镇工作，就参加镇里的职工会，镇长一讲完话他就带头拍起手掌，掌声脆而响，铿锵有力，一改往日开会掌声软弱无力的现象。并且因为他的带头，大家也跟着整齐地鼓掌，整个会场激动人心。

当时镇党委书记也在场，他向伟军投去了赞许的目光。

就这样，他分到了党政办，成了镇党委书记的秘书。

每次镇里开会，书记话一讲完，他就带头鼓掌，然后掌声一片，书记很是受用。

一次，县委书记来茂林镇召开座谈会，最后一个字刚从嘴里冒出，伟军就掌声响起，然后整齐有力的掌声在整个会场回荡。

县委书记很高兴，把镇党委书记表扬了一番，大声称赞茂林镇干部的精气神，后来还在县委常委会上提出表扬。

书记一高兴，伟军就当上了镇党政办主任。

当上镇党政办主任的这年6月，茂林镇出了一件轰动全县的英雄事迹，镇干部老高为救一名落水儿童溺水牺牲。

老高的追悼会在镇门前的广场召开，数千名干部群众自觉地来到广场送别英雄。

百忙中的县委书记也参加了。

默哀三分钟后，主持仪式的镇长宣布由镇党委书记致悼词。

镇党委书记满含泪水，用沉痛的语调介绍了老高的生平，对他平时的工作和救人的精神大加赞赏。最后他悲伤地说道："老高的牺牲使我们失去了一位好同事，好兄长，但他的精神将永远激励我们前进……"

镇党委书记悼词刚一致完，伟军的掌声就猛然响起，然后全场响起掌声。

镇党委书记的脸青了，县委书记的脸更青。

镇党委书记当场宣布免去伟军的党政办主任职务，待岗三个月处理。

下来后，镇党委书记遗憾地问："你难道不知那种悲伤的场合只能有泪水不能有掌声吗？"

伟军哭着说："书记，我哪能不知道，但是你一说完话我就控制不住要拍手掌……"

# 节马之魂

**黎桂良**

每当我念起师傅的誓言时，我都会怀念起左参谋长的英魂。

我的师傅，其实是驯马师。八岁那年，我被运到青岛竞马场后，便和师傅结缘。那时，师傅安排我在马房里吃住。我看到马房里有我的同伴：黑马、白马和黄马。因为我体毛是红色的，而且是最先到马场来的，所以，我被师

**中国新实力作家成名作**

傅编为红一号。

有天早晨，当师傅打开马房的门，来到我跟前时，叫道："红一号，天亮了，该醒了。"我醒来后，师傅给我套上马笼套，系上缰绳，并给我上了护蹄碗，在我的背上装配一个马鞍，在马鞍两边系上马镫。一切装备都弄好后，他便手握缰绳，脚踏马镫，坐在我的背上，然后他轻轻用两脚分别从两侧夹了我一下，我便抬起马蹄往前走了。他坐在我背上，我看不见他的身影，只能低头看黄泥地。训练场早已架好一道道横杆，我想他主要是训练我的跳跃能力。临到跳杆时，他轻轻挤压我的肚子，我的前后蹄腾空而起。越过横杆后，我感觉到，我和他配合默契。

我一连越过四根横杆后，顺利通过终点。他便从我背上下来，在我左后侧牵着我回到马房。这时，饥饿感便如洪水一样向我袭来。他从马房外给我抱来一大捆杂草。他为我解开马笼套，我便在马槽里吃起草料来了。他见我痛快地嚼着杂草，便对我说道："红一号，你放心，我们一定待你如家人的。"我听了，用头蹭了蹭他的衣服，表示我对他的话感到温暖。

我十岁那年，某日，师傅跑到马房，说道："红一号，马场外闯进来日本人。他们想抢马场的马，作为他们的军用马，还想占领马场。你赶紧从马场后门走，不要再回来了。"说完，师傅帮我解开拴马桩上的绳子，牵着我走到后门，接着用马鞭狠抽了我一下，我感到疼痛，飞奔而去。直到我跑了老远，我才发现，师傅没跟着来。我暗自责怪自己，为何不驮着师傅出来？不多时，老弟小黑也跑了出来，来到我面前，说道："师傅被绑了！"

"那我得去救师傅！"我说完，扬蹄子，飞跑回马场。一群日本兵叫嚣着，将要围上来的时候，我扬蹄将他们踢倒在地。其中有个军官，怒道："将这匹烈马捆起来！"话音刚落，他们再次围上来，师傅叫道："慢着！我来驯服它！"

日本兵喜出望外，马上给师傅松绑。师傅牵着我来到马房，斩钉截铁地对我说道："红一号，快走！你要誓死不做日本马，要立志做中国节马！"说完，师傅再次用鞭子狠抽我，我倍感疼痛，冲出马房，往马场外的山岭跑去。耳边传来好几阵枪声，我知道，师傅必定被日本人杀了。

我和小黑流浪到太行山，直到有一天，彭总收留我们，我们才结束流浪的生活，成为战马。有一次，为了掩护总部转移，彭总骑着我，左参谋长让小黑驮军用物资，和战士们一起，急行军到十字岭。天气炎热，我们走了一段很长的山路，我颇感口渴，不时叫唤。左参谋长这时走了过来，问道："老伙计，什么事？渴了吧？"说着，他吩咐警卫员拿水来。当警卫员将水壶递给他时，他将水倒在手掌心，亲自喂我喝。警卫员说道："首长，本来我们的水就不多了，你别给马喝了。"左参谋长语重心长说道："马，可是我同生死共患难的战友，无言的战友啊。"我一边喝水，一边听着他的话，感到温暖。

山外，鬼子的炮声不断。左参谋长吩咐警卫员："把彭总的马拉来。"于是，警卫员将我牵来，让彭总骑上。彭总骑着我，走了一段路，又折回，对左参谋长说了一句："左权参谋长，保重！"说完，彭总骑着我，率领总部机关率先突围。

彭总骑着我，成功突围。彭总从我背上下来，对战士们训话之时，树林丛中气喘吁吁地赶来一群战士。他们都喊着"彭总！"其中一个战士对彭总哭道："左参谋长他牺牲了！"彭总听完，走在前方，对天吼道："断我臂膀，苍天不公啊！"我一旁听着，顿感震惊，默默痛哭流泪。

那天，彭总骑着我，再次来到辽县，亲自主持左参谋长的葬礼。哀乐声中，我看到众人头戴白帽，身穿素服，将左参谋长的遗体放进棺材。封棺后，走在前头的人举起白幡，中间的人抬起棺材，哭着将左参谋长下葬。我顿时念起师傅当初给我的誓言，心想：节马，应该是指有气节的马匹。我一定要做一匹节马。

# 燎 炭

李军民

燃煤锅炉炉渣里残留的燎炭与焦炭差不多，添进火里不冒烟，不做饭的时候能蒙火，着旺了热量又很高。在各种生活物资需要凭票供应的年代，生活在煤矿的人们，为了节省几个钱，不惜动员全家老小，利用一切可以利用的时间，肩挎竹篮，手拿铁爪，呼朋引伴，到附近有倾倒炉渣的地方捡燎炭。

学生东子和刚刚是从小耍大的小伙伴。东子的父亲在矿上修配厂工作，家里烧炭还得到煤场花钱去买，每年深秋以后东子都要去捡燎炭。刚刚的父亲是矿工，下班后可以用自行车带一篓子炭块回来，这是矿上准许的，捡不

**中国新实力作家成名作**

捡燎炭对他家无所谓。即便是这样，一放学或者星期天，刚刚也会来叫东子，一起到煤矿附近发电厂和铸管厂外的灰渣坡捡燎炭。矿上的少年都捡，你不捡，别人会笑话你懒。

倒渣车没来的时候，大伙儿待在灰渣坡上，三五成群，家长里短，唠得很欢。一旦倒渣车一来，一哄而上，很快就瓜分得一干二净。瘦削的东子每每挤在人群里与人们拼抢，勉强可以捡到一些。而刚刚蹲在人们身后，有一搭没一搭地捡上几块。回家的路上，东子的情绪随筐里燎炭的多少忽好忽坏，而刚刚则有多没少满不在乎。

眼看冬天就要到了，可东子家炭池里存货寥寥。东子放弃了所有玩耍的时间，不仅到发电厂、铸管厂去捡，而且还到矿上几个锅炉房周边去捡。有时候刚刚不愿去，他就自己一个人去。

入冬下了一场雪，东子得了重感冒，浑身软得像面条似的卧床不起，不能再去捡燎炭了。无奈他父母携手相伴捡去了。捡燎炭的人里边孩子居多，老两口怎能抢得过他们？忙乎半天收获无几。东子干着急没办法。

刚刚放学后来看东子，得知这种情形，便自告奋勇每天放学后陪二老去。有刚刚的呵护，随后的几天，东子父母的筐子里就有模有样，家里炭池里的燎炭也渐渐多了起来。东子和父母心里别提有多高兴。但是，好景不长，几个灰渣坡今年倒下的灰渣似乎比往年少，而捡燎炭的人又似乎比往常多，一天跑好几个地方都捡不满一筐，东子和父母的心情又郁闷起来。

到了星期天，刚刚没有再陪东子的父母，而是自己约了两个小伙伴，用自行车带着竹篓，到更远的地方捡去了。吃晚饭的时候，刚刚浑身黑不溜秋地回来了，他的竹篓装得满满的，燎炭里还混杂着一些黑炭块。他给东子家炭池里卸下一大半，拒绝了东子父母留他吃晚饭的邀请，骑着自行车回家去了。

再一个星期天傍晚，刚刚仍然是浑身漆黑，带着竹篓满载而归。东子父母一边帮着刚刚卸炭块，一边关心地问他到底上哪里捡去了。刚刚调皮地笑着说："叔叔婶婶你们放心吧，我绝不会去矿上的煤场去偷，我们是到一个比较远的地方捡去了。"东子父母一再提醒刚刚要多加小心。刚刚说自己对矿上的地形再熟悉不过了，叫他们不要操心。

又是星期天，都到了夜晚熄灯睡觉的时间了，却迟迟不见刚刚的身影，东子辗转反侧，心里隐隐产生了一丝不安。他全然不听父母劝阻，拖着虚弱的身体走出家门。刚刚家院子里昏暗的灯光下站着许多神情肃穆的人。东子费力挤进屋子。刚刚妈一见他，从床上一骨碌爬起身把他紧紧抱住，撕心裂肺地哭喊道："东子啊！这可怎么办哪！刚刚……他……掉进矸石山里了……"话没说完就昏了过去。

人们告诉东子，最近几次刚刚是和小伙伴到矿井坑口旁的矸石山捡炭去了。在矸石山顶，刚刚让两个孩子待在边上观望，他自己则小心翼翼跑在中间地带找寻炭块。今天下午他们刚爬上去，一眨眼工夫，他就消失在一个很大的罅隙里了。矸石山地形经常变化，随处可见自燃以后形成的裂缝。人们说，一接到那两个孩子的报信，矿上立即派出救护队救援去了，但能不能找到还模棱两可。

东子含着眼泪一路狂奔到家，一进院子就扑倒在炭池里，他搂着刚刚捡回来的那些燎炭，放声恸哭起来。东子父母从屋里出来，看到儿子伤心欲绝的样子，他们心里什么都明白了。

## 迷人的冬夜

刁家乐

空中满天星斗，小镇万家灯火。

感冒打完点滴，我从医院出来，圆月辉映下，银装素裹的北方冬夜小镇分外妖娆，又显得格外宁静。人行道边的垂柳挂满雾凇，似一缕一缕含苞待放的梨花，泅渡严冬料峭，是那么纯美素净。街道那些吱嘎吱嘎行进的步伐声，在这静美的夜里节奏是那么悦耳动听，令人心旷神怡。我走在北方冰雪雕塑的小镇，仿佛走进格林童话的世界中。

多么美啊，那一缕缕垂柳的雾凇，一簇簇晶绒的梨花，蔓延成辽阔天空的汹涌美景，这声势浩大的自然之爱，雪梨花是那么朦胧迷人。我呼吸着甘甜清新的空气，边走边瞧，心里越走越舒坦，美滋滋的……

忽然，我这七十多岁的老翁脚底一滑，仰面朝天，滑倒在雪地上，任凭我怎么翻身就是爬不起来，只是在原地转圈。这时一个青年人问我："大爷摔倒了？"我伸手示意让他拉起我。他说："我一个人不行，要等来人。"

**中国新实力作家成名作**

话音刚落，迎面来了两个三十多岁的青年人，看到眼前的情景，他们三个人商量了一下，后来的两个人拉我起来，先前的小伙子掏出手机站在一边拍照。

终于，他们把我从雪地上拉起来。

"大爷，摔坏了没有？"

"没事，谢谢你们。"

小青年从道边的商家借来一把椅子让我坐上休息，我从心底感谢他们。只是不明白他们为什么拍照。小青年看到我疑惑的表情，说："大爷，您也别怪我们。现在好多人做好事不落好。前几天网上还有人因为扶一个老人被老人子女讹诈的新闻呢！"

我顺手从裤兜掏出手机递给他，并告诉我老伴的联系方式。我只听小青年告诉这里的方位，就将手机递给我，静等我老伴开车来。

皓月当空。三个青年人在一边唠起嗑来，小青年说刚看见老人倒地，只是向前问问，没敢扶他，等二位同伴过来，他心里才有底，再看老人不是那种讹诈的人，才有眼前这一幕。

话说到这里，我好像是如梦初醒，心中升起一股暖流让我热泪盈眶，只会说太谢谢你们啦。人心都是肉长的，人家为你做好事，到头来还讹人家，那还是人吗？

说话间，嘀嘀声来了，我老伴从小轿车下来，一再向三个青年人表示谢意，三个青年人纷纷说："谁家没有父母呵，这是我们应该做的，不用谢。"

我说："改日请请你们，留下姓名。"三个青年人一边扶我上车，一边说："大爷，您太外道了，扶老携幼是我们分内的事。"说着把我扶上车了，随之就热情地挥手告别。还没等车开走，三个青年人消失在夜幕中。

在我回家的途中，我突然有了异常的感觉，觉得三个青年人霎时高大起来，须仰视才能看到。社会上新道德，新风尚正在回归。

老伴把车开到小区停车场后，搀我回家途中，天空那轮皎洁的圆月多么明亮，辉映交错有致的楼群，千家万户的灯火明亮，亮得温馨，亮得喜悦，亮得幸福。清新的空气，萦绕在我的鼻翼间，与偶尔飘来的小雪，感到数九严寒，透出一种早春的醇美甜味来，让人忍不住咀嚼扑进怀中的日子，甜美得那么新鲜……

呵，多么迷人的冬夜。

# 青丘白狐

薛会霞

见到白素素和这个女人的第一眼，安阳脑子里便闪现出一个名字：九尾白狐。因为她们俩眉眼里都有一股狐媚气。安阳很不喜欢。

但这个女人却很勤快。刚进家门就辞退了做饭的阿姨，从客厅到阳台全都摆满了她弄来的花花草草。爸爸的书房被打扫得一尘不染，书柜整理得井然有序。看来这女人很懂得讨好老爸，安阳看着正在厨房里忙碌的女人，鼻子哼了一下，随即关上自己的房门。

"笃，笃，笃"，门外传来轻轻的敲门声。一阵甜甜的声音响起："安阳哥，该吃饭了。"

打开房门，安阳看到了一张灿若桃花的脸，瞬间不高兴了，便独自坐到了饭桌前。

女人麻利地端上饭菜。安阳瞅了一下，全是自己平时爱吃的。这女人太有心机，安阳心里鄙视了一下，就旁若无人地夹起了菜。

"安阳哥，给你虾！"白素素讨好地夹了一只虾放在了安阳的碟子里。安阳皱了一下眉。女人赶紧笑着对女儿说："素素，哥哥吃虾会过敏，你自己吃吧！"

老爸终于沉不住气了："安阳，你该谢谢素素，她是好心的。"

"啪"，安阳放下筷子，冲进自己的房间重重地关上了门，发起了无名火。他从衣架上取下女人洗的白衬衫狠狠地扔在地上，又一脚踢飞了女人洗的球鞋。他不要人假惺惺的关心，从小到大都是他一个人默默在家，做他该做的事，已经习惯了。

他亦记不清一家人是在什么时候一起吃过饭的。妈妈有她的公司，爸爸有他的学生。这样的事总归有个结局，妈妈带着妹妹和另外一个男人去了南方开公司，他留在了一门心思要做个大学好导师的爸爸身边。

后来爸爸就找了在学校图书馆工作的女人。安阳现在脑子里一片混乱，只想一个人好好地静一下。

又是一个周末，女人早早做好了饭。

"笃，笃，笃"，门外又响起了敲门声："安阳哥，吃饭了。"素素甜甜地喊。

门打开，安阳面无表情地走出来坐在桌边。又一桌好饭。白素素小心地看着安阳："安阳哥，你能不能帮我辅导一下数学，听安叔叔说，你数学学得可好了！"

安阳愣了一下，没吱声。白素素又小声说："安阳哥，求求你，帮帮我，要不我就考不上你上的那所大学了。"

"帮帮素素，她可是一个上进的学生。"老爸开了腔，安阳没搭话。爸爸给素素使了个眼色，素素顿时眉开眼笑去房间取她的书包。

一束阳光从窗外洒进来，温暖地照在桌前认真做题的白素素身上，安阳心里有一种说不出来的感觉。其实素素是一个干净漂亮的女孩子，是让人看一眼就会疼惜的那种。做完题，素素递上本子，忽然发现盯着自己看的安阳，脸瞬间红了……

安阳去另外一座城市实习，走了快三个月。坐在宽敞明亮的办公室里，安阳的心竟莫名地烦躁起来。他狠狠地捶了一下头，打开了桌前的电脑。

手机忽然突兀地响起，"安阳哥，快，你快回来，安叔叔他，他心脏……"手机里传来素素断断续续的哭声。安阳"嗖"的一下冲向了电梯……

看着已闭上双眼的爸爸，安阳瞬间崩溃。满眼泪痕的素素紧紧抓住安阳的手，那个女人，不，是白阿姨竟然瞬间苍老下去，秀气的脸上已无一点生机。

料理完爸爸的后事，安阳也该走了。他妈妈在另一个城市已经等了他足足十天。

早上白阿姨做好了早餐，素素又去敲门，但房门紧闭，始终未见打开。白阿姨看看表，在房门外催促："安阳，登机时间快到了，你妈妈已打来电话。"

门打开了，安阳已是泪流满面。他颤着声音说："阿姨，素素，我不走了。"

五年后，在浪漫的婚礼上，安阳偷偷地告诉白素素她就是一只来自青丘的漂亮白狐。然后白素素就对安阳露出了一个狐媚的笑。

# 信 任

吴 剑

离秋收越来越近。因为工作繁忙,我不能回乡下去帮助父亲秋收,便打了个电话给父亲,说准备带一些钱去给他雇人秋收。刚挂断电话,一个穿着迷彩服、肩上挎着印有"为人民服务"字样帆布包的男子,径直走进我的办公室。

"毛茂,你在忙啊!"来人望着我,讪讪地说。

"您是?"因为不认识来人,我疑惑地看着他。

"你可能对我不太熟悉,论辈分我还是你的老辈子呢!"来人笑着解释。

"老辈子,您好!请坐!"听他这么说,又能叫出我的小名,我不敢轻易怠慢,赶忙泡了一杯茶递给他。

"毛茂,我们家族中就算你是最有出息的人了,今天我顺路,特意到你办公室来看你一眼,喝完这杯茶我就得走了!"这位老辈子不忘对我恭维。

通过简短的闲聊,我知道来人叫展西,住在家乡平阳的背后坡,我们同宗,因为我从小一直在外面读书,对他不太熟悉,他管我的父母叫三哥三嫂,我便管他叫满爹。

"满爹,等下你回去,麻烦帮我带点钱去给我爸爸,他好拿去雇人收稻谷。"

"老侄,你尽管放心,这事包在我身上!"展西满爹信誓旦旦地拍着胸脯说。

喝完茶,展西满爹说要走了,我便把钱交给了他。他掂量着钱,也不数是多少,放进了帆布包里。

"老侄,你什么时候回平阳,如果不嫌弃的话,也来背后坡看我一眼,我们叔侄俩也喝几杯。"展西满爹边走出门,还不忘拉近关系。"嗯,嗯。"我唯唯诺诺,"满爹,谢谢!有空,也请你多来看看我。"

送走展西满爹,我想给父亲打个电话说一声带钱的事,这时,正好接到通知要参加一个紧急会议,我便把这事搁下了。

"爸爸,我喊背后坡的展西满爹带了2000块钱来,他拿给你了吗?"散了会，时间已不早，我赶紧给父亲打电话。

"毛茂，这钱你喊谁带来不行，为什么偏偏要喊展西这家伙带来？"父亲焦急地说，话里有话。

"爸爸，展西满爹怎么了？"我丈二和尚摸不着头脑。

"这个展西，不仅光棍一条，还好吃懒做，一年到头都在外面混吃混喝，哪里不赊账，哪里不欠钱，他是什么人，难道你一点都不知道？！"

"这……"听父亲列数着展西的不是，我暗想："这钱肯定是有去无回了。"

"爸爸，再等等吧，说不定他有什么事，还没有空把钱给你送来呢。"我宽慰着父亲。

父亲一向性急，遇上这回事，心里更急。他挂了电话，便径直到背后坡去找展西满爹，却连展西的人影都没见到一个。于是又打电话给我，气急败坏地说，等找到了展西这家伙，一定要狠狠教训他一顿，让他长长记性，今后才不敢再做害理的事！

"这个展西满爹，怎么是这种人呢？难怪一见面，他就夸夸其谈。都怪自己大意，太相信他了。"我自责道。

"毛茂，展西把钱送过来了！"深更半夜，父亲打电话把我吵醒。

"爸爸，你找到展西满爹了？"我睡眼惺忪地问。

"是他自己送过来的。他昨晚在你水宝表叔家喝醉了酒，醒来后，就把钱送过来了，过田埂时，他不小心还滚了一大跤，搞得一身到处是泥巴，我已把他送回了背后坡。这展西，今天怎么像换了个人似的？"

听到父亲这样一说，我对展西叔的愠怒顿时打消。

半个月后，水宝表叔到城里来找我帮忙办事，无意中提到展西满爹那次酒后连夜送钱给我父亲的事，原来是源于我对他的信任，他说："2000块啊，不是小数！"我听了哑口无言。

"毛茂，平阳的人都夸你呢，说你拿展西当人看，才有了他现在的转变。"水宝表叔见我不吭声，以为我不相信他的话，特意补充道，"展西说，他要在手背上狠狠咬两口，像模像样做个人，这不，头几天，他还来和我商量租那丘大水田养鱼的事呢，我都答应了……"

"哦。"我若有所思，"其实，有时对一个人的信任，就是最好的鼓励。"

# 第一千零三滴泪水

孙金生

"兄弟,给,吃着玩吧!"邵刚扔给我多半袋瓜子。是美国产的思佳利牌。

我的眼前一黑,天啊!这个小媚!这是她最喜欢吃的,我昨晚特意去超市给她买的。可竟成了她和邵刚"夜聊"的佐料,而且还让邵刚当成了战利品!

自从我和邵刚认识了艺校的小媚,我的处境就有些尴尬。

小媚上舞蹈课时,新学了一套高踢腿的动作,就在我们三个一起聊天时炫耀:"瞧!咱这体形咋样?"

邵刚不服,说:"这有什么?看咱的!也做了一回高踢腿!"

小媚差点笑弯了腰:"简直是一袋土豆!"

邵刚转头叫我:"吴言,别让她瞧不起,你也做一个让她看看!"

我做完以后,小媚认真地说:"你看人家吴言,做的就是比你好!特矫健,简直就是——半袋土豆。"

在两个人的笑声中,我的脸一红,从心里涌起一种沉重的自卑感。是啊!小媚和邵刚都是城里人,而我却是一个农村来的打工仔。虽然算是个业务副主管,但邵刚是业务总管。他是我通向小媚之间的一道鸿沟!我无法不正视这样的事实:我们三个一起逛街,夹在我们中间的小媚,一定要灵巧地绕到邵刚身边。我们一起在饭店吃饭,尽管是我买单,小媚也总要绕过我,坐到邵刚的旁边……

可是,可是,谁让小媚可爱得像个精灵!她高挑的身材苗条得无可挑剔,她飘逸的长发,只用一方素花手帕一束,就晃得我心里乱七八糟!

于是,我心甘情愿地当这个"半袋土豆"。情人节的那天,我咬着牙,用半个月的薪水,去给小媚买了一束玫瑰,并让花店派人给她送去,我要给她一个惊喜!

当天晚上,小媚欢跳着来到我的宿舍,笑靥如花的脸上,满是得意:"邵刚给我送了一大束玫瑰花,21朵,正好是我的年龄!我太幸福了!"

我又晕得眼前一黑,忙问:"你怎么知道是他送的?"

"没错啊！"小媚说，"他留的卡片署名：BF，就是男朋友啊！他说过是我的男朋友的！"

MYGOD！（我的天！）我恨不得一拳把自己的头捶碎！BF是我笔名"北枫"的汉语拼音字头缩写！这个可恼、可恨、傻瓜、笨蛋加白痴的蛋白质小妖精！

可恶的邵刚！我真想揭发他的真面目！要知道，他简直就是一个地地道道的"花匠"。他一直向往的是：家里有个做饭的，办公室有个好看的。出门有个撒娇的，远方有个思念的。挂在他嘴边上的是："小姐像烟，抽烟伤肺，情人像酒，喝酒伤胃，可不抽不喝伤心！"每当他拍着我的肩膀告诉我："别把爱情当回事，我都恨不能打塌他的鼻子！"

"你知道吗？"小媚变得特神往，柔情似水地说，"我昨晚做了一个梦。梦见我的爱人骑着一匹高高的白马，向我飞驰而来。身后的背景是漫天的流星雨。夜色中，他的眼神像一道粗犷的风……"

我想用手摸摸她的额头，看看她的体温是不是也坐了火箭。可是，我又懒得动，谁又没有一点幻想呢？

有一次，我喝得大醉。邵刚对我说："有只狐狸，见到围墙内的葡萄很好，就想进去。可是围墙上只有一个小洞，它进不去。于是它就饿了七天，瘦得可以进去了。但是它吃了葡萄之后，体形胖了。只好又饿了七天，重新变瘦，才又钻了出去。结果，狐狸还是那只狐狸！"

我大笑，装作听不懂他的意思，夸张地扫视墙角，说："这围墙不……不好！连个鼠洞也没有！"

终于，等待中的"洞儿"出现了，据天文学家预测，在那一年的某一天，将有一次举世罕见的流星雨！

我花了一大笔钱，从赛马俱乐部租了一匹高高的白马。就在那一天，我策马飞驰，身后正是那漫天的流星雨。夜色中，我的眼神，一定像一道粗犷的风……

"小媚，我来了！我会是你梦中的那个爱人！"

等待在小媚宿舍前的，是邵刚。他默默地给我一封信，说："这是小媚留给你的！"

信是这样的：

言：

我知道，你一定认为我是个笨女孩！其实，情人节的玫瑰，我知道是你送的，所有的一切我都知道。本来我想利用邵刚让你放弃的，可是你真的很傻！我知道今夜的流星雨下，你会乘白马而来！可是，我的梦太完美，只有在国外才能找到。现在，我站在纽约曼哈顿大街上……

邵刚拍了我的肩膀一下，说："傻弟弟，有些鸟儿是不吃谷子的！"

夜风袭来，我的脸上滚下三颗晶莹的液体。如果说，打工苦旅中，我已流了一千滴泪水，那么，这三滴，是最滚烫的！一滴为小媚，一滴为邵刚，一滴，为了我自己！

## 叔叔，再见

### 吴瑞清

云清才上班几天，就有点后悔了。机关不像学校那么单纯，除了自己很优秀很努力外，还需要这样那样的背景关系。本来就低头做人的他变得更加诚惶诚恐，觉得自己理亏和心虚。遇到同事间讨论或吹嘘谁谁和哪个领导认识亲近时，他也没多大兴趣，找个理由走开。大家感觉他就是个怪人，也懒得理他。慢慢地，单位就把他当成个若有若无打酱油的主。

消沉的云清礼拜天常回老家。有次回单位时，村上强子过来让云清捎户口簿给县城打工的父亲。云清到县委大院找到强子的父亲，原来他在做清洁工作。云清把户口簿交给强子父亲，临出门时打了声招呼："叔，再见。"就匆匆地走了。

生活依然平淡如水，按部就班地上班，不同的是云清岗位得到变换，放到要紧职务去锻炼了。他当时也没多想，估计是人手不够，临时的小调整。快到年关时，同事小黄暗示他："你被重用了，过年怎么也得去张局长那拜个年的。"云清想想也是，这份工作来之不易，天天忙碌有事可干，拿了工资也心安，晚上就拿烟酒去了张局长家。

谁知第二天，他的礼物不但被退回，还多了两条烟，这让他非常困惑，百思不得其解。

后来的两年时间，云清的运气越来越好，他不但被组织考察，当上局办公室副主任，并且所有人都心照不宣给他面子。陈阿姨还把她医院的亲侄女，主动给云清认识。他们相处得很好，情趣相投，谈段时间对象，基本确定下恋爱关系，准备过段时间就订婚。

这一切都让他匪夷所思。云清有时傻傻地回想，是不是真的像小时候算命先生说的"今生有贵人相助"，可是谁在暗中帮助他呢？

云清把他认识的人排查了好几遍。自己祖宗三代农民，包括亲戚朋友里面也没有做官的人。他只有努力干好工作，更谦卑地和上下级处好关系。有时和女友相处，提起这些曾经让他疑惑的事，女友认为他想多了。常听她姑姑说，加上通过这么久相处，女友认为云清真的人缘好，有能力，有进步，才得到提拔。云清听了，很为女友的善良和理解感动。

云清和女友的订婚仪式，本来想越简单越好，除了双方父母主要亲戚外，不再惊动任何人。谁知局里好多同事，包括张局长夫妇都来为他祝福，使得那次订婚仪式显得热闹而隆重。

订婚不长时间，他又一次得到提拔，荣升为局办公室主任。这就意味着年轻的他有希望上副科副局，也意味着他真正进入领导阶层。他心里更有点莫名的恐慌和激动。

冬天的一个早上，来上班的云清看到大家神秘兮兮地议论着，最后才知道，他们的张局长昨天在外地开会时被纪委带走了，不由得心里一惊。虽然不知道张局长犯啥事，但毕竟相处几年了，对自己也不错，还是让人感到一股凉意。

下班刚回到家，就看见张局长夫人在门口等他，门都不进，拉住他的手说："看在我丈夫多年对你重用提拔的分上，你就去找一下当县委书记的叔叔帮忙，为张局长求个人情吧。"云清惊讶得半天都合不拢嘴，自己哪来这么个叔叔，哪有这么大关系啊！谈话中他才弄清楚，那天去给打扫卫生的强子爸送户口簿时，他正在打扫县委刘书记的办公室。从刘书记办公室出来他对里面喊"叔叔，再见"，正好被下楼梯的张局长看到听见，有心机的他不动声色地提拔了云清……

面对泣不成声的张局夫人，云清不知该怎样去解释。他蹲在门口，双手抱头，十指插在头发里，心里一片茫然。

# 使 者

### 李伯虎

　　母亲从护士岗位退休后，留在医院从事一项"神秘"工作。我发现她经常暗自流眼泪，纳闷地问："妈妈，你究竟在干什么？"她只是对我苦笑，不回答。

　　我从护校毕业被分配到离家不远的医院工作，报到那天，妈妈炒了几个我爱吃的菜，她总是那么忙，难得留在我身边陪我吃顿饭。刚拿起筷子，她的手机响了。妈妈急忙接起来："是吗？已经脑死亡了？好，我马上就到！"眼睛看着我，慢慢站起身。我没有任何表示，其实对妈妈的做法已经习惯了。妈妈说："又要你自己吃饭了，对不起！"听到妈妈这样说，我忽然淌下泪水，她没什么对不起，是我总在让母亲操心。其实母亲的脾气很犟，就因现在的工作问题，遭到父亲强力反对，最后两人闹得不可开交，甚至要分手。

　　等妈妈走远，我迅速穿好衣服，跟踪妈妈赶往她工作的医院。找了几个地方也没见妈妈的踪影，忽然想起妈妈在电话里说"脑死亡"几个字，便立即找到重症监护病房。很远就看到妈妈在重症监护室里，像对家属谈论什么。几个擦眼泪的男女表情悲愤，同妈妈不断争辩，最后竟动手推搡妈妈。我冲上前，挡在妈妈前面，对那几个人说："你们凭什么动手啊，有事说事啊！"只听那个女人说："我的儿子就要死了，万分悲痛的时候，这个女人却劝我们放弃治疗，把遗体捐出去。你这个无情的魔鬼呀！"女人声嘶力竭地大哭起来。

　　我不知道妈妈在干这样的事情，站在那里目瞪口呆。妈妈很平静："您的条件比较符合捐献标准，您不想让孩子用另一种方式得到永生吗？"我看到妈妈流下眼泪："会救活几个人的命啊！"

　　我想不开，母亲为什么要做这项工作，转身离开医院。

　　晚上妈妈回来了，眼睛红红的，问我："女儿啊，你吃饭了吗？"从母亲的表情可以判断出，白天的劝说工作失败了。我反问："妈妈，您以为我会支持这项工作吗？"见妈妈低头不语，又继续道："那些家属多痛苦，您怎能劝人放弃治疗捐出遗体？！"我越说越激动："到现在我才理解爸爸为什么要闹离婚！"妈妈没有哭，只是静静地看着我，就像看一个陌生人。

"有些脑死亡的人,只是用呼吸机机械地被动呼吸,失去了抢救的意义,劝他们放弃,无论经济还是精力上都是一种解脱啊!"

有人敲门,进来一男一女两位中年人和一位年轻人。年轻人径直跪在地上,将头磕得咚咚响。妈妈急忙将他搀扶起来,轻轻地说:"孩子出院了,以后的日子还长,好好珍惜吧!"这时,男人接过话头:"再生恩德,无以回报,我们也通过您向捐献者表示感谢!"女人说:"是您给了我们这个家生存的希望,您是我们的大恩人呢!"

第二天早晨,母亲要去医院,对我说:"一起去吧,看看那些病人。"其实我本不打算去,正好轮班没事,也为了满足一下好奇心,便和母亲出了门。

我们先去了住院部,实际这是一个等待区域病房,里面有六位等待器官移植的重症病人。看到我们,家属一起围上来,询问器官来源问题,在他们眼里,我母亲就是救星。妈妈鼓励病人摆正心态,养好身体,做好准备,一旦找到捐献源会立刻通知大家。我看到病人眼里的泪花,那是一种对生命的企盼。

母亲带我又走进另一处病房,这里有两个已成功移植的病人,一位是肝移植病人,一位是肾脏移植病人。看到我们母女进来,挣扎着要起来,妈妈按住那位肾脏移植病人:"别动,不要乱动。"那位病人忽然痛哭出声:"恩人哪,我想给您磕个头!"旁边一个十几岁的小女孩,双手拉住母亲的手,大声说:"爷爷说您是一个伟大的人,是生命的使者!"边说边跪下,我看到母亲拉起孩子抱在怀里,脸上洋溢着幸福的笑容。那位病者满脸感激:"要不是您,我们这个家就散了。"

"妈妈,我也想感谢您,拯救那些在死亡线上挣扎的病患者,做一名生命的使者,多么神圣!"我依偎在母亲身旁,不知何故,我想哭……

# 肇事者

### 李职贤

他脸色凝重,一步步走向前面那座天桥。

5年来,他心里一直背着一个沉甸甸的十字架。5年前深秋的一天深夜,当他驾车经过那座天桥下面时,把一个横穿马路的男子撞飞了,见前后没有其他车辆和行人，他选择了逃逸。他在报纸上看到过关于寻找肇事者的通告，曾经想过投案自首，可是一想到将面临交通肇事逃逸带来的严重后果，他退缩了。

这些年，他内心备受煎熬，晚上常常睡不安稳，梦魇连连，总梦见警察找上门来，将他绳之以法，锃亮的手铐，晃得他睁不开眼睛。他唯恐触景生情，想起不堪回首的一幕，平时驾车外出办事，总刻意绕开那座天桥。

今天，他到天桥附近办事，突然好想到曾经肇事的地方看一下。他站在天桥旁边，心情复杂，头脑中突然出现 5 年前的一幕：深夜时分，一个行人正在横穿天桥下面的马路，一辆小轿车飞驰而来，行人躲闪不及，被撞得像一片被风吹起的落叶，重重地摔落在路边的绿化带里，肇事者不但没有停车，反而一加油门，一溜烟跑掉了……

这时，耳边传来如泣如诉、深情婉转的二胡独奏——《好人一生平安》。他扭头看见路边坐着一个打着赤膊、双腿截肢的中年汉子，拉着一把破旧的二胡，随着弦线的微微颤动，优美的旋律如行云流水般倾泻而出。中年汉子面前放着一副拐杖和一个裂了好几个豁口的瓷盆，盆中散落着几张纸币和几枚硬币。他想了想，走过去，拿出一张面值 10 元的钞票，蹲下身子，轻轻地放进瓷盆。中年汉子对他点点头，微微一笑，说了声："谢谢。"

曲子拉完了，中年汉子从背包里拿出一瓶矿泉水，仰起头咕咚咕咚地喝了几口。他突然生起好奇心，问道："大哥，你的双腿怎么会这样？"大概觉得问得有些唐突，随即道歉："对不起！"

对方呵呵一笑说："没事，每天都有人这样问我呢！"说完，神色突然变得黯然："5 年前的一个深夜，我从附近的建筑工地出来，经过天桥下面的马路时，被一辆小轿车撞倒，当场晕了过去……由于双腿受伤严重，被迫截肢！"

说到这里，眼眶一红，流下一串泪水，接着说："我来自农村，原本在一个建筑工地打工，发生车祸以后，找不到肇事者，所有医药费只能由自己承担，至今家里还欠下一屁股债。我截肢后，失去劳动能力，老婆多有怨言，两年前带着女儿改嫁了，儿子初中毕业后考上县重点高中，由于没钱读书，不得不外出打工，而我每天只能坐在这里，靠乞讨度日……"

"你恨肇事者吗？"他沉默了一会儿，问道。

"以前恨，慢慢就不恨了，释然了，毕竟那时我有错在先，不该贪图方便，放着好好的天桥不走，却横穿马路。另外我想到，他之所以肇事逃逸，或许也像我一样来自农村，家里一穷二白，赔不起医药费，所以——"

"所以你原谅他了？"

他点点头，接着说："俗话说，马路如虎口。我尝到了血的教训，一次车祸几乎导致家破人亡。为了不让其他人重蹈我的覆辙，这几年我一直在这里乞讨，以便随时提醒那些准备贪图方便的行人……"

临走时，他对中年汉子说："你是个好人，祝好人一生平安！对了，我有一种预感，当年的肇事逃逸者已经良心发现，很快会投案自首……"

# 狗娃的春天

### 吴淑娟

前天，本家嫂子打电话说，老舅家的狗娃修了新房，明天封顶，让我们回去行人情。狗娃，新房，怎么可能？

狗娃是老舅的独苗儿子。前些年春节去他家拜年的情形又浮现在眼前。三间低矮的土木房，破败不堪，侧面墙还有两根木头撑着，站在堂屋能望见天空。院子里荒草丛生，未完全融化的冰雪洇湿大半个院子。狗娃与儿子猫蛋住在南边的房间，老舅的卧室在北边。中间那间，既是通道，又是灶房兼杂物间。紧挨大门是一台大锅灶，挨后墙是一个看不清颜色的木柜与仍看不清颜色的长条桌。旁边堆满了杂七杂八的家什。

春节，我们提着礼品进了门，老舅说："坐，坐。"我们看了看，实在无处可坐。就说，坐院子里晒太阳吧。院子里，冬日的太阳无精打采，懒洋洋的。狗尾草荒芜杂生，迎风摇曳。一棵老桃树瘦骨嶙峋。

老舅对猫蛋说："去，叫你大（爸）回来，就说家里来客人了。"我就问老舅："狗娃哪去了。"老舅说："还不是打牌去了，昨晚一晚上都没回来。"老舅说的牌，就是麻将。

坐了一会，孩子闹着要看动画片。老舅将电视打开，画面模糊不清，还一直卡。老舅说："怕是房顶的卫星锅又被风动了，信号不好。"

我给老舅帮忙做饭。快开饭时，狗娃与猫蛋回来了。狗娃穿一件破旧的棉袄，头发乱蓬蓬的，脸色暗淡蜡黄，一脸倦怠。吃饭间，老公就问狗娃："这几年还种烤烟不？"狗娃说："种了两年，就不种了，那活太忙太累。"大舅就面带愠色说："闲着是不苦不累，日子却过得恓惶，娃开学你又从哪借钱报名呀？"一桌人都低头不语，只顾吃饭。

　　昨天，我们去老舅家。还没到老舅家，就听见人声鼎沸，鞭炮声声。走进院子，眼前是一幢刚建起的五间砖混结构的大瓦房，亮白瓷片砌墙，中间四扇红色大门，铝合金窗子，火红的对联，一切都新鲜闪亮，在太阳光下闪闪发光。几个年青的小伙正在房顶上大梁。一位老者正从楼上向下面抛撒糖果花生，撒飘梁馍。大人小孩争着抢着去捡糖果、馍馍，热闹非凡。

　　狗娃正忙着给客人发烟。看见我们来了，就走过来打招呼。他说："我家是贫困户，政府说我家的房是危房，鼓励我修房。说修好后，给我三万元钱。三万元钱，我拉砖买水泥的钱都够了。"他停了停又说："我大年纪大了，国家每月给养老补贴。猫蛋上学，国家一年还给娃两千多元呢。刚才包扶的镇上领导还来了，给我送鞭炮祝贺。党的政策真好啊！"

　　我问他："你还打牌不？"他嘿嘿一笑说："修房忙，哪还有时间打牌。再说，政府有心帮咱，咱也不能给政府脸上抹黑不是？房子修好后，我就包地种烤烟，政府还给咱无偿提供烤烟苗、化肥和地膜呢。这样既照看了老人与娃，也能挣钱养家。"

　　院子中，春日的阳光暖融融的。那一树桃花正开得灿烂。狗尾草青青如茵。狗娃的春天真的来了。

# 阿四和小野猫

### 张小华

　　阿四不知道自己有多好，更不知道有个女人对他"念念不忘"。他是个其貌不扬的光棍儿，上海某路公交车司机，谁会在意他呢？

　　如果阿四看到这篇文章，一定会平静地说："晓得晓得，阿拉做过邻居，小姑娘蛮好。"

　　十年前的事了——

**中国新实力作家成名作**

上海南市区西藏南路附近有个很大的鞋城,我在鞋城上班,租住在一栋破旧的四层老楼里。说出来让人难以置信:一层三户人家,居住面积加起来不足一百平方米。

三户人家如何蜗居在一百平方米之内,有必要再介绍得详细点儿:房间整体为"凹"型,凹字中间是共用厨房,三个煤气灶,三个水池,布局相当合理;住两头儿的自然宽裕些,我有幸占了一头儿;另一头儿住着一对河南父女,听说女主人跟人跑了,女儿十四五岁,正读初三;凹字底部是"原住民"阿四母子的家。

阿四的老母亲八十多了,耳不聋,眼不花,声大如炮仗,结实得像一块石敢当。老母亲整日啥都不用做,单等儿子下班回家,盯着儿子烧菜烧饭忙东忙西,她在边上挑三拣四骂骂咧咧。阿四从不忍让,母子俩高一声低一声吵得很凶,往往以阿四一声大笑收场,母亲也笑了,凶巴巴的眼睛里终于露出些许难得一见的母性柔情。

阿四身高不过一米六五,白净,偏瘦,大眼,长脸,爱穿西装皮鞋,我在心里称呼他"卓别林"。当邻居的一年里,和他的对话少得可怜,"侬桑(上)班了?""侬沃班了?"非此即彼。话虽不多,阿四每次都羞红了脸。

阿四烧得一手好菜,尤其红烧肉,色泽红亮,甜滋滋香喷喷(见他放了很多冰糖)。厨房里的阿四显得特别酷,总是有条不紊,五星酒店技师的派头。我难得做饭,随便糊弄一口算了,阿四母亲经常"骂"我:"小姑娘正长身体时光,哪能不吃饭,行西啊(想死啊)!"

每当听到"行西啊",我便浑身不自在,恨不得回敬她一句:"躺伐老侬(受不了你)。"

对门的中学生是个假小子,头发极短,走进走出"咚咚咚"山响。不曾见她笑过,瞅谁一眼光想龇牙,背后的书包像个炸药包,白皙俊俏的小脸儿上写满了"叛逆期"。我暗地里叫她"小野猫"。"小野猫"有个天大的优点:会做饭。她可以守候在灶前三个小时,就为卤一块儿鸡蛋大小的牛肉。

一日,我下班回来,见阿四母亲正背着手"监督""小野猫"做菜。"小野猫"脸上明显带着怒气,动作异常生猛。我一头扎进房间,关门大吉。

不一会,听见"小野猫"发出凄厉的尖叫声:"滚!"

我连忙跑出来,瞧见阿四母亲手里举着锅铲正朝"小野猫"后脑勺上敲去,"小野猫"转身一个巴掌,狠狠落在老人家的脸上。

这两人没一个善茬儿，说不上谁欺负谁，但是这一刻我的天平倾向了老人，我用身体护住老人，把她搀扶回屋。老人脸色煞白，喘着粗气，指指床头柜上的座机，示意我打电话。

阿四的姐姐们很快到了，仨闺女围着老人姆妈姆妈叫着，问长问短，老人浑身颤抖哼哼唧唧，讲不出个黑白头尾；老二开始收拾衣物，嚷嚷着无论如何先送老娘去医院；老三气愤难平，站在厨房里破口大骂……

"小野猫"把门关得死死的，憋气不吭。

猫爸火急火燎赶了回来，一露脸儿，先给三姐妹深深三鞠躬，又去屋里看过老太太，这才掏出钥匙开了自家房门。屋里顿时传出打骂声，"小野猫"哭得上气不接下气。

天黑透了，阿四才下班回到家。

阿四没有接猫爸递过来的香烟，回屋看过母亲，对三个姐姐说："归去吧，没啥事体。"

三姐妹面面相觑，愣了几秒钟，继而齐齐咆哮起来。总之："自己老娘挨耳光，奇耻大辱，没那么简单！"

猫爸推搡着女儿过来道歉，三姐妹理都不理，个个鼻孔朝天。老三坚持带母亲去医院。

阿四突然大喝一声："自家老娘啥脾气勿晓得？闹啥么子闹？"

三日后，是个星期天，天空飘起零零散散的雨丝。阿四母亲使劲儿敲着"小野猫"家的门，声如炸雷："小姑娘，落雨咯，出来收被头。"

"小野猫"悄悄打开一条门缝，慌里慌张收了被子，滋溜儿钻回屋里，像一只可爱的小老鼠。

# 私人订制

## 马桂芹

今天，周局长在会上说："上级要求每个扶贫干部必须有专用扶贫日志，随后市上组织检查评比，并将作为年终考核的一个硬性指标。"

局长最后说："我们局包括下设单位和部门一共299人。驻村扶贫工作队人员实行轮流上岗,所以每人都得有,这次给大家每人私人订制笔记本,请大家务必保质保量做好这项工作。"

会议结束后,局物资供应科的小吴科长就兴奋地给情人打电话:"亲爱的兰兰,你又有生意啦,299本豪华笔记本。"小吴专门给豪华二字加重音拖长音。"咋个豪华?""就是,不是传统的普通笔记本,是私人订制笔记本:封皮是每个人的座右铭,后缀本人姓名。""啥是座右铭?""小笨蛋,比如:一寸光阴一寸金,寸金难买寸光阴啦,少年不努力,青丝白头悔啦,有志者事竟成啦。都可以,就是不能重复,这个你可以找度娘呀。"小吴不厌其烦地解释着。"关键是——"小吴语气有点神秘,"所有的字都要仿宋烫金立体字,不是印上去的,是镶嵌进去的。""明白啦。"电话那边传来"啵"的一声。

第二天早上一上班,小吴就去了局长办公室,小吴给局长汇报了这件事。想着局长一定会说他办事效率高,没想到局长脸一沉:"谁让你自作主张的?我已经和信诚广告的刘总敲定了。"小吴想说什么,周局已经很不耐烦地对他摆摆手,那意思小吴当然明白。

刘总是位三十多岁的漂亮女老板,要脸蛋有脸蛋,要身段有身段。这位刘总经常来局长办公室串门。

瘦小的小吴转过身走出局长办公室。平时走路总是一阵风,这回连一股小风也没有。隔壁就是牛书记办公室。小吴想找书记说说,看能不能和局长商量一个折中的法子,自己说出去的话收不回来了呀。

牛书记一手端着精致的紫砂小茶壶抿着茶,另一只手拿着小喷壶正在给墙角花架上的一盆龟背竹喷水。水雾瞬间变成水珠,滴溜溜滚下去,轻轻砸在褐色罐状花盆里的松针土上,土便湿润了很多。

小吴径直走了进去,把事情原委给牛书记说了一遍。只不过把兰兰变成了某上级领导一亲戚。没想到牛书记一听,啪,放下手上的茶杯。"你们啥意思,你不打招呼,他也不和我商量。我和爱华广告部订了,由她给咱制作笔记本。"说完就气呼呼地去了隔壁局长办公室。

爱华广告部在局办公楼隔壁。老板爱华也是一位风姿绰约的时尚女子。听说是牛书记的高中同学。

小吴几乎是挪着步子回到办公室的,背靠在椅子上,小吴眼睛盯着天花板,窄窄的脑门沁出一层密密的液体。咋办呢?此刻,兰兰一直在眼前晃悠着。

次日，周局长、牛书记、吴科长三个人在电梯里遇到了，表情都很不自然，甚至有点尴尬，勉强打了招呼，然后各自回办公室了。

他们三人都有了心事。

临下班前，周局长把小吴和牛书记叫到办公室。"坐，坐。"周局长热情地招呼两位坐下。两瓣胖腚和两瓣瘦腚慢吞吞地先后嵌入真皮沙发，脸上的笑容还是很勉强，很别扭。周局长给每人斟上一杯上好的龙井，然后慢条斯理地说："三家各制各的吧。"牛书记和小吴四目相对。小吴瞪大了眼睛又眨了两下。胖乎乎的牛书记一拍大腿："高，老弟就是高。"

笔记本的事就这样顺利解决了。

过了几天，897本豪华私人订制笔记本安静地躺在局保管室。

发放笔记本那天，经常跟随周局长去南方考察的小于娇滴滴地惊呼："哇，好高大时尚的私人订制耶。"

## 染血的芦苇堰

### 代应坤

芦苇堰与瓦埠湖接壤，三面环水，大片芦苇绵延百里，风吹处一阵沙沙地响，令人好不自在！这里零零散散住着八十几户人家，除了一户汪姓外，皆是缪、杨两大姓，人称"两家半"。民国初年，这里连续五年闹水灾，饿红了眼的男人们一不做二不休，十个八个自成一组干起了打家劫舍的勾当，依仗进退自如的地理优势，把触角伸向方圆六十华里，一时间闹得鸡飞狗跳，人人自危。保长、乡长走马灯地往县衙门跑，作揖膜拜好话讲净，时不时还洒下一行清泪，于是县保安大队就咋咋呼呼地下来一趟，随便逮几个在田间劳作的庄稼汉问问话，朝着茂密的芦苇滩放一阵冷枪，到乡公所喝顿小酒便打道回府。

奇怪得很，这些人每来一趟，当天晚上农户就被报复一通，人们欲哭无泪。

土匪作恶时间久了，里面的头头脑脑自然就瞒不住了。四支队伍，一队、二队分别由县师爷的外甥缪虎、缪龙领着，三队、四队则由杨大麻子和杨白

**中国新实力作家成名作**

脸弟兄把持着，杨家二叔在北平当师长，每年清明节回乡祭祖，前呼后拥跟半条街的人，杨家二兄弟则屁颠屁颠地跟前跟后，端茶递烟，脸笑得如爆米花一般。缪虎、缪龙也不清闲，领着一群喽啰，手捧冥纸，身披白袍，跟在杨姓后面，脸上写满庄重。有人忍不住在一旁嘀咕："这官府天天叫唤要抓土匪头子，今儿送上门了，反倒不抓了！怪事！""猫跟老鼠攀上亲家了！"一名壮汉没好气地说了一句，扭头气哼哼地走了。

只有汪家弟兄三个愣站在一旁，不声不响。

老大老二生性憨厚，几岁时母亲带着他们从山东逃荒来到这里，寄宿在单身汉老汪头的破茅庵内，一年之后被窝翻身，母亲生下了汪小三。这孩子从小好动，成天不沾家，满堰满湖地跑，几次落水吐得翻江倒海，甩甩腿居然又活蹦乱跳起来。他嘴也巧，爱讲话，见了长辈舌头上就像裹了一层蜜，出口就让人喜欢。人们说这孩子脑子够用，不像两个哥哥老实得摔倒都不知道从哪里爬起来。

十六岁那年夏天，他光着脊背一溜小跑跟在杨大麻子队伍后面，冒充一个大户人家的内侄，居然把门喊开了。土匪们快活得浑身直颤，财主的几十年积蓄转眼间风扫残云。

自此，他隔三岔五地跟在土匪后面混只鸡吃。

白云苍狗，不经意汪小三到了二十岁。只是光长年龄不长个儿，声音尖尖的，皮肤白白嫩嫩的，往人堆一站，活脱脱的娃娃兵。扮演小孩子的机会终归是少的，多数情况下要真刀真枪滚炮眼，他胆小手善，动作迟缓，几次险些被人家逮住，杨大麻子牛眼一瞪："有多远滚多远！以后不要来了！"见汪小三泪水在眼眶直打转，杨白脸拉弯子说："留着吧，换个行当。"从此，汪小三成了一名线子，每天挑着货郎挑满村庄地转悠，土匪们晚上一抢一个准。

民国二十五年夏天，杨大麻子抢劫长丰县李财主，不小心枪失火打死了二小姐李莉娜，在省府工作的李大少爷闻讯后连夜赶到县衙，把县长骂了个猪狗不如，限其三天之内破案缉拿凶手，否则革职查办！一边是京城的将军，一边是省府的上司，哪头都得罪不起，县长急得成夜睡不着觉。第二天晚上师爷走近床前，附耳嘀咕几句，县长眼睛一亮，连声说："妙，妙！"

第二天上午，正在溜乡卖货的汪小三糊里糊涂地被警察投进了大牢。半个月后，县衙贴出告示："汪小三，男，20岁，因提供抢劫线索致使李莉娜小姐被杀，构成故意杀人罪，且系主犯，根据中华民国刑事诉讼法之规定判处死刑……"

一声沉闷的枪声响起,汪小三便"咕咚"倒地,眼睛睁得圆而大,蜷曲的身子流着血,一滴一滴漫染着散乱的芦苇,瞎眼老母甩掉拐杖,俯下身子,摸摸孩子的脸,喃喃道:"三子,我眼都哭瞎了,咋就唤不回你呢?你枉长了一双好眼哪……"

# 大 厨

### 张兴梁

在清水村,无论哪家有什么大事小情,都要请大厨做厨。

大厨真名吴远,五十来岁的样子,个头不高,脸上清瘦清瘦的。只因他在清水村是有名的厨师,时间长了,人们就只记得他是大厨,而不记得他的姓名了。

如此,清水村上至七八十岁的老人,下至几岁的儿童,提到大厨,没有人不知道的,但如果提到吴远,大概百分之八十的人都不晓得。

大厨会做厨,得益于他勤奋好学。在他还是十八岁的时候,他就光荣地参加了中国人民解放军。在新兵连训练期间,他总会在训练之余帮助炊事班做事,新兵训练结束后,连长一句话:"这小子,既然喜欢做菜,就把他放到炊事班吧!"促成了他与锅碗瓢盆打了三年的交道,当然,也让他学到了许多做菜的绝招,并得到一个小本本——厨师资格证。而和他一起入伍的战友,有的喂了三年猪,有的修了三年路,退伍时,根本没有学到一样属于自己的东西。

大厨退伍后,与本村一位长相一般的姑娘结了婚,每天都是干着日出而作,日入而息的农事。对于做厨,他从不谈起,因此,清水村的人没有哪个知道他会做厨,就连他的老婆,也只晓得他做菜很香,却从不知道他还是个厨师。

大厨为人家做厨是近十年的事情。这期间,清水村这个省级一类贫困村,得到的扶贫项目很多,仅近三年的危房改造项目,清水村340多户,每年就有四五十家得到一至二万元的危房改造资金。大厨第一次做厨,是自己的堂

**中国新实力作家成名作**

兄弟9年前乔迁。清水村是个小山村，不可能到其他地方去请厨师，大厨就说，我给你做，但你要找三个人帮我，还要买4套白大褂和帽子，买4条毛巾。大厨想，自己虽然已多年没有做厨，但不管做得怎样，卫生是一定要讲究的。乔迁那天，来随礼的人吃饭时，犹如打仗一般，桌桌都是汤勺碰撞，筷子翻飞，短短十多分钟时间，桌上的菜就风卷残云一般，汤汤水水都没了踪影。还先后有十多个人钻进厨房，东瞅瞅，西看看，有的拿勺子在汤锅里舀汤，有的拿佐料盒看里面的佐料。

难道是自己做得不卫生？抑或是汤里有什么东西？大厨着实吃了一惊，但大厨懒得问，也不敢问。之后，整个清水村就传开了，说大厨做的菜荤素合适，干菜和汤菜搭配合理。还有那菜的颜色，那拼盘的样式，那香味，那菜的数量，各种菜都是刚好吃完，没有一点浪费，这厨艺，只有大厨师才做得出来。自此，大厨出名了。

出了名的大厨，家家有事都要请他做厨，早些年是结婚，死人，乔迁。近年更是名目繁多：什么房屋翻盖，钉门，当兵，孩子上大学，上高中，孩子满月，开业，过生日，再婚，再嫁，给死人立碑等等，几乎每个月都有十多家。大厨觉得实在太累了，他再也不想做厨。可他越是不想，人家越是要请他。人家说，你是我们这里的大厨，不做怎么行呢？不做也行，你必须教一两个徒弟出来。大厨一想，也对，于是每逢人家请他做厨，他都要喊上勤奋好学的张挺和李华。经过一年的时间，大厨把自己懂得的东西全部教给张挺和李华了。大厨想，这回自己可以不做厨了，可人家说年轻人做事不放心，好说歹说就是要请他。

大厨太烦了。人家硬要请他，他就会在做厨的时候，故意少放点盐，或把菜数量放少或放多。可人家却说盐淡一点好，不容易得脑血栓；菜数量少一点不够客人吃，这是节约，不铺张浪费；菜数量多一点呢，客人虽然吃不完，却寓意时时有余。

大厨无法了，于是，他只得在为一户人家做厨的时候当众宣布，做完这家厨后，他将告别众乡邻，与自己的妻儿一起，全家外出打工。

## 军 礼

杨树也

井上春树抖索着手指，他指尖苍白，慢慢翻开一本厚厚的书，取出夹在书页里一张纸色灰黄的黑白照片。照片上的少女——惠子，在盛开的樱花下，笑容羞涩，眼神清澈。他凝视着照片上大面积经年的血液锈迹上，嘴唇哆嗦了几下，花白的头发在窗外透过来的余晖中散发出灰泽的光。

阵地上硝烟弥漫，早上的阳光布满血丝，三天三夜的战斗在小野联队重炮火的打击下已经结束。

他们分小队搜索战场。井上实在困疲极了，寻个炮坑躺下来。

他双臂木麻，机枪的冲击力他从没体验过。在队长嘶吼的命令声中，他一夜不停地射击，一个个中国军人倒下，他的双臂似无知觉。他吃力地磕了磕水壶，又对着嘴，仰起头，壶里倒不出一滴水，嘴唇嗓子就要冒出火来。

远近有零星的枪响。

火烧的尸体气味，难闻极了，一股一股地弥漫过来，他捂了下鼻子。

联队的伤亡很大，他作为勤务兵也被拉上战场。

他国中还没毕业，在国内一片圣战的欢呼中应征入伍，做了小野联队长的警卫员。开始，他一直渴望战斗，向小野联队长要求上战场，他想用勋章让惠子引以为荣。在他左胸的上衣口袋里，一直装着惠子的照片。

那个可爱的同桌小女生，在他出发前把照片塞进他的口袋。

他艰难地抬起右手，从口袋里掏出照片。

惠子的眼神，一下就把周围照亮了。樱花灿烂，他想象和惠子牵着手在树下奔跑，花儿被他们摇晃得像雪片一样飞舞，惠子"咯咯"地笑。

后来，他从家信中知道，在他入伍走后，惠子就被迫随军做了慰安妇，不堪凌辱，碰壁自尽了。读完信的那一刻，他把家信狠狠地攥在手里，指尖把掌心嵌出血来。他亲眼看到军队对中国百姓的残暴杀戮，连心爱的人也成了牺牲品。

就在数月前，他随联队长带一小队人去某防地视察，路上与八路军某部遭遇。

## 中国新实力作家成名作

他吓坏了，躲进一片草丛中埋头发抖，联队长撤走了。他被两个八路战士发现。一个八路军举起刺刀，被另一个老兵拦住了，说："这鬼子还是个孩子。"恰在这时，接应的大队到了，才得以脱身。

多少个夜里，他都能梦到，那满脸烟尘和血迹，和他年龄相仿的八路举着刺刀，眼神愤恨。

他惶恐，愁闷。

八路刀下放生，他心存感激。

他小心地把照片装回口袋，又把水壶对着嘴唇磕了磕，像喝着水一样将嘴唇抿了抿，满足地把头向后靠了靠。

"井上，井上。"有人在喊。

他翻身裹起一阵烟土，寻着呼喊声追赶过去。

他们把一个中国军人堵在一个山头上，小野联队长用沾满血迹的战刀指着这个中国军人的胸前。中国军人一条腿被炮弹炸掉了，脸色苍白，却没有一丝怯懦，单膝撑地努力地站立着，井上感觉出他双眼射出的是仇恨的箭。

小野联队长挥手示意，井上立即把毛巾递过去。

小野并没擦拭布满烟尘的脸，将战刀在毛巾上反复擦拭了几次，战刀闪出凛冽的光，他转向翻译官，说："你的，问他，投不投降？"

翻译官对中国军人劝说一番。

中国军人双唇紧绷，因疼痛额角不断地滴着汗珠，在众人的注视中，用右膝支撑着，缓缓地将左腿残肢挪动。左腿残肢流出的血把身下的土地洇红一片，他每挪一步，井上就会感觉出有种刺痛感从脚底传到心底。

中国军人挪到歪倒的中国军旗前，军旗被战火灼烧得千疮百孔。他咬着牙，将旗杆缓缓扶直，然后，他举起右手，上身挺了挺，工工整整地对着中国军旗敬个军礼。

"八格。"小野联队长恼怒地挥刀，刺向中国军人。

鲜血喷在井上的身上，湿透了井上胸前的上衣。

中国军人身躯晃了两下，依然挺立着没有倒下，举起的臂膊在太阳光下青筋毕现，行军礼的姿势威严得像座雕像。小野再次举起刀时，中国军人猛然抱着军旗纵身跃下山崖。

围观的士兵一下惊呆了。

中国军人的壮烈，同样冲击了井上的内心，凛然生出一股敬意，他不自主地缓缓抬起右手举向眉梢。

"八格。"小野一脚将井上踹翻在地。

# 打屁股

### 凌云彬

大爷的孙子小宝虽然只有两岁多，胖乎乎的身体，又圆又大的脑袋，短而黑的眉毛下镶嵌着一对机灵的大眼睛，总让人感到是那样的机灵、俏皮、活泼。爷俩每次到我家来玩，都是小宝跑在前面，像一阵旋风似的从路上急走而来，看到了我就甜甜地喊："叔叔……叔叔……"

我挺喜欢小宝那天真无邪的样子，放下手上的活与他们玩。小宝在水泥板上玩小汽车，玩腻还随手拾起扫帚和垃圾铲说要扫地。邻居大老林也经常过来和小宝一起玩。大老林是个烟鬼，玩着玩着便吸烟，小宝习惯了大老林的动作，也帮着掏烟点烟。

大老林蹲到小宝的跟前逗乐："来，小宝，帮叔拿烟。"然后就指了指自己的上衣口袋。小宝得到指令后放下手上的玩具，熟练地从大老林的上衣口袋掏出了烟，放到大老林待在半空中等着的血盆大口中。

叼着烟的大老林还闭着眼等着小宝帮着点了烟。

当大老林一口浓烟喷到了小宝的脸上，小宝才乐呵呵地跑开。

大老林一番吞云吐雾之后又说："小宝，拿棍子来，让伯伯打屁股。"

我听说要打小宝的屁股，心想谁肯让人打自己的屁股？可是出乎我的意料，小宝听说要打他的屁股不但不怕，还笑哈哈地，拾起木棍子送到了大老林的手上。

大老林接过木棍笑着对小宝说："小宝乖，来，打小屁屁……"一边说，一边举起木棍要打小宝的屁股。小宝不仅不退缩，却乐哈哈地翘起小屁股迎接大老林的木棍。

大老林高高地举起木棍，一下、二下、三下……

棍子在空中划过一道优美的弧线，打到屁股上那样地轻，打得爷爷、大老林、小宝都乐得笑了。

我不禁哑然，原来小宝是把打屁股当成是给屁股挠痒痒了。

从那以后我也注意到这样的事实。小宝无论是听到谁说要打他的屁股，他都笑吟吟地转过小屁股来让人打，而且翘屁股让人打的动作熟练得很。有一次，小宝做错了事，爷爷拿棍子要打他的小屁股教训他一下，他也马上屁颠屁颠地转过小屁屁来让爷爷打。爷爷拿着木棍却没了脾气。

在"十一"长假，张大爷的儿子张作霖和媳妇都回家探亲，他们有空也带着小宝到我家门前聊天。我想起了小宝习惯玩打屁股的游戏，开玩笑地对小宝说："小宝，来给叔叔打屁股。"小宝听到要打屁股就高兴地转过了屁股来让我打。我就在他的屁股上拍了几下，我一边拍打，小宝一边哈哈地笑。

我和张作霖聊到了现在的小孩子不像我们那样安分，就是难教……

就在这时候，小宝突然就来了牛脾气，吵闹着要吃龙眼果。原来路那边有一个小哥哥在吃龙眼果，他也吵着要吃龙眼果。此时他爸爸手上没有龙眼果，身边也没有水果店，拿糖果来哄他也不行。

吃不上龙眼果的小宝就哭闹着在地上打滚，爸爸来气了，吓唬他说："你再哭，我就打你的屁股。"

爸爸要找木棍教训他的时候，小宝竟然一边哭，一边送上屁股让爸爸打。

爸爸看到小宝的这个动作，举起来的木棍在半空中停了一下。爸爸看到了我在向他微笑，又看到了小宝伸过来的屁股，犹豫了一下，对着小宝翘起来的屁股狠狠地一棍打了下去。

小宝被狠心的爸爸打下去的这一棍吓呆了，痛得止了哭声。当爸爸又举起木棍要打第二棍的时候，小宝才懂得了打屁股那疼的滋味，本能地缩回了屁股，哭喊着向妈妈求救。妈妈扒开小宝的裤子，嫩白的屁股起了血痕，噙着泪花说："打得好。"

小宝听到妈妈不仅不帮着他声讨爸爸还说打得好，只得止了哭声呆呆地看着母亲。

从那以后大老林再要打小宝的屁股的时候，小宝不干了。小宝做错了事，爷爷要打他的屁股时，他也明白自己为什么被打屁股了。

# 红 尘

## 段亚明

　　某企业公司老总履新，给人事部的第一道指令就是招聘助理三名，唯一的要求是，外形：美女、美女、美女。声音：嘎嘣脆、软糯甜、娇软绵。以期在工作中发生不可预测的事情或突发事件的时候提醒他，并且给每个美女助理规定了一个暗语，嘎嘣脆美女助理负责"哼"一声，软糯甜美女助理负责"嗯"一声，娇软绵美女助理负责小声说"人家知道啦"。

　　工作有序开展，个人威望稳步提升。私底下副总和中层对三位美女助理颇有些微词，有花瓶之嫌疑，白拿那么高的薪水。一位中层偶犯小错，按纪律必须开除，其他副总又不好使。老总两难之间，求于嘎嘣脆美女助理处，爽快地应下了。某天，老总在主席台上义正词严地批评，刚要宣布纪律处分决定，嘎嘣脆美女助理在台后"哼"了一声，老总立马软了半边，匆匆结束会议，此事不了了之。

　　老总对企业的经验管理确实有一套，企业因为国家的政策，效益连年翻番。老总渐渐志得意满，忘乎所以，鼻孔朝天地看人。一天上级主管部门副职下来检查，老总大大咧咧满不在乎。软糯甜美女助理看到眼里，急在心上，怕自己尽不到责任，于是尽量靠近老总，微微地用软糯甜的声音"嗯"了一声，老总忽然醒悟，全身瘫在了沙发上，主管部门副职充分感觉到了自己的威严，满意地走了。

　　老总一天感觉工作压力大，特别劳乏，于是自己驾车去私人会所。进客房后房门紧闭，鸦雀无声，使人不禁浮想联翩。老总正在意乱情迷时，忽然听到一个娇软绵的声音在门外响起"人家知道啦"。几十秒后，老总缩着脖子走出客房，匆匆而去。

　　娇软绵刚想走，不料嘎嘣脆出现，对着娇软绵"哼"了一声，后边又闪出软糯甜惊奇地望着嘎嘣脆和娇软绵"嗯"了一声。娇软绵弱弱地对嘎嘣脆和软糯甜说："人家知道啦。"

中国新实力作家成名作

# 刘 哥

### 魏立国

和刘哥相识，是在办公室里。

那天局长把我领到他办公室，对他说："这是小吴，新来的大学生，分在你办公室吧。"

刘哥说："好哇，欢迎，欢迎！"

我就和刘哥成为一个办公室的同事了。

和刘哥结识，才知他的人生旅程兼具传奇色彩呢！

我上班的第一天，刘哥下了班没走。

第二天、第三天，仍是如此。

第四天下班时，我忍不住问刘哥："下了班，你怎么天天不走啊？"

"走？兄弟，往哪走？我回家，家在哪儿呢？"

"怎么，刘哥，你说这话，有奥妙悬疑？"

"是，兄弟，你已经和哥是一个办公室的人了，哥就不瞒你了，有件事情，局里人都不知道啊。"

"什么事，刘哥，这么保密？"

"不是保密，哥哥心中没有底气，让世人知道，广而告之啊！"

"这么严重啊，刘哥，你说说吧。"

"好。前些日子我不是上市里开会去了吗？那天散会晚了，我就给家里打了一个电话，告诉她夜里不回家住了。在街上，碰到咱县的大货车，司机我认识，他问我回家不，我想有顺风车，就回吧。可是一进门，就看见门旁放着一双男人皮鞋。我诧异地走进卧室，看到了男人最不想看到的场面，床上竟躺着一个男人。男人是我媳妇单位常送她回家的台柱子黎鹏。我顿时火冒三丈，真想当场杀了这对男女。可最终还是理性占了上风，二话没说，转头就走。第二天，我们就离了。"

"离了婚，跟你下班不回家，有什么关联呢？"

"你没有身临其境，不能理解，你想，一个好人，正正经经过日子的实在人，家中有了这种变故，能受得了吗？我离了，见人总觉得抬不起脸面看人啊！所以我就等到天黑回家……"

"呃，那刘哥，这也不是你造成的，你不用感到脸面无光，这责任，不在你，你就大大方方堂而皇之地生活在这块土地上吧，刘哥，你不用自窘，等有好女人，咱们再找，你自己寻觅，我也帮助你留意，咱们再找好的呗！"

"是，事到如今，也只有这样了。"

刘哥的人生不幸，就过去了。

在刘哥和我两人都心怀期冀地渴盼他重建姻缘的时候，刘哥为我带来了极好消息，他说他的梦要圆了！我惊异地忙问："怎么回事儿，刘哥？"

他跟我道出了事情原委。原来他家邻居有个在省城读书的远房亲戚的外甥女，她就要毕业了，马上面临双重选择：一个是择偶，一个是就业。邻居就为外甥女先选择了头一项。经和女方沟通，女方满口答应要和刘哥处朋友，她说离了婚也不顾忌，就想找一个公务员为终身伴侣。两人很快约定见面了。四目相对，碰出火花。女子年轻漂亮。刘哥与她相处，就免不掉要吃请。一次女子喝多了，她不得不住在刘哥家。睡到半夜，刘哥觉得有人钻进被窝……

刘哥述说到这儿，脸上还挂着喜悦之情。

而后他又跟我说："咱局的人，都不知道这件事，就先别说了啊，免得影响不好。"

我说："刘哥，你没拿我当外人，我会为你守口如瓶的。"

我又说："哥，既然有了这么满意的心仪小嫂，就选个良辰吉日，把喜事办了呗。"

他说："好啊！"

但世上的事，谁能料到呢？就在办喜事前几天，情况骤变。一日清早上班，刘哥把办公室的门关上了，气急败坏地跟我说，兄弟："我的婚不结了！"

"啊？刘哥，你说什么话呀？"

"我说跟她的婚，不结了。"

"怎么回事，刘哥，你说清楚啊？"

"她不是黄花大闺女，在我之前，她跟学生会主席有不正常关系，让人家给甩了，她家亲戚都不知道。最近我发现她肚子有些鼓了，再三追问，才说出实情。"

"呃，刘哥，咋会出这种事呢？那她同意分手了吗？"

"她不同意还行，她做了蒙骗人的事。"

"那你以后就再找吧。"我没有其他话可说。

然而，事情哪像人设想的那番顺利啊？不久，那女的打掉孩子，又来找刘哥，她说孩子打掉了，还想和刘哥在一起过日子。刘哥气愤至极，料想这是谁给她出的馊主意。刘哥坚决不同意和她旧梦重圆。她就把刘哥的事情，在全局抖落开了。一时间，刘哥的形象一落千丈，成了道貌岸然的伪君子和大骗子。局长也找他谈了话。

这以后，我发现刘哥变成了另外一个人。他上下班，和谁都不说话，甚至我问他话，他都像刚醒过神来地反问我："呃，你说什么？"过了几天，刘哥上班，跟我宣布了一条爆炸性消息："兄弟，哥准备结婚了。"

"刘哥，你说什么？你跟谁结婚啊？！"

"也是我家邻居给我介绍了个五站四屯的马寡妇，她丈夫病逝几年了，她领着个四岁的小姑娘生活，人长得不错，还挺善良，孤儿寡母过日子不容易呀！"

"刘哥，你可想好了。这婚姻大事，不是心血来潮的儿戏。"

"我知道。等我结婚的那一天，局里人我就不告诉谁了，你去就行。帮我做点什么事。"

"好，刘哥。"

刘哥完婚那天，我看到，嫂子是挺秀气的。她旁边的小姑娘蹦跳欢乐着。我的双眼与刘哥的亮眸相对时，刘哥的眼里亮晶晶在闪光……

# 白菜石

## 三 石

龚一笑，饶城师院教授。我跟他亦师亦友，他虽然大不了我几岁，却是我正宗的老师。在饶城奇石收藏界，龚一笑名望极高，算得上是鼻祖级人物。早年，龚一笑经常跋山涉水淘捡石头。那时玩石的人不多，赚两个钱只够糊口，石头自然抵不过馒头。如今日子好了，有钱人也多，玩石的人多了起来。而此时，龚一笑已是奇石满屋，且大部分是捡来的，没花几个散碎银子。

正所谓近朱者赤，我虽然兴趣不大，并不代表一点兴趣没有。我经常跟龚一笑一起，多少受些影响，家里也有些藏石，有的是跟龚一笑在山沟河岔捡的，有的是朋友间相互赠送的，更多是死乞白赖从龚一笑家顺的。不过，都是些一般的货色，以龚一笑的说法，要论值钱，没一块抵得到他估价的费用。我也无所谓，图个好玩而已。

龚一笑好东西不少，值多少钱不知道，同样以龚一笑的说法，一块石头换一套房，没有大厦千间，十数间还是有的。当然，不是说上海北京，但即便是饶城，也不是小数目。不过，龚一笑的好石头锁在里屋，常年上锁，一般人不让看。我也是一般人，央求多次外加点蛮横，龚一笑才不情不愿打开门锁，这才得以匆匆一睹。

不过，也有例外。一次，在龚一笑家喝酒，酒到酣时，他竟然主动进屋，搬出一件珍藏。却是一件形如白菜的奇石，没有丝毫雕琢，纹理清晰可见，大小与白菜一般无二。果然是浑然天成。我惊呼一声，啧啧称奇："如与铅山的白菜碑一并展示，必然相得益彰。"

龚一笑抿着小酒，嘿嘿一笑："你能联想到白菜碑，也不枉你我师生朋友一场。"白菜碑为明代铅山县令笪继良所绘。其上题词：为民父母，不可不知此味；为吾赤子，不可令有此色。作为地方父母官，要坚守此道，如白菜一般清白做人、做官。

市委已找我谈话，我从市直一个清水衙门，直接空降到县里任职，且是正职，手上权力不可同日而语。

我蓦然明白龚一笑的良苦用心，正色道："老师教诲，学生谨记。不过——"

"不过什么？"龚一笑。我狡黠一笑，将白菜石移至跟前："老师要是放心不下，不如将此石赠予学生，学生必定每日观石而三省其身。"

龚一笑脸色一变，一把将石头搂进怀里，连说两声："君子不夺人之所好，君子不夺人之所好。"匆匆搁进里屋，封门上锁。

我哈哈大笑。

在县里工作，不似在市里那般清闲，忙得焦头烂额，没有时间把玩石头。但时间久了，竟然有人知道我那一丁点的喜好，不时有好事之人弄两块石头请我鉴赏，或者送我把玩。我一般不收，偶尔收下一块两块，也回赠人家，算是玩家之间的相互馈赠，也没太当回事。曾有一块摆在我办公桌上，名为《寒江独钓》，却是我最为喜欢之物。

与龚一笑往来也少了，只是偶然相互电话骚扰，免不了邀请他前来喝酒吃肉，还有赏石。电话里龚一笑笑得不屑一顾："你能有什么好石头值得我劳师远道的。"我说："还真有一块，就摆在办公室，你来了便知。"

龚一笑还真的来了，直接推门进来。我从座椅上一蹦而起，兴奋之情难以言表。龚一笑却不睬我，眼睛落在桌上的《寒江独钓》上。我得意地说："以你专家的眼光，看我这块石头怎么样？"

龚一笑不语，移前移后仔细端详，少顷立起身子说："很值钱。"

我问："值多少？"

龚一笑脸色凝重："一间房，一间牢房。"

我吓了一跳："一块石头，不至于吧？"

龚一笑怒目圆睁："我说是就是，你敢质疑我的眼光。"怒气冲冲摔门而出。

我目瞪口呆。待醒悟过来，出门紧追，已不见龚一笑踪影。打电话，关机。

呆坐一会儿，满脑子都是龚一笑的怒容，突然惶恐。立马叫来秘书，将《寒江独钓》，还有几块交换的石头，一并拿走退回。

翌日，刚到办公室，却见龚一笑又推门匆匆而入，手上捧着那块白菜石。我一时没反应过来，忘记招呼。许是发现桌上已没了那块石头，遂问："石头呢？"我有些尴尬，低声说："已让人退回去了。"

龚一笑冷哼一声："算你聪明。"将白菜石小心翼翼摆在原先位置，"你曾说每日观石三省，今天就遂了你愿。"

我说："老师怎的如此大方，舍得忍痛割爱？"

龚一笑又是怒目圆睁："想得美，借你的，什么时候不当官了，就还我。"

# 心　愿

杨春贤

整个下午李娉在学校里都闷闷不乐。

学校号召同学们订报刊，中午放学回家后，她要妈妈给自己订一份《小朋友》杂志，可妈妈总是不肯，说爸爸在外地工作花销多，姥姥又有病，家里用钱的地方多,等以后再订。"

"人家班里同学都订了。"李娉噘着小嘴。

"你刚上一年级嘛,"妈妈耐心地说服女儿,"等你上二三年级再订也不晚!"

李娉终于忍不住了,泪珠儿吧嗒吧嗒地从脸上滚落下来。

"女儿是个乖孩子,不哭,呵,"妈妈柔声地安慰道,"明年妈妈一定给你订,好不好?"

可你知道李娉多么喜欢看书读报呀,每次她看到班里哪位同学带来书呀画的,总要凑过去看一阵。妈妈这人也真是的,李娉开始在心里埋怨妈妈了,每天早晨给李娉吃的牛奶、鸡蛋是从不间断的,然而,买本书、订个杂志却总是舍不得花钱!唉,不订就不订吧,那就只好委屈委屈自己了。

直到下午放学,李娉才露出笑脸,扬起手和护送放学路队的老师挥手告别:"老师再见!"李娉头顶扎着一个马尾辫,和同学说话时,不时地摇晃着辫子,嘴里发出清脆的笑声,那活泼可爱的样子,真是人见人爱。

离开放学的队伍,李娉径直向自己家走去,这时妈妈已经着急地等在大门口了,原来,姥姥的心脏病又犯了,姨妈来电话,叫妈妈赶快到市里去。

李娉家离姥姥家远着哩,妈妈带李娉乘了一个多小时的公共汽车才到姥姥家。

姥姥这次病得挺重,需要妈妈照顾。妈妈请了假,但这可把李娉给难坏了,因为路远,没人送她,李娉不能上学了。她哭了一场又一场,眼睛都肿了。三四天后,姥姥的病好些了,妈妈该上班了,李娉也该上学了。谁知李娉脸上的大泪珠子一个接一个地直往下滴。

"你怎么了?"妈妈不解地问。

"呜……"李娉索性哭出声来。

"女儿听话,"妈妈着急起来,"到底怎么了?告诉妈妈。"

半天,李娉才说:"老师肯定会说你姥姥有病,又不是你有病,为什么不来上学?"说着又抽泣起来,头顶上的马尾辫子也随着上下抖动起来。

"别哭了,"妈妈信口便说,"那你就和老师说你病了嘛。"

这天中午放学后,李娉回到家,放下书包,如释重负地说:"今天同学都来问我,怎么好几天没来上学了?"

"你怎么说的?"妈妈急忙问。

"我照实说了。"李娉甩着马尾辫,扭过头来,扑闪着大眼睛,看着妈妈。

妈妈一愣:"你怎么不说你病……"

"不,妈妈,我不要撒谎。"李娉睁大眼睛,打断了妈妈的话,一本正经地说,"小鹿撒谎,头上长出了角,我不要长角。"

妈妈心里一咯噔。"傻孩子,头上哪有长角的?"可话到嘴边又咽了回去,女儿纯洁幼小的心灵多么需要母爱精心的呵护。她清楚地记得,两周以前,李娉从同桌小朋友那里借来的小画书上,看过一篇《小鹿撒谎》的童话故事,想不到那故事居然对女儿产生了这么大的影响。

一向自恃疼爱女儿,宁可自己不吃也要保证女儿足够营养的李娉的妈妈,这时仿佛意识到自己做错了什么,陷入了深深的内疚。她抚摸着女儿的小脸蛋,为忽视女儿对精神食粮的渴求而感到自责。她从容地从口袋里掏出5块钱,塞到李娉手里:"给,快去学校订份《小朋友》吧!"

"谢谢妈妈!"李娉终于满足了心愿,可她并没有发现妈妈内心的微妙变化。她接过钱,高兴地一甩马尾辫,开心地笑了。

# 茯 苓

## 唐家松

茯苓说:"丁仁才,你还知道有个家!你看看,全丁大洼的人都在忙着置办年货,打扫房屋,准备过年,就你天天去集上赌钱。俺们家还有啥?就俺和两个孩子,迟早也是让你给输掉。"

丁仁才拢着手,哈着腰,耷拉着脑袋,蔫蔫地坐到椅子上,说:"茯苓,俺对不起你娘儿仨。"

茯苓正弯腰到水缸舀水准备做早饭,听了丁仁才的话,就放下水瓢,站到他面前,提着他的左耳朵问:"丁仁才,你说啥?"

丁仁才抬起头,看着茯苓的脸说:"茯苓,俺对不起你娘儿仨。"

茯苓说:"这,这,这太阳打西边出来了……"

十年前,茯苓爹说:"茯苓,仁才这孩子不错,读过两年私塾,家里还有十几亩山冲子田,他爹妈又勤劳,你将来的日子不愁过。"茯苓说:"俺听爹的。"其实，直到她的红盖头被掀开的那一刻，她心里悬着的那块石头才算落了地，她真怕爹给她找一个看不上眼的男人。

一天晚上，丁仁才拥着茯苓，茯苓抚摸着他左耳上的痦子。丁仁才说："茯苓，嫌它吗？"

茯苓说："不，这是贵处，是俺们的福星呢。"

丁仁才说："但愿如此吧。"

小两口甜蜜蜜的。

丁仁才又说："茯苓，才成婚爹就把俺们分出来了，你不怪吧？"

茯苓说："怪啥，成婚也大半年了，早分家，早立业。"

"那你就好好照顾自己和快出世的孩子，俺去和大表兄他们一块儿跑生意，他说去汉口挑盐回来卖，一趟来回十日半月，可以赚好几块袁大头。"

"放心去吧，俺会照顾好家的，你也别太苦了自个儿。"茯苓提提丁仁才的左耳朵，又说："记住了，有钱了别学坏。"

丁仁才说："记住了，俺的茯苓……"

丁仁才确实是个人才，只几年的工夫，他就让茯苓在衣柜底整整铺了三层"袁大头"，好几百块啊。茯苓常常在梦里笑醒，醒了就盘算这些钱怎么花。她打算翻修房子，买几亩田，让孩子到县城里去读洋学。

这年冬天，丁仁才挑盐回来，第一次没有给茯苓钱。茯苓有些诧异，丁仁才嘻嘻哈哈地说："路上遇到连阴雨，不能赶路，在旅店闲着，和几个朋友玩赌钱，连本都输给他们了。"茯苓叹了一口气。丁仁才说："小赌，就这一次。"茯苓看看一脸疲惫的男人，什么也没说，转身就给他忙吃的去了。

很多事情就是这样，有了一，就有二。丁仁才多次向茯苓表态绝没有下一次，可是之后他连续好几次都是空手而归。茯苓说："仁才，房子俺们也翻修好了，十年八年不用动的，孩子也不急着用钱，输了就输了。现在日本鬼子投降了，天下也太平了，俺们把剩下的钱拿去买几亩田，在丁大洼好好过俺们的日子，盐俺们就不再去挑了。"丁仁才自知理亏，也没有表示反对。

没过多久，就有人帮丁仁才联系到卖田的主户。丁仁才去了一天多才回来。茯苓说："不到20里山路，咋才回来，买田的契约呢？"

丁仁才说："价钱谈不妥，没买成。"

"那钱呢？"

"我想捞本，回来时去了赌场，结果都，都输了。"

"你呀，让我说你什么好，那些钱可以买好几亩田啊。"

"茯苓，俺再也不赌了，再赌你把俺手剁了。"

"你手剁了，俺娘儿仨靠谁？俺天天都在心里说，俺男人是个聪明人，他总有一天会醒悟的，这一天是什么时候啊，丁仁才？"茯苓说罢，一下跑到丁仁才面前，揪住了他的左耳朵。

丁仁才咧咧嘴，说："茯苓，这一天就是今天。"

可是，冬天一闲，丁仁才吃不住别人鼓捣，又溜到集上去赌博。他是一心一意想捞本。

眼看新年将至，家里一点年味都没有，丁仁才又赌到天亮了才回来。

茯苓虽然很火，但听丁仁才说了对不起的话，觉着心里暖暖的，就在心里说："俺男人这回真的醒悟了。"

吃罢午饭，丁仁才跟茯苓说："集上的李庄主让你去一趟。"茯苓问是啥事，他说："去了你就知道了。"看着男人大病初愈般的精气劲，茯苓说："去就去。"

见到茯苓，李庄主哈哈一笑，说："茯苓，俺这有个契约，念给你听听，你可听好了。"茯苓点点头。

李庄主念道："茯苓吾妻，请允许俺这样最后叫你一次，俺十分地对不起你，因为赌博俺欠了李庄主一大笔赌债，他限俺三天内还清，否则，要么拿俺们儿子的一条胳膊，要么拿你去还债，今天就是最后一天，实在没办法，俺只好拿你去……"

听到这，茯苓大叫一声："把俺卖了！"就昏了过去。

茯苓醒来时，已是第二天早晨。她对李庄主说："俺不认字，你让伙计把丁仁才叫来，俺要当面听他说。"

伙计很快就回来了。他对茯苓说："丁仁才不来，他让俺带封信给你。"茯苓接过一个小布包，慢慢打开。她的手剧烈地颤抖了一下，包里的东西差一点掉了下来。包里没有片纸，只有半片血淋淋的左耳朵。

茯苓定一定神，心里说："这个冤家，这一回是真的醒悟了。"她对李庄主说："俺要回家，明天上午让你伙计到俺家去拿钱，不能如数归还，俺就来人！"

## 满山墨白

翟桂平

十年前,我在鹰城文化馆画画,每年寒暑假都会辅导一些学画的孩子。虽然我的名气不大,但在我们这座北方小城,指导一些初进画室的孩子,还是绰绰有余。

那年冬天,离寒假还有十来天,家长就在我画室外的办公室排起了长龙般的队伍,有报名的,有咨询的。

排队的人前拥后挤,因为名额有限,生怕轮不到自己的头上。咨询的,我一一作答;报名的,我让其填好报名表,留下自己孩子的作品,等待日后通知。

轮到一位花白胡须的老人时,他望望我,愣了一会儿,一句话没说又退出了人群。

忙了一上午,我整理完报名材料,准备下班时,老人又来到我面前。我问:"您是咨询?还是报名?"

老人张了张嘴,夸张而生硬地大声说:"咨询!咨询!"说着,老人拘谨地从身后拖过一个长长大大的蛇皮袋,弯下腰迟疑地扯开袋口,一块块劈柴露了出来。

我愣住了,对于劈柴我并不陌生,过去每到冬天,人们把劈柴放进铁炉里点燃取暖。可现在城里早不用劈柴,只有偏远的农村才用。

老人浑浊的眼睛不安地望着我说:"几年前儿子在外打工,因为事故丢了性命,儿媳第二年就拿着儿子用生命换来的钱,离家走了。剩下我和上小学的孙子相依为命。孙子平时少言寡语,可谁知道他喜欢上了画画。每天放学回家,总是一声不吭地拿着一个白纸本本坐在门口的石墩上,望着门前的山呀水呀的涂抹个不停……其实,不学画也行,可孙子不干,整天哭着嚷着要我来找你,没办法,我来了。"

老人有七十多岁的样子,满脸的皱纹,连脖子也是,那双青筋暴起的手背,点点老年斑,饱经风霜。

"你家在哪住?你孙子为啥要学画画呢?"我问。

**中国新实力作家成名作**

"我家就在这座城北山的后面，要是坐车得绕六七十里路呢，我抄的近路，从山路过来的。孙子说，我们那里的景好，经常有人到山里画画。对了，孙子还说见过你呢，说你是一位画家，还带着好些人到过他们学校，送去好多书包、画笔和画画的颜料呢。"他顿了顿，怯生生地看了我一眼，讨好地笑着又说："我孙子就是从那时起爱上画画的。"

我明白了，老人家住喇嘛山，那里摩天奇峰兀立，直耸云霄，石如鬼斧神工，山如水墨丹青。雾霭过处，峰景缥缈，时隐时现，形同虚幻；清风吹过，雾散云飞，危崖青松，异石滚滚，奇峰叠叠，是写生作画的好去处。

"您以为我会在一个大教室里教孩子画画，会用劈柴生炉子，所以想送我劈柴，让您孙子来学画画，对吧？"我看着老人问。

"原打算和你商量用劈柴顶辅导费的，可谁知好多年没进城了，城里早不用这些了……"老人满怀愧疚地点着头，粗大关节的手指怯懦地在看不出颜色的棉裤上不停地搓动着。

那天，外面的风刮得猛烈，临近中午西北风又夹裹起片片雪花。我想了想，轻轻告诉老人："每年暑假时，我都会带孩子去喇嘛山写生，到时让你孙子也来吧。"

老人眉毛扬起来，声音清亮了许多，连连躬身说："谢谢，谢谢！"

我叮嘱老人路上小心，老人抖动着花白的胡须连连点头，退出门去。看着老人单薄瘦弱的身影歪歪斜斜地消失在絮絮扬扬的大雪之中，我的心涌上一种稠浓的情感，仿佛听到他那双平底单胶鞋踩踏积雪的声音，我体会到了什么叫孤苦无助。心想："也许明年我的承诺是这白茫茫的世界带给老人的一缕温暖吧。"

十年过去了，老人的孙子如愿考上了京城一所国家级美院，喇嘛山成为鹰城著名的风景旅游区，我也在附近设立了名为"画之都"的工作室。

老人的墓在我工作室后面的山上，山上奇峰翠柏，满山墨白。一只褐色的候鸟从墓地上空飞过，我耳畔回荡起一种空旷但清晰的声响，那声音像落雪绵长。

老人是在一次给我们做向导时，滑下山崖的。

那天，风刮得猛烈，雪下得絮絮扬扬。

## 一个老兵的签名

樊碧贞

新兵下连时,他被分配到卡苏里哨所。

其实,他最想去汽车连。开墨绿色的大汽车,在高原上奔驰,多带劲。不过,现在这愿望是无法实现了,他要随给养车上哨所。

已是6月。透过车窗他却看到了远处山顶上的积雪。他突然兴奋地哼起了歌儿。司机直摇头。

车不能往前开了,他必须徒步上山去。凝神一望,他不禁吃了一惊。来时的路全悬在峭壁上。一只被惊起的鹰掠过他的头顶,顺着岩壁冲向峰顶。

我也会上去的。他攥紧了拳头。

他浑身是劲。真得感谢新兵连那阵的队列、擒敌、战术和体能训练。那时候的训练很苦,一天下来,大家趴在床上不想动。有的兵上厕所蹲下去就起不来,非得旁人架着胳膊才能站起。他很用功,各项考核都是优。

有备而来,自然不怕。终于,他看到了哨所前迎风飘扬的红旗。他想再往前几步,却挪不动脚。胸腔里的肺如同炸裂般难受,以至于他不得不弓着身子蹲下去。那一刻,他明白了司机为什么摇头。

有个人迎了上来,立正,军礼。没有过多的介绍,两双手紧紧地握在了一起。然后,他背上的背包被取了过去。

"别紧张,这是高原反应,过一阵子就没事了。"他知道,说这话的是老兵。

哨所只有他和老兵。听给养车的司机说,老兵已经在这里守了四年零六个月。按例,每两年这里就会送走一位老兵,也会迎来一位新兵。他很纳闷,老兵为什么不挪动地方。

哨所的生活很单调。每天天一亮,老兵就带着他去巡山。

老兵总走在前面,背挺得很直。他做不到。已经上来一段时间了,但每次巡山到这里,他还是感到呼吸困难,头痛。他很奇怪,黑瘦黑瘦的老兵,脚下怎么就那么有力。

这里,是卡苏里哨所的最高处。

**中国新实力作家成名作**

　　每次走到这里，老兵都会歇上十来分钟。老兵招呼他上去。他总是摇头。那顶上除了有雪，什么都没有。不过，老兵上去了，站成了一棵笔直的树。

　　等老兵下来，他把自己的感觉说了，老兵只是憨憨地一笑："你上去就知道了。"

　　那上面究竟有什么呢？非得要上去才知道。

　　老兵不愿说，他也不好强求。只想，等自己感觉好些，一定上去看看。

　　有一天，他忍着不适，爬上去了。顶上却什么也没有。他有些生气，责问老兵为何捉弄人。

　　老兵不生气。拉了他一把："站这看，往远处看。"

　　"看到什么了？"老兵问。

　　"只有连绵不断的山。"

　　"还有什么？"

　　"茫茫的雾。"

　　"还有什么？"

　　"没有了。"

　　"怎么会呢？"

　　"应该看得见竹篱小院，屋旁有高高的草垛儿，还有两只母鸡躲在草垛下。旁边，青竹竿上有还在滴水的衣裳……"老兵说。

　　可是这些，他根本没有看见。该不会是老兵的幻觉吧。

　　他攥了攥老兵的胳膊。老兵回过头来，眼里竟然有了泪花。

　　莫不是老兵想家了？他的好奇心一下子上来了。

　　"那个竹篱小院是你家？"

　　老兵先是摇头，后又点了点头。

　　他更是一头雾水，想再问点什么，老兵却说："回去吧。"

　　他跟在老兵身后，从夏天走进冬天。

　　下雪了，好大的一场雪。躺在哨所里，也能听到外面雪花飘落的声音。他睡不着，他知道老兵也没睡。

　　"也不知道咱老家下雪没有？"他自言自语。

　　"想家了？"老兵搭话了。

　　"有点。你呢？"

　　"想。"

"你在这儿都四年多了,已是超期服役了。为什么不下去呢?"

老兵没有回答,却给他讲了一个故事。

在老兵还是新兵的时候,这哨所里也有一个老兵。那个老兵每天也带着他去巡山。每次也总走在他的前面。老兵的背挺得很直。老兵每次经过山顶的时候都会待上十多分钟。他跟着上去看过,什么都没有。

"我看到的跟你一样。"他接过话茬。

"但那个老兵看到的不一样。"老兵又说。

"为什么呢?"

"当你心里装了一个地方,再远的地方都能看到。"

"那个老兵呢?"

"他永远守在了这里。本来,开春他就要下山去的。那个竹篱小院等着他。谁知道下了一场大雪,我们去接应山下送来的给养,他走在前面,意外地滑下去了……"老兵的声音有些哽咽。

他接过照片,真的就看到了那个竹篱小院,高高的柴垛,还有两只母鸡躲在草垛下。旁边,青竹竿上有还在滴水的衣裳……

背后有一行字:守好这个家。落款:老兵!

# 一块石头的华丽变身

## 寇建斌

直觉告诉他,这不是一块普通的石头。可是,看上去它的确是一块再普通不过的石头,既无玉质,也无形状,扔在街上也未必有人瞅上一眼。被人称为B城首富的邱老板怎么送区长这样一块石头呢?小朱百思不解。

区长签批了小朱呈送的文件,关门要走时,邱老板撇着八字腿来了。区长问他:"有事?"他打个哈哈说:"没事,多日不见领导了,怕被领导忘记,请个安。另外听说领导养鱼了,顺便带来块石头,可以放鱼缸里。"说着就从包里拿出块石头。区长用眼角的余光扫了一下,打趣道:"缅玉?邱总,你可别害本官,本官还想多为人民服务几年呢。"邱总笑:"岂敢,岂敢,俺一个大老粗,哪懂啥缅玉,这就咱山上的石头,前两天上山给您捡了块。您别看它模样不咋样，据说含微量元素，鱼喜欢哩。"区长不想再开门，一指小朱："那就收下吧，谢谢邱总好意。"两人边说边走下了楼，小朱便把石头抱到了自己的办公室。

次日，再找区长签批文件时，小朱提起那块石头。区长说："先放你那儿吧。"过了几天，小朱寻思，毕竟是区长的东西，应该主动送到区长家，让那些鱼尽快得到微量元素。小朱正要找区长说，撞见邱老板一膀子从区长屋里撞出来，跟他打招呼连理也不理，扬长而去。区长脸色也阴沉得要下雨，小朱吓得什么也没敢说，放下文件赶紧退出。后来小朱还是寻机跟区长说了，区长头也没抬说："扔你那儿吧。"小朱不好再说什么，便把石头塞进床下角落。

转眼几个月过去了，小朱渐渐把这块石头忘记了，直到区长出事。

区长出事没有任何预兆，上边来人突然带走了区长，然后突击搜查区长办公室和家里，却没有找到什么有价值的东西，连举报人声称的所谓天价玉石也渺无踪迹。纪检部门召集相关人员开会，让提供问题线索。大家谁也提供不出来。

小朱回到办公室，忽然想起了那块石头，赶紧把它从床下拖出来，再次仔细观察，仍然看不出有任何异常之处。晚上值班打了盆水洗脸，莫名其妙把盆碰翻了，水流了满地。小朱正要拖地，突然听到床下一阵乱响，探头去看时，差点亮瞎他的眼——一层碎石上，赫然卧着一尊玉佛。玉佛晶莹圆润，一脸神秘地看着他。

小朱惊呆了。

区长又上班了，从容坦然，一切如常，好像什么事情也没有发生。小朱几次想说说石头的事情，话到嘴边却不知如何去说。此时，石头已成了炸弹，到了区长这里，就会把区长炸飞。区长在他眼里很像区长，对他很器重，他觉得不能那样做。可是，石头在自己手里万一爆炸呢，不仅自己会被炸个血肉模糊，也会伤及区长。有块石头压在心头，小朱整天一脸沉重。亲人、同事关心询问，他也不说。区长也看出来了，有次他拿起文件要走时，区长叫住了他，认真地瞅着他问："小朱，有心事？是不是我连累你了？"小朱赶紧挤出笑容否认："没事，没事。"区长也笑笑说："没事就好，古人云，心底无私天地宽，咱们共勉啊。"

然而，过了几天，区长看了小朱递上的一份文件后，锁紧了眉头。这是一份上级转来的文件，有上级领导的批示，附有一份记者调查，讲的是本区一个山区村不通公路，学生沿着山崖上学的事。记者描述的情形很让人揪心，领导的批示很严厉。区长看完叹口气说："我去过，何尝不知，可是实在筹措不出这笔钱呀！"

这天，区长喊来小朱，一脸兴奋，让他通知几个部门和单位的头儿来开会，说是天上掉馅饼了，有人捐了一件玉石，也没留姓名，拍卖款直接转到了区财政，足够修路啦。

小朱跟着笑："这真是好事啊。"

区长说："这块石头终于落地啦。"

小朱说："嗯，石头落地啦。"

区长忽然盯着小朱问："记得邱老板送过一块石头，我让放在你那儿了。"

小朱笑笑说："一块破石头，我看您不待见，扔了。"

区长瞅他一眼，说："扔了？扔就扔了吧。"

小朱说："等咱们哪天去山里，我给您捡块好的，放鱼缸里，准比他那块含微量元素多。"

区长哈哈大笑，说："好！好！"

# 他有了姐姐

### 张军青

来了，来了，总算是来了。

她是开着黑色别克车过来的，慢悠悠地。虽然她过来的时间和他计算过的时间相差不到一分钟，他还是觉得过了一个世纪。躲在拐角后的他，这时就有些激动，心儿跳得几乎离开了胸膛。他伸手打了自己一巴掌，默默地喊了声："稳住，稳住！"

他发动了车，轿车发出震耳的轰响。轿车蹿了出去，以迅雷不及掩耳之势，迎面直逼向她的轿车。

路人大惊，这人是喝醉了，还是对这个女人有仇，至于这样玩命吗！令众人想不到的是，临近十五米的距离，他却硬生生地停了车。

**中国新实力作家成名作**

一声刺耳的刹车声，车轮下跟着一道白烟，随后是"砰"的一声，两车相撞了。

"OK，"他说，"太完美了！"

她应该是受伤了，他看见她的脑袋在车的前挡玻璃上碰了一下，但应该很轻，因为他计算得很准。轻微的受伤，这是他需要的结果。

他立即下车，先打120，他需要立即对她进行救治；再打122和保险公司，他需要报警，损失他不会承担的。办完这一切，他打开她的车门，将她搀扶下车。

她的伤果然很轻，因为她骂人的声音还很响亮："你个混蛋，怎么开的车？急着投胎啊！"他连连鞠躬，诚惶诚恐："我有急事，所以开车快了一点。对不起您了，大姐！您要不要紧？我们马上去医院。我负责，负全责。"

他是什么事也没有；她也只是肩膀、手臂有些擦伤，美丽的容颜丝毫没有改变。

两车损失不重，都交给了保险公司。

他一口一个大姐地叫着，一口一个我错了地说着，一口一个我保证负责到底地讲着，就让她不好意思起来，她是个有身份的人，不会像农村妇女那样耍泼，相反，看小伙子如此真诚，就有原谅他的想法。她抡了抡胳膊，又晃了晃腰，说："小老弟，我没什么事，医院我就不去了。不过，你要记住：不能开快车。为了别人，也是为了你自己，一定要注意安全。"

"放心吧，大姐。我以后一定注意安全。我不会再犯错啦。不过，医院你还是要去的，我必须对大姐负责。"

不去医院怎么能行，不去医院那他今天不是白忙活啦？拗不过他，她随他去了医院。看着他在医院里跑来跑去，挂号、取药、联系大夫，找床位，她就有些感动了。

她不认识他。

不过，她很快就认识了他，不但认识了，而且亲热了起来，因为他不但承担了全部费用，准备了大量的鲜花和营养品，还天天待在医院里，姐姐长姐姐短地叫得甜，端水、喂药、削苹果，陪她唠家常，给她讲趣闻，把她照顾得无微不至。

几天后，她就出院了。

出院后，他就经常到她家去，忙里忙外。她其实是不需要他来帮什么忙的，她不缺帮手。可她止不住他，他说他喜欢这样，他说："我愿意。能帮大姐干点事，我高兴。"

时间长了，她有些过意不去，就想帮他做点什么。这段时间，她对他已经有了一定的了解——不仅仅是听他说，她也有自己的渠道可以了解他：知道他的父母在农村，他是个独子。在家里是个老实孩子，在大学是优秀班干部；大学毕业后他考上了本市某机关，现在是一个普通科员，已经干了两年了。他的人品、业务还是不错的。她便问他需要什么东西或者她可以帮他做点什么。她是真心想帮他的，可是他什么也不需要。

"我挺好，"他真诚地说，"什么都不需要，真的。"

这一切，让她从心里喜欢他。

有一天，她对丈夫说："我没有兄弟姊妹，你也没有，XX这孩子不错，我想认他做个干弟弟，你看怎么样？"丈夫对他也有了了解，就很赞同："好啊。"

"姐姐，姐夫。"知道了这个消息，他立即大声叫了起来。

从此，他就有了一个姐姐，一个他争取来的姐姐，还有一个姐夫，一个在市政府当副市长的姐夫。

# 阵　地

胡华军

阵地上的战旗虽已破烂仍然猎猎飘扬。

整个阵地只剩下我和连长。

夕阳挂在山头，敌军仍然没能攻破我军防线。连长微笑着看我满身尘土，他暗黑色的脸庞只有汗水与血水的颜色。连长大声喊道："人在阵地在！"

我鼓足劲回答："誓与阵地共存亡！"

我拖着受伤的腿爬向连长，费劲地到了他身边，仰脸看他。他跪着，俯下身子，把三颗手雷结结实实绑在我肚子上。我笑道："哈哈，连长，待会儿，这批敌军龟孙们上来，我一轰隆，让他们怎么死的都不知道！让他们一个俘虏都抓不到。"

连长没笑，两手放在自己腰间，逐个摸着手雷，郑重告诫我："你记住，我在你前面，一定要保住阵地。"

"我在你前面！"我请求连长。

"执行命令！"连长语气果断。

"保证完成任务！"我也语气坚定。

漫长的等待，我和连长忍饥挨饿一直坚持着。夕阳落山，月亮升起。那一夜，让我们刻骨铭心。次日早晨，后续大部队赶到，我和连长分别匍匐在各自的战壕里……

"那次真的牺牲了，该多好！"老连长感慨着，手里的话筒微微颤抖。

对着铁窗，隔着玻璃，我看见连长流泪了。

我安慰道："都已过去了，不提吧！"话筒里，连长再发感叹："唉，我守住了昔日阵地，却丢掉了今日阵地……"我没有接话，彼此沉默。

门口看守，高声宣布："5号，会见结束！"

## 老孙头的千米长堤

### 姚凤阁

北是大山，南是大堤，靠山根儿是呼兰河水，水胖一年瘦二年是常事。堤里的地好肥，攥一把出油，开垦一些种了，得二年，喂一年洪水也是常事。

堤外百八十米就有村庄。村里住着个老孙头，个儿不高，黑瘦的脸，尖尖的下巴。他稀罕土地呢，别人看不起眼儿的坟地、沟帮，他都一镐一镐地刨起来种上点什么。集体时，他就偷偷地在堤内高处开了点儿镐头荒，那年月割资本主义尾巴狠呢，干部看着了，照屁股踢一脚，"找事啊。"老孙头就一笑，"嘿嘿，以后不种了，不种了。"

可近二年，老孙头小眼珠儿却越来越黑，侍候地的精神头儿也一点不减。这会儿，他七十多了，二十几年在堤内转转，竟在自留地上筑起一圈儿长堤。这年，他种了豆子。他撒的种子均匀，长出的苗不用间。他说，我老孙头这辈子就会摆弄地。苗罩垅了，他成了全村最早上大堤的人。一镐头一镐头地刨地，又倒过镐头砸碎坷垃。土细发发，垅一条线似的。土肥地暄，豆子长势好。日光里他走在堤上，笑眯眯地看着豆子黑油油的长势。

有人问："老孙头累了吧？"他扑棱一下精神起来，还用赶大车的声音说："哼，我老孙头这辈子不知道什么叫累。"

豆子长有腰深了，他走进地里，摸摸这个豆叶儿，翻翻那个豆枝儿，有时一动不动地站在地头上，静静地瞧，嘿嘿地笑。七月，又该追一遍化肥了，绿浪里，老孙头时而浮起一个头，时而沉下去。

"猴头，不用你侍候，你这豆子往水里长呢。"邻居二懒王喊他。老孙头头也不抬，该追肥追肥。他看不上懒王。这二懒王太懒了，铲头遍地时，他在地里撸两锄，抬起头看看太阳，太阳才一竿子高，他叹了一口气。长长的垄，对他是残酷的。他把锄杠往垄台上一横，把鞋底往上一扣，头枕着锄杠睡上了。

河真的涨水了。老百姓称这是牤牛水，哞儿哞儿地，像几百条老牛在吼。老孙头不听那个，手撒着化肥。

洪水说来就来了，窜了沟子，窜上甸子，围住老孙头的圈堤。老孙头看也不看，照样追肥，"淹不着我。"洪水翻着污浊的浪花，吞了这块又吞那块。老孙头还抓着雪花似的化肥往地里扬。儿子、媳妇儿、孙子来劝他，他不听。村干部们来了，见劝不了，就硬是把他架上大坝。刚上大坝，人们回头看时，一股浪花冒烟似的毁了小堤，淹没了豆子。"我的豆子啊！"老孙头喊了几声，便石雕泥塑般地停在大堤上，呆呆地看着那被淹没了的豆地。近处，大堤上二懒王跟一帮人望着洪水，哈哈地扯着，"我早就知道老孙头的豆子不是往好长，是奔水呢！"

老孙头就那么木雕泥塑般望着水，他盼望洪水当天就撤了，可是一天、两天、十天、半个月过去了，洪水没有退。大堤上弥漫着庄稼腐烂的味儿。老孙头吃得很少，就蹲在堤上，还是那么眼睛一眨不眨地望着水里。

一个夕阳满照的黄昏，二懒王喊老孙头说水撤了，见老孙头不语，用脚踢他，见头脚都动，已咽气多时了，那双小眼睛睁得老大，还是望着那片水里的豆地和他流了二十年的汗水筑的千米长堤。

千米长堤如今还在，那片地依然种的是豆子。远处的河很瘦，今年庄稼户又肥了。正值大豆摇铃的季节，哗啦哗啦，望着斑斓的草甸和远处玉带似的河水，听着那拍人心扉的水声，我眼睛里又出现了老孙头的木雕泥塑般的形象和那双闭不上的眼睛，疑那哗啦哗啦声里有老孙头在自语："我有长堤呢！"

中国新实力作家成名作

# 城市猎人

曹 矞

"亲爱的，我想你了，你想我了吗？"

老陈给她发微信，她竟然秒回道："想你，咋能不想呢？"

"既然你想我，那你就拿出一点实际行动来证明吧。"

"怎么证明啊？"

老陈狡黠地眨眨眼，灵机一动，发出又一条微信，道："我最近接了一单大生意，手头有些紧，能不能把你的钱借我救个急？"

"借多少？"

"10万。"

这个离了婚的女人犹豫了一下，没有多想就爽快地答应道："你给个账号吧，我打给你。"

老陈暗自窃喜，立马回信息说道："谢谢！用一个月就立马还你。"随即就给她发了一个飞吻，接着发去了一个银行账号。她也挺干脆利落，用手机给他转账10万。

老陈自称为城市猎人，这十多年来他一直在城市里讨生活，今天在这座城市，十多天后又在另一座城市。

老陈对人说自己是某国企长年在外的销售干部，年薪20多万。因夫妻感情不和离异，所以急需找一个人生伴侣……这不，老陈又西装革履，面貌一新，精神焕发地来到A城市。他乘坐飞机，刚抵达A城市，就给另一个女人打电话。

"你在家吗？亲爱的。"

电话那边传来一个女人甜美的声音："我在家呀。怎么你到A城市了吗？"

"是啊。一个小时后我就来了，你怎么招待我呀？"老陈笑嘻嘻地说。

那个女人也笑着说："你想怎么招待你，就怎么招待你好了。"

"好啊，待会见。"

果然，一个小时之后老陈就来到女人那里。此时，已是华灯初上，城市灯火辉煌。

老陈轻轻敲门，过了一会儿，安全门打开了。迎面是一个貌美如花的年轻妇女，穿着十分时尚洋气，还透着一股子香喷喷的脂粉气息。

那女人笑笑地把老陈迎进门，老陈一进门就把那女人搂在怀里，捧起女人的秀脸，使劲地啃了起来。

他俩啃了一阵子之后，那女人就走进厨房，不一会儿热气腾腾的美味佳肴就摆上桌，还有两个高脚酒杯和一瓶上好的红酒。他俩你一言我一语地说着喝着吃着，情意绵绵。

老陈喝得微醺，从小挎包里掏出一个小物件，递到女人手里说："这是我为你精心挑选的礼物，请你笑纳！"

女人伸出一双纤细的手，接过来打开一看，是一条金灿灿的纯金项链。女人受宠若惊，显然高兴坏了，拿在手上看了又看，爱不释手。她把金项链递给老陈，伸长脖子要老陈给她戴上。老陈会意给她戴上了，她激动得使劲地亲吻老陈，以示感谢。

他俩亲了一阵，老陈随手抱起女人走进卧室，把她放在柔软舒服的大床上。

老陈问女人："你手头宽裕不，亲爱的？"

"怎么了？"

"我最近又接了一单大生意，手头有些紧，你能不能把钱借我先用一下？"

"没有。"

"真的没有？"老陈笑着问。

"不借。"

"有就借我先用嘛，我给你付利息咋样？"

"好啊，多高的利息？"

"一分五的利息，该可以了吧？"

"你得给两分的利息，不行了拉倒。"女人笑嘻嘻地说。

老陈说："没啥问题，两分就两分，都是自己人嘛，肥水不落外人田。"

"那好。你要多少？"

"20万。"

"你用多久呢？"

"周转开了，我就给你了，这么高的利息我也想早点还给你，少掏利息。"老陈解释道。

于是，那女人就答应借钱给他了。

很快，他又流窜到了 B 城市，又故伎重演，从一个富婆手中骗取 30 万。

如此这般，他以城市单身妇女为猎物，在短短几年时间里，骗取了 20 多个单身女人的信任，从中牟取了几百万元。

每每钱色双收之后，他就玩消失，那些受骗的妇女就打不通他的电话，找不到他的踪迹。

后来，也有几个女人非常气愤，跑到公安机关报了案。公安局接到这类案子多了以后，引起了他们的高度重视。

经过公安局两个多月的了解与侦察，这个以城市猎人自居的老陈，终于被真正的城市猎人——警察抓获了，得到了应有的惩处。

# 永 生

## 萧 军

小艾、大兵和永生，是打穿开裆裤就一起玩的小伙伴，用现在流行的话说，叫发小。当然，这个故事一开始有点儿俗套：永生和大兵都喜欢上了小艾，谁也没有先说出来。永生没出息，书没念成，一直窝在小山村里。大兵稍微好一点儿，十七八当了兵，几年后借回来探亲娶了小艾。看到曾经一起玩过家家的心爱的女人做了兄弟的妻子，永生酸楚并欣慰着，默默地祝福他们。

去年天干，一冬无雪，到处火灾不停，弄得人心惶惶。大兵就是在这个时候回到小山村度探亲假的。让大兵喜出望外的是小艾告诉他，自己快要做爸爸了。仔细一看，小艾已经开始显怀了，整个胖了一圈。大兵抱住小艾，像打机关枪一样亲个没完。小两口睡得晚，也比较沉。半夜里，忽然听到有人喊："三奶奶家失火啦！快去救火啊！"大兵跳起来，三下五除二穿好衣服，却被小艾拽住了胳膊，将一只手轻轻地放到那已经微微隆起的肚皮上。大兵什么也没有说，穿着衣服默默地躺回床上，直到天亮。

天亮才知道，三奶奶家的火真挺大。都怪老人家有个坏毛病，一到冬天就把玉米秆呀，蒿草呀，树叶子呀全部弄进灶房，火一着起来简直没法救。再加上她年过八旬，耳朵背。直到永生带着一帮子人去救火的时候，竟然还稀里糊涂地睡在炕上。永生他们一直提水灭火，最后看实在救不下来，就冲进去把三奶奶抱出来。没想到出门时被一根房梁砸中脑袋。大兵只到村里转了一圈就急急忙忙地返回部队去了，虽然他的探亲假还没有完。他受不了人们有心或无意的问话："大兵啊，永生昨晚去救火，没命了。你们俩是从小玩到大的兄弟，咋就不见你呢？"

大兵没想到的是，自己前脚刚到部队上，小艾也跟着来了。还没等问原因，小艾就哭了："村里没法待，你走后，男女老少说的都是永生，都说永生这样的好小伙，可惜了。那个大兵真是白穿了一身军装……"好在部队的领导和战友们并不知道这件事，给小艾举行了热烈的欢迎仪式。战友们都用羡慕的目光看着小艾和永生，领导还特别照顾，给他们俩安排了一间宁静而宽敞的房子，还说是"为了下一代，奉献一点爱"。可这小两口儿就是安不下心来，一连几个晚上像烙烧饼一样，你翻过来她翻过去，没有睡过一个安稳觉。

半夜，紧急集合号突然响起。只听连长大喝："森林火灾！紧急出发！"大兵又是三下五除二穿好军装往外冲。小艾伸出手去，却没敢抓住他，因为大兵幽幽地念叨"别拦我！不要忘了永生！"声音不高，却像一个晴天霹雳，瞬间小艾就像被电击了一样，呆住了。转眼间，永生已经出门，身后传来一句话："要是……我有啥……记得给孩子叫永生……"夜晚渐渐寂静下来，小艾再也睡不着了，坐起来，没有开灯，望着外面黑沉沉的夜色，一直到天明。

天刚亮，噩耗传来。在这次扑救突发森林火灾过程中，这个连队有30位英勇的军人献出了宝贵的生命。小艾家的大兵一直是冲在最前面的那个。当时，他们正在奋力扑火，一阵大风突然卷来，将31人困在了火海中。借着火光，人们看见大兵奋不顾身地冲上前去，把一个刚刚入伍的新兵紧紧地压在身下，挽救了战友。因为大兵的突出表现，上级授予他"革命烈士""一等功臣"称号，各大电视台、报纸、网络等媒体铺天盖地地报道。几次哭得昏死过去又醒来的小艾，把军功章和烈士证书轻轻地放在自己的小腹上，流着眼泪自言自语："孩子……我们的孩子，我们的永生，你的爸爸……他不是胆小鬼……"

一个秋雨绵绵的傍晚，小艾再一次踏上故乡的土地。她左臂搂着出生不久的永生，右手捧着大兵的骨灰盒，胸前佩戴着亮闪闪的军功章，面带微笑走进了小山村。不知是谁起的头，人群突然爆发一阵特别整齐的震耳欲聋的呼喊："欢迎英雄回家！欢迎大兵回家！欢迎永生回家！"

# 老太爷

## 朱莲花

大雨是突然降落的，在老太爷去世的晚上，一夜之间，五里槐村就变成水茫茫的一片。

凉意笼罩了整个村子。

村子不大，有几十户人家。都是朱姓老祖宗的后代，老太爷是活在村里辈分最大年岁最长的人。

当过私塾先生的老太爷，就像那一坡又一坡长满皱纹的古槐，香味醇厚地生活在五里槐村，受着全村人的膜拜。

青山依旧，碧水长流，老太爷走完了他九十岁的人生，在这个大雨滂沱的夜晚，闭上了他不甘心的双眼。

村里的老汉们，低垂着花白的头，围在老太爷家中，一屋子的长吁短叹。窗外的雨，纷乱瓢泼了一夜，他们也愁肠了一夜。

这些老汉，都懂老太爷的心思，知道他走得多么遗憾。

可是，他们顾不上想这些，眼前最愁肠的，是老太爷入坟的事。全村就是些老汉娃娃，壮劳力外出务工，闻着年味儿才肯回家！要找什么人，才能把老太爷的棺木，抬埋到山坡上的祖坟地？

大雨却不管老汉们的难肠，没日没夜地下着，洗涮着远远近近的一切。但是，也有些雨水冲不走的记忆，清晰地从老汉们的身体深处冒出来。

记得那时，日子都过得苦，大人娃娃总吃不饱。春种夏收，村里的娃们，跟在挥汗如雨的爹妈后面，不是在集体的土地上挣巴些工分，就是侍弄自家的一亩自留地。

虽说，上学基本上免费，村里人还是不上心，这样的日子，谁还有心情让孩子念书!

只有老太爷看在眼里,急在心中。

金秋九月,天高云淡,是村校开学的时节。

戴着瓜皮小帽,穿着黑色斜襟衣的老太爷,挂着拐杖,捣捣东家的门,敲敲西家的墙,说:"娃们该上学了。"

小辈们并不买他的账,反而和他顶嘴:"肚子都吃不饱,去学校干啥?你也不看看,这些猴崽子,生就的榆木脑壳子,能读哪门子的书!"

碰了壁的老太爷,怏怏地抚着槐树,满脸伤悲,目光悠远地看着前方。见有人走过,就叹息:"子孙虽愚,书不可不读,书不可不读啊!"

可是,谁听他的话呢?

老太爷沉默着,后来,开始在家捣鼓,熬制娃们爱吃的麦芽糖和香味玉米籽。

村校墙外是槐树林,槐花正开满树。

村里人带着白天的劳累,在大槐树下歇息,老太爷用零食,引诱着疯玩的娃们到他的小院。

槐香中沏上花茶,院中铺着竹席,吃过馋人的麦芽糖和香味玉米籽后,老太爷就着豆大的油灯,领他们念唐诗宋词,讲经史子集,细述外面的世界,把他的希冀悄然播种。

月亮照着池塘,风爽快地吹过。远方,自由的鸟儿在飞,近处,娇媚的槐花在坠落。沐浴着这份安静美好,那些诗意的句子和美丽的梦想,如精灵一样,在娃们的心中生根发芽。

老太爷诗书启蒙的日子,让娃们带着梦想的翅膀,陆续走进校门,一路读书到大城市,跳出农门,飞出了五里槐村。

老太爷摸着小胡子,逢人就露出满满地笑。

只是这几年,农家娃上个大学真不容易,挣份工资不如打工者多,背着沉甸甸房贷的光景,让村里人对读书灰了心,早早撺着孩子丢了书,出门去打工。

九十多岁的老太爷,最后一次踉跄地走过荒芜的土地,浑浊的老眼里滴下泪水。

他老了,无力再为迷路的儿孙们指点迷津。

在这个万物吐故纳新的雨夜,他抱憾黄泉,把难肠留给一村子的老汉。

愁肠复愁肠的老汉们,在一个天刚放晴的晨晓,听到满村的狗们此起彼伏地嚎叫，疑惑地开门张望，却发现老太爷家门口站满了人。

黑压压一大片，全是五里槐村走出去的读书人，他们散落在各个城市生活，听到老太爷去世，相约着回来为他送终。

这些文弱的读书人，一律穿着白衬衣，罩着黑西服，手臂上戴着黑纱。平日，村人们都笑他们肩不能挑，手不能提，此刻，却显得那么有力量，让人安心。

多彩的经幡飘起，老太爷的灵柩稳稳当当地抬在了他们肩上，这些飞出五里槐村的男女们，簇拥着全村的老汉娃娃，缓缓向墓地走去。

太阳慢慢爬出来，远山近水一片清明。

泥地上，一串串深深浅浅的脚印，伸向远方。

## 消失的舌头

徐永辉

二丙的舌头没有了。

那天，邻居三婶迎头遇到二丙，招呼他。二丙的嘴张张合合，却没看到他的舌头，也听不到丝毫声音。三婶一惊，忙问："二丙，你咋回事，舌头没有了？"她不肯相信，走到近前往二丙嘴里一看，只有牙齿。

我们晓庄是远近闻名的雄辩村。大人、孩子，走路、干活，甚至吃饭睡觉的时候嘴巴都不闲着：

"那是谁家的羊，咋不拴起来？"

"为啥说是羊，叫它狗不一样吗？"

"羊就是羊，怎么能叫狗呢？"

"它叫啥，不过是老辈子传下来的，如果当初叫它猪，你现在还说是羊吗？"

据村志记载，这个传统已经延续了两千多年。由于世世代代训练，我们的舌头变异了，厚、长，又特别灵活，伸出来，可以轻而易举到达额头。用它洗脸，画画，写字的，不乏其人。据说，以前有个人，舌头比象鼻子还长，不仅能擀面，纺车，还能把棍棒舞得虎虎生风。为了炫耀，我们都把舌头耷拉在下巴底下。

为了激励后代，先人们还自发组织了辩论会，三年举办一次，年满十八周岁的男子必须参加。先以家庭为单位选出优胜者参加家族辩论，再选出家族中的第一名参加决赛。一方把另一方驳得哑口无言，算胜出。

凡是在辩论会上不发言，或撒谎骗人者，舌头会自动消失。凡是没有独立见解，跟着别人学舌的，舌头会失去一半。

二丙是几十年来唯一受到惩罚的人。他是孤儿，老实，木讷。平时，你问一句，他哼一声。只要不问，一年半载也难开金口。在家族辩论会上也有人试着引导他，结果总不理想。

半晌午，我们几个蹲在路口上议论二丙，三婶走走停停，东张西望过来了："谁看见一只公鸡了吗？"她边说边比画，"这么大，毛通红，闺女给拿的，没舍得吃，你看，一转眼不见了。"

我们都安慰她："不能少，不定跑哪旮旯里去了，再仔细找找。"

我们村古风犹存，好多年没少过东西了。

被三婶一搅和，我才想起来是去找乌木的。乌木家大门洞开，我站在院子里大喊："有人吗，有人吗？"

没有回应。突然，厨房里传来轻微的响动。我走过去，一把推开紧闭的门，咯噔愣住了。乌木也愣了。他手里抱着一只没褪完毛的红公鸡。晚上，乌木请我喝酒，炖的公鸡肉。三杯酒下肚，乌木说："咱打开窗户说亮话，等一会我把鸡毛埋在二丙家门前，明天你就说是他吃的。"

"这……"

"这什么这，你不说我不说，谁知道，他反正嘴笨。"

"这不是欺负人嘛？"

乌木一撒酒杯："事不大，你看着办吧。"

我愁死了。乌木是出名的小诸葛，坏点子一眨巴眼一个，得罪他？我这辈子别想安生了。又怪法律太仁慈，如果抓住小偷就砍头，老子怕他作甚。又后悔得要命，干吗去那么巧啊。

天刚一亮，我就带着三婶扒出了赃物，还说得有鼻子带眼："昨天傍晚我路过二丙家的时候，听到砰砰地剁骨头声，伸头一看，案子下的鸡毛还没掩埋呢。"

都深信不疑。

乌木先骂开了："二丙，看你平时老实巴交，原来是装的。"

在我们这儿，偷盗是被认为最无能，最无耻的事情，全村男女老少都要往他身上吐口水，任何人都不再搭理他。

二丙张着大嘴，扑腾扑腾直跺脚，又啪啪地拍自己的大腿、屁股，眼泪像屋檐下的雨水，连成两条线。

三婶不忍，说："算了算了，一只鸡，谁吃不一样。"

其他人也软了心肠，反过来安慰二丙："你也是个苦人，一年到头不见荤腥，一时嘴馋也正常，算了算了。"

二丙喘着粗气，泪珠依然滚滚不止。渐渐地，清亮的泪水变成了红色——他在流血。我的目光像受惊的苍蝇，仓皇地乱飞，两只手互相搓来搓去，嘴张开几次，又合上了。

当鲜血浸透胸前衣服的时候，二丙躺在地上，一动不动了。我终于受不了了，大声说："鸡是乌木偷吃的，他逼我赖二丙。"我正要把昨天的事情详细说出来，忽然感觉发不出声音了，嘴里也空空荡荡。

一个孩子指着我大叫起来："舌头，他的舌头没有了。"

我的头一蒙。我不死心，拼命张嘴，依然发不出丝毫声音。

我掐自己的肉，撕扯自己的头发，如果，如果……

没有如果。

# 发 小

## 吴德伙

我有个发小叫刘强，他是我们村村支书刘富贵的儿子，我们一起上小学，中学，同班同桌，周末我们一起上山砍柴，下河摸鱼。

刘强个子高，身体壮，他不是班长，却是我们班男生的头，刘强样样强，唯独学习不强，每次考试都要抄我的，为此我们俩成了死党。

记得读四年级那年的一天中午……

"就是他。"隔壁班的学生张万金，叫来读五年级的哥哥指着我，于是我莫名其妙地被一群高一级的学生一顿拳打脚踢。

"谁叫你把他的书包丢进池塘？"

"还敢吗？"

当我知道事情真相后，极力分辨，却招来更疯狂的毒打。

"住手！"正当我绝望的时候，刘强一声吼叫，冲到我面前护着我，并出手还击，虽然刘强在同龄人中算是人高马大，但对方占着人多，毫不示弱，还好被路过的班主任雷老师看到，才制止了更大的冲突。

我们被带到了学校办公室，雷老师了解到整个事情的经过后，帮我洗清冤屈，并要求张万金兄弟俩当面向我道歉。

原来张万金在来学校的路上，和我班上的王明发生争执，书包被王明扔到池塘里。于是就找来读五年级的哥哥，这哥俩天生的近视眼，我被误认为是丢书包的人。

从那时起我更加尊重刘强，并称他为刘哥。上初中时，刘强的父亲调到了乡政府工作，刘强也跟着住到了乡政府的宿舍；初中毕业后，刘富贵通过关系，把刘强招工到县合成氨厂上班，之后，我们就很少联系了。

谁也无法预料，后来我们却以这样的一种方式再见面。

那年夏天，我高考落榜，内心苦闷，绝望，是本村姑娘柳香香用她纯洁的爱情，温暖了我苦闷和绝望的心。可好景不长，香香的哥哥二十八岁了，还未娶亲，经媒人介绍认识李家村的李翠花，可姑娘家要五千元彩礼，当时五千元算是天价。无奈香香父母找媒婆商量，把女儿嫁出去，而且香香的父亲放出话来，只要我出得起五千元彩礼，他成全我们。

不久就传来消息，香香要嫁到城里了，男的是工人，让我万万没想到的是香香要嫁的人，居然是刘强。这天刘强和他的母亲出现在村子里，三年不见的刘强，变得高大、白净，穿一件雪白的衬衣，笔挺的西裤，显得英俊潇洒。我脑海一片空白，我沿着小河边漫无目的地走着，傍晚，我拖着疲惫的身子回到家，伤心地躺在床上。

"强来过我们家，香香是个好孩子，你拿什么给人家幸福。"母亲无奈地说道。

"这个世上好女孩多的是，就看你有没有本事。"母亲同情地说着。

我看着母亲那苍老的面容，内心涌现出一股酸甜苦辣的味道，我的泪水在静静地流淌着。

我恨死了刘强，恨死了柳香香，那年，我来到东莞这座新兴工业城市，做过普工，摆过地摊，当过保安，经过二十年的拼搏，在东莞有了自己的房子和车，还拥有自己的工厂。

在一次老乡聚会上，得知刘强在一次车祸中成了植物人，我内心翻滚着，久久难以平静。

车子在弯弯曲曲、曲曲弯弯的乡村水泥路上行驶，我心里苦笑着："刘强，柳香香，我来看你们了。"

车子进入村口，村口两旁两棵梧桐树依然高大，挺拔，枝繁叶茂，就像两个哨兵一样，默默守卫着这个村庄。村里大部分村民已建起了新房。我在一栋低矮的土墙房前停下，房子已破烂不堪，这就是我的家，我的出生地，这里勾起我多少童年的美好回忆。再往前走就是刘强的房子，原先的土墙房不见了，取而代之的是一栋三层楼的洋房。自从县氨厂倒闭后，刘强就回到了村里，我在他家门口停下车，也许是发动机的声音惊动了主人，我打开车门走下车来，目光刚好与出来的女主人的目光碰在一起，我看到在她脸上留下了岁月的沧桑。

"香香，我来看望刘强。"

也许是我的突然造访，让她感到突然，显得有点惊慌失措，她慌忙让我进屋，进屋的第一眼就看到刘强坐在轮椅上，目光呆滞，面无表情。

"强，高峰来看你来了。"香香的声音有点哽咽。

"强哥，我是高峰。"我把两箱牛奶送到了香香手里，牛奶箱里放了两万元钱。

刘强静静地坐在轮椅上，毫无表情，偶尔转动了下眼珠，才让人感到他还是个活人，从刘强家出来，往日对他们所有的爱恨情仇都烟消云散了，取而代之的是对童年美好时光的无限回忆和珍惜。

# 风雪之夜

### 赵文新

天渐渐黑下来，山风裹挟着鹅毛一样的雪片乱舞。她那汪秋水盛满焦虑，一次一次来到大门外，搜寻通往山下的路，期待有奇迹发生。

雪从中午开始，越下越大。两点钟工人们都回家了，她回到简陋的宿舍（叫办公室也行，反正在一间屋）。

一个人总是糊弄，她把两块玉米面饼子和一碗玉米糊糊，一起放进锅里热了，咬一块咸菜就是一顿饭。

这段路只有她一个人出没，铺天盖地的大雪淹没了她单薄的身影，她好像天地吞进口里的食物，还未来得及消化。

雪大一阵小一阵，山下的灯光忽明忽暗。她在紧张惶恐中安慰自己。

雪没过脚面了，丈夫跟车去城里送货，不出差错中午应该能赶回来的，就是晚点，两点钟也该回来了，可是到现在都没回。

她打了几次电话都无人接听，心里七上八下，大的小的香菇让她都弄乱套了。

难道老板反悔了吗？不可能的。上好的秋耳，质地、成色都是一流的；香菇都是没开伞的，比拇指肚大点。

丈夫有应酬，可是司机为什么也不接电话呢？她想到了那个胳膊肘子弯，路上又有积雪，难道……呸呸呸！她真想给自己两巴掌，怎么会有这种不吉利的念头。

夜幕下白色的斑点在空中飞舞，被灯光一晃，像无数的星星落在院子里。她想起奶奶在世的时候说过，每个人都是天上的星，思念一个人，在夜晚天空布满星星的时候，可以诉说，那颗最亮冲你眨呀眨的星星，就是你要想的那个人。可是，今天没有星星，要找的人离自己并不遥远。她双手合十，心里默默念着丈夫的名字。

雪夜里的灯光是冷的，宿舍是原来果园的窝棚改造的，锅台连着土炕，四面漏风。好在山里的柴火多，她平时一溜达捡回来的柴火就够烧了。

关上大门，她又向灶里添了柴，在深山里，火能给她温暖和胆量。

这场雪来得太突然，冬天还没到，秋就这样被寒流击垮，让她猝不及防。香菇来年开春还能采摘；木耳她是第一次侍弄，她向技术员描述了这场大雪，技术员说晴天把棚封好，来年也能采两茬，但成色不会太好，发黄，耳片也薄，减产是肯定的。她的心像锅里千滚的开水，漫无目的，只觉得冷。

希望。寒战。喷嚏。她感冒了。

她不想睡觉，她裹了裹身上的被子，听雪。她从《雪山飞狐》听到《林海雪原》，她渴望听风雪夜归人的温暖。

他梦见丈夫在雪夜里狂奔。他梦见司机不听劝阻，车沿着山路开上来，还没行驶到一半，车子不听使唤，冲下山沟。她大叫一声，吓出一身冷汗。

阿弥陀佛！阿弥陀佛！

风仿佛要把黑夜撕碎，她听见雪花掉在地上，撞在墙上，在空中乱撞的声音。灯不知道什么时候熄灭了，她瑟缩着打开手机，已是凌晨两点。她想再打个电话，手机显示电量不足。焦虑和不安飞向窗外，扑进雪里风里夜里。她感到房前屋后的树在发抖，坟地传来鬼叫；地在颤抖，房子也跟着晃动，好像有无数条毒蛇啃噬她的身体，疼痛难忍，而她连坐起来的力气也没有。眼泪不由自主地顺着脸颊流淌。

"秋燕，秋燕……"

朦朦胧胧中有人叫她的名字，她使劲睁开双眼，山下的两位嫂子来看她。

"嫂子，到山上了吗？秋燕没事吧？"是她丈夫焦急的声音，她听得出声音里的疲惫。

嫂子把手机递给了秋燕。

"你在哪，没事吧？快把我急死了。"

"没事，出城没多远就下起了大雪，不敢快开，快到老爷岭的时候，在转弯处发现一老头在雪地里转悠，是位迷路的聋哑老人，没法送他回家，就去了当地派出所，联系不到他家人，老人昏过去了，恰好隔壁就是诊所，大夫怀疑是脑出血，赶紧送医院抢救。市医院的一位主治医生认识老人，一个月前给他治疗过。后来他的家人赶到，才想起给你打电话又怕吵醒你，等到天亮你手机关机，我就给嫂子打电话让她上山。"

"哦，哦。我手机没电了。你没事就好，注意安全。"她把声音提高两个八度。

# 梦回江南

## 方再红

燕是我高中时最好的朋友。春节刚过，她来找我，说准备去南通一家高尔夫球场打工，她所谓的打工，就是扫地。

"扫个地还要跑那么远？"

"那里离家近，回去看儿子方便，再说我想和他复婚。"

离婚这些年，回到娘家的她无时无刻不牵挂着千里之外的前夫和儿子。春节期间她回去了一趟，回来就说已求人帮她在一家高尔夫球场找了活儿。

临走，她说她会给我写信。长途话费太贵，手机短信她又不会发，写信，是最原始也是最好的交流方式了。

她一共给我写了四封信，信全都是写在空白的休闲度假村酒水购销日报表上的。

她的第一封信，看起来心情很不错，她说工作还行，活儿不累，每月一千二的工资，她很满足，只是有些寂寞，没有电视没人聊天，唯一的娱乐就是听酒店大厅播放的音乐，好在马上可以回家看儿子，这份孤寂也算不了什么了。

随信她还附了篇随笔，娟秀的字迹写在一张仓库联的报表背面，题为《梦回江南》：桃林在小山坡上茂盛了枝枝叶叶，桑树已经结满了四月的果子，紫红紫红的挂满枝丫，葡萄叶嫩嫩的四处伸展开它的藤蔓……夕阳投在水中，光影在波光粼粼的水面漾开来，杨柳摆着枝条在岸边摇曳，小屋静静地在水中投下倒影，一时间，夕阳、小屋、柳树、湖水，形成一幅绝妙的山水画，让你恍如是在梦里，什么是魂牵梦萦抑或前世今生……

第二封信情绪开始低落，因为前夫不愿见她，就连儿子都被控制不许她见，想来复婚无望，她说一个人千里迢迢赶到那，一切都没意义了。

不久她竟给我打了个电话，说急切想知道一个问题的答案。

有人跟她说，女人何必这么辛苦，有种方式钱来得快，何不试试？她问我："那种事好不好做？"

我说："你神经啊（神经是我的口头禅，一不小心就蹦出来），这也要问吗？一个人连脸都不要了，活着还有多少意思呢！"

她说："对，对，我知道了。"然后"啪"地挂了电话。

她的第三封信：

据说，猫有九条命，而每个女人有九条猫的命，所以在这么多年的痛苦挣扎中，至今我都没有死掉。我觉得我活得不是可怜而是残忍。

我妈妈为了生计成年累月走街串巷拾荒，唯一的弟弟工厂倒闭跑出去躲债，至今下落不明。那些债主们疯狂地跑到家里来抢东西。你叫我不要去管，手足之情，怎么可能无动于衷一点没有感觉呢？父母都重病加身，我也快撑不住了，吃了这药吃那药，常年药不离口。

儿子今年19岁了，小小年纪早已背井离乡什么活都干过了。我常做噩梦，生怕孩子会怎么样，公公婆婆那么大年纪了还要种四亩多地，儿子他爸又常年在外承受着常人所不能忍的高强度劳动。离婚这么多年，他也没再娶，家里穷，我知道别的女人也不可能嫁给他，可他为什么就不能接受我呢？我复婚回去，起码可以帮他照顾老人孩子呀！

每日里看别人幸福，自己那种欲哭无泪灰心到底的感觉无从讲起。试问苍天，我到底有多大的罪呢？

第四封信是这样的：

红红，你好吗？我至今唯一的朋友，当全世界都抛弃了我的时候，感谢有你的陪伴，让我走过那些艰难的岁月，使我有了前行的勇气，去走过那些山山水水，一路上有你，我的心不再悲哀了。

家里的事让我彻底绝望，我要抛开那些杂念，重新开始，感谢这里好心的老板，学识渊博却心存善良。弟弟还没有回来还债，不过我一直坚强地挺过来了，我没有去糟蹋自己，祝福我吧，朋友，在寂寞的长夜里祝我一睡到天明，好吗？

收到这封信后，她却突然没有了消息。打她手机，显示停机，给她写信，一去无返。问她妈妈，老人一脸茫然，儿女的事早已让她心力交瘁。

燕其实是个精神分裂症患者，她的情绪时好时坏。许多时候，我分不清她所说的是事实还是臆想，只是，桃林、桑树、葡萄园、夕阳、房舍、炊烟，一定是她向往的梦中家园吧？我想。

# 内 疚

脱微娜

鹏和明是一对铁兄弟，好得像连体人。两人从小尿尿和泥就玩在一起，一个村子长大，一个学校读书，就连考大学也是选同一所学校同一个工科专业。

毕业后两人又分到了同一个工厂做技术员。

鹏性格外向，长得高大威武；明内向，性情沉稳，身材瘦削。在学习上，鹏对明打小就是崇拜加佩服，明在学校成绩也一直遥遥领先，而鹏却差了一截。

从初中开始，明一直不间断地辅导鹏的学习，可以说是带着鹏考上了大学。在工厂上班后，当明得知两人同时喜欢上厂花小乔姑娘时，便悄然退出，成全了鹏。

两兄弟先后结了婚。不久，明有了一个儿子，而喜欢儿子的鹏却生了个女儿。鹏心里有点不舒服。

工作了两年后，鹏和明的能力，很快在厂里年轻人中脱颖而出，成了生产技术骨干。老科长年底要退休，明和鹏接替科长的呼声很高。

一天，厂部领导找明谈话，告诉明准备提拔他为科长。明百般推辞说，自己虽业务可以，但魄力和组织能力比鹏差远了，所以他认为鹏比他更胜任。

后来，经厂部领导综合考虑，任命明为生产技术科科长。

宣布任命后，鹏的心里酸酸的。

鹏回到家里，小乔狠狠地把他挖苦了一顿："亏你整天忙来忙去，你和明比差了什么？依我看是差了心眼慢一步。人家是走了上层路线，当上的科长，而你却还帮人数钱呢！"

对妻子小乔的话，鹏只是半信半疑。但再看到明时，鹏的话语明显见少了。明看出了鹏的心思，本想对鹏解释一下自己提拔的事，但又怕越描越黑，索性就不解释了。

当上科长后的明，对鹏不改初心，有什么事依旧找鹏商量。

一天，明正在办公室，手机突然接到短信："明哥，忙什么呢？"

明见是陌生号，便回一条："您哪位？我们见过吗？"

对方回："呵呵，明哥是贵人多忘事，我叫佳佳。我们当然见过，一起吃过饭，那天饭局上的人多，明哥没记住我正常，况且那天你还喝多了。"

明努力回忆，也没想起这个叫佳佳的人来。

明就又回一条："还真记不起来了。"

对方又回："明哥，咱们加个微信吧？微信号是手机号吧？"

明正犹豫着，手机又进一条短信："明哥，我已经敲门了，请开门。"

明见微信名字佳佳已添加他好友，明就通过了。

明打开佳佳的头像，一个很清纯的女孩跳进他的眼里，这让明的心动了

**中国新实力作家成名作**

一下。

明和佳佳的聊天,由手机短信转到微信上。

佳佳:"明哥,今晚上请我吃饭吧。"

明:"为什么是我请你呢?"明发了一个龇牙笑的表情图。

佳佳:"那我请明哥。"佳佳发了拥抱和玫瑰花。

从此以后,明和这个叫佳佳的女孩有了交往。感情越处越深,最后明没把持住交往的尺度,和佳佳上了床。

让明没有想到的是,一段明和佳佳的不雅视频被人发在了网上。视频彻底把明抛进了深渊,明被厂里开除公职,鹏接替了他的科长位子。明的妻子知道这丑闻,愤怒地和他离了婚,带着孩子走了。一夜之间,明妻离子散,身败名裂。

明欲哭无泪,他马上打佳佳的手机,关机。随后发现微信也被佳佳拉黑了,他猛然知道自己是被人下了套。

明决定离开去南方发展。临走前,鹏揣着重重的心事前来送行。酒馆里鹏愤愤地说:"视频的事,我若知道是哪个人干的,定会饶不了他!"

流年似水,一晃十几年过去了。明和鹏之间,一直有着联系。

一年的秋天,明从南方回来了。明患了癌症,他要把自己埋葬在北方的家乡。鹏来医院看明,四目相望时,两人不到50岁,都已风霜满脸。

明把鹏叫到床边,握着鹏的手说:"咱俩从小一起长大,经历了风风雨雨,我一直把你当作过心的朋友。"

鹏听了不住点头,脸上一阵红,一阵白。

"当年那个视频,佳佳原来是个卖肉的小姐,被人雇用了,良心发现后,就发短信告诉了我一切……其实,我心里早已原谅了他。人无完人,如果我是完人,就不会上那个套。"明望着天棚说。

鹏听了脸上又是一阵红,一阵白。

不久,明病亡。

清明节这天,鹏来到了明的墓地。他把明最爱喝的酒满上,放在明的坟头。带来的四样小菜也是明最爱吃的。他焚香叩拜,长跪不起。

微小说卷

# 下　鱼

王苏华

如今的北京是个冬天找不到残雪，夏天憋死知了猴的干松地儿，真不知道北京曾经是海的传说是否真实。

但是在我几岁的时候，北京还真有过天上下鱼、地面成河的日子。

我记得有一年的夏天老热了，知了在树上岔了声地叫着。我家和学校之间隔着一片农田，每天放学我和哥哥都喜欢踩着田间小路，前后相跟着往家颠儿。天地间不时会响起我这个小老爷们儿般嗓音的嗔怪声："臭哥哥，等等我嘛！"哥哥反而会故意加快脚步，在我刚要尖叫的瞬间停住脚，冲我做着鬼脸儿。

那一天我们在回家的路上又一次玩耍时，哥哥的鬼脸突然僵住了。他立刻冲到我的身边，一把拉住我的手玩儿命地往家跑了起来。我被哥哥突如其来的变化吓了一跳，不由自主地被哥哥拖着往家跑。在奔跑的过程中，我只觉得眼前越来越黑，身边仿佛有人在用力挤压着空气，一股尖啸随即刺痛着耳膜，一股强大的冲击力，把我和哥哥一下子拍到了田里，豆大的雨点砸得我全身疼。哥哥顾不得正在号啕大哭的我，一把拉起我继续往家跑。好在剩下的路途不远了，我们终于跑到了大院的门房前。

看门的靳爷爷冲出屋门，一下把我和哥哥拽进屋子，门随后"砰"的被狂风暴雨关上了。哥哥倒腾一下气儿，看了一眼还在抽泣的我，又看了一眼慈祥的靳爷爷，也放声大哭了起来，把靳爷爷吓了一跳。他立刻吼："哭什么哭，没死人呀，这叫啥事儿呀这是？不就是刮风下雨吗，没见过？"说完他拿了一条毛巾给我们擦干淋湿的头发。屋子里原本暗暗的，忽然亮了起来。靳爷爷停住手望向窗外，扑哧一声笑了："看看，把神仙都惊动了，搭桥来接你们了。"

我和哥哥止住哭声，含泪望向窗外。天呀，只见田野的上空横架起一座七彩的云桥。因为田野里都灌满了水，所以田里面也有云桥的倒影，像是一个七彩的圆。几朵白云游荡在"桥"的周围，一会儿的工夫就雨过天晴了，好快呀。眼前的马路上也是水流成河，不时有什么东西蹦了起来，溅起漂亮的水花。

忽然，哥哥一下推开了门，跳到马路上，声儿都喊岔了："靳爷爷、妹妹，你们快看，鱼呀，好多的鱼。"靳爷爷拉住我也跑到门外。我透过泪水定睛一看，只见柏油马路上，很多寸把长的鱼在蹦着。靳爷爷赶紧进屋，拿了个脸盆出来，我和哥哥欢呼着往脸盆里面捡，不一会就捡了半脸盆。

那时候虽然几毛钱就可以买到鱼，但是人们如果不是过年不会花这个钱儿买来吃的。我们贪婪地看着盆里欢蹦乱跳的鱼，两对小眼睛又齐刷刷地望向靳爷爷。靳爷爷轻轻地笑了一下："馋猫们别急，一会爷爷就把鱼熬熟了给你们送去。现在赶紧回家把湿衣服换了，伏天的雨也会让人受寒的。"

我和哥哥回到家里，迅速写完作业，就坐在了房间里安静地等着。下班回来的父母诧异地看着一对不同往常的儿女，又相对望了一眼，纳闷儿得不得了。晚饭时间到了，父亲习惯地打开话匣子听新闻。

母亲正摆着饭桌，忽然响起了敲门声。我和哥哥蹦了起来，嘴里欢呼着："有鱼吃了！有鱼吃喽！"全然不顾父母惊愕的眼神和"噼里啪啦"被碰倒的凳子，一起冲向屋门。哥哥抢先了，一把打开屋门。门外站着笑眯眯的靳爷爷，手里端着一个大把儿缸子，里面飞出来的鱼香，让我和哥哥垂涎欲滴。

这时话匣子里传出播音员甜美的声音："今天傍晚，北京市部分地区下了大暴雨，瞬间还有龙卷风出现，但是没有造成重大的财产损失。"

那一年，我六岁多，我哥哥不到八岁。

# 香 火

邹立文

阴历的初一、十五，奎他娘都要在东头小北屋的神台前焚香烧纸，雷打不动。

可奎他娘数十载虔诚笃信的袅袅香火，也未见得给奎一家带来些许好运。她四十岁丧夫，与奎娘俩相依为命。可是，奎又在鸡烦狗嫌的年纪里，与几个玩伴调皮，在村后机井旁的变压器上把一只脚给电没了，再一次塌了天一样的奎他娘，终日以泪洗面好几年。

等奎稍大些，奎他娘就把奎托付给了镇上的冯家钟表铺，她的一个歪脖兄弟那里，让奎跟着他学点修理钟表的手艺，日后有个吃饭的门路，能讨一房媳妇，也好把徐家的香火延续下去。

凤和奎一般大，是奎家的邻居。凤她爹是个盲人，娘又有痨病，一家人的日子过得窘迫，光靠凤他爹拄根木棍走街串巷地掐算晃卦，换些小钱来艰难度日。

奎他娘没事常去凤家串门，赶上凤爹在家，就念叨奎的生辰八字，让凤爹掐算掐算。凤她爹也总是讲那些熟套唠子，奎的前世是老君炼丹炉前的执事童子，整日烟熏火燎的，要受尽磨难才成，不过奎这孩子心地善良，中年后运势就不错了。不像俺凤闺女，前世是在文殊菩萨身前听差，长大了是个读书做学问的人。奎他娘虽不是多么信奉这些话，但每次说道起来也还是能解解闷宽宽心。

正像凤她爹说的那样，凤还真是块读书的料，就在奎手艺学成，离开他歪脖子舅单干的那一年，凤考上了镇里的高中。去镇上读书的前一天晚上，奎他娘和几位邻家街坊去凤家坐坐，帮忙收拾收拾东西。凤她娘满是愁容，咳得也厉害起来。说不让凤去读书吧怕耽误她前程，可让她去这个家还真的负担不起。凤爹蜷缩在炕头，左手的拇指在其余指头的关节处来回掐动。"走一程，算一程吧。"凤她爹并无多大底气，"我们家凤的命好，兴许还会有贵人扶持呢。"

凤去镇上读书不久，凤她爹的话还真又应验了。有个落款郝仁的，竟隔三岔五地从县城邮局里给凤汇款，资助她读书。这一帮就是很多年，直到凤从省城的师范学校毕业，在县城一所学校里教书为止。

奎手艺学成后，便拄着拐杖起早贪黑地赶四集摆地摊。因为奎的悟性高，慢慢地还学会了修理缝纫机、广播匣子、收录机等。条件好一些的时候，奎买了一辆手摇的三轮车，赶路轻省多了。后几年，奎干脆在镇街上租了间门面房，办起了红红火火的家电维修部。

奎他娘见奎的生意越来越有起色，就常催着奎攒些钱，好准备讨房媳妇。奎也听话，有了余钱就到县城里存上，说是那儿存钱利息高。奎他娘每次都把奎带回的存条，小心翼翼地藏到枕头底下的布包里。

凤每次回家也常到奎婶家坐坐，唠唠家常。这几年奎他娘身体越来越差，闲谈时，也就总扯些奎的亲事。奎他娘说等凤成家了，别忘了也给奎张罗个对象。哎,这初一、十五,小北屋里的香火我都烧不动了。凤也总宽慰奎他娘:"婶,你别愁,奎哥他人好又有手艺,好找媳妇。至于我吧,还有桩心事未了。"凤顿了顿又说:"到现在县城里我都打听遍了,也没找到当年那个帮我的好心人,等有了着落,安下心来再说吧。"

望着凤出门的背影,奎他娘嘀咕着,都是有情有义的孩子,要是奎的脚不残,或者凤没有这么大出息,他们该是多好的一对。哎,这都是命啊!

奎他娘的身体一天不如一天,后来竟卧床不起,水米不进了。奎回家侍候着母亲,凤听说后也常来奎家看望奎婶。有一天,奎他娘见了凤,一下子精神了好多。她从枕边颤巍巍地拿出一个破布包,喃喃地说:"这——是——奎儿攒的钱,你帮他——取出来,找媳妇——"奎他娘又无力地指了指东头的小北屋,"——这徐家的香火——得有人——"

凤接过黑漆漆的布包,轻轻一抖,一张张纸条散落出来,像一群蝴蝶儿翩翩起舞。凤捡了一张泛黄的纸条,这哪是存款单,分明是署名郝仁的一张张邮局的汇款条。凤儿一激灵,回头望了一眼木讷的奎,扑通一声跪在奎他娘的床前,双手捧住那只渐渐变凉的左手,泪如雨下。凤哽咽地说道:"婶,娘啊,你就放心吧!这徐家的香火,有奎哥,还有我……"

奎他娘安详地躺着,脸上深深的皱纹慢慢地舒展开来,还有了一丝丝的笑容。

# 父亲是木匠

### 陈金祥

父亲是木匠,自然也就经常与木材打交道,那些圆木方木板经过父亲锯刨制作便成了精品,既美观又扎实。父亲大名远扬还因为父亲的为人,无论在公家还是百姓家里,父亲都尽量多出活,看料取材,早开工,晚收工,饭菜摆桌上,主人一请再请父亲才收拾工具。犁耙耖,桌椅板凳,凉床橱柜等,父亲都会做。

父亲还有一项绝活,那就是不但能做木船,还能在水中整漏水的船缝,且数年无须维修。

没事干的人们常常喜欢围在正干木工活的父亲身旁，看父亲大刀阔斧地砍，甩开膀子锯，推到顶退回来的刨，就像在欣赏会弹钢琴的人在弹琴，会跳舞的人在跳舞。而每当此时父亲就从右衣兜里掏出带把的香烟，老少各散一支；而自己则从左衣兜里掏出没带把的香烟，点燃，深深地吸上一大口，并羞涩地说："见笑了，见笑了。"

农田承包到户后，家里的几亩责任田由母亲打理，农忙时我们兄妹的学校也放了假，我们可以帮母亲插秧、割稻、拢稻。父亲则安心地在外做木工活，地点做到了远离家乡四十多里外的龙坪，以造船修船为主。

那些年是父亲最高兴的几年，父亲的木工手艺发挥到了极致。

但好景不长，农田机械化了，犁耙耖用不上了；席梦思取代了板床，大理石圆桌取代了四方四正的木桌，塑料凳或钢椅取代了木凳。父亲的手艺突然间没用了，没用武之地的父亲苍老了，头发白了，两眼昏花了，手脚笨拙了，背驼了，沉默寡言了，食欲不振了。

无所事事的父亲常常独自蹲在有些阴暗的杂货房内的刨子斧头锯片前，一怔就是半天，不说不动。不停地抽烟，不停地咳嗽。

只有到了星期天，星期天他孙子不上学，不上学的孙子喜欢将木椅当板车拖着走，喜欢将家里唯一的小板凳高高举起，撒手掉下，于是我父亲就有事儿做了，给松了腿的椅子钉钉，给支离破碎的凳子归位。

父亲患了肺癌，而且是晚期。医生说："准备后事吧，顶多俩月。"

我对父亲说："现在医学发达，天天都有奇迹发生。"

父亲说："拉倒吧，活了七十，够本了，不要再花冤枉钱了。"

医院检测回来后，父亲萎靡不振，茶饭不思，晚上靠在床头也是连连叹息，一支烟吸一半用拇指和中指捻灭，但过不了多久又重新点燃。

父亲吩咐买了一些杉木，他要亲自为自己打具"千岁方"。但显然已经力不从心了，那斧头已不再随心所欲，刨子也不再得心应手，干十分钟休息二十分钟，劣质香烟一支接一支地抽，抽一口咳半天，呆半天。

那天我买回两斤肉一瓶酒，母亲炒好菜后，餐桌上，我说："爸，和您商量个事。"

父亲酒量有限，将杯子端在半空，无精打采地说："什么事？"

"有位朋友想请您帮忙做木器活，凳椅床柜犁耙耖等所有您会做的。"

爸的双眼睁大了："当真？"

"是的，他想收藏，物件不用做很大，所以难度也就有些大。"

"没问题，难不倒你老爹。"

"至于钱吗，给不了多少的。"

钱不钱的无所谓。父亲一口喝了半杯酒。

娘说父亲那晚睡得很香。

父亲一大早就起了床，挽起袖子，将工具搬到了院里，舀一盆水，磨斧子刨刀，篡锯片，那表情像打了鸡血。

我从林场拉回了木板和圆木。

父亲则精神抖擞地锯刨砍量尺寸。

父亲年轻了，有说有笑了。居然整个冬天不曾感冒，整个夏天不曾中暑，历时一年，干两小时出门遛遛，干两小时门前港边钓会儿鱼，完成了门窗床柜，桌椅板凳，犁耙耖耠等木器活，并且还做了两具"千岁方"。

做完这些，爸说："死而无憾了。叫你朋友来拿去吧。"

我说："好，明天就来。"

第二天我找来好友，将父亲的大作拉到我在外租的一间库房里。

晚上，父亲吩咐母亲炒俩好菜，庆祝庆祝。举杯间，我发现父亲红光满面，虽然已是满头白发，虽然岁月已在脸上刻下道道沟坎，但父亲整个晚餐一直笑着，大口喝酒，大块吃肉，超历史地吃了两大碗饭。然而我的心脏却隐隐生痛，泪水竟不争气地从眼窝深处溢出，我知道父亲可能不久于人世了。

果然，五更时分，母亲敲我房门，母亲说父亲上厕所，半天不见回房，她找遍楼上楼下："你父亲他——躺在'千岁方'内安详地走了。"

# 李钟表

## 孔繁强

镇上的人都叫他"李钟表"。因为无论什么钟表，只要到了他手里，正反一瞅，一摇晃，贴耳一听，便知毛病出在哪了。

李钟表的钟表修理铺就开在浦阳镇上的横街处。

李钟表还能利用简易车床，用磨、补、驳、锉等细腻功夫，制成一些钟表零件，使一些别人认为无法修的名贵钟表复原，所以他的技艺不仅在当地享有盛誉，而且一些苏杭的达官贵人也常慕名而来。

李钟表无亲无故。空闲时，他喜欢到镇上平安桥对面的风味小吃店吃浦江麦饼，喝本地产的泼露清酒。

开风味小吃店的是一个叫梅子的女人。梅子是个寡妇，六年前，丈夫在抗击日寇的淞沪会战中阵亡后，她便变卖了乡下所有家当来到了镇上。

那天，当李钟表将那只被子弹击得变了形的怀表完好无损地交到梅子手上时，梅子笑了。人们都说："梅子的笑就像绽放的梅花，好看。"

当李钟表的目光与梅子那水灵灵的目光相撞时，李钟表的心就化了，一下子便进入了甜蜜的世界。

李钟表与梅子的故事一直就发生在他俩徒弟视野范围内。俩徒弟，大的叫大宝，小的叫小江。看上去，大宝绝对是个聪明灵气的人，长得也帅。他说过，梅子的眼睛真迷人，师傅的福气真好。而小江就显得有些笨拙了，话不多，长得也矮。可他总是比大宝多拆修些钟表，也会非常细心地看着师傅修理时的一招一式。

那天傍晚，修理铺来了俩男人。穿长布衫的是苏州人，他常帮李钟表带些常用的钟表配件。穿西服的是杭州人，他常带些名贵钟表来修理铺。

苏州人笑着说："李钟表，上次喝酒你捉弄我，今晚我要叫你好看。"

杭州人笑着说："李钟表，上次你还欠我三个麦饼，今晚你得还我。"

李钟表也笑着回答说："走吧，走吧，咱们谁跟谁呀。"

徒弟俩也是笑了笑，因为他俩早对师傅他们常常去梅子小吃店喝酒聊天的事习以为常了。

第二天，镇上的人悄悄地说："驻扎在镇上的鬼子中佐昨晚在大戏院门口的汽车上被炸死了，现场没有留下任何痕迹。"李钟表听后笑了，说："唉，昨晚那泼露清酒咋那么凶？我醉了，没赶上。"

五天后的又一个傍晚，苏州人和杭州人又来约李钟表外出喝酒去了。第二天，镇上的人又在悄悄地传说昨晚东城门的鬼子岗楼被炸毁了。李钟表听后又笑了，说："唉，昨晚那麦饼咋那么香？我又喝多了。"

谁也没有想到，三天后，李钟表居然被鬼子抓走了。那天，一阵刺耳的摩托车声，伴着鬼子的脚步声到了钟表铺。新上任的鬼子头瞧了瞧满屋子挂着的钟表，然后举起半只烧焦变形的钟表壳对李钟表说，如果我没猜错的话，这个就是你的杰作。

李钟表被鬼子带走时，看了看二徒弟，然后说："记住，心正才能调好钟表游丝。"

小江回答说："师傅，我会记住你的话。"

大宝没有说话，也没有看李钟表，他就这么一直盯着那只怎么也调不好游丝的手表。

这天，梅子什么话也没说，就这么愣愣地看着被鬼子带走的李钟表从自己店门口走过，又从这平安桥上消失掉，然后又呆呆地看着桥下的浦阳江水。

小江说："梅子姐，你别难过，我不会放过那个告密的汉奸。"

那天晚上，梅子脸上挂着泪水，看着那只李钟表修过的怀表到了天亮。

那天晚上，小吃店对面桥头处有个人影也呆到了天亮。

传说李钟表等人被抓到鬼子驻地后，鬼子当场就杀了苏州人和杭州人。但鬼子没有杀李钟表，说要同他合作搞定时炸弹，李钟表不从，鬼子便说，不肯合作，那就得看梅子在你面前生不如死的样子。李钟表听后一颤……

李钟表被抓走后的第二天晚上，梅子在自己的房内看见了一个非常熟悉的人影扑面而来。

这个人影喘着粗气说："梅子，我有钱了，跟我好吧。"

梅子骂道："畜生，原来是你出卖了李钟表他们。"

这个人影就是大宝。

传说那天晚上大宝并没有得到梅子的身体，因为在紧要关头又出现了一个人影，这个人影用刀把大宝的身体捅成了马蜂窝。然后这个人影仰天一叹说："师傅，你真厉害，什么都瞒不过你眼睛，我会记住你的话。"这个后来出现的人影就是小江。

第二天早晨，人们发现平安桥对面的这家风味小吃店关了门，梅子不见了，李钟表的钟表修理铺也关了门，小江也不知去向了。

许多天后，人们又在传说，李钟表也被鬼子杀害了。那天，鬼子特务把李钟表调准好的定时炸弹安放在上海郊外的铁轨上，但那列坐有著名爱国华侨的火车仍然安然无恙地过了。当鬼子特务围上前查看那枚定时炸弹时，那炸弹突然变成了疯子，一下子就将这些鬼子特务撕成了碎片。

许多年后，浦阳镇的人们看见一男一女去这镇上的东山岭上坟。在坟前,摆好祭品后,男人把酒洒了一杯又一杯,然后说:"师傅,我知道你喜欢喝这泼露清酒,你就多喝点吧。"接着,女人说:"李钟表,你喜欢吃这麦饼就多吃点吧,但要慢慢吃,别噎着。"然后,男的和女的同时朝着坟头跪下了。

离开时,男的说:"师傅,你放心,我会记住你的话,我会照顾好梅子姐的。"

# 母亲的银元

罗园芳

母亲打来电话时,月儿正在家里翻箱倒柜,房间里像被打劫过一样,床上、地上,四处是被抖开的衣服,还有扔了一地的鞋子。

母亲交给她保管的三枚银元不知道什么时候弄丢了。早上找项链的过程中突然就想起了那几块银元,可任她怎样翻箱倒柜,这东西就像长腿似的,再不见其踪影!其他的首饰都还在,偏偏不见了那几块银元,偏偏是母亲那几块银元。莫非上次修下水道时当作垃圾扔了?月儿努力回想所有环节,母亲的电话不早不迟地就打来了。

人一急,接电话便没好气,母亲一听到月儿的声音便发觉异样,忙问:"出啥事了?"月儿话里带着哭腔:"妈,你的银元丢了。"

母亲在电话里愣了下,忙说:"丢了就丢了,本来就是给你们几个的。"

月儿无心,忙挂了电话。继续找起来。马上,她又后悔了,怎么就漏嘴了呢?这不是把难题丢给母亲了吗?自打父亲去世后,母亲一个人太难了。丢了这祖传的几块银元,她怎么向弟妹交代呢?母亲跟弟媳的关系一直有些僵,弟媳话里话外都是母亲跟她亲,万一弟媳说是她故意私藏了,就是再长几张嘴也说不清呀!母亲夹在中间不是更为难了吗?

唉!不行,得去买几块同样的,让母亲安心。她寻找了半天无果后,便向好友及珠宝店咨询银元的价格。朋友都劝她赔些钱算了,或者跟家人直说,再说,这区区几块银元卖出去值不了几个钱。可要买一样的,就难得多,也贵得多,更未必能买上真的,何必呢?月儿却把头摇得像拨浪鼓。

母亲听到月儿失魂落魄地哭诉后，思索了片刻。转身向村头二拐子家去了，二拐子家祖上曾经传下很多银元。

第二天，母亲便提着一些家里种的红薯甘蔗之类上门了，依旧如往常为她整理乱了的衣物，临走时不经意地说："别急，说不定你无意放在哪件衣物里了。"

"可能是，或许就在哪件衣服里。"月儿笑笑，有点不自然，好在母亲没觉察到。

谁说母亲不会在意呢，还好订了几块。月儿暗自庆幸自己的高明。

月儿几经周折，终于花五千块买到了那相差无几的几块银元，一颗心也终于落了地。

急忙给母亲打电话，说找到了。母亲在电话那头高兴地笑了，说："你这小妮子，尽吓自己。"

幸好买了几块，月儿再一次觉得自己做对了。

拿到银元后，月儿就急匆匆地送去了母亲家，递给母亲时，母亲笑着接过，可连看都没看，就放进了房间里。

月儿长舒了一口气。

这事就算这样过去了，谁都没有再提，一个月后，月儿再次整理房间，却意外地发现了两包银元，一包被老鼠挪到冰箱底下，另一包放在被母亲整理过的衣物里。

月儿突然笑了，又哭了。

# 逝者如斯夫

## 丁大成

丁秀才扛着钓竿踽踽独行在春潮涌动的灌河边。

阳春三月，日高渐暖，他抬手擦擦额上的汗珠，感觉身穿的蓝布长衫有些厚，想解开衣领。不，俺一个廪生秀才私塾先生，岂能敞胸露怀衣衫不整？

春山寂寂，满山的映山红开得凄凄惨惨，悠悠灌水无语凝咽，鹧鸪声声不忍闻。

自私塾闭馆，失业一年多来，他的心地寂寥凄清，长满荒草。人生得意失意事，万千滋味在心头。

他爱读书，是骨子里的那种爱。捧读诗文，满口生香。翩跹年少，他慕名去麻城梅氏学馆求学，荒漠甘泉。转眼腊尽年来，先生放了对子拟收馆放假，怡红院的老鸨春桃捧着红纸跑来请先生写春联。众目睽睽之下，先生一时不知所措。他看一眼依门斜立羞答答的春桃，门框上风雨沧桑的旧春联在风中旌旗般摇动。他突生灵感，起身双手一禀，接过红纸，裁开，饱蘸浓墨一挥而就："万户九州同日，五湖四海共春。"救场如救火啊！先生忍不住击节颔首。那门框上先生去年写的对联是："万户九州同日月，五湖四海共春秋"，各减一字尽得风流！成就一段佳话。

私塾完篇，赴童生试。一路县府院三试，过关斩将，考取廪生，称为秀才。圣旨"上书房行走蒋艮大人"的翰林编修蒋艮乡党兼任学政，看过他的试卷，勉励有加。他踌躇满志，自办私塾，一边课学谋生，一边自修，以待来年乡试殿试，春风得意马蹄疾，一日看尽长安花。待有资质赴考，科举废矣。退一步授业解惑，杏坛春暖，桃李芬芳，也好。他兢兢业业，因材施教，有教无类。

到民国时，官办的洋学堂如雨后春笋深入到乡村，莘莘学子跟风弃旧崇新，私塾无人问津。真的不为稻粱谋，时也运也命也！

他叹口气，来到紧挨官道的那口水潭，支好马扎坐在潭边，身边放着小学各年级国文课本。他把钓钩随便抛进潭水里，不看浮标，盯着官道。他在等一个人。

新生乡成立了官办小学。他看过各年级国文课本，自信以他满腹经纶多年的教学经验，不比那些洋学堂出来的教师差。可学校没聘用他。

新生乡胡乡长是隔河对面的邻家，每次从乡公所新建坳回家，五十多里山路，不骑马不坐轿，骑条小毛驴，离家五里地牵着毛驴走，好跟熟人打招呼。秀才娘子让他毛遂自荐，亲自去找胡乡长。他说："他又不是不晓得我，摇尾乞怜，有辱斯文。"夫人说："人家未必晓得你的心事。"他效仿姜太公，垂钓灌水边。遐想胡乡长翻身下驴和他寒暄，看到地上的课本，求贤若渴。他扯起没挂饵料的钓钩，成就一段佳话。这是一年来第三次到这里"垂钓"，头两次失之交臂。清早小内弟赶过来对他说："胡乡长今个回家整秧田。"小内弟挑豆腐担子游乡，消息灵通。

春耕大忙，官道上行人稀少。眼巴巴地看到个来人，是秀才娘子。她打猪草，顺便来探消息。父母之命，媒妁之言，他曾不满夫人脚大，长相不销魂。这一年多来，就是这个大脚夫人，凭从小贫苦人家练就的本领春种秋收，才使一家人不至于打饥荒。夫人擦把汗，抻抻他的长衫怜爱地说："天暖和了，先生您也该赶赶时兴穿穿中山装。"他心生暖意，说："赶紧回家吧，让乡长碰见了不好。"清明前后该苗秧下种呢，夫人说："他小舅来帮忙整秧田。"他说："中午留他用饭。夫人喏喏地走了。"

自从落魄闭馆，门可罗雀，那些文人雅士不来诗文唱和了，那些官绅不来附庸风雅了……连经商的二哥当保长的小弟都漠不关心！倒是平日被轻看的内兄弟，雪中送炭经常来帮忙。

眼看日近中天，还不见胡乡长的身影，今天莫不是又要"爽约"？他心里又一阵失落。看看幽幽的水潭，浮标竟几度沉浮！他试着扯起钓钩，竟钓住条摇头摆尾的红鲤鱼。真是无心插柳！孩儿们好久没吃荤腥，晌午还有客人。意外的惊喜，他站起来逮活蹦乱跳的鲤鱼，失足掉进深潭……

生前寂寥，死后热闹。生前好友纷纷前来吊唁，追思丁秀才的种种好处。以先生的性格不敢苟同，秀才娘子婉辞了祭礼，只留下抬棺的八大脚。

胡乡长久久不愿离去。

秀才娘子试探地问："若先生在，会聘用他吗？"

"还真不好说。"胡乡长凝望着门前的悠悠灌水。

夫人又一阵心恸，哽咽着说："乡长，您也请回吧！"

# 局长之死

### 刘佩华

县教育局吴局长这天开着车刚出门，就碰到阳光中学校长程美丽。

吴局长对程美丽说："上车吧，我可以顺路带你一程。"

程美丽上了车，没走多久，恶心呕吐，说身体不舒服。吴局长立即把她送往医院。

到了医院，经过检查，医生对吴局长说："美女怀孕了，恭喜你当爸爸了。"

吴局长很惊讶，等程美丽从检查室出来，吴局长便问程美丽："你真的怀孕了？"

程美丽不以为然地说："刚刚检查完，医生说怀孕了，这还有假？"

吴局长追问："谁的孩子？"

程美丽不假思索地说："当然是你的了，你应该高兴才对呀。"

吴局长顿时感到焦虑不安，他对医生说："她不是我妻子，孩子不是我的。"

医生说："谁说了也不算，做DNA检测就知道了。"

吴局长无可奈何，只得配合医院做DNA检测。

检测结果出来后，医生告诉吴局长："你是一个不孕不育症患者，而且是先天性的，局长你是清白的。"

从医院出来，程美丽恬不知耻地说："我要进教育局工作，要在你身边工作，阳光工程，咱俩分享。"

程美丽把手搭在吴局长肩上，要求吴局长原谅她。吴局长没有心思搭理程美丽，他心事重重、无精打采，思绪有点混乱。心想，早知今日，何必当初。他让程美丽快点下车，以后别再联系。

回到家里，吴局长也没心思吃饭，倒在床上便蒙头大睡。医院检测说自己是先天性不孕不育，那么，我的两个孩子是谁的呢？吴局长百思不得其解。妻子以为局长上班累了，也没打扰。

晚上，妻子对吴局长撒娇地说："今天去医院检查，医生说我又怀孕了。"

吴局长听了妻子的话，心想这女人又和谁鬼混在一起了。他心乱如麻，觉得妻子真的对不起自己，狠狠地将妻子一脚踹下了床。

妻子一骨碌从地上爬了起来，抓住吴局长的耳朵不放手："你今天吃错药了，犯什么病？"吴局长恼羞成怒，又一次将妻子狠狠地推下了床。

妻子觉得不对："你这忘恩负义的东西，我做错什么事了，你这样对待我？"

吴局长痛哭流涕地说："我昨天去医院体检，医生说我是先天性不孕不育症，你……你……孩子是谁的？"

妻子莫名其妙地指着吴局长说："你这个没良心的东西，和你生活这么多年了，我啥时做对不起你的事了？"

不管妻子如何解释，吴局长无论如何都不相信妻子，以为医院检测是正确的。第二天，吴局长和妻子去民政局办了离婚手续。

有一天，吴局长去医院看病，碰到原来检测DNA的医生。医生告诉他说："上次那美女说她怀的是你的孩子，我怕那女人讹你，也怕你丢了乌纱帽，我就没有给你做详细检测，谎称你患有先天性不孕不育症，帮你迅速脱离了困境。"

吴局长听了医生的话，脑子里"轰"的一声，眼前发黑，一头栽倒在地上。

吴局长住院了一个多月，失眠症好了，抑郁症也好了，身体渐渐恢复了健康。但是，在他心中总有一种难以启齿的忧伤困扰着他，压得他喘不过气来。

吴局长终于上班了。上班的第一天，当他把车停在教育局门口，看到教育局上班的人员，都用鄙视的眼神看着他，也没人和他打招呼，那一双双冰冷的眼光，使他从头到脚底一阵阵冰凉。

吴局长抹了一把冷汗，像往常一样走进办公室，正襟危坐在办公桌前。他环顾四周，刹时，感觉周围的气氛有点不对劲。平时上班路过他门口的人总要和他热情地打招呼，而今天，不仅没人和他打招呼，就连楼道里的保洁员也对他视而不见，路过他门口却抬头挺胸，趾高气扬。

正当吴局长心乱如麻，一切事情还没理出个头绪时，人事科小王急匆匆走了进来，把一张法院传票放到桌上，扬长而去。

吴局长眼前一片模糊，他隐隐约约看到桌上的这张传票，仿佛是一副锃亮的手铐，他泪眼蒙眬，慢慢地垂下了头。

吴局长万万没想到，省里拨放的阳光工程款项，没有第二个人知道，上面这么快就查出来了，莫非是……

第二天，当太阳从东方的地平线上冉冉升起，人们还像平时一样正常上班。教育局大院里围着很多人，地上趴着一具男人尸体，看不清脸部，人们都抬头仰望楼上。

传达室的老张告诉大家："昨晚，吴局长跳楼自杀了。"

## 王小二的婚事

张浦建

王小二大学毕业后应聘到开发区的一家企业上班。他的老家在西溪岸边。

那年夏天，他把大学相恋多年的女朋友带回老家。第二天女朋友就吵着要走。她说："这地方就不是人待的地方！除非在城里买房。"刚参加工作的王小二无法满足女朋友的要求，只得含泪分手。女朋友哭着说："不是我不爱你，是我实在无法在这样的地方生活下去。"

王小二知道，自己这辈子恐怕再也无力娶妻了。

打开家门，一股刺鼻的气味从西溪飘来，看着那发黑发臭的溪水，王小二带着一股从未有过的怨恨，捡了块石头狠狠地投到水中，水面上荡起的涟漪就像黑色的花朵开放。他迅速转身走上马路像出逃一样地回到单位。坐在办公室里，与女朋友分手的那一幕仍然在眼前晃动。他们相见时的热情拥抱，手牵着手地走出车站。当时，他还特意从南边小巷里进来，女朋友刚进门时还夸他家两个直立式的排屋宽敞整洁，只是那时吹得是小南风，再加上旅途的疲劳和恋人相见时的兴奋，让她不曾注意四周的环境。

可谁知，半夜里她就一阵阵地咳嗽，感觉有股刺鼻的气味直往喉咙里钻，她想打开窗户透透气，一股更重的气味向她扑来。王小二这才向她吐露了真情，我们家邻近西溪，是西溪里的水熏的。没办法，也整治了几年，可连排污口也找不到，况且上游有那么多的水晶加工户，法不责众。西溪边上的居民都是关着门窗生活的。

每到半夜三更时，上游的水晶加工户就会排出黑黑的污水，母亲临死前曾打算卖掉这两间房子到别的地方生活。可是，这里的房屋谁会接手要？

同女朋友分手后，王小二就没有回过老家，在上班时他会忘了西溪，忘了那个相恋了多年的她。在开发区企业上班的王小二转眼到了二十八岁。王小二自己也着急，喜欢自己的女孩不是没有，可是一想起他那个家，就会皱着眉头离开。眼看着自己的年龄都已奔三了，而他那颗骚动的心反而变得莫名地沉静。他说："我无力改变现实，只能选择这种逃离的生活。"

有一天，一位女网友主动约他。他的手机响起了滴滴声，打开一看，一条微信进入他的眼睛:"西溪风景美如画,帅哥风情迷人心!"

他们走在西溪边上,只见两岸绿树成荫,溪水清澈见底。他们不时地用手机拍着,索性走进溪水里,小鱼在他们的脚边游来游去,哗哗的水声、笑声,就像一曲交响乐,在小溪里荡漾。

月光从那排排杨柳树间泄下,扑进了清凌凌的水里,水载着一溪月光流进了浦阳江。月光映在朦胧中依稀可见的恋人身上,带着一种迷离,带着一种神奇,进入到两岸居民甜美的梦乡。

几年没回老家,恍如梦中的感觉,让王小二不敢相信这些是真的。

女朋友告诉他:"去年从邻县调来位新县长,他走马上任的第一天,就接到信访,一大群西溪居民要求解决西溪污染问题。第二天一早,他就出现在西溪边上,他沿河而上,又沿河而下。不久,县里召开了水环境整治大会,以西溪为突破口的水环境整治战拉开了序幕。"

沿溪居民在边上看着,一溪黑水能变清?上游的水晶企业能搬走?

有一天,他们忽然看到小溪里的石头在水的晃荡中进入眼睛。邻居们说:"咦,这次治水还真的同以往不一样。"于是,他们也加入治水的队伍中,家里的垃圾也不再往小溪里倒了,看到水面上有漂浮物也自觉地打捞上来。再后来,小溪里的水能照见自己的影子了。

月光依旧,清水如镜。

每天傍晚,王小二都会牵着恋人的手,漫步在西溪边上,他们一起看水,一起看那水中畅游的红锦鲤……

他们憧憬着那更加美好的明天!

# 宋老师

### 王晓燕

星期五自由活动课时,之芸和几个同学踢足球。当之芸把飞到身边的足球用力踢起时,足球却打着旋儿飞向教室,随着一声巨响,窗户的一块玻璃被撞得粉碎。同学们齐刷刷地望向之芸,之芸吓得哇的一声哭了。

之芸父亲因病去世,母亲去外地打工,把她寄养在姥姥家。

之芸是一个懂事的孩子，也是个品学兼优的好学生，惹了这么大的祸，她害怕老师去找家长，不想让姥姥和姥爷为她操心。几个同学劝慰道："没事，你不是故意的，我们帮你，和你一起去见老师，和你一起赔这块玻璃。"他们和之芸到了班主任宋老师面前，说了事情的原委。宋老师望着之芸哭红了的眼睛说："按校规打碎玻璃是要赔钱的，可你们勇于承担错误是好样的，我为教出你们这些热心帮助同学和损坏公物积极赔偿的学生感到骄傲。之芸是遵守纪律的同学，这次也不是故意的，学校有备用玻璃，我去跟校长说，但下不为例。"大家齐声说："谢谢老师！"只有之芸，望着老师，一句话也说不出。宋老师拍着之芸的头说："没事，快回班吧。"

不一会儿，宋老师就捧着一块大玻璃来到了教室，先是将窗框上玻璃碴用钳子一一取出，然后把钉玻璃的钉子拔下来，接着用卷尺去量木框里的长和宽，在大玻璃上量好尺寸，拿起玻璃刀子划起来，只听玻璃发出嘎吱的响声……

六月的骄阳本就似火，又何况是一天最热的大中午，之芸望着老师在那装玻璃，汗水从他的脸上直往下淌。

之芸想起了老师接他们这个班的情景。他们班原来的班主任是一位温文尔雅的女老师，教数学的，而之芸又是这个学校数学最棒的学生，女老师很喜欢之芸，之芸也很喜欢女老师。不巧的是，女老师因病休了长假。后来就是宋老师担任他们的班主任。之芸不喜欢宋老师讲课，声音大，振人耳膜，离三个教室远都能听到。尤其是那唾沫星子直飞，还带有一股烟味。还有，宋老师不公平，偏爱男生。有一天，晓雨说："之芸，你还没有尝到宋老师那唾沫星子飞到脸上的滋味。"

晓雨坐在最前排，而且紧挨老师的讲桌，所以每上语文和数学课都有宋老师的唾沫星子飞到脸上。因为晓雨和宋老师还有点远亲，不好意思当老师的面擦脸，每次都趁老师转身时擦脸。

可时间没多久，之芸也被调到前排，尝到了宋老师那"天女散花"。

刚开始，宋老师见之芸不住地擦脸，问她总擦脸干什么，后来才明白是怎么回事，宋老师觉得不好意思。之芸红着脸对老师说："没什么，没什么。"后来，之芸也就慢慢习惯了。

记得第一次参加学校劳动是锄草。放了一个暑假，学校的土操场上疯长着野蒿和野草。开学了，要将野蒿和野草锄净。姥爷、姥姥特别疼之芸，什么活都不让之芸做，除了学习就是玩。之芸看其他同学都刷刷地在铲草，可锄头在自己手里却不听使唤，只好把锄头扔在一边，用手去薅草。草似乎也在跟她较劲，不让她轻易拔出来，还把她的手指划破了。宋老师见了，急忙到花园的花盆里掰下一片龙爪叶子，洗净，给之芸贴好伤口，又用纱布紧紧包实。

宋老师微笑着问："在家没干过活吧？来，我教你。"说着，宋老师拿起锄头示范给之芸看，边铲边说："握锄头的双手不能太往前，右手要离锄头板大约二尺左右，左手离右手大约一尺左右，这样不用太弯腰就能把草锄掉。锄草时锄板要平，这样就会把草锄下来。"与之芸说话的当儿，宋老师已把分给之芸的那段草锄得干干净净。

之芸望着弯腰钉玻璃的宋老师，心里说不出是什么滋味，望着望着，她突然觉得老师像自己的父亲……

# 替罪羊

莫文师

因为一座桥的垮塌，男人锒铛入狱。

男人从当局长的小舅子手里揽下的工程，男人家里也因为有当局长的小舅子而发达起来。经过几年的摸爬滚打，逐渐学会了做人做事，也学会了行规和"潜规则"。小舅子看重的是男人仗义和敢于担责。

正当男人事业走上巅峰的时候，他承包的那条二级路路段的一座桥，还没有验收就垮塌了，幸好二级路没有全线开通，否则后果不堪设想。记者发现了桥面垮塌的事情，报道了出来。事件曝光之后，分管项目建设的县领导找当局长的小舅子谈话，对小舅子追究问责。小舅子憋了一肚子气来到男人的家里，同样也狠狠地训责了男人。男人进屋拿出几沓钱递给小舅子，小舅子说："要是钱能解决的问题就不是问题了。"男人丈二和尚摸不着头脑。小舅子来回地徘徊踱步，调整了一下情绪，说男人是工程的承包者，应该把责任担当起来。小舅子说完从皮包里掏出几沓钱递给男人，叫男人拿着，说是给男人的补偿。小舅子临走时，拍了拍男人的肩膀说："留得青山在，不怕没柴烧。"

"青山是谁？"男人反问自己。

小舅子走后，男人冷汗直冒，瘫软地坐在地上。女人回来看见，用手摸了摸男人的额头，问男人是不是病了。男人把钱递给女人，女人嗤笑："一个包工头，鬼才来给你送钱呢？"男人说："钱是小舅子送来的。"女人惊愕："我弟弟？"男人说："桥面垮塌了，责任得有人来背着。"女人劝告说："这责任得由你来背？"男人从地上爬起来，气恼地说："凭什么让我背责任，要是工程款没有层层'克扣'，全额拨付下来，桥会垮塌吗？"女人急忙用手捂住男人的嘴巴说："没有我弟弟，你永远是被人瞧不起的废物！"男人无语。女人又说："我血脉相连的弟弟，给了你做男人的尊严，给了我们宽裕的生活，我们应该知恩图报为弟弟做些什么？"男人默默无语。

经过几天的痛苦思虑和权衡利弊，男人最后把责任全部揽在身上，不久便锒铛入了狱。

转眼几年就过去了。这天，蹲了几年牢的男人回来了，女人杀鸡宰鸭为男人接风洗尘。男人和女人正在碰盏喝酒的时候，弟妹却急匆匆地从门外走了进来。女人高兴说："弟妹来得正好，一起吃饭吧。"弟妹一把鼻涕一泪水地说："哪还有心思喝酒，那条二级路路面塌裂，造成严重交通事故，我老公已经被停职查办了。"男人猛地站起来说："怎么回事？"女人看着伤心的弟妹，疑惑地问："不是替我弟弟顶罪了吗？"弟妹泪雨涟涟，像抓到一根救命稻草似的瞅着男人，扑通跪倒在男人面前，姐夫长姐夫短地叫，说："姐夫回来得及时，是小舅子的大救星！"弟妹鸡啄米地给男人磕头，女人把弟妹扶起来，叫弟妹放心，一切有她和男人担当着，什么坎都能迈得过去。弟妹感激涕零。

男人走进小舅子的办公室，小舅子拍了拍男人的肩膀，谢谢男人的仗义。小舅子说："这次你帮不了我，但留得青山在，不怕没柴烧。"

男人从小舅子的办公室出来，脑海里一团雾水，男人挠了挠剃得光亮的脑袋，纳闷地说："这次青山到底是谁啊？"

中国新实力作家成名作

# 给死囚一个选择

伍献卫

海啸来得毫无征兆，它们瞬间漫过了马塔尔监狱高高的围墙，刺耳的警报和狱警以及犯人们的尖叫被巨大的海浪撕得粉碎。

监狱长海尔墨面对突如其来的灾难显得比较镇定。他比谁都清楚马塔尔监狱总共关押了410名囚犯，其中有85名死囚，而用不了多久整个监狱就将葬身海底。

"我们已经没有时间转移犯人，如果再拖延的话连我们自己都将丧生，在撤离前我不得不做出选择！"海尔墨举起监狱囚室的钥匙下达了最后的命令，"斯各特一号囚室，纽曼二号囚室，鲁米斯三号囚室，打开囚室大门让犯人们暂时逃生去吧！最后请大家迅速撤离，愿上帝保佑我们都能平安！"海尔墨话音刚落，狱警们四散逃离，斯各特和纽曼飞奔向囚室去执行监狱长的命令。

唯独鲁米斯这个头发花白的老狱警还呆呆地站在监狱长办公室。监狱长有些愤怒了："疯了吗？还不走！难道要等海水淹没了你的脑袋才清醒吗！？""可是，可是还有四号囚室的门……"鲁米斯哆嗦着呼喊，声音很快被巨大的海浪冲击声淹没。海尔墨变得声嘶力竭："四号囚室关押的都是死囚，对他们来说死是早晚的事情，难道你想把他们放出去继续杀人越货吗？我是监狱长，我可承担不起这样的责任！"说完，海尔墨激动地往门外跑。鲁米斯向前一步紧紧拽住他的衣服，狠狠地盯着他："现在他们将必死无疑，难道死囚就不是生命吗？"海尔墨完全给这个平日里沉默文雅的老头给震惊了，他无奈地指指自己的办公桌："如果你不怕接受被审判的命运，四号囚室的钥匙就在我办公桌的抽屉里！"

巨大的马塔尔监狱到处是夺路狂奔的犯人，四号囚室的大门已经快被海水淹没，愤怒的死囚的吼声让人毛骨悚然。鲁米斯深深吸了一口气潜入水底，"哐当"一声，囚室的大门终于打开了，马塔尔监狱所有的死囚带着生的渴望，从那个头发花白的老狱警身旁游过。

可怕的海啸在冲毁了不计其数的房屋、道路和农庄，在夺走了大约1500

多人的性命后终于退去，一切又重归宁静，马塔尔监狱也迎来了新的曙光。

一拨拨当初被放走的犯人都回来自首了，他们被登记后重新关押在一至三号囚室里，可怕的是四号囚室却空空如也。搜捕死囚的行动已经在全国范围内展开，可怜的鲁米斯戴上沉重的镣铐被关押进熟悉的四号囚室。"没有一个死囚会选择回来，你就等着接受审判吧！"监狱长海尔墨"哐当"一声锁上了囚室的大门。

鲁米斯私自放走85名死囚，将在监狱广场执行绞刑的消息，被报纸、电视等新闻媒体纷纷报道。劫后余生的小城到处在谈论着鲁米斯的遭遇，人们纷纷为他抱不平，可是谁也阻拦不了死刑的到来。

行刑那天，监狱广场上阴霾密布，刑场下人头攒动，群情激奋。可怜的鲁米斯被套在绞刑架上，苍老的脸，花白的头发，显得那么凄楚。执行绞刑的时间到了，只要一声令下砍断绳索，鲁米斯就将结束他的生命。危急时刻，突然有人走向刑场，一个、两个、三个……"我们是来自首的死囚，请把鲁米斯放下来吧，放下这个高尚的人！"荷枪实弹的军警迅速包围了刑场，那些原本在人们眼中凶神恶煞的死囚，此刻显得那么平静，他们没有反抗，干脆利落地报出了代表死囚身份的号码。

刑场下的人们开始欢呼起来，可是监狱长海尔墨登记死囚号码后，却发现少了两名犯人，如果85名死囚不能悉数自首，那等待鲁米斯的将还是死亡。很快监狱查清楚了两名犯人的资料，刑场上的死囚和刑场下的人们齐声高喊："勇敢地站出来吧！为了洗清罪恶！"可是五分钟过去了，十分钟过去了，两位死囚依然没有出现。人们开始绝望，看来可怜的鲁米斯还是要为他的义举付出代价。

就在人群躁动不安，局面难以控制的时候，一辆警车呼啸而来。警长证实两名死囚已经在海啸中遇难，他们的尸体刚刚在一处僻静的海滩上找到，已经证实了他们的身份。目光坚毅的鲁米斯终于被从绞刑架上放下来，人群里又响起雷鸣般的掌声。83位死囚在军警的押解下，走向四号囚室，尽管等待他们的还是死亡的命运。

中国新实力作家成名作

## 回家的路

孙琪山

我坐在车里，望着路边飞速后退的垂柳树，思绪像窗外闪过的景物，乱极了。离家十年了！父母还认得我吗？乡亲们又怎样看我呢？我的思绪随着车子的颠簸在翻腾。

"张霞妹妹，再有十几分钟，你就要和家人相见了。"随车护送我回家的赵警官说。

我点头，不知说什么好。

十几分钟后，我终于回到了梦中的家乡。

村头，我们母女相拥而泣。刚过不惑之年的母亲，已是满头银发，如同老太婆一般，苍老得我都认不出来了。

大街上，一排排的红砖瓦房，整齐有序，令我既熟悉，又陌生。走在大街上，那些熟悉和不熟悉的人，用家乡的方言同我打着招呼，使我感到既亲近，又生疏。

"十年生死两茫茫，不思量，自难忘。"那些不堪回首的往事，又像翻书一样，在我的脑海中，一页页地翻了起来。

那年，我 18 岁，正值花朵一样的年龄。一天下午，我从地里打了一筐猪草，背回家。娘说："霞子，娘告诉你一件事，村西头，你三叔家的虹虹姐回来了。刚才还来咱家找过你，让你今天晚些时候去她家玩呢。"待了一会，娘又说："你虹虹姐打扮得可好看了，比城里姑娘都俏。"

虹虹姐是我的堂姐，长我两岁。

听了母亲的话，我一路小跑着去了三叔家。晚上回家，我偷偷地对母亲说："我想跟虹姐去深圳打工。她那里可挣钱哩！"

娘听着，脸上灿灿的，露出平时少有的欢愉。

离家的那天，爹在床上抹眼泪，娘的衣襟也擦湿了。

我跟虹虹姐登汽车，乘火车，几天几夜没合眼，终于快到终点站了，虹虹姐递给我一瓶矿泉水，我边喝边欣赏车窗外倒退的风景。不知不觉，我在车厢里沉沉地睡去了。

当我醒来的时候，感觉身上没力气，两眼迷瞪瞪的。我使劲瞪了瞪眼，终于看清了，我被困在一间屋子里，桌上还摆有饭菜。我迷惑不解，下意识地喊了声："虹虹姐。"没人应声，我又大声喊。门开了，进来一位慈眉善目的老奶奶，说："闺女，别喊了！实话说了吧，你是我买来的孙媳妇。"我脑袋犹如当头一棒，没知觉了。

这天中午，终于见到了我那所谓的"男人"。他身材高挑，浓眉大眼，外表看上去，不缺胳膊不少腿，说话听起来，也不憨，也不傻。后来的日子里，我发现家里就祖孙俩。男人有条腿和胳膊是假的，除此之外，与正常人没什么两样。男人在村里开一处山果购销市场。祖孙俩待我不薄，可我就是不想待在他家里。想爹想娘想弟弟，也想村里人，更想家里的清蒸米饭。我厌恶那里的白面馍馍和大葱卷煎饼。白天，老奶奶寸步不离地给我当保镖；晚上，老奶奶和我睡在一起，但她从没忘记把房门上锁。我偷跑过两次，在山中原地打转转，最终也找不到出山的路。

一晃十年过去了。

一天，我正在家中看护龙凤双胞胎，突然，一位陌生人走进我家。那人说："你就是张霞吧？"那熟悉的乡音，把我引进了停在大门口的面包车上。

脑海里，翻到最后一页的书停下了。

进了家门，一切都是那样的陌生，我熟悉的老屋没有了。走进新的红砖瓦房，我问母亲："爹在哪里？"她只是不住地用衣襟擦着那红肿的双眼。母亲身边有个小男孩，偎在她身上。母亲望了眼小男孩，说："小强，叫姑姑！"男孩腼腆地躲母亲身后去了。我不忍看下去，把目光移向别处，眼中又湿润起来。

晚上，母亲和我一起睡，听我诉说十年来的酸甜苦辣，离愁别绪，半宿没合眼。天快亮的时候，母亲被我的喊叫声惊醒。她说："娘是过来的人了，想孩子了吧？要不，待个半月二十天，你再回去吧！那俩宝宝在家也怪可怜的。"

我仰望着天花板，觉得天花板离我是那么的遥远，又是那么的近。

中国新实力作家成名作

## "歹徒"有两个要求

章理申

放学了,在中学读书的吴坤从同学那借了辆自行车,去市区的邮电局取家里刚刚汇来的100元钱。这是吴坤一个月的生活费。

吴坤取了钱刚从邮电局出来,看到一辆白色面包车从他的面前驶过,并且听到了"啪"的一声,看到附近一个头发全白的老太太被面包车撞倒了,老太太爬起来坐在地上,可怎么也站不起来。

他看着马路上一个个从老太太旁边走过的行人,这些人很是冷漠,竟然没有人扶老太太一下。吴坤的自行车就在老太太面前停了下来,他在老太太跟前看了看,有些迟疑不决,"扶还是不扶"的念头在脑袋里打转。"哎唷,哎唷。"老太太直喊痛。

吴坤想,还是救人要紧。他把老太太扶了起来,原来老太太的小腿骨折了,不能站立,也不能走路了。

吴坤想,现在学校里不是提倡学习雷锋吗?要多做好人好事。想到这里,他就过去扶着老太太坐到自行车的后架,把老太太送到了市区中心医院。老太太没有钱,他陪着老太太又是挂号又去拍片。把自己的100元钱也垫上了,这100元可是自己一个月的生活费啊!吴坤对老太太说:"你给我一个你家人的电话号码,等你家人来了好还给我100元钱。"吴坤就在电话亭里打了电话。

过了一会儿,老太太的儿子媳妇女儿女婿风风火火地来到了医院。他们把片子拿来给医生看了看,医生说:"老人家小腿骨折了,需要住院治疗,你们先交1000元押金吧。"

吴坤看到他们来了,就说:"你们来了,我要走了,你们把100元钱还给我吧。"这时,老太太的儿子不分青红皂白就一把抓住吴坤的衣领,说:"你是哪个学校的?把身份证给我,你赶快给家长打个电话,叫家长来交钱。"吴坤听了莫名其妙,还以为自己听错了。吴坤说:"人不是我撞的,是我看到老太太倒在地上,是我送老太太来医院的,也是我垫了100元钱。"

老太太的儿子说:"现在哪里还有雷锋?不要把自己说成无辜,你不能走,我娘年纪大，经不起折腾。你要赔偿损失，我也不要多的，包括精神损失费就拿50万吧。"

吴坤今年才17岁，家在一个偏僻的山区农村，家里为了培养他读书，已经是家徒四壁了，今天取的家里汇来的100元生活费，又给老太太垫付了。现在吴坤身上已经是身无分文。

吴坤想，要我赔50万，简直是痴人说梦，再说我家里也没有钱，就算1000元也没有。我这100元钱不要也罢。今天碰到的都是神经病，能逃就逃吧。可是医院诊室门口有人堵着。接着老太太儿子和吴坤由于无法沟通就扭打在一起。吴坤伸手从诊室的桌子上摸到了一把剪刀，一只手臂死死地箍住了老太太儿子的脖子，把剪刀对准老太太儿子的咽喉，喊道："让我出去，让我出去，否则我杀人了！"吴坤拖着老太太儿子，推推搡搡，慢慢移到了医院大门口的空地上。

这时，有人报警了。几辆警车响着警笛，围了过来。警察荷枪实弹，如临大敌，有个警察把枪瞄准了吴坤。一个警察用话筒对着吴坤喊："你已经被包围了，不要伤害人质，有什么要求可以提出来。"

吴坤想，这不是自己平时在影视剧中看到的警察抓罪犯的情节吗？这是拍电影，还是拍电视剧啊？后来连自己也被弄糊涂了。吴坤想了想，不知说什么好，如果在影视剧里的歹徒是有提要求的，比如要警察给他派一辆车什么的。他只好学警匪片的口吻了。

想到此，吴坤喊："警察叔叔我是被逼无奈，我有两个要求，一，还我帮老太太垫付的100元钱，这是我一个月的伙食费；二，你给我准备辆车，把我的自行车也放在车上，送我回学校。"

警察听了，不禁愕然。围观的看客听了不禁笑声一片。

# 行走在空中的树

## 王 茴

我是一棵树，一棵行走在空中的有尊严的树。

当初，我生长在农村的小路旁，拓宽公路时，你们说我身材好，就把我

**中国新实力作家成名作**

搬运到了城里，栽植到正在绿化的街道边。从偏僻的农村来到繁华的都市，我实现了华丽转身，兄弟姐妹们都挺羡慕我，我也感到格外幸福和自豪。

久而久之，我才发现，生活在城市，虽说能体现自己的价值，能看到形形色色的人类和来来往往的车辆，但也处处暗藏着危机。为了生存和发展，我不得不练就了一身独门绝技，变成一棵行走在空中的树。

爱美之心，人树皆有。你们喜欢美，我们也同样喜欢美。逢年过节，你们总爱在街道边的我们身上，扯些电线，安装些大大小小形形色色的灯笼。每当夜幕降临，我们荧光闪烁，随风摆动着婀娜的身姿，向你们展示着我们的靓丽。

"哇，这串小灯笼真好看。"一个小女孩依偎在妈妈的怀里，手指着我们身上的灯笼，笑嘻嘻地说。

"好看，真的太漂亮啦。"妈妈啧啧称赞。

小女孩的爸爸没有接话，双手捧着手机，忙不迭地拍着照片，用镜头记录下我们的精彩瞬间。

节日过后，你们只是取掉了挂在我们身上的灯笼，当初咬着牙用力拧在我们身上的铁丝，常常不去剪掉，总是像孙悟空头上的紧箍咒那样，摧残着我们的身体。在街道两旁栽树的时候，你们挖的树坑又小又浅。不用几年，我们的根须就会向四面八方延伸，很快拱起了人行道上的彩色方砖，既影响了市容，又给你们出行带来了麻烦。于是，你们责怪我们的根须不该长出地面，砍掉了我们的根须，重新铺平了道路。可你们想过没有，如果当初工作标准高一些，会出现这些问题吗？你们平素手上扎根小小的刺，就会叫疼。你们在我们身上打钉、刻字、练拳，怎么就体会不到我们的疼痛呢？！

你们的林业部门中，有本科生、研究生，还有博士生，一个个都是高学历，都是有头有脑有身份有地位的人，说起话来有板有眼，做起事来咋就那么不靠谱？别的不说，请你们睁开眼睛仔细看一看，在那新绿化的公路沿线、游园两岸，栽植的树与树之间的距离，远远不足三米，五年后我们还能伸展胳膊踢开腿吗？还能长成一棵挺拔、健壮、苗条且有尊严的树吗？不是你们外行，也不是你们不懂得我们的生长规律，主要是你们太贪婪，只顾眼前利益。

在公路边的凉亭里，坐着一位三十多岁的父亲，手里拿着一本杂志，看得津津有味。身旁有个七八岁的小男孩，正在折叠着纸飞机。

"爸爸，"小男孩看着眼前新栽的小树，怔怔地问，"这些树栽植距离这么近，将来能长大成材吗？"

"没事的，园林叔叔有的是办法。"父亲笑呵呵地对儿子说，"再过几年，园林叔叔看到树太密了，隔一棵砍一棵不就正好了嘛。"

听听，我容易吗，要想生存，不做一棵行走在空中的树，能行不？！其实，在你们启动电锯的那一刻，我的灵魂早已飞到了空中，自由自在地行走。我能看见你们，你们肯定看不见我。

你们做事情，往往缺乏长远规划，今年刚刚把这里设计成公园，在我们中选些身材苗条的栽上，明年又觉得不满意，把公园改造成家属楼，使生根发芽充满生机的我们，再次被刨掉，受到创伤。我们就闹不明白，你们咋就那么爱折腾？咋就那么不怕麻烦？咱们同住在一个地球上，同样都是有生命的，差距咋就那么大呀？

美丽的湖畔郁郁葱葱，是城市最后一片绿洲，也是我们赖以生存的家园。一个意想不到的消息，迅速在我们树类中传播开来：珍珠湖畔将被人类改为儿童乐园。

"这可怎么办呀，我们在这儿生活了五年，刚过上好日子，眼看又要遭罪了。"我们树类中的兄弟姐妹们，一个个胆战心惊，叫苦连天。

"别怕，我教给你们看家本领。"

说着，我站在兄弟姐妹们面前，认真地做着示范动作，把空中行走的各种技巧，悉心传授下去。

半个月后，挖掘机"突突突"地开进了湖畔。紧接着，手提电锯的人类蜂拥而至。

我灵机一动，腾空而起，扭头看去，身后跟着一排排高高低低正在行走的树。

# 神秘号码

### 张乙伟

我刚回到阔别已久的故乡，二叔就找到我，问我上面有没有人。他说他开的家具厂，被上面来人查封了！二叔喋喋不休："我税费管理费都是准时足额缴纳，可他们嘴一张，就让厂子关门，这不是欺负咱乡下人无能吗？"

## 中国新实力作家成名作

我突然想起我有一个神秘号码，从来没有用过，不知道能不能帮到二叔。

第二天，我找到环保局赵局长，问我二叔家的家具厂，哪儿不达标。请他们给个说法。赵局长说："这事你容我问一下，你留个电话号码在这儿吧，我们会把处理的意见，及时告诉你们。"我当即留了那个神秘号码。赵局长看后，疑惑地问："你怎么留他的号码？"我连忙解释说："这是我的亲情号码，因为这个手机 24 小时开机，随时都可以接听。"

赵局长闻言，一会儿看我一眼，一会儿又仔细地审视那串号码，冷峻的目光渐渐变暖，最后竟意味深长地笑了："这等小事您一个电话就可以了，何须您亲自来？"

我打着哈哈说："谁让我是个闲不住的人呢？"

赵局长忙说："你二叔的家具厂可以开工，咱们可以边干边改。"

当二叔家具厂的锯末，合着刺鼻的甲醛，随风在村庄的上空横行霸道时，逼得我不得不在大热天也戴上口罩，不过这正好遮挡了我为二叔办"好事"后那尴尬的容颜。

多年都没有联系过的大表哥，也上门找我，说他的工程队，在市政工程招标程序上被卡了，他让我为农民工兄弟说句公道话。

为农民工生存发声，这个没问题，我仗着那个神秘号码，孤身"杀"进县长的办公室。县长那刚毅的目光盯着我半天，似乎在研究我是不是穿越来的。其实保安和秘书见我长得如此多娇，竟然默许我的"长驱直入"。

我开门见山，把我大表哥的工程队，被市政工程公司拒之门外这事，和盘托出。县长皱眉："还有这等事？"他一边打开电脑，一边问我："他的工程队叫什么名字？"我一下子傻了，真的，我竟然连表哥的工程队叫啥名都没问，还给他们发什么声？我要给大表哥打电话时，才意识到自己，根本不知道他的号码。县长见我面露难色，就和颜悦色地让我把事情弄清楚再来，同时要我留个号码方便联系。我脱口报出那个已烂熟于心的神秘号码，并声明这是我家的亲情号。显然，他对这号码很敏感，盯着我看了半天，才威严地问："你和号码主人是什么关系？"

"是……父女！"这是我早就准备好的角色，如果碰上知道神秘号码家庭成员底细的人，则豁出去当"干女儿"。

从县长表情上可以看出，县长不是那么好糊弄的。果然，县长把显示屏转向我，指着屏幕上的一张美女照片说："她才是我的唯一女儿……"

撞枪口上了!

我一看他女儿照片,呆了!她女儿竟然是我们剧组的摄像——莲姐,她不是说她爸是个失地农民吗?

## 美丽的紧箍咒

蒋丽英

夜的黑暗笼罩了一切,乡村的夜晚寂静而漫长,俞芳轻晃着酒杯中的红酒,猛灌了一口,香醇的液体悠然滑过舌尖,暖暖地占据着整个胸腔,酒顺着脉搏悄悄地渗透着细胞,俞芳娇艳的脸在酒精的刺激下显得更加的妩媚。

沙滩,海浪,一轮红日从海平线上慢慢升起,天和海彼此融汇着,云和浪互相汇集着。海风吹乱了长发,拂过脸颊痒痒的,一双温暖的大手从后面轻轻地抱起她飞奔着,银铃般的笑声伴随着海浪声,惊扰了歇息的海鸥。爱凑热闹的螃蟹咬着白嫩的脚丫不撒手,只见他小心翼翼"请"下螃蟹,温热的嘴唇毫不犹豫吮住出血的脚趾,他们就这样静静地相拥着,任凭海浪打湿着衣裳……

"妈,妈,你醒醒,"女儿摇晃着艳儿,"一喝酒就睡这么死。"俞芳艰难地睁开眼,恋恋不舍地舔着带着酒香的唇。

清晨的阳光温煦地照耀着大地,又是新的一天。

"老婆,我今天做了你最爱吃的灌汤包,赶紧下楼趁热吃吧!"丈夫柔和的声音在楼下响起。

她心不在焉应着,思绪还在梦中无法自拔。

"老婆,今天的表彰大会,你可要精心打扮下,就穿那条粉色的旗袍,县领导亲自给你颁奖呢。"丈夫摇着轮椅,萎缩的双腿在裤管里开心地晃动着。拗不过丈夫的她,只好上楼换衣服,半小时过去了也不见她下楼,这可急坏了丈夫,扯着嗓门喊了几遍,生怕她没有听见。过了一会,只见俞芳通红着脸忸怩不安走下楼:"帮我把后面的拉链拉上。"丈夫怔怔地看着裸露在外雪白的背,竟然手足无措。"快点呀,愣着干吗。"听到妻子的提醒,丈夫颤抖着手小心翼翼地拉着拉链。

**中国新实力作家成名作**

一到广场，广场下面黑压压的人群，主持人亮丽的开场白，接着是领导们激情高昂的讲话，具体说了什么，俞芳并没听进去。

"今年最佳妻子奖和幸福家庭奖，花落谁家呢？"主持人故意卖着关子。

"有请我们的俞芳女士。"掌声响起，也不见有人上台，丈夫赶紧推了把发呆的俞芳。

"请问下俞芳女士，你是如何做到每年的最佳妻子？"

"谢谢党和领导的关心，我只是做到了一个妻子该尽的责任。"这是俞芳每年的"获奖感言"。

"俞芳同志是我们全县人民学习的模范……"县领导的总结，压得俞芳喘不过气，无意间看了眼坐在旁边的丈夫，恍然看见了他嘴角得意的笑容。

一到家丈夫小心翼翼摆放着奖状，眼里满是喜悦，"老婆，你现在可是名人了，我也跟着沾光。"俞芳空洞地望着橱窗里的一个个奖杯，没有理会丈夫。沉默了半天的俞芳走过去握住摆放奖状的手："我明天搬到楼下住吧。"

"啊？不用，不用的，我自己可以照顾自己。"丈夫赶紧抽出手，刮了下她的鼻子："女儿还小，你还是和女儿住吧。"她明显感觉到他手的颤动，她不再说话，女儿还没有放学，只有两人的世界，空气却沉重得让人窒息，曾经欢声笑语的日子，一去不复返。

走出院子，秋风吹，落叶黄，落叶铺面了地面，她喜欢踩着落叶发出"沙沙"的声音，"强媳妇，好久没看见你了，今天咋有时间出来走走呀？"不知不觉俞芳竟然走到了村中心段，面对大家热情地打招呼，俞芳腼腆地微笑，脚下加快步伐往另一条小路走去。

"这么年轻漂亮，丈夫却是个废人，可惜呀。"

"这么有良心的女人，当今社会少啦，只是苦了这孩子。"

"几年没有回过娘家了吧？听说她老家很穷的。"

"强子也不错，家里打理得可好了，看看他家的院子就像花园，对他媳妇更没有二话。"

村民们的议论，就像一把把的盐撒在她的伤口，嗞嗞地冒着烟。

十年前的那场意外，导致丈夫半身不遂。十年来，她又要挣钱养家，又要抚育女儿，还要承受别人的眼光和内心的煎熬。对于一个远嫁过来的女人，逃离和离婚的念头，无时无刻不在涌动着。

这一个个奖杯，一本本荣誉证书，就像美丽的紧箍咒……

# 意　外

张晓玲

　　女儿大学毕业后，着魔似的要自己开家服装店。在我百般开导失败，万般无奈投降的情况下，和她选址在我们小城一中对面开了一家专营学生服装的小店。

　　经营了半年，我对女儿说："清点一下库存，看看你挣钱了没有？"

　　"好，肯定挣钱了啊，很多学生都到我的小店来买衣服呢。"女儿忙碌着往她的小店搬货。牛仔裤、T恤衫、运动装、板鞋、书包……几个月后她把上下两层楼塞满了货。

　　早上，上学的时候，有学生在门外喊："姐姐，我把车子放门口。"女儿听到喊声就跑出去归拢。她买苹果，都是一筐一筐地买，学生谁进去谁吃。有时剩下一个苹果，进去的学生抢了就跑，她就在后面追，银铃似的笑声直冲二楼。

　　我问她，"为什么只买苹果？"她说："学生吃了聪明。"

　　有一天，女儿对我说："妈，我卖出去的货，都加了利润的，怎么清资以后我没挣到钱呢？"

　　"你想知道原因吗？"我问她。

　　"想啊。"女儿给我倒杯水，一脸虔诚的模样。

　　"上个星期天我到你店里去，见你正在卖货。那个买衣服的小女孩，为什么给了你11块钱你就把衣服给她了？那件衣服我看你的进货单了，进货就要55，为什么？"

　　"哦，妈啊，那个小女生父亲生病，母亲实在拿不出钱来再为她添一件衣服。学校要求她们统一着装参加一项活动，她几次回家要钱都没要到，她哭着问我，那件衣服能不能借给她穿一天？那是个好孩子，我咨询过学校的老师，那个活动只有品学兼优的学生才可以参加，所以我赞助她一件衣服，我说不要钱的，是她非要给我11块钱。"

　　"这样的事你没少干吧？"

　　女儿笑了："妈妈，有些人是真的需要帮助的。我帮她一把，也许会成就她一生。"

"以后你不用盘点了，做你自己觉得应该做的事就好。"

一年，两年，三年。女儿的小店竟然出人意料的好。

一晃，女儿长大了，人大心也大，终于奋不顾身投奔她的爱情去了。连她自己经营的服装小店也不要了。

"妈妈，我要嫁人了，他是我的大学同学，在另一座小城，小店我虽喜欢但是我带不走。我爱他，我要跟他在一起。"

"行，处理好你的服装店，再决定婚期。"

女儿出嫁之后，我一个人实在没有办法，只好把小店盘了出去，剩下的衣服全部拉回了家。和老公商量之后，决定把衣服捐出去。

我骑着摩托车跑了三趟，才把所有的衣物悉数搬运到慈善会。

市里慈善会的李会长使劲握住我的手说："非常非常感谢，感谢您支持我们的工作！"并把一本大红捐献证书递到我手里。

能为需要帮助的人送去些许温暖是件开心快乐的事。我喜滋滋走出民政局大楼，顺手把证书放进摩托车座位后面的后备厢里，骑着车哼着歌回到住处。把车放在楼下，进了家门，一杯水还没喝完，朋友来电话约我去超市。挂了电话到了楼下傻眼了，摩托车没了。我围着楼转了两圈，又跑到大门口寻了半天，终是空手而归。我的摩托车啊，去了哪儿？

给老公打了个电话。老公宽慰："衣服都捐了，不差那辆摩托车了。你赶紧把驾照考出来，过几天，等钱周转过来给你买辆车。"

老公的电话虽然让我心宽了不少，可——都道是好心有好报，这算怎么回事？

正在和朋友逛超市呢，老公来电话："老婆，赶紧回家……有惊喜。"买车了？不会这么快吧？会有什么惊喜呢？匆匆走回住处，眼前的东西让我不敢相信，是我的摩托车，又停放在原来的位置上了。

"怎么回事？"我疑惑地看着老公。

老公从后备厢里拽出一张信笺，上面写道："尊敬的老大姐，您好！您是我学习的榜样。摩托车我只是借用了一会儿，现在完璧归赵……"

和信笺在一起的还有那本大红捐献证书。

## 父亲的"霸王条款"

李明新

父亲得的是肝病,那一年我刚考上大学。

走到村口的那一刻,我流出了眼泪,母亲的眼圈泛红。我对父母说:"春节一定回来看您们!"

父亲从衣兜里摸出一个信封交给我说:"到学校看吧,想我们了就来个电话。"我忐忑不安地揣着这封信,走进了学校的大门。住宿安排妥当,晚上,我拿出父亲的信。

孩子:今天父子离别,不知何时才能见面,鉴于这些原因,今天给你拟定了一项"霸王条款",虽然有点刻薄,希望上大学时遵守。

一、在学校里不允许谈恋爱,因为这会影响你的学习。二、不允许乱花钱,咱们乡下人供你上大学不容易。三、四年内不允许回家和私自外出,要把更多的精力放在学习上。

几十秒的时间读完,我的脑袋"嗡"的一阵乱响,似乎被棒打般的疼痛。要知道,我是在父母的精心呵护下快乐成长起来,而他现在却让我接受一纸不可言喻的"霸王条款"。这是为什么?但无论怎么说,父亲是爱我的,我一样爱着父亲!

大学里的生活,简单枯燥。三点一线,上课——吃饭——睡觉。自习课的时候,我悄悄地躲到外面给母亲打电话。

"妈妈,我父亲呢?"

母亲说:"你父亲在给那些雏鸡儿拌饲料,喂水呢。"

母亲手机里传来小鸡'啾啾'鸣叫的声音。

又一天晚上,给母亲打电话。

"妈妈,我父亲呢?"

母亲说:"你父亲在床上休息呢,傻儿子也不知道问一下妈妈。"

确实,不知为什么我非常惦记父亲。

国庆节的假期,同学们一个个离校回家。

晚上我喝了几杯酒,痛哭流涕,心里非常难受。校友在一旁安慰说:"莫

**中国新实力作家成名作**

要想不开，父亲不是不让你回家，而是让你安心学习，多学知识老人才高兴啊。"我泪水涟涟，违心地点点头。

雪禅，曾经是我一位心仪的女同学，那天她要热情地邀请我参加一场大连之旅，最后也被我痛苦地拒绝。

因为父亲的"霸王条款"，让我不能越雷池一步。

我的情感早已禁锢，为了父亲，我可以舍弃所有。

大学毕业，第一眼见到父亲时，他脸色红润，居然安然无恙。

几个月后，我被上海的一家计算机公司录用。父亲的身体好转，我想那个"霸王条款"不再对我有任何约束力。

但是，父亲却又故技重演。

母亲差一点和他吵了架，最后母亲让步了。

我控制着自己的情绪，把头深深地埋在计算机前的桌子上。

半年的时间里，我结识了单位里漂亮的丹丹和瑶瑶，她们都想邀我一起去看电影，吃夜宵，想起父亲的"霸王条款"，最后均被我痛苦地一一拒绝。

我在大家眼里，是那么不解风情，与不可理喻。我仿佛活在魔咒一样的世界里。

春天来到的时候，同事们都出去旅游爬山，清明节的时候探亲回家。五一节快要来到了，我真想在寝室里，大哭一场。

几位同事问我："你父亲是不是很犟。"我点点头。

"你们父子关系是不是有问题，有代沟吗？"我摇摇头。

然而，来上海不到三个月，母亲突然打来电话："回来一趟吧，父亲很想见你。"

我问："他不是说，不允许我回家吗？"

母亲说："现在他反悔了。"我不知道，父亲为何要反悔。周末，我乘机从上海飞回到济南。母亲在门口等着我，唯独不见父亲。

为什么，父亲还要我继续遵守那一纸"霸王条款"呢？母亲落着泪说："怕你知道父亲真正的病，不能安心学习工作，现在他知道自己的时日不多，想要见你最后一面。"

我啊一声，两眼垂泪问："你们养儿防老，图的是什么？"

母亲说："孩子，父母别无所求！"

那一天，父亲在西厢屋躺着，已经说不出话，他轻轻抚摸我的手。母亲红着眼圈说:"你爸已经肝癌晚期了,五年前就让我瞒着你,他曾经对我说过:别因为他的病,耽误了你的美好前程!"

我跪在父亲面前,长久不起。

原来父亲的"霸王条款",是一纸善意的"谎言"!

父亲出殡那天,我在灵棺前面引路,一阵阵悲苍的唢呐声中,我将那一张"霸王条款"撕得粉碎,挥向空中。

## 办公室

### 陈慧君

人事变动。王五一从小乡调到了大镇,级别还是原来的级别,但这在官场上还是令人兴奋的好消息,他们把这种调动叫做重用。

报到那天,分管人事的副局长陪同王五一一块儿到单位,无非是介绍互相认识,然后强调一下团结,让王五一支持站长的工作,让其他同志支持王五一的工作,然后拍拍屁股就走了。

因王五一是副职,办公室就安排在了站长办公室。办公室是一间房,靠窗摆着两张办公桌,一桌一台电脑,一部传真机连着一部电话,两组沙发,一个饮水机,墙上挂着一个空调,房间里还养着一些花草,两棵发财树,一盆吊兰,最有特点的是茶几上一棵绿萝爬满了整整一面墙。

王五一的办公室与下属的办公室还是有区别的,别的办公室就好几人共用一台电脑,王五一有自己的电脑,别的办公室也有空调,但只是摆设,不能打开。这也算是级别的差距吧。

王五一办公室的门上有一块玻璃,玻璃上贴着一张报纸,报纸已泛黄,跟门很不相称,有几次王五一想撕掉它,但碍于初来乍到,没敢轻举妄动。

大镇毕竟是大镇,天天有人来拜访。

这可忙坏了王五一,客人来了要给客人端茶倒水,客人走后还要打扫收拾。办公室里就他跟站长俩人,站长总得拿点架子吧,再说就是站长不拿架子自己做这些活儿,王五一自个儿也觉得不自在,外人也觉得不自在。原来在小乡时,大伙儿都挤在一个办公室办公,这些粗活儿都是办公室年轻的女同志做。不仅待人接客，而且每天早上，王五一还要打扫卫生，这哪是单位二把手啊，直接成了站长的秘书了。

　　这还只是小烦恼，还有大烦恼，就是那些带东西的客人来了更尴尬。他们的眼里只有说了算的一把手，根本没有考虑副职的，更没有考虑一般人员的。有时候因为王五一的存在，人家就不方便，不敢有所表示，就一直在那儿闲侃，就问："绿萝怎么长得这么好，有什么秘诀？"站长就开玩笑说："这东西也喜欢喝茶，你们走后，喂它凉透的茶！"好不容易手机铃声响，王五一就装作有秘密的事，借机出办公室接电话。客人就不闲侃了，随后就走了。有时候王五一就从抽屉里拿些纸，装作上个洗手间，躲一下。但有时候手上有紧要的工作，给客人倒上茶后就在那儿忙，来人就闲聊，没有了其他的行为。这时王五一就想，他间接起到了纪委的作用。

　　单位上的司机老梁就趁单独的机会语重心长地劝王五一道："王站长，不要老待在办公室，多上我们办公室坐坐，或出去走走……"王五一脸一下子红到了脖子根儿，没想到自己偶尔的没眼色被不惑之年的老梁给点了出来，怪不得老梁虽然年纪大了，却年年是优秀。

　　王五一不是听了老梁的建议才很少待在办公室的，而是避免尴尬，省得人家老是在那聊绿萝……

　　即使是这样，仍有尴尬。有时候出去回来，刚进办公室，客人正跟站长在那儿拉扯，一下子被撞见，那时候王五一就恨不能找个老鼠洞钻进去。随后就是站长表现正气的时候到了，将来人狠狠地教训一顿，再将拉扯的东西退回……这时王五一才庆幸，先前没有贸然将门上的报纸撕掉，原来那张旧报纸有它的用处。

　　突然有一天，站长被检察院的同志带走了，王五一就很懊悔，他后悔没有监督好站长，没有做好站长的助手，让站长走上了一条不归路。

　　闲暇的时候，王五一就跟下属说："站长进去，也有些怨我，如果我就是不给那些人提供便利，就是赖在办公室，站长或许也不至于此。"老梁说："其实这怪不得你，还是站长自己的问题，那些人想把礼送出去，办公室只是其中一个战场，办公室送不出去，那些人还会到站长家里去的，当然也有可能把站长约出来一起吃饭。"王五一听后，黯然神伤。过了好一会儿，王五一自顾自地说："至少，至少，会差一些，说不定就能挽救了站长呢。"

　　站长被带走不长时间，王五一就成了站长，任命刚刚下来，王五一就调整了办公室,把大伙儿都聚到了同一间大办公室。

那撕掉黄报纸的门就上了锁,从此,那间办公室就放档案了……

# 岐阳牛客

## 苏文谦

岐阳出了一位赫赫有名的牛客,姓魏,排行老三,人称魏三,家喻户晓。牛客魏三会说,能干,手硬。他是三世家传牙行出身,专给牛买卖说合,他能医牛,擅长在牛胃里取铁,说他手硬,能硬生生地给牛取犄角。

一个好企业能带动一项大产业,周原奶粉厂建成投产,带动周边地区农户家家养奶牛,户户挑着担子卖牛奶。牛多了,交易活跃了,牛客魏三承传祖业,玩起了袖筒里转乾坤的营生,先骑自行车后改电驴子,整天走村串户,一手牵卖买两家,凭三寸不烂之舌,吃了湿的拿干的。

刘家庄有个寡妇,跟他沾亲,是他远房舅的女儿,算上去是他的表妹,托他买一头奶牛犊。碰巧山西牛贩子运来一车奶牛,其中有头半岁全黑奶牛犊,经他说合一千五百元买下了,牛买得合宜,表妹感谢他送了二斤好茉莉花茶,他也在牛贩子那里得到了一百元酬金。

过了半个月,表妹找上门,说这头牛黑毛退了色变成了一头黄牛。他听了先是一惊,后又自信地说:"不可能,那牛我看得准准的,不会的。"

表妹很认真地说:"确实是一头黄牛,黑色是焗油焗上去的,你要不相信,去看一看。"

听这话,他放下手中的活跟表妹去了刘家庄,进门一看傻了眼,黑牛果真变成了黄牛,他心里说咱给牛毛上抹过菜籽油,没想到山西人技高一筹,把给女人焗头发的高科技用在牛身上,他一拍大腿:"半辈子行走牙行,让山西洋芋蛋给戴上了二饼。"

因为沾亲,表妹看着他一语不发,他是场面上混的人,从兜里掏出一千五百元塞给表妹,自己牵着黄牛回家了。牛客魏三被山西人骗了的事一时间传遍岐阳,他金盆洗手不再干牙行了。

**中国新实力作家成名作**

这次失手后，牛客魏三经常感到口苦，食欲不振，恶心胃闷，家里人劝他去医院看病，医生让他做胃镜检查，虽然没有查出大毛病，却给了他很大的启发。牛在吃草时用舌头卷草经常会吃进去一些铁丝头等铁东西，胃里积累多了，牛开始消瘦。受胃镜探头的启发，他想用一根胶皮管，装上吸铁磁石，像给人插胃镜一样插进牛胃里，磁石吸出铁来，给牛取铁兽医也干不了，这是一项新技术，说干就干。一切准备妥当，他就开始串乡，果然让他给牛取铁的养牛户很多，一个人忙不过来，他还带了一个徒弟，一天至少也有两三百的收入。

奶牛大多数都长牴角，喂养挤奶抵人事件时有发生，这成为奶牛养殖户一大头痛事，他在给牛取铁时，就经常有人让他给奶牛取牴角，起初他没干过不敢应承，后来让他有了琢磨，他是能人总能想出些道道来。怎么给奶牛取牴角，他又在偶然中发现果园修剪果树的手锯，锯树枝像吃豆腐那样，他便找来一只牛牴角用手锯去锯，三下两下很轻松地就能锯成两截，手锯就是手术锯，锯的问题解决了，怎么能让锯掉的牴角不再长出来，他请教了几位专家，一位专家说，要让牛不再长牴角必须抑制生长点，怎么能解决这一问题，专家告诉他目前国内还没有特效药。锯了牴角还会长出来，问题没有彻底解决他不甘心，他背干粮连跑几家大型奶牛养殖企业，终于在一家老企业取到了真经。

一切准备工作就绪，恰好张家庄张老汉家的奶牛要他取牴角。张家那头奶牛长着两只如尖刀的牴角，他一见也有些胆怯，有真经在不怕不怕，他自己给自己壮着胆子，他让张老汉在村里唤来四个小伙子帮忙，他用绳先绊倒牛，然后招呼四个小伙子一起上，两人一组，捆紧奶牛四条腿，又拿来一根五尺长的槐木杠子分两端把牛腿捆在杠子上，四条腿一捆，力大无穷的牛不动了，他用他一百八的体重抱住牛脖子，牛完全被控制了，徒弟用手锯三下五除二就锯掉了两个牴角。在他们锯牛牴角的同时他让张老汉狠劲拉风箱，煤火炉上的火苗不停地向上窜，炉中的烙铁已烧得通红通红，最后是下硬手的时候，徒弟胆子小不敢上，他让徒弟抱牛脖子，他从炉中取出烧红的烙铁，牙一咬，在牛牴角根茬处猛烙下去，一股白气上升，一股焦臭味扑鼻，烧红的烙铁破坏了牛牴角生长点，取牴角完成了。

牛客魏三给牛取牴角下硬手很快在岐阳大地名声大震，比他半辈子走牙行，几年给牛取铁还要响亮。

# 闪小说卷

## 哭 丧

### 王平中

村里死了人，都请他哭丧。

他跪在亡灵前，用手帕捂着眼睛："爹呀——妈呀——"号啕大哭，声音悲痛欲绝。

闻者听后无不动容，陪着暗自垂泪。

这是先前的事了。现在死了人，都放哀乐，没有人请他哭丧了。

他在亡灵前，久久伫立，然后踽踽离去，满脸凄凉……

忽一日，村里传来哭丧声。当然不是放的哀乐，而是人在痛哭，声音凄惨。村里谁家死了人呢？

村里人寻声到他家。

他跪在自己像前，正悲痛欲绝，泪流满面……

## 爱的拼图（外一篇）

### 姚 伟

小猎人在离家十里远的半山腰下好猎套，把一只羊羔拴在猎套后边的山崖跟儿做诱饵，自己坐在不远处一块隐蔽的大石头上，悠闲地吸着旱烟。

**中国新实力作家成名作**

　　羊羔的号叫终于引来了三只猎物，狼爸爸灰灰、狼妈妈花花，中间夹着它们的崽子麻花。它们慢悠悠地踱到诱饵跟前，看看有点得意的小猎人，又望望拼命哀叫的羔羊，停了下来。

　　花花说："不要去了，我们去别处找猎物吧！羊羔跟前有套子，我妹妹就是这样被套住的。"

　　灰灰说："我去试试，也有套不住的时候。麻花已经好多天没有吃到东西了。"

　　灰灰跳起来扑向了羊羔，试图跳过猎套，但跳过的第一个是假的，落地时正好踩在真猎套上。灰灰越挣扎被套得越紧，灰灰停止了挣扎，对花花说："你们快逃命吧，不要管我了！"

　　花花看着已经绝望的灰灰，对麻花说："我不会丢下你爸爸的，我去报仇了！"说着就冲向小猎人，可惜花花还是掉进小猎人挖的陷阱里了。

　　灰灰凄凉地大叫："花花，你牺牲得不值啊！麻花，快逃命去吧，人是世上最可恶的家伙，别忘了报仇啊！"

　　当然，小猎人是听不懂狼语的。他看到一对拼命号叫的大灰狼，仰天大笑："想不到我第一次单独狩猎，就一下子捕到了两只狼，比狩猎王爸爸强多了！"

　　小猎人快三十岁的时候，终于说成了一个比他大三岁的跛腿媳妇。老猎人说："女大三抱金砖，你去捕一只狼回来，咱开个狼宴，帮你热热闹闹地把媳妇娶回来。"

　　这天，小猎人来到后山，正专心下猎套，突然被尾随而来的麻花扑倒在地咬断了喉咙。麻花叼着小猎人，连撕带咬地把小猎人扯进当年花花掉入的陷阱里，然后对天长啸几声，就地打了几个滚，跑进黑莽莽的山林里去了。

　　这是爸爸讲给我的故事，小猎人就是我的大伯。大伯死后，号称狩猎王的爷爷没有让爸爸再去狩猎，才使得我家的香火没有断绝。

## 心 霾

姚 伟

从家里到单位有半个小时的路程,我每天要提前去上班。

冬日的清晨,重重的雾霾包裹着小城,北风呼叫着想要驱赶雾霾,只卷起尘沙和枯叶,天地间显得更加污浊了。

南环路是新修的环城路,宽阔平坦,往来穿梭的汽车闪着昏黄的车灯呼啸而过。两排国槐笔挺着身子守护着人行道,树上零零落落挂着几片枯叶,显现出它的坚强。

也许是早起的缘故,人行道上看不到行人,使我感到小城的孤寂。

走过一段路,看到前边龙逸居小区走出一个人。我不再感到孤独,加快步伐向前赶去。走得有些近了,这才看到那个同行人的轮廓,是个女人,手里拎着一个手提包,穿着紧身棉衣仍不失苗条端庄。我有点兴奋,脚步变得轻快了些。

女人听到脚步声,回头望了望我,又环视四周迟疑了一下,将手提包套在胳膊上,加快步子向前走着。

离女人越来越近了,似乎能听到女人的喘息声。女人又回头望望我,将挎着提包的胳膊夹紧,抽出另一只手捂住耳朵,边走边打电话:"喂,喂,老公,我,不怕,怕,我快到单位门口了。你要来送我,好!"

我离女人一步远了,突然发现女人手里并没有手机。女人回头看看我,闪到路边一棵国槐跟前停住脚步,侧转身子背对着我。我迈过女人,回头一瞥,见女人紧贴着粗壮的国槐,双手紧紧抱住手提包斜视着我。

一股寒风袭来,挂在树枝上的几片枯叶终于挺不住了,带着吱吱的哭声砸向人行道。我感到一种冰凉的刺痛,在女人的眼里——

我可能是个劫匪?!

雾霾越来越浓了,一直涌向我的心里。我回头看时,女人被雾霾包裹着,不见了踪影。

## 洗澡（外一篇）

刘向阳

叔高大魁梧。婶娇小清瘦。

叔六十五岁那年，五十五岁的婶瘫痪在床。

阳光从山顶滑落，透过秋叶和炊烟，飘洒地坪，盈满了屋内的澡盆。叔笼罩在一片橘黄里，给婶擦拭身子。

婶爱洁净，尽管下半身不能动弹，却很少间断洗澡。每次，都是叔从床上抱到澡盆里，像给婴儿洗澡一样细致地呵护。

一晃二十年过去了。曾经，儿女欲请保姆服侍婶。叔怒斥："保姆哪有我体贴？"儿媳、女儿要给婶洗澡，叔大愠："你们没轻没重的，搞不好弄痛了你娘。"此后，儿女再不提给婶洗澡的事。

叔八十五岁生日那天，儿女孙曾围了一屋，争相给婶喂水果。

叔起身，看看婶，突然眼前一黑，栽倒地上再没醒来。

鼓乐响起，儿女孙曾悲伤哭泣。

婶漠然地看着堂屋中央那具乌黑锃亮的长方形棺材。

下半夜，忧伤的旋律低回婉转，如雾似烟飘浮在村庄。

晨刻，天边一轮毛月亮。

曲调缓缓沉落，夜歌声、爆竹声此起彼伏，堂屋一片肃穆。

妆殓的白发老者拴上了门。

老者揭开棺盖，给叔装殓。叔面容安详，像是熟睡了。

儿女孙曾绕棺恸哭不已。

一声撕肝裂肺的哭声传来。

是婶扑过来了！

"老头子，你走了，谁给我洗澡？"婶的哭声很响，句句击痛人心。

婶不是一直坐在里屋床上？

婶能下地行走了。这一走又是十年。十年里，婶的生活基本上能自理，不要人服侍。

## 尴 尬

刘向阳

司机把老肖和少爷送到度假村就走了。

老肖抱着少爷的包裹坐在遮阳伞下。少爷已换上泳衣,站在水边跃跃欲试。邀他的几个同学,拍着水喊:"下来呀,快下来呀!"便小心而下。

老肖从包里取出牛奶和汉堡包,又准备好宽大的浴巾。出门前,少爷的妈妈嘱咐,上岸后先披上毛巾,擦干净身子再穿衣服,再吃牛奶与面包。

冬阳很暖和。

冬泳很舒服吧。老肖从解放鞋里扯出一只脚拽拽袜子,眯缝着眼瞌睡。

"爷爷,下来洗吧。爷爷,下来吧。"水中传来同学们清脆的声音。

老肖踱过去,看着孩子们晶莹的脸。这个年龄,老肖可是浪里白条,洞庭湖都能游过去。

少爷白瓷般精致的身子有些臃肿,他在浅水区域学着"狗刨"。

"要你下你就下呐。"少爷说。

"哎"了一声,老肖乐滋滋脱去上衣,走下台阶。

"你不要下来了。"少爷又说。

少爷看见老肖穿的袜子,前半部破了洞,大脚趾头像两只踉跄的鸭子。

老肖蹲在水边,状如龙虾,迷惑不解。

"下来呀,爷爷。"同学们鼓起浪花,欢呼着。

老肖准备入水。他想少爷肯定逗他的。他习惯了少爷在保安室学其爸爸口吻:"老肖,为什么不给我敬礼呀?"如同习惯了少爷爸妈喊他扛煤气罐到六楼。

"叫你不要下来,听见没有?你下来,我就炒掉你,给我马上打包!"

同学们停止了嬉闹,惊讶地看着气咻咻的少爷。

泳池静极了。

老肖保持着入水的姿势,一脸尴尬。

那是少爷的爸爸——某公司老总,训斥员工常挂嘴边的两句话。

裸着上身的老肖,抱紧了双臂。他感到了一丝寒气。

中国新实力作家成名作

## 进城过年的老爸（外一篇）

祁军平

　　腊月二十五了，左可开始变得坐立不安。往年过年都是他带妻携子，回农村老家过年。可他刚买了套商品房，这几年他和妻子工作攒了10万元，买房花了25万，贷了15万元的房款。

　　为了还房贷，左可业余承接了三家单位的史志编写工作。妻子也去医院兼职了一份护理工作。

　　腊月二十八了，左可打电话对父亲说："爸，今年过年单位安排我值班，不能回家陪您二老过年了。您和我妈想吃什么就去县上超市买，别省着钱花，缺什么年货您说话，我买了托人捎回去。"

　　父亲在电话那头说："儿呀，现在农村生活富裕了，年货镇上新开的超市啥都有，啥都不缺，就是你工作悠着点，可别累坏了身体……"

　　腊月三十，天刚蒙蒙亮，"咚咚"，突然传来一阵敲门声。左可凌晨四点才睡下，这么早，会是谁呢？

　　当左可穿上衣服打开防盗门，门外站的竟然是年迈的父亲，身上背着一个鼓囊囊的蛇皮袋子。

　　左可忙把父亲让进屋里，说："爸，你咋来了？上千里的路，咋不打电话通知让我接下您？"

　　父亲说："我和你妈听说你刚买了房，手头紧，这是我和你妈攒的3万块钱，你拿着先凑个数，还贷款吧。我把咱家养的猪也杀了，还带了些咱地里种的蔬菜……"

　　看着头发花白，身体佝偻的父亲，左可眼睛一热，不禁扑簌簌落下泪来……

# 母与子

祁军平

梅子的丈夫前年打工时，发生意外，从脚手架子上掉了下来，家里欠了一屁股债也没留住他的命，从此梅子一手拉扯着儿子。

为了孩子上学，她在县城学校附近租了一间房，又为了能养活自己和儿子，她在超市找了一份销售员的工作。她每天清晨早早地将儿子送到学校，然后去超市上班。超市是三班倒，有时晚上要上货，梅子就得加班到很晚。不论多晚，儿子都会一个人在家写完作业，然后等她回家。

这一天，超市又新到了一批货，晚上梅子她们上货到十一点，当梅子拖着疲惫的身体，急匆匆地赶回家，发现出租屋里一片漆黑，她以为儿子等不及她早早睡了。她用手轻轻地一推门，却发现门上着锁，她心想："这么晚了，儿子不在家待着，上哪儿去呢？"她不禁想起前几天微信上说最近这段时间有人贩子拐卖儿童，丈夫去世了，若再把儿子弄丢了，这不是要她的命嘛。顾不得多想，她转身冲出了大门，一头扎进了夜色中。

当她跌跌撞撞地一边找，一边喊着儿子的小名："二蛋，二蛋你在哪儿？"走呀走，当她走到街拐角时，突然发现前面有个黑影在移动，吓得她出一身冷汗。

"谁？"

"妈妈，是我。"

"兔崽子，死哪去了？"

"我，我……"

"我，我什么我！这么晚了，你不在家待着，去哪疯了？我一天起早贪黑上班，还要给你做饭，累死累活……你咋这样不懂事，让人不省心呢？"梅子扬手冲儿子打了两下。

"妈妈，对不起！是我不好，我见您这么晚了还没下班，我就出去接您了。"儿子委屈地说。

"儿子，是妈妈不好，妈妈错怪你了。"梅子一把把儿子揽在怀里，两行热泪扑簌簌砸了下来……

中国新实力作家成名作

## 不一样的风景（外一篇）

### 张以进

  大学毕业那年，柳方明租住在浦阳江边的一个农家小院。半个多月过去了，他跑了十多家单位，都没找到工作。

  小院旁有个挖沙的工地，一台破旧的机器矗立在沙滩上。他突然觉得自己就像这台破旧的机器，没有一点价值。

  这时候，房东杨大爷走过来，递给他一张照片。照片上，一轮太阳冉冉升起，霞光映照在一台机器上，旁边的树枝绽放着碧绿的嫩芽，充满着生机活力。

  柳方明问："杨大爷，这照片好美呀，是哪里拍摄的？"杨大爷笑笑回答："你再仔细瞧瞧——"

  柳方明仔细看着照片，心中一动：这照片中的机器，不正是自己每天看到的这台破旧机器吗？

  看到柳方明认出照片中的场景，杨大爷告诉柳方明，一年前，有位摄影师朋友来到他家里，一看到沙滩上这台旧机器就喜欢得不得了，在他家住了半个多月，早出晚归，最后拍出了这幅全国获奖的摄影作品。

  杨大爷说："一台破旧的机器，在很多人看来一文不值，但在摄影师眼中，它却成了最美丽的风景，也成就了他的经典之作。"

  杨大爷的话让柳方明幡然醒悟，一台破旧的机器也能成为最美丽的风景，自己为什么不从更多的角度去考虑人生的难题呢？在茫茫的人海中，自己可能像一台破旧的机器，但更多的应该是摄影师眼中的风景。想到这些，他愁闷的心态平静了许多。没多久，柳方明终于找到了一份工作。

  后来，由于工作变动，柳方明也离开了那座农家小院。但是，他却好好保存着那张照片，因为他心中铭记着这样一个道理：不同的心境，就能看到不一样的风景。

## 作家的位子

张以进

柳晓霞在一家餐厅当服务员，她发现餐厅里有一张桌子，很少有人光顾。那是一张靠近卫生间出口的桌子，虽然卫生间装修豪华，但是，几乎没有人坐这张桌子。有几次，客人很多，柳晓霞把客人领到那张桌子旁，客人却宁愿站在其他桌子旁等候，也不愿坐那里。

可有两个客人特别爱坐这张桌子。这是一老一少，老太太已经鬓发斑白，孩子看上去才十多岁。老太太一到餐厅，就拉着孩子走到那座位上。那孩子起先还噘起了嘴，可不一会儿，不知听了老太太说的什么话，脸上绽放出了笑容。两次，三次，只要老太太来这里吃饭，她就带孩子坐在那张桌子上，吃得津津有味。这对特殊的客人引起了柳晓霞的注意。

这天，看到老太太带着孩子又来了，柳晓霞热情地迎上去，孩子高声叫嚷着："奶奶，其他位子还空着呢！"但是老太太没有理睬，依然来到卫生间旁的那张桌子旁坐了下来。

柳晓霞终于忍不住了，问："其他位子还有空的，你为什么还要坐这个没人喜欢坐的位置呢？"

老人回答说："坐在八仙桌上吃饭，和蹲在屋角吃饭有什么区别吗？最重要的是有饭吃。我带孩子坐这个位子，就是要告诉他，重要的不是坐在哪儿吃饭，而是你能够有饭吃。"

柳晓霞听了，心里一热！老太太走后，她了解到，老人是个小有名气的作家。不久，在柳晓霞的建议下，那张桌子上摆了一块三角牌，上面写着"作家的位子"。

从那以后，坐那张桌子的人渐渐多了起来。

## 责 任

秦 心

呼啸而来的救护车，停在了急救中心门前。

"快！快！快抱急诊室!!"

一对夫妇，在救护人员督促下，抱着一个脸色青紫的男孩，从车上跳下，飞快冲向急救室里。

一阵紧张有序的检查后，就听急诊医生对护士说："快，送内二科，立刻组织手术！"

负责手术的医生，接到电话后，飞快赶了回来，又快速换上手术服，并急速朝手术室奔来。

"你……咋这么久才来？我儿子都已濒临垂危，而你……却还在外面转悠，有没有半点责任心呀？！"男孩父亲失控吼道。

"很抱歉……刚才的确没在医院，但我一接到通知，就以最快的时间赶到这里。您的心情我很理解，但希望您能冷静一下，这样有利于我尽快投入工作。"

"冷静？要是你的儿子奄奄一息躺在这里，你冷静得了吗？！"男孩父亲濒临崩溃，发疯般质问。

"若真这样，我会默默为他祝福……"医生说完，就迅速关闭了手术室的门。

男孩父亲还想争辩，可看到开始手术的警示灯已经亮起，便强压焦躁静候那里。

几小时过后，医生大汗淋漓走出了手术室，边擦额上的汗水，边对男孩父亲说："谢天谢地，您的孩子得救了！请随护士去病房吧。"说完，头也不回，又急匆匆地走了。

"这人……咋这德行！连我问下孩子情况的时间都等不得吗？"他又冲护士嚷道。

谁知，护士早已泪如泉涌："你别怪医生……他儿子昨天不幸遭遇车祸，当我们通知他来做手术时，他正在去殡仪馆的路上……"

## 自扫门前雪（外一篇）

冯国彪

张三、李四、王五在一条街上做生意，门市挨着门市。三人平时亲兄弟一般。一三五你坐东吃一顿，二四六我请客喝一场。这家有事，那两家帮衬着。那家有事，这两家搭把手。

上月下了今冬第一场雪。张三早上打开门，看到白茫茫一片，立即拿起扫帚扫起雪来。把自家门前的雪清扫完毕，接着清扫了李四门前的雪。正准备清扫王五门前的雪，张妻喊他过去接女儿的电话，张三匆匆忙忙跑回家了。

王五打开门看到张三、李四门前的雪已清扫，又见李四的门未打开，就知道是张三打扫了李四门前的雪。不就是二十几平方的雪吗？至于这么厚此薄彼吗？他很不高兴，把个扫帚舞得像棒槌，雪沫子都飞到张三家的窗户上了。张三本想解释解释，忍了忍，没有开口。

上周下了第二场雪。又是张三最早开门，拿起扫帚先扫了自家门前的雪。为了弥补上次的亏欠，他接着扫了王五门前的雪。也是凑巧，正准备扫李四门前的雪，张妻喊胃疼，要他快点去买胃药。张三放下扫帚匆匆忙忙就出去了。

李四打开门，看到隔壁两家门前都扫得干干净净，又看见张三的扫帚放在王五门口，就知道那两家的雪都是张三扫的。不就是二十几平方的雪吗？故意把我家绕过呀！太刻毒了！他很不高兴，一边扫雪，一边骂骂咧咧。正好被买药回来了张三听见，张三本想解释解释，忍了忍，没有开口。

昨晚下了第三场雪。今早又是张三最先开门。他扫完自家门前的雪之后，望了望李四和王五门前的雪，只轻轻叹了一声，就缩回自己的屋里了。

中国新实力作家成名作

## 你是好人

冯国彪

　　林一刀上了四路公交，车上人并不多，他坐在了中间的一个空位上。拿眼巡视车上的人，寻找下手的对象和时机。

　　在他借故拿出小镜子整理头发，实际是在观察四周动静的瞬间，他猛地一惊，后面怎么坐着钟天？局子里的反扒高手，这个死对头，栽在他手里已经两次了。车上有他在，看来今天难做一单生意。

　　又到一站，上来很多人，他起身将座位让给一个老大爷，不经意间，老人的钱包就到了他的手里。他窃喜，刚要装起来，一个人用力顶了他一下，他抬头看到了钟天一双剑似的眼睛，他慌忙对刚坐下了的老人说："大爷，你的钱包掉了。"老人接过自己的钱包说："谢谢，谢谢！你是好人！你是好人！"

　　猛然一个急刹车，一个抱孩子的中年妇女站立不稳，向后一仰就要倒下，林一刀急忙用力扶住了她的后背。中年妇女感激地说："谢谢你小兄弟，你是好人！你真是个好人！"周围的人也纷纷向他伸出了大拇指。

　　坐了几站，林一刀感觉没啥意思，就在车停后，快速下了车，没想到下得急了，把一个要上车拄着单拐的人撞倒了。他一边说对不起，一边把残疾人扶起并搀着他上了车，同时还很耐心地劝一个年轻人让座，将残疾人安排坐下。残疾人本来一肚子气，刹那间脸上堆满了笑容："谢谢你兄弟，你是好人！"

　　林一刀走下车来，迷了路似的好一阵子不知道自己要干什么，耳边总是回响着："你是好人！你是好人！"的声音……

## 包还没到（外一篇）

李宗山

　　我平时出去工作习惯带个公文包，而且从不离手，包里有本子、笔等等，方便随时查资料、记东西。

刚当科长没几天,我和刘科长到张庄公干。一下车,村委会张副主任来拿我的包。我躲闪着说:"里面没有金子没有钱,你要它干什么?"张副主任愣了一下,有些尴尬地说:"您是下来指导工作的,哪能让您自己拿包?"我说:"我习惯自己拿包。"张副主任说:"刘科长的包也在我手里呢。你们都是领导,我只拿他的不拿您的,那不是我们一点规矩都不懂吗?您用的时候,我自然就会放到您跟前的。"看着刘科长已经背着手走出去一大截路,我就松开了自己的手。

又到王庄公干,刚开车门,村委会王副主任也来拿我的包。我把包往身后藏着说:"自己的包自己拿,不麻烦你了。"王副主任说:"在张庄您可是让他们拿着的,来王庄却不让我们拿,是不是领导您觉着我们的工作不如张庄?给个面子吧,领导不能厚此薄彼。"我说:"自己拿包就是图个方便,哪来那么多说道!"王副主任说:"我给您拿着更方便,随用随给。"看王副主任这么坚持,我就把包给了他。

再到赵庄、李庄、孙家庄等等公干,我也逐渐习惯了有人来接包,不再为谁拿包的事多费口舌了。

有次到韩庄,我下车走进会议室。主持人请示我说:"您看都到齐了,是不是可以开会了?"我左顾右盼,看了主持人一眼,心里有些不快。主持人一下反应过来,拍着大腿自责道:"瞧我这都糊涂了,您的包还没到呢。"话音未落,早有好几个人跑出了会议室。

# 剩 饭

### 李宗山

周末上午,我到母亲那里。母亲正在吃早饭。母亲说:"你吃了没有?也一起吃些吧。"我说:"我早都吃过了,再吃就吃中午饭了。您吃的这蒜薹一看就是昨天炒的,都发蔫了。已经跟您说过好多次,每次少做点,不要经常吃剩饭。"母亲笑着说:"妈也是老了,脑子越来越不好使了。现在你们不在我跟前,我也常常想着少做点,可一到做的时候就忘了。"我说:"您才六十几岁,看看那些跳广场舞的大妈,一个个都反应那么灵敏。您也不比那些人老。"母亲笑了笑，没说话，有滋有味地嚼着隔夜的蒜薹。

中午的时候，我陪母亲一起做饭。我择菜，母亲往电饭煲里放米，准备做米饭。可等到要吃饭打开锅的时候，我又蒙了。我说："妈，刚才我又提醒过一次，您还是没改。做这一大锅的米饭，比我们几个结婚前在家里吃的时候还多。我要是今晚不陪着您在这里吃剩饭的话，恐怕够您吃大半个星期的。天天吃剩饭，这也不科学，对身体不好。我都没法说您了，越说越不行，您现在做饭一点数都没有。"母亲没说话，往两个碗里盛着米饭。

正说着，有人敲门。我去开门，是姐姐一家子回来了。母亲看着我说："你看看，你还说我做多了，这下恐怕还不够吧。"我说："原来是妈知道姐姐要回来，怪不得今天又做这么多。"母亲说："我啥也不知道，你姐根本没告诉我。我每次做饭的时候，脑子里面就全是你们几个，想着想着就做多了。我就不信，做一百次还碰不对一次，会让我一直吃剩饭！"

# 温情抓捕（外一篇）

白玉兰

春节临近，清江市、三河区最近连续发生了三次入室盗窃案。从作案手法到被盗的物品，以及现场遗留下来的手印，民警锁定了刚刚出狱不久的梁富贵。

根据线索民警在梁富贵的老家蹲守，却未发现其踪迹。案子一时陷入了僵局。

春节后，民警忽然获悉梁富贵已经回到了清江市，现在正出现在长江小学校门口的小卖部里。事不宜迟，所长老刘带领三个民警立刻前往抓捕。

此时，正值学校放学时间，校门口站着很多家长。身穿便衣的老刘和三个民警混在人群里，老刘放慢脚步，慢慢向小卖部靠近。一个熟悉的身影出现了，老刘一个箭步冲上去，右手抓住了梁福贵的衣领，左手刚要掏出口袋里的手铐，忽然站在梁福贵身边的一个男孩指着柜台里的零食喊："爸爸，给我买一包饼干！"老刘握手铐的手僵在了口袋里，他分明看到了梁福贵那乞求的眼神。男孩转头看到老刘和梁福贵时，惊愕地问："爸爸，这叔叔是谁？你们这是干吗？"老刘揪住梁福贵衣领的手，顺势松开了，他将手搭在了梁福贵的肩头，对小男孩说："我是你爸爸的朋友，找你爸爸有事。"梁福贵像是落水的旱鸭子看到了岸，也跟着说："儿子，今天爸爸有事，我给妈妈打个电话，你在这里等着，待会妈妈就来。"男孩无奈地点着头。

老刘目视着梁福贵，梁福贵眼圈微红，在老刘的耳边低语了一句："谢谢！"便大步走出了小卖部。

拐角处，梁福贵环视了一下四周，伸出了双手，冲着老刘喊了一句："我这是最后一次戴手铐。"

## 两颗大枣

### 白玉兰

1960年，三年自然灾害开始。

大力家吃了上顿没下顿。八岁的大力就盼着奶奶开锅的那一刻。尽管锅里的野菜粥没有一丁点粮食影儿，但奶奶放在锅里的那两颗永不消失的大枣，成了大力胃肠的尤物。他每次看到这两颗胖胖的、圆润鲜亮的大红枣，口水就止不住地流，那一锅苦涩难咽的菜粥仿佛变成了珍馐美馔。

奶奶开锅的时候，大力眼睛睁得大大的，目不转睛地看着锅里的大红枣，一边咽着口水，一边嚷嚷着奶奶把大枣给他盛上。可这两枚大枣像是长了腿，顺着奶奶手里的勺子打着转地跑，像两个红精灵，就是跑不到奶奶的勺里。奶奶一边盛粥一边安抚着孙子："大枣是给爷爷留的，爷爷病了，乖乖，听话。"大力瞅瞅躺在床上半年多的爷爷，失望地接过奶奶递过来的那碗菜粥。

大力一边看着锅里的大枣，一边细细咀嚼着菜粥，舌头上的味蕾品出了大枣的香甜，大力喝了一碗又一碗。

大枣没有救活爷爷的命，爷爷还是死了！

大人们在忙着料理爷爷的后事，肚子饿得前胸贴后背的大力，忽然发现奶奶枕头上方的油灯台上有一个碗，一张纸盖在碗上。里面有啥？是好吃的？他好奇地爬上去，掀开纸一看，啊！这不是奶奶放在锅里的那两颗大枣吗？大力忍不住抓在手里，悄悄地避开众人，来到院子里的僻静处，迫不及待地咬了一口。

大力号啕大哭，他那带着鲜血的半颗牙连同奶奶精心制作的木质大枣，从他的嘴里掉在了地上！

# 替身（外一篇）

## 宋 超

一部农村题材的电影在村里开拍，导演需要一名群众演员饰演一个低保户的角色。

为了真实，乡长把村里的低保户全部集中起来轮流试镜，却没一个能够让导演满意。关键时刻，村长过去跟导演说："如果您信得过，我给您推荐一个人。"

就这样，二虎子就被村长推到了导演面前。

"演一次戏多少钱？俺不能白干。"不等导演发话，二虎子先开了口。

"演得好，五百，演不好，一分没有。"导演说。

"五百俺不干！"二虎子说。

"嫌少？"导演问。

"俺好歹也算是个名人，大报小报年年上头条，俺给村里演一次戏，村里补助俺一千，少一个子儿俺不干。"二虎子说。

"你只要能演好，一千就一千。"导演说。

一试镜，二虎子果然天生就是演这个角色的料。于是，导演简单交代了一些规矩，就开始安排让二虎子化妆，二虎子摆摆手说："不用，俺自己来。"

"你自己？"导演一惊。

"不信俺？俺保管比他们弄得好。"二虎子说完转身走了。

很快，二虎子又来了，这回，彻底让化妆师傻眼了。

"啥人我都化过妆，还真没见过这么逼真的。"化妆师无不感叹。

正式开拍，二虎子一气呵成，导演非常满意。摄制组离开村子那天，导演单独拜访了二虎子。

"你还会演一些什么角色？导演问。

"俺啥不会，俺只会演这个角色！"二虎子说。

"这个角色你演得如此到位，你过去也当过演员？"导演有些疑惑。

"没有！"二虎子肯定地说。

"那是……"导演更加疑惑。

"俺说了您可千万别见笑，每年市里县里的领导来村里送温暖，村长都把他们带到俺家里来，让俺当替身，时间长了就……"

## 解 困

宋 超

行长到乡下一个网点调研，临走时对网点负责人说："你们有什么困难尽管提，能解决的我们尽力解决。"

"我们单位的张三丰，家在城里，母亲已过古稀，妻子前年得了脑出血，成了植物人，全靠母亲照管，能不能考虑把他调回城里？"网点负责人说。

"谁？这么大的困难怎么就不早说呢？"行长有些吃惊。

"就是有一篇论文在全国摘得头奖的那个，去年已经说了一回。"网点负责人说。

"哦，有这么一个人，回头我问问办公室，真是这样我们一定考虑。"行长说。

第二年，行长又去那个网点调研，临走时又说："你们有什么困难尽管提，能解决的我们尽力解决。"

"我们单位的张三丰，家在城里，母亲已过古稀，妻子前年得了脑溢血，成了植物人，全靠母亲照管，能不能考虑把他调回城里？"网点负责人又说，还把张三丰拉到行长面前。

"原来你就是那个有一篇论文在全国摘得头奖的张三丰哟，这么大的困难咋不早说呢？回头我们一定考虑。"行长说，还和张三丰握了手。

第三年，行长还去那个网点调研，临走时还说："你们有什么困难尽管提，能解决的我们尽力解决。"

"谢谢行长关心，现在已经没有困难需要解决了。"网点负责人说。

"去年你好像说谁有困难吗，叫个什么来着？"行长说。

"张三丰。"网点负责人说。

"困难都解决了？"行长问。

"困难都解决了。"网点负责人说。

"啥时解决的我怎么都记不起来了？"行长问。

"去年年底解决一个，今年年初解决一个。"网点负责人说。

随行的办公室主任轻轻地拉了拉行长衣角，附在行长耳边悄悄说："老张的妻子去年年底过世了，母亲今年年初也过世了。"

# 慎独（外一篇）

### 唐和耀

大学毕业时，班主任邱老师在他的毕业纪念册上，郑重其事地写下"慎独"。他觉得老师的留言太简单。

毕业后他先在石油系统子弟学校教务处工作，然后到南方一座城市担任中学语文教师。由于开设国学校本课程，他深入钻研，发现"慎独"二字内涵非常丰富。

因教学成绩突出，他先后获校"教学新星""优秀教师"和市级"劳动模范"等称号，破格晋升为高级教师。

接着，他成为分管教学的副校长。找出毕业纪念册，他在邱老师的赠言上注目良久。来校推销教辅书、教学仪器的业务员屡次悄悄送他好处费，都被严词拒绝。

后来，他成为特级教师，当上了校长。邱老师的赠言，被他拿去翻拍放大，工整地挂在卧室墙上。

辗转奔波使他与大学老师、同学长期失联。一天晚上，他用百度搜索邱老师的名字，竟发现邱老师因贪污罪被判刑十年。网上消息说：邱老师在担任校办企业经理期间受贿、索贿，贿金全用于炒股；邱老师在忏悔书中提到，整袋钱放在办公室柜子里的时候，心一直颤抖……

再次看着邱老师的赠言，他心头五味杂陈。

一天，他突然接到大学室友电话。室友也是通过百度查找信息的。同学纷纷联系上了，还有了QQ群。

毕业二十周年纪念日，大学师生聚集一堂，唯独缺了已减刑释放的邱老师。

活动结束后，他带上毕业纪念册，直奔邱老师家。面对白发苍苍的邱老师，他大喊："老师！"泪水夺眶而出。

"我不配！""您的话伴着我。"他翻开纪念册，"慎独"被泪水打湿，二人相拥而泣。

# 寂 寞

## 唐和耀

嫦娥拜托搭乘宇宙飞船返回地球探亲的吴刚，将宇宙名画《寂寞之舞》捎给一位著名魔术师。她希望魔术师通过绝技，将她引以为傲的经典寂寞之美展示给世人，并在地球上复制宇宙水准的寂寞者。

魔术师的帽子、眼镜、手套以及各种道具迅速沾染上寂寞元素，在他尚不明就里的情况下，将寂寞传染给观众，再通过视频将寂寞情绪广泛传播。所有直接、间接染上急性寂寞症的人，千篇一律的症状是心灵闭锁，不愿与人交流，甚至不愿与人接触。

风将寂寞因子吹送到四面八方，山川、田野，石头、土壤、植物和动物也出现了寂寞综合征……

魔术师的帽子最先发现了这一逆袭巨变。它费尽周折召集魔术师的眼镜、手套以及各种道具开会，商议对策。

魔术师的手套溜进卧室，竟发现魔术师的笔记本上叙说他自己成了寂寞之人。它按照会议部署，迅速将那幅名画卷起扎紧，套上绝缘胶纸，密封加固。

魔术师从寂寞中挣脱出来，被感染者也接连走出了寂寞。

名画被魔术师的手套送到市科技局，附上了魔术师的眼镜写的情况说明。随后，名画被转送到国家航天局，附上了市科技局、心理研究所的报告。

奔月工程期间，名画连同报告回到了嫦娥手中。她懊悔不已，感慨万分，然后创作了一幅书法作品委托航天员带到人间。她写的是："愿人间不再有寂寞！"

# 不速之客（外一篇）

### 蔡冬桂

今天是我大喜的日子，娘满是皱纹的脸笑得像盛开的菊花。

夜晚，新房灯火通明，亲朋满座，条柜中间观音前那对红烛摇曳生姿。

这时进来一个高高瘦瘦的人，众人皆惊，"哗"地站立起来。

娘先是惊讶，尔后脸"刷"地上了色。一向温和的娘一下成了头猛兽，发疯似的冲上去要抽那人的耳光。小叔和舅舅赶紧拉开，并小声劝着什么。娘被婶婶和小姨拉进了里屋。

"请大家落座，开酒！"叔摆着手，一个鞠躬，打了圆场，那人也坐了下来。

客人散去，月上中天，外面树上的露珠落在地上吧嗒吧嗒地响。

娘由大哭转为啜泣。

小时候那人便已离去，我早已不记得他啥模样了，只听大人说他为躲一笔巨债才离开家门的。

天，快亮了。

院里那人还跪着。

桌上放着他的一摞钱。

娘依然不能原谅这个人，可当娘看到这人五指断了一指时，似乎明白了什么，心一下子软了："你起来吧。"

# 大 黄

## 蔡冬桂

一场罕见的龙卷风，瞬间把村庄夷为平地。幸存的人们不得不撤离家园。

妻子遇难后，李叔带着大黄——妻子的爱犬，也开始离开。

大黄曾是一条小流浪狗，饿得奄奄一息时，是妻子从野外带回的。从此，大黄和妻如影随形。

夜深了，北风吼叫，大黄在新的居住地，总是又叫又咬。天一亮它就跑了。

李叔在已成废墟的老宅找到了大黄。只见大黄正在瓦砾中一边呜咽，一边使劲地刨，爪子也出血了。

李叔含着眼泪带回大黄。当晚，大黄又跑到老宅那里呜咽。

反反复复好多次，李叔无奈，只好找来砖头、木板，给大黄在老宅边垒了个窝棚，一天多次给大黄送吃的。

半年后的某一天，李叔不得不出远门一趟，一回来就直奔老宅。

"大黄——大黄——"李叔大声呼唤，不见大黄迎来。李叔的心悬了起来。到了窝前，才看见大黄骨瘦如柴地从窝里爬出来。李叔倒出食物，心痛得一遍遍捋大黄的脊毛。李叔下决心这次一定要带走大黄。

"大黄咱们回家吧！老宅不守了。"李叔给大黄脖子上套上绳，意欲强行带走。

可大黄四爪抓地，死死不走，眼里充满乞求，嘴里发出悲鸣。

忽然李叔在草丛瓦砾中发现妻的一件旧衣裳，李叔突然明白了什么，泪禁不住涌出眼眶。

## 神医（外一篇）

### 章理申

过去有两大名医，江南李昆仑，江北王迁宇。两人并驾齐驱，名声显赫。

一日，李昆仑诊所来了一个病人，这个病人是秀才，刚刚中举，喜极而疯，狂笑不止。李昆仑说："你的病没救了，赶快回家，否则见不到你的娘亲了。不过你可以找到江北王迁宇，叫他给你再看看。"说完，交给秀才一封信。

几日后秀才到了江北，想不到自己的病好了。他把信交给王迁宇，王迁宇把信看了："秀才中举，高兴发疯，心孔张开，合不起来，无药可治。我说他死到临头，让他心存恐惧，这样心孔会自动闭合，到你这里病就好了。"

王迁宇看完信："真乃神医也！"但他心里有了一个疙瘩，抑郁成病。

王迁宇病入膏肓，身体越来越弱。家人请遍了附近的所有医生，看过之后都摇头而去。

王夫人想："找李神医，或许他有办法。"于是叫管家快马加鞭去了江南请李昆仑。

李昆仑背起药箱便连夜启程，风尘仆仆赶到了江北王迁宇诊所。见王迁宇侧卧在床，动也没动。

李昆仑坐在床沿上，把完脉说："王兄其实无病，贴一副膏药即可痊愈。请王夫人回避一下。"说完，从药箱里取出膏药，给王迁宇贴上，便告辞走了。

待李昆仑一走，王迁宇对夫人说："李神医说贴一副膏药就好，他的膏药贴在哪里啊？我摸不到呢？"王夫人左看右看，最后在太师椅背上看到贴了一张膏药，无奈地说："膏药贴在太师椅背上呢！"

王迁宇挣扎着坐起来，说："什么？膏药贴在太师椅背上？李昆仑啊！你真枉称名医，殊不知膏药要贴在肌肤上才有效啊！"不禁哈哈大笑。

大笑过后，王迁宇的病不治而愈。

# 天下第一

## 章理申

近年，江湖上出了一个武林高手江尘子，到处打打杀杀，名声在江湖上也是响当当的。他想成为天下第一，他觉得只有打败或者杀掉号称天下第一的绝尘子，自己才能取而代之，才能扬名立万。

已经退隐江湖的绝尘子，在山间搭了一间茅草房，与鸟雀为伍，与野兽为群，过着逍遥自在的日子，江尘子到处打听绝尘子的下落。

这一天，江尘子背负一柄长剑满脸杀气地找到了绝尘子，问："你是绝尘子吗？"绝尘子装聋作哑，答非所问，说："我乃是山间一老叟，你说的绝尘子我实在不知。"

后来，江尘子想："绝尘子会躲在哪儿呢？莫非就是自己以前找到山林里问过的那个老头？"

于是，江尘子复返那座山里，此地已是人去楼空，只见山凹间有一座新坟，一块墓碑上刻着：绝尘子之墓。江尘子想："绝尘子死了，自己没有与他大动干戈，就成了天下第一，太好了。"

俗话说："人怕出名猪怕壮。"这个时候，天下武士纷纷而来找江尘子一决雌雄。

江尘子年轻气盛，连连挫败了许多高手，因此也结上了许多仇家。

转眼十多年过去，江尘子厌倦了江湖上的打打杀杀，感到一生皆为名声所累，自己总有一天被别人取代，便决定退隐江湖。江尘子又到了绝尘子原来的茅草屋，久久看着绝尘子的坟墓。他很想看看绝尘子，便扒开了那座坟墓，一看，原来里面竟是一座空坟。江尘子看了不禁哈哈大笑，终于悟得了绝尘子的良苦用心。

江尘子便在绝尘子墓边也做了一个新坟，墓碑上书：江尘子之墓。

中国新实力作家成名作

# 龟兔赛跑（外一篇）

## 司 文

上次赛跑兔子输给乌龟，兔子一时大意失荆州，因此耿耿于怀，要求重赛。

二次比赛大家一致看好兔子必赢，不可能再出现意外。

赛前，兔子正在做热身运动，时而向左转转身，时而向右伸伸腿，显得很放松，分明比上次成熟。

乌龟木木讷讷，无精打采，但仍主动上前和兔子打招呼。

"兔老弟，上次纯属意外，这次龟某甘拜下风。"

"哼！"

"其实，这场比赛根本没有必要。怎么比都是你赢，就算从终点前半米处开始比赛，你只要跨一步就过去了！可我还不知跑多久！"

"龟兄是聪明人。"

"何况，昨晚我彻夜未眠。"

"为什么？"

"你难道没听过《青蛙王子》的故事吗？青蛙用魔法把自己变成王子，最终如愿娶到漂亮小公主！"

"真有这事？青蛙怎么变成王子？"

"这个故事很有趣，一会儿我们边走边说。"

"好啊，谢谢龟兄！"

发令枪响，兔子和乌龟一点也不着急，他们边走边聊，乌龟气喘吁吁走五十步，兔子只需轻轻跨一步。

乌龟把《青蛙王子》的故事讲得出神入化，兔子听得津津有味，早已把比赛忘得一干二净。

"龟兄，青蛙见公主之前恐怕还没有变成人形吧？"

"困死了，我要休息一会儿！醒来再告诉你。"眼看快要到终点，乌龟打个哈欠，把头缩回壳里，呼噜声马上响起。

兔子双手托着腮帮，脑海里全是公主的身影，迷迷糊糊进入梦乡。梦中，自己也变成王子，抱着美丽的小公主……

乌龟很轻松到达终点，回头看看沉睡的兔子，轻轻摇摇头，快步走向领奖台。

# 狗写别字

### 司 文

露丝穿着主人新织的毛衣走了几圈，主人就把它抱在怀里，并把它的小嘴贴到她脸上，眼睛眯成一条缝。

露丝顿感一股热意。

想起昨天晚上主人给它洗热水澡用沐浴露，它也只得仰天长视。

家族母语就一个字，要么单用，要么连用，看家本领是嗅、听和动。

主人正切肉，它摇摇尾巴舔了舔舌，"汪"一声，想让主人赏一块肉吃。

主人说："生的不卫生，炒熟更香哦。"

男主人好像在很远的地方工作，也很喜欢露丝，每次回来都给它带些进口食物，但他母亲偶尔也过来，却不大喜欢露丝，背地里小声骂："这狗东西，吃的比人馋！"

周末在公园遛弯时，露丝看见波比，眼睛发出异样的光彩！

波比蹭着它的头和颈，露丝感到从未有过的暖流……

波比嗅了嗅露丝的毛衣，用头顶了顶，哼哼两声，失望地离去。

唉……

露丝忽然觉得仅靠那一个母语远远不够。

又到周末，直觉告诉它今天定能碰上波比！

露丝想方设法要让主人明白，可是无论怎么使劲，喊出来还是汪汪汪，急得转圈圈。

忽然，露丝用左后脚踹了踹狗衣，右前脚轻轻伸进水里，在地板上踏出一个"不"字，用嘴拽住主人的裙角。

主人看着地上不太清晰的"不"字，疑惑地摇了摇头。

情急之下，露丝急忙从小公主房里拿出一根粉笔，学着她的模样，侧着头在"不"后面歪歪斜斜地画出一个"川"字。

## 得的是啥病（外一篇）

### 曾利华

那天，我提着水果去卫生院看望住院的同事，冷不防被人从后面拍了一下肩膀，我有点生气，回头却看到了穿着病号服的老六。"老六，你咋的了？在这里住院？""是啊！我都住一个月了，明天出院。"老六看着我说。"你啥时病了？"

老六不好意思地笑了笑说："其实，没什么！""没什么你还住院啊？"

老六红着脸说："不跟你闲扯了，我得去病房了，再见！"

看着老六远去的身影，我想，老六一定是得了什么说不出口的病。

夏天来了，单位组织我们去卫生院体检，令我惊奇的是，这次我又看到了穿着病号服的老六。"咋的，你又病了？"我走过去向老六打招呼。

老六凑过来，对着我的耳朵说："我真的没病，我明天就出院。"

说完，老六急急地走了。

"没病老住院？"我百思不得其解。

秋风起时，我去卫生院买感冒药，这次，老六先看到了我："怎么，你病了？""天气转凉，感冒了！"我将手上的感冒药晃了晃，然后说，"对了，你咋把医院当家了？你得的究竟是啥病啊？""我真没病，你咋就不信呢？"老六看到周边没人，声音有点高。

每次老六都说自己没病，但我每次看到老六都在住院。这个老六，看来真的是病了，而且病得不轻。

年底，老六跑到我家，叫我去他家喝酒。看到精神抖擞的老六，我问："你的病好了？"

老六的脸一下子红到了脖根子："我真的没病，是院长叫我去住院的。我既不打针，也不吃药，每天还可拿60元的住院补助。不过，出院时我得在农合报销的资料上签字按手印……"

# 朋 友

**曾利华**

吴仁很不情愿地接过刘一递过来的请柬，看着刘一脸上堆满的笑容，吴仁心里的那个疙瘩开始无缘由膨胀：15年不见，其间仅有一次联系，那也是刘一来电询问晋升职称的事，今天却找上门，递上一张"红色罚款单"，这究竟算哪门子朋友？

吴仁突然发觉，自己与刘一的这份友情，恰似一瓶开启多年的老酒，因岁月的流逝，早已没了往日的芳香，只剩下淡如水的缥缈记忆，索然寡味。

但刘一却完全没有察觉吴仁的不快，跟着吴仁出了门，然后沿着那条并不宽敞的马路慢慢前行。

刘一说："吴仁，咱15年未见了，我一直记着你啊！真的，从没有忘记。你还记得吗？那时，我们俩一同分在那个边远的小镇上教书，你教初一，我也教初一。春天我们一起去神仙岭踏青，夏天去北冲水库游泳，晚上还时常结伴去黑山崖打野兔。那是多么难忘的记忆啊！"吴仁低着头走着，时快时慢，面无表情，偶尔"嗯"一声，算是回应刘一的唠叨。

刘一紧跟吴仁，有一句没一句，饶有兴趣地说着那些陈年往事。吴仁抬头看了一下喋喋不休的刘一，然后又低着头走路，心里却愈加的讨厌刘一。

吴仁心里正在嘀咕，刺耳的喇叭声蓦然响起。吴仁抬起头，发现一辆失控的小车正朝着自己疯狂驶来。吴仁闭上眼，绝望地大叫一声，却突然感到有一股强大的力道，瞬间将自己推到了马路边沿。

吴仁惨白着脸扭转头，发现刘一已被那辆失控的小车撞向高空，然后重重地摔在马路上，一地的鲜血，在阳光下闪着吓人的光芒……

## 修手机（外一篇）

### 江春风

"这鬼天气，闷死人了，也不下场雨！"我一边百无聊赖地看着电视，一边骂着天气。

门口颤巍巍地走进一位老人："姑娘，你给我看下，我这手机是不是坏了，怎么接不了电话呢？"从老人脸上滴落的汗珠可以看出，老人是走了不少的路过来的。

我把手机仔仔细细检查了一遍，开机、关机，一切都正常。

"大爷，您这手机好好的，什么问题也没有。"

"怎么会呢？没有问题我怎么会接不到孩子们的一个电话呢？"

"孩子们可能忙，没有时间给您打电话，您这手机真的没有问题？"

"哦，手机没有问题！"老人的腰明显地弯了几分。

"姑娘，你再给我好好检查一遍，假若手机真的坏了你没有发现呢？"老人走到门口又折了回来。

我接过老人的手机，又仔仔细细检查了一遍，并用老人手机拨打了我自己的电话，真的一点问题也没有。

眼光不经意间扫过老人满含期待的双眼，内心如炸雷阵阵滚过。

"也许是我的水平有问题，大爷，您在这稍等一会，我帮您把手机拿给我们店长看看。"我边说边拿着手机进了店铺后面的休息室。

我用自己的手机拨通了老人手机上显示大儿子的电话："喂，你好，你不要管我是谁，拜托你抽空给你爸打个电话！"

我给老人二儿子、三女儿、小儿子打了同样内容的电话。

"大爷，您的电话修好了，这下您可以放心地回去等孩子们的电话了！"

# 王老实

## 江春风

认识王老实,是因为补车胎的缘故。我上下班的路上,不知为何总是碎玻璃特多,路面虽然天天有清洁工打扫,但老是扫不干净,因此修补车胎也就像吃饭一样,几乎成了我每天的必修课。

王老实识字不多,读书时成绩不好老是逃学,父母无法,只好让他辍学,利用家里的临街门面开了家修车铺贴补生活。说是修车铺,其实王老实啥也不会修,只是帮人紧紧螺丝、补补车胎而已。王老实也不说假话,干脆挂了一个专职补车胎的招牌。晃眼间,三十余年过去了,王老实还是不会别的,但补车胎的手艺却是无人能比。凭借铺面市口好,手艺精湛,待人热情,收费又合理,王老实的生意出奇地好,好多人都是慕名远道前来补胎,据说临近的四五家同行一年的总收入也比不上他一家。

王老实是忙碌的,一年三百六十五日,无论你何时光顾铺子,看见的都是他陀螺似的身影。不过他再忙,修补每一个车胎时的那份认真却常常让人感动。别人车胎补好后,常常例行公事地稍微检查一下就完事,王老实则不同,他会戴上老花眼镜,拿上小镊子,里里外外仔仔细细地检查,不找到"罪魁祸首"他决不罢手,有时碰上实在找不到什么东西的,他也会用小镊子把沾附在外胎上的小铁屑小石子什么的清除得干干净净。

光顾铺子次数多了,自然也就与他熟识了。逢他修车正忙时,没事也爱在他建在铺子后面的小别墅内转转。一天转到他家院子最不起眼的一个角落,一块木板好像掩饰着什么,就随手翻开,竟是满满一袋子玻璃碎片,是人工敲碎的那种,很细很均匀,一粒粒米粒大小放射着刺眼的光芒……

## 军帽上的野百合

红 墨

已经第七次把小鬼子压下山去。

战斗间隙,连长清点人数。快嘴兵说:"他叫花兵,刚上来的援兵。"连长见花兵帽子破洞上插着一枝花,嗔道:"娘们!"

"我不是娘们。"花兵行了个军礼,"报告连长,我叫花兵。"连长扬手打掉他帽子上的花。花兵迅猛扑上去与连长扯扭在一起。兵们拉开他俩。连长下意识地掏腰里的枪。

"你可以枪毙我,不许伤害我的花!"花兵对着连长咆哮。

"省下子弹、力气打小鬼子吧!"兵们打圆场。

花兵捡起地上的花,轻轻吹掉花瓣上的焦土,小心翼翼地插回帽子上。簪在帽子上的野花在微风中摇摇曳曳。

花兵遥望南方唱起歌谣:"山野上开着一簇簇花,其中一朵叫小花……"

兵们凝视着军帽上的野花,默然无语。连长悄然扭过头去。

警戒兵报告:"小鬼子又上来了。"

最后是肉搏战。小鬼子见花兵军帽上的野花,一岔神,花兵的大刀砍掉了小鬼子的脑袋。几个小鬼子围上来,削断了花兵军帽上的野花。花兵怒火中烧,神勇大增,砍杀了围上来的小鬼子。花兵拔出阵地上燃烧的木桩连连敲碎小鬼子的脑袋。

只剩下花兵了……几把刺刀进入他的身躯。

花兵挣扎着,颤抖的手指伸向那朵染血的、踩烂了的野花……他的耳边响起新婚妻子的话语:"宋小兵,看见满山野的花就看见我陆小花啦!"小兵说:"你是花儿,我是兵,上了部队,我就改名花兵。"

临别时,小花唱起歌谣为夫君送行:"山野上开着一簇簇花,其中一朵叫小花……"

# 胡 子

## 红 墨

胡图的胡子有二十厘米长，下面尖、中间饱满，酷似笔毫。

"我这胡子和大胡子爷爷的胡子一模一样。"胡图对六指说。

时光回到胡图的少年。

牧童胡图在桃树下遇见大胡子爷爷。

牛背上的胡图赤裸上身，箍一圈柳叶帽，吹一支芦笛，优哉游哉地走在大胡子爷爷的画纸上。

"你喜欢画画？"

胡图牵着大胡子爷爷的手，一起参观他的画。简陋的泥瓦屋里，墙壁上、家具和农具上，都画着用木炭画的画。

大胡子爷爷对胡图父亲说："胡图这娃有天赋，一定要培养他！"

大胡子爷爷临走时留下一摞书籍，还有纸和笔，还有一个布包。胡图用布包里的钱上完小学，又上了中学，后来考入美院。

胡图沉浸在悠远绵长的往事里，酒，喝高了。

醉胡图就在六指的画廊里画画——竟然用胡子作画——或拖或甩，或戳或顿，或如龟蛇蠕动，或如狂风疾雨……

画毕，胡图烂醉如泥，竟不知昨夜所为。

六指把此画挂在画廊里。有人说画的是大胡子，也有人说画的是牛……虽众说纷纭，但一致认为，画里藏着最遥远最丰富的意象，为现代抽象派的巅峰之作。人们争相天价购买。

"你要出名了。"六指对胡图说，"往后，你都用胡子作画。"

再见胡图时，六指发现，胡图的下巴白白净净的，胡子没了。

## 换个角度（外一篇）

### 刘 文

"不行，查理，我想我们今天谈不拢了。"著名服装设计师约翰仔细地看完查理的草图后，耸耸双肩，客气地说道。

查理知趣地走出约翰的设计室，急匆匆地找好朋友米杨帮忙。

"亲爱的米杨，我每周去约翰的设计室一次，他从不拒绝接见我，但也不买我的草图，这太让我苦恼了！"查理推开米杨的门就连珠炮般地诉起苦来。

"别急，你把约翰每次见你的过程详细给我说说，我看看能不能帮你想想办法。"心理学家米杨安慰着查理。

"这样吧，你按我的办法再去试一试，我保证你的草图能成功地卖给他！"在耐心听完查理的讲述后，米杨对查理说。

一周后，查理按照米杨教的办法随手抓起6张未完成的草图，走进约翰服装设计室。

"亲爱的约翰，这是一些尚未完成的草图，我想听听你的意见，你觉得哪些地方需要修改？"

"把这些图留在我这几天，过几天再来取。"约翰看了会草图，然后对查理说。

三天后查理又到约翰的设计室，听取了约翰的一些建议，回到画室按照他的意思把它们修饰完成，出乎意料，6张图纸全部被约翰买下了。此后，约翰陆续订购了许多其他图案，全是根据他自己的想法画成的，查理却净赚16000元的佣金。

"感谢上帝，老朋友！我的草图终于被约翰接受啦！"兴冲冲的查理来到米杨家报喜。

"米杨，为什么我催促他买下我认为他应该买的东西却遭到拒绝，现在的做法恰恰完全相反，不用推销，他自动会买呢？"

米杨笑着答："因为你鼓励他把他的想法交给你，他现在觉得这些图案是他创造的，自然就会买啦……"

# 江湖菜

## 刘 文

"大哥，咱这山城，江湖菜馆少说也有几十家，我的小店又偏僻，这一天也没多少吃客，照这样下去，怕是要关张喽，你脑瓜灵、人脉广，快给我想想办法吧。"阿文焦急万分地说。

"就这事？办法倒有一个可以试试，不过……"阿海说了半截话，起身给阿文倒水。

"不过什么？大哥你就直说吧，只要能让小店生意红火，咋办都成！"阿文急切地追问。

"怕是又要让老弟破费喽。"阿海边说边拿起手机。

"阿江吗？我在怡情路发现一家小店，麻烦你通知咱圈里的哥们，明晚五点我请大家品尝正宗的江湖菜，请大家务必赏光哈……"

"品尝正宗的江湖菜之前，咱也得搞个江湖仪式，都打开手机微信，一起按下按钮。"第二天晚宴开始前，阿海有板有眼地组织起仪式来。

瞬间，在座的账号都出现在每个人的屏幕上，二十人的圈子形成了，大家自然推荐老板阿文为圈子的老大。

"认识大家很高兴，大家今晚敞开了喝，白酒啤酒管够，我买单！"阿文边说边给大家斟酒。

一轮白酒过后，啤酒喝了一箱又一箱，酒局到晚上十点多才散场。

酒局过后，阿文的小店食客日渐增多，很多人都是慕名而来，排号要品尝正宗的江湖菜，效益是翻番地涨。

"神啦，大哥，你出手就安排顿饭，这生意就一天好过一天，这招咋这么灵啊？"

三个月以后的答谢宴上，阿文边给阿海斟酒，边疑惑地问。

"这你就不懂了吧？来的哥们都是媒体人，我请客够意思，你请酒恁讲究，大伙过意不去，就都在自己的微信圈里发了个图片，媒体人现身说法的影响什么广告能比……"

## 送鱼（外一篇）

汪学猛

今天去郊外钓的鱼有些多，晚上回来后，老张的老婆对老张说："给邻居们送些吧，搬过来这么久，也没怎么串门。反正也吃不了，也好融洽邻里关系。"

老张到了小高层15楼，是李科长的家，两人当时一起买的房子，房价优惠了不少。敲门后，李科长正在用牙签剔着牙缝，看到门外老张拎着一袋鱼，赶忙说："我不吃鱼的，谢谢哦。"门也没让进，还在门边说："有什么事情，明天上班时再说吧，集体研究的，我是科长，一个人也定不了的。"老张说："真没什么事情，你知道的，我喜欢钓鱼，今天钓得多，给您尝尝鲜。"李科长非常客气、坚决地送走老张和他的鱼。

老张到了七楼的二宝家，上次房子装潢二宝帮了不少忙。二宝和他媳妇正好要出门散步。老张还没把鱼放下，二宝急忙对老张说："大哥，都是自己人，甭这么客气。你知道的，我最近手头吧，也很紧，股票也被套牢了。"老张说："真没什么事情，就是今天钓鱼钓得多，给你一些，尝尝鲜。"二宝媳妇说："我们不吃鱼的，沾腥就拉肚子。"

老张到了一楼的老刘家，晾的衣服掉几次，都是老刘帮捡起来放好的。老刘正在洗漱，老张敲门，老刘非常热情地开门，老张把鱼放下。老刘怔了一下，看看地上一袋鱼："你闲时也做鱼生意了？辛苦啊。多少钱？！"老张说："楼上楼下的，今天钓鱼钓得多，给您一些，尝尝鲜。"老刘狡黠地笑笑："都不容易啊，我知道的。"连说带塞地把50元钱给了老张，还说："不用找了，吃亏讨巧都这样吧。"

老张回到家里，把送鱼的事情对老婆说了。老婆闷了半天，道："送点鱼，咋就这么麻烦？"

## 我就说三句话

汪学猛

小李大学毕业分配到局里，做事踏实，为人谦和，就是有一个缺点：话不多。

那一年，小李参加局年度先进表彰大会，让他发言时，他憋半天说："我就说三句，一是感谢领导和同事的厚爱；二是还有许多不足；三是来年加倍做好本职工作，让领导和同志们放心。"

后来，小李担任部门的科长。话，还是不多。

一次，李科长参加全市环境保护治理会议。会上各区县领导依次发言，连篇累牍地阐述治理面临的问题和取得的成绩，分管环境治理的副市长不停地看表，直皱眉头，后来，终于忍不住发火："我不是听你们来表功的，我要问你们下一步怎么干？"

副市长发火的时候，下一个正好轮到李科长发言。

李科长清清嗓子，铿锵有力地说："我说的不多，就三句话，一是无论遇到什么困难，环保指标坚决降下来；二是无论遇到什么阻力，坚决按照此次会议精神，贯彻落实；三是没有任何理由，一个字，干！"

这三句话让副市长频频点头、赞许："好，你们局的表态非常好！其他单位要向他们看齐。开会是解决问题的，就要开短会，提高效率，像其他单位，开会七扯八拉的，有什么用。"

二十年后，李科长变成了李局长。

上任后的第一天，李局长通知全局副科以上干部开会。

局里参加会议的人员都暗暗高兴：已经开会一个小时了，李局长一贯风格，就三句话，马上就可以散会了。

李局长环视一下参会的所有人员，抿了一口茶："我就三句话，第一句话……"

那天，李局长的三句话说了两个半小时。

## 英子（外一篇）

廖东平

妈来电，多次催我结婚，这次我应承了。说春节一定带一个媳妇回家。

我和英子包了一部出租车，从深圳回我的故乡粤北山城。

汽车在山路颠簸，车窗外淅淅沥沥地下起了小雨，英子甜蜜地依偎在我怀里，就像婴儿熟睡在摇篮中。

突然，汽车在急转弯时，翻下了一个小山坡……

司机手臂骨折，我擦伤了头皮。英子脸色发青，看上去没什么大碍。只是攥在手里，准备送给妈的玉手镯跌碎了。英子手里捏着半弯残镯流下了两行泪，我将她搂进怀里，无言的安慰。

在一个乡村的小诊所里，医生忙着救治痛得嗷嗷叫的司机和我。

这时，英子声音微弱地说："东，我肚子很痛……"

英子话没说完已软绵绵地倒在我怀里，我伸手一摸，她肚子肿胀如皮球。

"医生！医生！"我大声地叫着，可是，一切都晚了！英子是内伤，肝脏破裂，引发大量内出血。

窗外的雨下得更大了。

"英子！英子！"我紧紧地抱着她，大声地呼唤着："你听见了吗？我们要回家呀，知道吗？"

半弯残镯，安静地躺在雨声喧嚣的夜里。

## 第三个是骨灰盒

廖东平

买好了三张车票，我们上了车。

长途大巴上，骨灰盒端正地放在中间的位置，我和老孟坐两旁。

我问："老孟你都退休了，真有心？"

老孟长长地吐了口烟，拉开了话闸："'文革'时候，我年轻冲动，吴局长作为当权派，被我们戴上高帽，挂上牌子，推到邮电局门口晒太阳。我当时出了个坏主意，拿块木牌用松木拼起来，松木本身就重，还用水把它泡了一个晚上，挂木牌用的是一根头发丝粗细的钢丝线。"

吴局长晒了一天的太阳，脖子被勒出了血。

我说："你们够狠的。"

老孟低下头："结束后，就这事我向吴局长道歉，吴局长还笑哈哈安慰我，说我都忘了，说起来真要感谢你，不是那顶纸高帽，我会晒晕。"

大巴在弯曲的山道爬行，我俩沉默了许久。

突然，老孟抬头问我："你刚到局里不久，也很有心嘛。"

我说起刚到局里，遇到感动的事情："一次，我和吴局长出差，同寝一室。入夜，吴局长很困，却总是催我先睡。几天如此，我就纳闷？遂将手机调好闹钟，放在枕下，寻个究竟。黎明闹醒，竟听到邻床吴局长打呼噜如雷鸣，我心中恍然大悟，他担心自己先睡，吵到我入睡。"

老孟叹道："一位好领导！"

我和老孟是主动请缨把吴局长的骨灰送回他老家的。

长途大巴在弯曲的山道继续前行……

# 愿望（外一篇）

## 黄政芳

10岁时，他站在家乡的田野里，呼吸着清新的空气，但肚子咕咕直叫。他想，要是能饱饱地吃一顿白米饭，看几本心爱的小人书，那该多好啊！

20岁，他有了一份体面的工作，顿顿有鸡鸭鱼肉，书柜里摆满了各种书刊。他想，要是能把倾慕已久的鹃娶回家，那该多好啊！

30岁，他成了部门的主管，娶了鹃做妻子，生了个白胖儿子。他想，要是再有个红颜知己，那该多好啊！

40岁，他成了单位的领导，在外面也有了相好的女人。他想，要是钱来得再快一些，那该多好啊！

50岁，他进了监狱，四面高墙电网。他想，要是能再站在家乡的田野里，呼吸着清新自由的空气，那该多好啊！

# 温情抓捕

### 黄政芳

犯罪嫌疑人山军一直在逃，就像一块石头压在刑侦大队长程戈的心头。

利用办案的空隙，他去看望了即将高考的女儿。

由于他和爱人都是一线警察，女儿由爷爷奶奶带着，对孩子的学习和成长关心甚少。对于女儿，他怀着深深的愧疚！

还好，女儿很理解当警察的父母。看到爸爸来看望自己，女儿很高兴，向爸爸提了一个要求，希望高考那天来送送自己，给自己鼓鼓劲！

"好，爸爸一定来送乖女儿上战场！"程戈爽快地答应女儿。

回来的路上，程戈的脑海里猛然想起，山军也有一个和自己孩子差不多大的女儿。

他回到单位，再次翻阅了山军的卷宗。山军的妻子因为疾病在孩子5岁的时候就去世了，他与女儿相依为命。孩子初三那年，去学校接孩子放晚自习的山军，突遇一流氓调戏自己的女儿，他抓起车上的杀猪刀冲上去就是一刀子，流氓抢救无效死亡，山军一直在逃。

程戈在山军女儿的考点布置好警力，将民警埋伏在考点门前的陪考家长中。

8点20分，山军真的出现了。民警围了上去。

这时，一位穿白色连衣裙的女孩来到山军面前，两人亲切地交谈。

"是山军的女儿！"程戈看见了，仿佛看见了自己的女儿。

他连忙用眼神示意暂停抓捕。

很快，山军的女儿和山军挥手道别走进考场，山军也转身离开，程戈果断出击将其抓获。其间，山军没有任何反抗。

事后，有民警问："为什么要等山军的女儿进考场了才抓捕他？这是杀人犯呀？"

程戈答:"因为我答应过要送女儿进考场的!"

民警们似懂非懂。

程戈笑笑说:"等你们有了孩子会懂的……"

## 送爸一套新房子

### 张孝成

北风呼啸,寒冷刺骨。

这鬼天气,真让人受不了!

哥俩儿都将手揣在兜里,迎着风,猫着腰,迈着坚定的步伐朝街心大道走去。

不久,他们到达了目的地。

弟弟用手指着前面精致漂亮的房子,欣慰地对哥哥说道:"哥,你看这房子,真不错!就买这套吧。爸爸一定会喜欢的。"

"好,听你的。咱爸苦了一辈子,住上这套新房子也是应该的。咱妈死得早,没有老爸,我们怎会有今天的好日子过?"哥哥的眼眶有点发红,"这套房子确实不错,外形美观,装潢也不错。就买它了。"

兄弟俩商议好之后,就立即把钱付了。

现在,他们感到心里踏实多了,像卸下了千斤重担。

"爸,我们为您买了这套漂亮的新房子,您就安心地住下吧!"寒风中,兄弟俩含着泪,拿出打火机,点着了他们刚买的纸房子。

纸房子一沾着火,瞬间就化成了纸灰。碎裂了的纸灰片,像一个个古怪的精灵,随风漫天飞舞起来。

为了买到经济适用房,兄弟俩的老爸在寒风中足足排了五天队,最后因心脏病发作,不治身亡。

## 发财妙招

张孝成

霓虹闪烁,我走进酒店。

我径直走到一间包厢门口,隔着门缝观察里面。

包厢内,烟雾缭绕。酒桌旁几个打扮入时的美女在窃窃私语,旁边的一张小四方桌旁,四个衣着光鲜、肥头大耳、派头十足的男人正在打牌吆喝,旁边有几个或坐或站的男女在微笑观战……

服务员上完菜,转身离开了。

我推门走了进去。

"你是?"坐在迎面朝门位置上的领导模样的秃顶男人问道。

"我是酒店员工。我要为大家做一件非常重要的好事。"

大家的胃口被吊起,他们盯着我,等着我的下文。

"请大家把手机交给我保存。"我的语气平静而坚决。

"为什么交给你?"他们异口同声。

"原因还不简单吗?"我笑着解释道,"你们都是有身份的人,此次晚宴的情形,要是不小心被谁拍下来传上网络——"

"你怎能这么说呢?我们不是公款吃喝,怕什么!"我听得出来,这个男人说话,明显底气不足。

"不是公款吃喝,传到网上,有理也难说清啊!"我很耐心地说。

"要是把手机都交给了你,不是说明我们这些人的感情有问题吗?我们都是铁哥儿铁姐儿,不会干那缺德事的!"又一个男人信誓旦旦地叫道。

"难道你们没看新闻?"我加重了语气,"你敢说新闻里那些证据不是在场的朋友拍下的?"

"听他的!"脑门冒汗的秃顶如释重负,笑道,"这样就绝对安全啦,能避免不必要的误会和嫌疑嘛!"

"大家只管放心,结账时,保证手机都完璧归赵。"我大声说道。

我迅速走出酒店,消失在巷子尽头的黑暗里。

## 遗爱（外一篇）

吴 剑

覃歌病愈出院前后判若两人，最大的变化就是爱上写作，并发表了不少小说。有人说他的小说风格带有已故作家陈然的遗风。

说来也巧，那次参加市文联组织的采风活动，覃歌对一位女作家产生了暗恋，经过打听，得知她叫晓菡，正是陈然的遗孀。

"你好！我叫覃歌。"覃歌主动接近晓菡。

"你好！我叫晓菡。"晓菡带着腼腆。

"久仰你和陈老师的大名，今后还请多多指教！"

"过去的事就不用再提了。"晓菡若有所失地说，"自从陈然离世后，我就很少动笔写东西。"

"对不起！"覃歌赶忙道歉，"不小心触及了你的伤痛！"

眼前的晓菡，覃歌总觉得冥冥之中似乎在哪里见过，并幻想晓菡就是自己将来的另一半。晓菡也发现，覃歌的举手投足也有陈然的影子。

采风认识后，覃歌与晓菡便开始在QQ上进行了频频联系，话题多半是文学。晓菡感到，自己仿佛又回到了与陈然相处的美好时光。

"晓菡，你能嫁给我吗？"那天，覃歌终于在QQ里向晓菡表白心声。

"覃歌，我不仅大你好几岁，又是结过婚的人，你的家人能够接受吗？"晓菡理智地说。

"晓菡，只要两人真心相爱，年龄、结婚与否、家人我都全不在乎！"

"可是，你能肯定你的家人不在乎吗？"

"如果我们都生活在别人的在乎里，生命还有什么意义？我们只有做个真正的自己，生命才会活出精彩！"

天呀，覃歌的语调……

带着疑惑，晓菡查询了陈然心脏移植的受体，结果得知竟是覃歌……

## 碧玉镯

### 吴 剑

小美邀朋友小寒与母亲一同过70岁生日。

"妈,你生日,我给你买了一只玉镯,喜欢吗?"

"喜欢,喜欢。"母亲一脸幸福,"小美,这玉镯一定很贵吧?"

"不贵。据说玉镯能辟邪护身,相信它会给你带来健康。"玉镯确实很贵,为了让母亲能够接受,小美说了谎。

"阿姨,小美姐真孝顺,这是你老前世修的福呀。"小寒在一边夸耀。

那天吃完饭后,小寒有事匆匆先走了,小美与母亲聊了很久才回自己的家。

"小美,玉镯不见了,是你捡了吗?"小美前脚刚进屋,母亲的电话就来了。

"妈,玉镯不是你自己放的吗?"

"我到处都找了,只有盒子,不见玉镯。"母亲很焦急。

"你别急,好好再找找。"

第二天,母亲打来电话:"小美,刚才我去找王婆烧蛋,她说玉镯是被熟人偷的,这不是小寒还会是谁?"

"妈,你不要相信烧蛋这种迷信。"

"可是人家都说王婆烧蛋准得很!"

小美想给小寒打个电话问问关于玉镯的事,但想了想,还是没有打。为了化掉母亲心中的疑虑,小美最后给母亲又买了一只同样的玉镯。

"妈,那天我不小心把玉镯放进包里带回去了。喏,给你。"

母亲接过玉镯,高兴地说:"幸亏没有去找小寒,看来是我冤枉了她!"

"是呀,是呀!"小美赔着笑脸。

半个月后,母亲再次打来电话:"小美,那只玉镯没丢,刚才我拿棉絮出来晒时,在棉絮下找到了。"

## 大餐（外一篇）

### 李伯虎

饭店有规定，预先交钱才能进入饭店。为慎重起见，我又拨通金主任、杜科长的电话进行确认，两人先后承诺一会儿就到。我觉得没问题了，便交钱预定了位子。

手机响了，我急忙接听，传来办公室金主任的声音："小李啊！对不起，我有事脱不开身，别等我了！"刚放下电话，杜科长又打电话道歉不能来。

正在我为难之际，手机又响了，是爸爸打来的："儿子！你妈叫你回家吃饭。"听到爸爸的声音，我心中忽然一紧，意识到很长时间没回家了，便打断爸爸的话："爸，我请你和妈吃大餐，就在离咱家不远的海鲜自助，打车来吧，我等你们！"

不一会儿，父母就赶到了饭店。父亲不住地小声嘀咕："这孩子，请我们干啥？还进这么高档次的地方。"刚吃上饭，金主任忽然推门进来，冲我挥手招呼，我浑身一颤，感觉头上立刻淌下汗水。他径直走过来。"咋？杜科长没来？这两位是您……"

"金主任，我来介绍，这是我的父母！"我尴尬地对金主任说。金主任一愣："啊，像你这样的人真不多。你陪父母吧，我去那边和朋友一起吃饭。"说完走了。我遗憾地吐了口气，拿工程的事肯定泡汤了。既然没戏了，那就好好陪父母一起吃一顿团圆饭吧。

第二天上午，意外地接到金主任的电话，让我拿着工程合同去他办公室。我到了金主任办公室，他亲切地说："工程合同你给我留下，我报上去。昨天晚上看你带父母一起去吃大餐，令我感动。在家孝父母，不必远烧香！你会有好运气的！"

中国新实力作家成名作

# 生死中间人

李伯虎

手机铃声响起来："哎！现在？好！"赵冲穿好衣服，顺势看看表，已过深夜两点，他没有犹豫，迅速起身，立即赶往医院。

病床上，赵冲紧紧抓住伤者的手。弥留间，小伙子喘息着说："……你说过，要追求……永生啊！"赵冲转过身子，给他的父母深深鞠了一躬："你们是伟大的一家人啊！"小伙子走了，他的脏器官虽然在车祸中损伤严重，但他捐出的眼角膜使得四个人重见了光明。

处理完事情，赵冲的神经才稍稍放松下来。从医院出来，他想起早饭和午饭都没来得及吃。身后三个人跟上来，其中一位男人紧走两步超过赵冲："赵大哥，是我们啊！"见赵冲有些疑惑，便解释道："您不记得了？我们的儿子，"把身后的年轻人推上前，"由于您牵线搭桥为我们找到肾脏，救回他的命呀！"赵冲瞬时明白过来："啊，恢复啦！"年轻人跪下，给赵冲磕头，男人把女人也拉到赵冲面前，双双跪下，赵冲急忙拉起男人："使不得！最该怀念的是那些捐献者！"

这天晚上，赵冲填完自己的遗体捐献意向书，仿佛完成一项神圣的工作。捐献者与受捐者相互永远都不知道彼此，只有他在双方之间被一次次感动着。赵冲回想女儿曾恨自己在她母亲的遗体捐献书上签字，直到去年女儿成了肝脏受捐者，脱离了病痛，她才开始全力支持父亲退休后做这项工作。

女儿赶过来："爸，我也去签订意向书，将遗体捐献给医学事业。"她看着父亲高大挺拔的身姿："我决定，跟你一起做红十字会与捐献者的中间人！"

# 土酒（外一篇）

龙 艳

一省领导到乡镇去视察工作，晚餐就在乡镇里吃。如今上面查得严，接待不能超标准。但上有政策，下有对策，这次的接待看上去并没有超标，吃的是本地土鸡、土鸭,喝的是本地"土酒"。

土鸡、土鸭的确很地道,味道很好,没想到那本地产的"土酒"竟也那么好喝,简直与茅款名酒一样!"土酒"是用土坛子装着的,但省领导是何许人也,酒一入口,他就喝出了茅款名酒的味道。但他没有点破,只在心里暗暗盘算着。

他端着酒杯,一喝再喝,赞不绝口:"哇!你们这里产的土酒可真好啊,简直可与茅款名酒相比(媲)美!""哪敢呀,谢谢领导夸奖!"乡镇领导谦虚地说。心想只要省领导喝高兴了,事情就好办了。"这土酒确实是好,你们这卖多少钱一斤啊?"领导又喝了一大口酒,眉开眼笑地问道。

镇领导不知省领导的用意,说:"不贵,只是25元一斤。"

"刘秘书,这土酒这样好,一会回去时买上5000斤带回去。记住,一定要付钱啊!"

这下,乡镇领导傻眼了,这"土酒"可是用茅款名酒冒充的啊!

# 母女连心

## 龙 艳

一心从十六岁起就深深地相信,她与母亲是母女连心,能够互相感应,哪怕她与母亲相隔十万八千里。

一心在很远的学校上学时,一次不小心摔了一跤,把脚踝摔肿了,痛了好久。她本不想告诉母亲,以免母亲担忧。后来一心才知道,那时母亲的脚踝也忽然痛了好久。而母亲为了不影响学习,也没有告诉她。对此,一心感到很惊讶。

又一次,一心患了重感冒,嗓子疼,浑身酸痛,母亲打了电话来问她:"女儿呀,你是不是感冒了很不舒服?要多注意身体呀!"

她好奇地问母亲:"你咋消息这么灵通呢?我感冒你也知道?"

母亲说:"因为你一感冒,我也感冒啊,怎么会不知道?"

一心惊得好半天说不出话来。还有一次,她与好友闹了矛盾,心情差透了,饭也吃不下,做什么事都没心思。母亲又打了电话来:"一心啊,你是不是遇到了烦心事呀？""什么？这你也知道了？！"一心差点跳起来。母亲与她之间的联系真是太奇妙了！居然如此地相通！

从此，一心不敢再轻易地生气，更不敢让自己的身体受到伤害了，因为她与母亲母女连心，她的伤痛就是母亲的伤痛。

后来，一心无意中知道了一个秘密——母亲为了让她相信她们母女连心，曾费了不少心思从同学处、老师处打听到她的一些消息。

原来如此，我说呢，怎么会有那么奇怪的事！一心并没有揭穿母亲。她的眼里慢慢地浸满了泪花……

再后来，一心还知道了一个秘密，母亲其实不是她的亲生母亲。这一次，一心泪如雨下，她紧紧地抱着母亲说："妈妈，我们母女连心！"

# 梦中童话（外一首）

### 白子阿丁

他梦见读一幅巨幅油画——一条巨蟒，尾巴缠住参天古树的树梢，身体沿树干滑下去，头已经落到地面了。

他起一身鸡皮疙瘩。

他从蟒头方向看过去，在不远处小河边，一个妇人正在洗澡。

太危险、太恐怖了！

他情急之下忽然变作一只小鸟，飞到那妇人身旁喊：

"快逃命呀，巨蟒来了，会吃掉你！"

那妇人一把抓住他说：

"小呆子，这不过是一幅画罢了，那巨蟒几百年来一动不动，咋吃掉我？我倒要吃掉你，因为你偷看我洗澡！"

他惊出一身冷汗。

"可是……可是你动了呀，"他战战兢兢说，"你不也是画的一部分吗？你动了，它为啥就不能动呢？你快逃命吧！"

那妇人倒吸一口冷气。

就在那妇人松开手的一瞬，那巨蟒把她吞了！

他飞起来，灵魂还窍。

他梦醒了。

## 微刀故事

### 白子阿丁

他不是武林中人。

但他却是真正的武林高手。

他姓甚名谁、出身来历，无人知晓。

他就像幽灵，有影无踪，神出鬼没。

他使微刀天下一绝。

他有三把微刀，每把一寸长，比"小李飞刀"的刀还小，使的更出神入化。

他使微刀从不花拳绣腿，每招每式直取要害，干净利索解决问题。

没人能躲过他的微刀——单刀三招内必死，若三刀齐飞，一招毙命！

他的三把微刀都放在一个牛皮刀匣里，别在腰上。

没活人见过他使微刀。

因为见过的人都死了。

也没活人敢见、想见他使微刀。

他早已没对手了。

久而久之，他和他的微刀成为一个传说，一个神话，一个故事。

有人说，真正的神仙并不在《封神榜》上，这是对的，因为《封神榜》上的神仙都是先活过、后死掉的有名有姓的高手，而现今仍活在仙界的神仙，是不齿于榜上留名的！

## 哭娘（外一篇）

### 代应坤

哭娘不姓哭，真名叫刘李氏，住在李庄。李庄方圆二十里地，没有人不知道她的。她可以在死人坟头前连续哭泣两个小时不歇气，也可以断断续续一周之内不停声。

哭娘这大半辈子，一直过得不顺。三十二岁那年，她死了丈夫，两个孩子还没长成人；儿子三岁那年，发高烧，没钱找郎中，烧成了脑膜炎，成了智障者，二十多岁了，还打着光棍；丫头十八岁时，嫁给了外省一个小货郎，一年半载也难得回家一趟。

有人说，哭娘是天生的会哭，睹物思情，见花落泪，想不哭都难。

有人说，哭娘是见钱行事，钱多多哭，钱少少哭，没钱不哭，就这命。

有人说，哭娘之所以哭，而且哭得那么动情，是因为她生活中储存了太多的苦。

哭娘这一哭，就是几十年。

几十年来，她没有别的营生。哭丧，成了她跟儿子唯一的生活来源。

谁也不知道，她瘦小的身躯内，还有多少眼泪储备。

她渐渐感觉到，有些力不从心。

为了傻儿子，她说，她不能停。

那天，哭娘到三十铺一户人家哭丧，几十里地，全靠两条腿，到家时，已是掌灯时分。

儿子却不在屋内。

她找遍屋前屋后，还是没有儿子踪影。

在庄前大塘，她找到了儿子。

儿子已浮在水面上。

她把儿子紧紧搂在怀里。

这一次，她竟然没有哭出声来。

## 患过脑膜炎的海子

### 代应坤

七八口人挤在三间土坯房内,二十世纪七十年代的农村大多是这样。

只有海子家例外。他家三口人,除了灶房,还有另外两间房子,海子住一间,爹妈住一间。

海子7岁时患过脑膜炎,在家耽搁久了,送到医院只剩下一口气,好在他命大,阎王殿内转一圈又回来了,但是从此他就没有了以前的机灵劲儿。

他智力有问题但脾气好,见谁都笑眯眯的,只是话少,刘疤瘌经常咧着大嘴说:"三块馍都引不出海子的一句话。"

其实也不是的。每当海子的屋子坐满一群孩子,他的话就稠起来,在地上画一撇一捺,抬头问:"这是什么?"孩子们摇头,他就得意地喊:"人字、八字、入字,都成!"然后哈哈大笑,把大海碗内的窝窝头匀开,一孩子一份。

海子也不是每次都这样,毕竟他饭量大,隔三岔五做一次人情也是嘴上省下的。

海子喜欢看电影,再远都赶,一个大辫子跟他一路来,一路去。

海子长胡须那年丢人了,他把刘疤瘌媳妇晾晒的乳罩偷了。面对刘疤瘌夫妇的上门叫骂,他爹用鞭子狠劲抽他,脸和胳膊都是伤痕;海子跪下求饶,却被爹掼了脸蛋,鼻血喷多远。

看热闹的大黄狗见此情形放了一个响屁,抬腿就溜。

挨打的第二天,海子的土坯房又人满为患,孩子们从地下疯到床上,屋顶土坷垃哗哗往下掉。

那年春,邻村一个大辫子抱着一床双囍棉被来到他家,女方什么也不要,就要他人!

人们这才如梦初醒。说海子真傻,给大辫子买乳罩寻样本,说一声就行,不必偷偷摸摸。

海子不服气:"那种事咋讲?我傻?你们才傻呢。"揽起大辫子的腰,手指做了一个漂亮的"v"。

## 美差（外一篇）

张兴梁

能和县里孙领导一起到市里参加例会，乡领导王强万分高兴。

3天会议结束后，王强和县里孙领导就驱车往县里赶。车到D，前车的D县领导"嘎"地把车刹住。

王强和县领导被带进一家餐馆，没一会儿，黄领导就叫来D县的几位领导，说："孙领导，你我是老朋友，今天我私人做东，我们好好陪陪你。"

"谢了谢了！"

酒过三巡，孙领导就有点高了，他把外衣脱下来放在座椅后背上，歪歪倒倒地站起来，说："不行，我好反胃，要出去一下。"刚到门口，又对跟出来的王强说："你去给我拿一下衣服。"

"行。"王强进去后，又喝了3杯酒，才在领导们不经意时把衣服拿出来。

"孙领导，衣服拿来了。"

"好，你给我拿着吧，我头还有点晕，等回到县里再拿给我。"

年底，6个和孙领导到市里开过会的乡镇干部都升职了，只有王强级别不变，改任乡党委委员。

王强百思不得其解。

一位好友问他："你和孙领导一起去市里开会时，他是否让你给他拿过衣服？"

"拿过啊！他还让我给他一直拿到县里呢。"

"那你把衣服还给他时，有没有在他衣兜里放点什么东西？"

"我干吗在孙领导的衣兜里放东西？我又没疯。"

"哦，怪不得呢，你真是木头啊！你想，能给孙领导拿衣服的，有几人？那可是美差呀！"

## 县长的狗

张兴梁

吴果在县城开了一家狗肉粉馆，吴副县长经常来吃早餐。一来二往，吴果与他熟悉了，就和他攀家门。

"吴县长，您姓吴，我也姓吴，我们是一家子啊！"

"哦。你也姓吴？那自然是了。"

"吴县长，您大名叫什么？今年多大了？"

"我叫吴方耀，今年三十五。"

"我五十，就喊您兄弟了，行吧！"

"不要紧，怎么喊都行。"

吴果攀上了家门吴县长，就和任何人都侃："我兄弟是县长，我们关系特好，有什么事可以来找我。"

"哟，怪不得，吴老板生意这么好。"见人们露出羡慕的神情，吴果心里像喝了蜜。

一天，吴县长又来吃早餐，吃完后对吴果说："老哥，明天你弟媳要去丽江旅游，我们家的狗无人照管，你给我养几天吧！"

"行啊！"吴果爽快地答应。

第二天早上，吴县长来吃早餐时把狗牵来了。吴果把狗关在后院里，并剁了一坨肉给狗吃。

吴果要上街买佐料，便吩咐小工："管好狗啊，别让它跑了。"

"噢。知道了，你放心去吧。"小工说。

吴果回来了，他又剁了一坨肉，去后院喂狗。

可是，狗呢？狗不见了！

吴果慌了，气愤愤地从后院跑出来，高喊："小工，狗到哪里去了？"

"哦，老板，我看你很忙，肯定没时间，就替你把狗杀了，这不，全都宰来放在锅里呢，你把佐料放进去就可以炖了。"

"什么？你把狗杀了！天那，你这个狗东西，你知道吗？那可是县长的狗啊！"

顿时，吴果痛哭流涕。

## 捉猴子（外一篇）

### 蓝 鸟

我将儿子叫到一边，给他讲了一个少时的陈年趣事。

家乡有个孙老爹，是个耍猴人，养着两只猴。小孩子们都喜欢围着他耍，看猴子表演。孙老爹见那只猴子年岁大了，身上黄毛也慢慢脱落，懒洋洋的，玩杂耍动作也不利落了，有心上山再捉一只小猴来接班。

龙虎山里猴子很多，但特别机敏，要想捉到一只猴子真不容易。

一天，我死缠蛮打地拖着孙老爹带我上山，想看看孙老爹捉猴的绝技。孙老爹好不容易答应了："就一个条件！"我问："什么条件？""小孩不能偷懒，帮我抱个南瓜。"我说："行！说话算数，一言为定！"

孙老爹在大南瓜上凿了个小洞，把瓜瓢挖了个干净，然后放进一把炒玉米，把南瓜放在一个猴子出没的山径口，我们就躲到树丛观察。一只大猴子走近南瓜，闻了闻，伸手想抓，洞小够不着，无奈将南瓜玩了几圈，悻悻走了。我屏住呼吸。又来了一只小猴子。它一走近大南瓜，就用小手伸进南瓜洞里，可手一伸进去，就拿不出来了，小猴只好急得拖着沉甸甸的南瓜走，哪里跑得快？这时只见孙老爹纵身跃出，三步并两步跑了过去，一把就将小猴擒住了。

我问："小猴咋不放下南瓜呢？"

"哈哈，"孙老爹笑了两声，说，"虽说猴子机灵，但本性十分贪婪，抓到一把炒玉米就死活不肯松拳头，所以手伸得进去拿不出来，只有拖着大南瓜就擒……"

明天就到 S 县赴任县长的儿子，静听着我的故事，沉默了片刻，说："老爸，您放心。"

## 美丽人生

蓝 鸟

我父亲是个演员。

小时候，我家住在剧团大院里。那个时候，大院很热闹，大门和院墙到处贴满了各色大字报，标语。

父亲原是剧团的台柱子，年轻的老戏骨。但少有上台了，家也搬到一个大楼堆杂物的房间。

母亲说外面很乱，要我待在家不要出门，外面有专门拐卖小孩的坏人，只要用手拍一下你的头，你就会跟他走。我害怕。为了排遣我的孤独寂寞，父亲常常和我做游戏，扮演各种角色，逗我发笑。

一天，我坐在门前等着父亲回家，天黑了，父亲还没有回来，妈妈催我睡觉时，父亲才进家门。父亲头上套着一个纸糊的高帽子，脸上抹着锅灰，父亲说，剧团在赶排一出戏，他在剧里扮演一个牛鬼蛇神的角色。父亲在我面前跳来跳去，佯作张牙舞爪状，大嘴张合着发出啊呜啊呜的声音，我咯咯地笑，他吓不到我，因为我知道他是我爸爸。

还有一天，父亲一瘸一拐地到家，母亲问他怎么了。父亲对她使了下眼色，小声说："排戏时不慎摔了一跤，还好，不严重。"随后对我说："我扮演跛脚鸭子，你看像不像？"他颠着一只腿，做鸭子摇摆走路的滑稽姿势，一边走，一边叫："嘎嘎嘎，地不平，地不平，我要去告土地爷爷……"把我逗得哈哈大笑！父亲扮的跛脚鸭很逗！

流年似水，美丽的童年很快逝去了。长大的我，方才明白了许多事情……

从太平洋彼岸留学回来，优雅的父亲挂着一根拐棍到机场迎接我。我脑海忽然闪现童年时父亲跛脚鸭的形象，眼泪盈眶地叫了声："老爸！"便扑入父亲的怀抱。

我爱我的父亲，我从小就知道，他是一位伟大的演员。

# 娘（外一篇）

**周春亭**

大哥打电话说娘病危。叫我安排好单位的事立即赶往 A 城。

娘八十六岁。去年身子骨还硬朗，今年夏天却突患中风瘫倒床上。大哥说前几天老娘再次中风，进医院后一直昏迷不醒。

我们哥四个，我排行老四。近几年，老二老三相继去世，就剩下我和大哥。大哥前两年在公安局退休，儿子在 A 城开了一家贸易公司，他也在那买了房子。我还在离 A 城很远的那座城市里当警察。

早些年哥几个经济条件都不宽裕，为了让娘过得幸福，哥几个商量每人每月给娘三百块钱生活费。当二哥、三哥去世后，大哥就把娘接到了他家。

一下火车，我立即坐出租车赶往医院，此时，大哥已经候在医院门口。见我来了，大哥两汪泪水顺睐而下。大哥说："娘恐怕挺不了几天了，老二老三都没了，咱俩给娘张罗后事吧！"

当天夜里，昏迷不醒的娘咽下最后一口气。

处理完娘的后事，回到大哥家，他从床头柜里拿出一个存折，说："这是咱们兄弟多年给娘的生活费，这么多年，老人家一分钱都没动，都存在了这个折子上。现在娘走了，这些钱就留给老二老三的孩子们吧！"大哥又说："清明节快到了，到时候咱还像往年一样，买烟买酒，去郑凡的安息之地……"

娘是我们的亲娘，但我们却不是娘的亲儿。娘的亲儿是郑凡。郑凡和我们哥几个当年都是市局缉毒中队的，在一次缉毒行动中，郑凡英勇牺牲，当时，大哥是我们的中队长。

# 白丝袜

**周春亭**

她喜欢白丝袜。

一天晚上，天很阴，在紧挨她家的一条巷子里，在她前面走着一个矮个子男人。借着路灯的灯光,她发现矮个子男人脚上穿着一双白丝袜。虽然巷子里的灯光很弱,但矮个子男人脚上穿的白丝袜却在她的目光里格外醒目。

矮个子男人在前面走,她在后面跟。她没想别的,脑子里仅仅是矮个子男人脚上穿着的白丝袜。大概矮个子男人感觉到有人紧跟在后面,脚步变得有点拖沓,走着走着突然停下。矮个子男人不知是冷还是别的,身子颤抖地问:"你干嘛跟着我?"她镇静地回答:"咋想的?我家在前面……"一句话便堵住了矮个子男人的嘴。矮个子男人无法再问,转过身继续向前走,走不远前边出现了一条横巷,矮个子男人躬着腰"咚咚咚"地就跑进了那条巷子……

回到家里,她与一位微信好友聊天,聊着聊着,她突然问:"您喜欢白丝袜吗?"好友感到唐突,一时怔住……

见好友不答话,她又问:"您穿白丝袜吗?"好友那边回答:"穿。现在就穿着!"她冲好友请求:"能发一个穿白丝袜的照片吗?"好友不解:"发这个干嘛?"她说:"喜欢!"好友推测:"你有一个和白丝袜有关的故事对吗?看见好友发来的微信,她不再说话,眼睛湿湿地给好友发过去一个流泪的表情图。

她心里确实有一个与白丝袜有关的故事,这个故事刻在她的心里,或许永远都不会忘记。

她的丈夫是个刑警,半年前的一个晚上,丈夫驾车去追一名凶犯,追捕中不幸出了车祸,当她赶到车祸现场,第一眼看到的就是白布单下面丈夫脚上穿着的那双白丝袜……

# 表叔的面子(外一篇)

## 李 横

那天,小张下班回家走得有些急。

路过青山村时,一只小黑狗横趴在路中间。一不小心,小张把持不住,车就向狗撞了过去,把狗的前腿给轧伤了,狗的叫声引来了许多围观的人。

"这不是王村长家的小黑吗?"

"好狗不挡道啊,该死!"

…………

随着人们闹哄哄的嘈杂声，西装革履的王村长走了过来，狠狠地扇了小张一巴掌。

"王村长，对不起！"

"把狗轧伤了，'对不起'就完了？"

"村长，要不给您点医药费，您看行不行？"

"医药费？你知不知道它是拉布拉多，你赔得起？！"王村长冷冷地说，"要不这样吧，叫你赔你是赔不起的，你把小黑送到市医院，照X片，做CT检查……"

小张哭丧着脸，扑通一声跪下了："村长，您就高抬贵手，看在我表叔的面子上，放我一马吧！"

"不行！我要我的狗，我要让你把我家小黑恢复成原来的样子！"

"村长，上次，是我……我……领您去我表叔家的，您……您……不记得了吗？"小张结结巴巴地说。

"那天，您还……求求您了。你就饶了我吧！"小张整个人都要垮了，情绪失控，双手扯着王村长的衣服。

"你表叔算个屁！"王村长愤愤地掰开小张的手，任他怎样求情，王村长就是死活不答应。

那晚，小张在市医院隔壁一间小酒吧里，狠狠地喝空了几个酒瓶，跌跌撞撞走回家。

路过王村长家时，小张看到一辆警车停在门口，他一脸茫然……

到家后，小张满嘴酒气地向老婆说起今天的事，老婆说："我刚听人说，你那个当局长的表叔昨天晚上被双规了……"

# 妈妈的味道

### 李 横

已经过去一个星期了。可我给胡静雅盘的头发，还一直盘着。

这天课后，我把胡静雅叫到我的办公室，说："静雅，这过去都一星期了，怎么还不把头发放下来呢？"

"老师，我的手有一道伤疤，手好了后，我会梳洗的。"胡静雅伸出一双黑黑的小手，左手背上有一道2厘米的伤疤，伤疤在阳光的照耀下，刺痛着我的心。

"要不，老师帮你梳洗。"我蹲下来摸着胡静雅的头说。

"不！"胡静雅低着头，说，"我作业还没做完，我去做作业了。老师，再见……"话还没说完，便向教室跑去。

第二天，我刚到教室，听到一阵伤心的哭泣声。班长站起来对我说："老师，是刘小龙不小心，把胡静雅的头发扯脱了。"

我走到胡静雅的身边，胡静雅趴在课桌上伤心地哭着。刘小龙站起来，紧张地看着我，我示意刘小龙坐下。胡静雅抬起头，黑红的小脸上闪着明亮的泪滴。

"静雅，为什么这么伤心？头发扯脱了，我还可以帮你盘上。"我抚摸着胡静雅的头。

"我妈妈，在我很小的时候，就离家出走了，我跟奶奶住一起。那天，您给我盘头发，我想，如果，您要是我的妈妈，那该有多好啊！您就可以天天给我盘头发。"胡静雅哽咽地说，"我昨天骗您，说我的手有一道伤疤，那是我用彩色笔画的。我之所以让头发一直盘着，那是因为，头发上还留存有妈妈的味道……"

## 遥望（外一篇）

### 浊 木

移步阳台，正对崤山。望着望着，剪花就想起了爸爸。

爸爸是记忆中唯一的亲人。虽有两个哥哥，可他们总是在忙，总也忙不完。唯有爸爸心里装着她的一切。

剪花参加了工作，得知自己是爸爸捡来的时候，他已经去了另一个世界。

那天在街上，猛然发现一个酷似爸爸的老大爷。剪花悄悄跟着，看着他进了一个小区。向门卫问清了情况，她才回家。

那一夜，爸爸的音容笑貌一直在她眼前浮现。第二天，剪花忍不住买了好多礼品去看望。巧的是老大爷也姓董，也有两个儿子。一个昆明，一个郑州。董叔不愿离开故土，一个人独住。

那一天，他们聊了很多。

董叔很高兴。剪花也很开心。

没两天剪花又去了。

董叔说："我整天没事儿，家里也没人。你有空就常来吧！"

再后来遇到不开心的事了或是感觉累了，剪花就去董叔家坐坐。当然，每次去都会带着礼品。

有一次，恰好从小区门口路过，剪花空着手去了。董叔似乎不大高兴。剪花当时没在意。

又去的时候，董叔张嘴说："你那次来空手，这回拿的东西也不多啊！"

又道："我爱喝纯奶。热一热，一天要喝三包呢。下回来多买点。"

从那以后，董叔开始找剪花要东西。有时候有别的事，没有时间去，董叔还会发脾气，甚至骂人呢。

剪花很奇怪，董叔这是怎么了？

有一天，董叔终于对剪花说："老伙计们给我说了。你都上了报纸了。想当啥子敬老模范吧。你想出名，花点儿钱不是应该的吗？哪能轻轻松松就出了名呢？"

下午回到家，剪花望着阳台对面灰蒙蒙的崤山，忽然感觉到它是那么遥远。

# 一场官司

### 浊　木

才出去不大一会儿，洪泽又返回了221病房。

正在夸赞月霞嫁了个好男人的病友们探照灯般的目光齐聚到小两口身上。

月霞压低声音道："不是说了叫你照看咱爸吗，你咋又过来了？"

"大哥二哥来了。"

"他俩来了？那你赶紧去办出院手续，趁空把我送回家。"

"两个哥的意思是先不出院。"

"不出院？不出院他俩给拿钱？"

"……哥的意思要打官司。叫新新给咱出钱。"

"打官司？叫新新出钱？"月霞提高了声音，"他俩好意思，你也好意思？"

洪泽低下头弱弱地说："律师都请了。起诉书也写了。律师说，新新是好心不错，好心也得承担责任。事故是他造成的，他就应该出医疗费。"

"我不同意！"

半个月前，老公公秦老汉非要去镇上看戏，月霞不放心，赶紧去撑。在村边遇到开着三轮车去邻村拉货的老乡新新。新新好意让翁媳二人坐上捎一程。谁承想在一个路口跟一辆突然冲出的摩托车相撞。新新昏迷不醒。秦老汉脑出血。月霞摔断了右腿。在外打工的洪泽不得不赶回伺候。

"咱伤了，人家也伤了。人家好心好意让咱坐车，咱还让人家出钱。这太不厚道了吧！"

"律师说现如今是法治社会。讲人情，更要讲法律。"

"你没想你告了人家，谁还敢做好事？村里人咋说咱？"

"我也不想告。可是花钱太多了……"

"要告你三个告。我不告！"

秦家兄弟赢了。新新赔偿两人治疗费等共计十二万元。

村里村外议论纷纷。人人开始自觉学习法律知识。

邻里之间相互帮忙的事大为减少。

两个多月后，月霞的伤彻底好了。她和洪泽办理了离婚手续。

# 寻找（外一篇）

### 宜　江

接到面试通知后，周明突然想照照镜子。

翻遍每一个角落，周明才发现，租住这间屋子多年，竟然没有一面镜子。站在窗户前，灰尘覆面的玻璃朦朦胧胧。周明对着玻璃哈气，用抹布将玻璃仔细擦拭干净。一个蓬头垢面，眼窝深陷的憔悴影子显现出来。周明吓了一跳。

从山沟里走出来后，除了拼命读书，哪有工夫对镜自赏。更何况，对自己的相貌，周明从来就没有自信。

周明对这家应聘的公司很中意，一路过关斩将，进入最后的面试，只有周明和李钢。可不知为什么，每次想起李钢健步如飞的高大身影，周明的肩就会塌下来。

"不，绝不，这次必须赢！"周明攥紧拳头。

女友进门时，周明正趴在电脑边发呆。

"走，带你去个地方。"女友强拉周明的胳膊往外走。

周明从美发店椅上站起来，扶正眼镜，捋捋油光锃亮的发丝，对特意留出的那条中缝似乎很满意。

洗手间里，周明和李钢不期而遇，两人矜持着，点头示意。虽是不经意的一瞥，但精心装饰的形象，却深深印在对方脑海里。李钢也是一身崭新西服，一头油亮的长发，自信地朝右边梳齐。

"二位先互相认识一下。"主考官将两人同时叫到面试室。

两人握手，抬头打量对方，一时很诧异。周明改梳了大背头，但李钢的背头不见了，一条整齐的发缝显而易见。两人的发丝还沾着点点水珠。

"你们都很优秀，但身上都缺了点东西！"主考官摩挲雪亮的光头，微笑着注视他们。

两人拍拍衣兜，翻翻口袋，原地转圈，低头寻找主考官说的，缺失的东西。

"你们缺少的，是镜子照不到的东西。"主考官说。

# 伤

## 宜 江

"贝贝，在家乖不乖呀？"

往常，女主人阿梅回家后一定会轻轻弯腰，抱起一身雪白绒毛的我，从头至尾反复摩挲。卧在阿梅温暖的怀里，我"喵喵"撒娇。

可阿梅今天是怎么了？当我撑着刚刚进门的阿梅的脚，等待幸福时刻到来时，却突遭横祸——我被狠狠踹了一脚。

我蜷缩在角落里，满怀委屈地等着男主人明君回家。

房门钥匙扭动时，我一个箭步冲到门前。一只公文包被重重扔进沙发，弹跳几下，栽倒在地。我扑了过去，我想：明君一定会带给我一份惊喜！

谁知，我被一只大手狠狠扇到地上。等我翻身再次蹩进旮旯时，明君已陷进沙发，脖颈后仰，从嘴鼻嘘出长长一口气。

夜幕降临了。

阿梅、明君和我的小主人乐乐围坐在餐桌旁，谁也不吱声。我趴在餐桌下，没人理睬……

突然，我在桌底下听到阿梅和明君的斥骂声。乐乐摔了碗筷，"砰"的一声关了房门。

我用前爪抓乐乐的房门。乐乐开门后，又坐回书桌旁写作业。我想逗乐乐开心，谁知，乐乐却丢了笔，找来一根鸡毛掸子，对着我一阵乱打。我惊慌失措地跳到床上，鸡毛掸子像雨点般追着我。我从床上跑到床下，又从屋里跑到屋外，随后仓皇跳上窗台，飞身从三楼跃下。

我不顾疼痛，沿着小路朝小区外狂奔。风从耳边"呼呼"吹过。我要逃离小区，越过马路，去寻找我的好朋友琪琪——向她诉说我的心酸。

一辆轿车打着雪亮的灯柱飞驰而来，世界像突然拉灭了电闸，我的身体像纸片般腾空而起，飘在空中……

恍惚中，阿梅、明君和乐乐紧张地盯着我，眼里噙着泪水……

# 山路弯弯（外一篇）

### 陈祥云

她和他在弯弯的山道上默默地走着。

她实在不想挪步了，说是去男方家相亲，可五万彩礼自己家已收下，收下就是人家的人，谁让自己生在大山里。母亲因操劳过度，得了肝硬化，没钱医治，只能用土法维持。

她的长相是十里八乡出众的，到现在恋爱还没有谈过一次，一心想到外面的世界去看看，像城市姑娘那样也谈次恋爱。

这时媒婆给她介绍了一个对象，男方会木工，可以拿出五万元彩礼，这里是大山沟，能拿出这样的彩礼数目的人不多，自己家也急需。

他停下来问："后悔了？后悔你就回家吧！"

她慢慢地坐在一块石头上，过了半天，少气无力地说："走吧！"

他未动："我知道你心里不愿意，这钱你先用着，你回家后告诉我家人，就说我去城市打工了。说起来，这都是我母亲的意思，硬逼着我拿五万元来相亲，说我愿意，钱就留下。看你很不高兴，我也不想和一个不喜欢我的人成亲！"

她认真看了看这个长相平常的男人，想到回去又咋样？有病不能住院的母亲，面黄肌瘦的弟弟学费又该交了，父亲多年没买过新衣服，认命吧。

这时弟弟追来气喘吁吁地说："妈妈看你流泪出家门，心里也很难受，这是彩礼钱，咱回家吧。"

她叹了一口气，低声道："明天，我能和你一起去城里打工吗？"

# 数学奖

### 陈祥云

我家有一对孪生姐妹，分别叫嬛嬛、潇潇。

一次，她妈买了一双运动鞋，两个女儿试了，都喜欢穿，她妈赶紧去超市再买一双，可是服务员告诉这是断码鞋，她妈回家后，让她俩决定谁穿，她俩商量后，一人一只。

她俩长得特别像，这样也好，我看鞋，就知道左嬛嬛右潇潇，潇潇也少替嬛嬛挨揍了，可她俩经常换，我也经常认错。

一次，潇潇病好后，看到学校的光荣榜上，潇潇获得数学竞赛全校第三名，老师表扬潇潇："平时数学成绩一般，这次成绩这么靠前，是潇潇努力学习的结果。"

潇潇听得一愣一愣的,明明那天自己有病,没有参加数学竞赛,还得了第三名,潇潇急忙分辩,老师同学都证明潇潇参加了数学竞赛后,请病假走了。

潇潇赶快去问嬛嬛,知道是嬛嬛替她做的,嬛嬛学习成绩平平,但数学、英语比潇潇强,就是贪玩,不好好用功罢了。

原来,那天潇潇病了,不能上课,嬛嬛安顿好潇潇后,去给潇潇请假,到了潇潇的教室门口,刚想喊报告,班主任老师就训道:"你站在门口愣啥?来晚了还不赶快进来,快回到座位,数学竞赛马上开始了。"嬛嬛犹豫一下,听到是数学竞赛,就来劲了,坐到潇潇座位上,认真做题。

校长知道这件事情的经过后,没有批评嬛嬛、潇潇,而是亲自到嬛嬛教室,为嬛嬛颁奖,并表扬嬛嬛,在普通班能拿到学校第三名是老师没想到的,并让嬛嬛参加学校数学重点学习组。学校从此规定不管什么竞赛、比赛,重点班和普通班都全员参加。

# 鸟痴(外一篇)

### 伍月凤

鸟师傅是个名副其实的"鸟痴"。

鸟师傅家房前屋后悬挂着一排排灯笼样的鸟笼,是村里的一大奇观。每天早上,群鸟齐鸣,鸟师傅坐在檐下的石凳上,叼着他那根长长的烟枪,侧耳倾听,一脸痴迷。

鸟师傅有个绝技,鸟儿从他面前飞过,他看一眼羽毛、听一听声音,就能辨出雌雄,从没错过。

鸟师傅会吹口哨,能模仿各种鸟叫,惟妙惟肖。一次,老伴给鸟喂食,一只机灵的小鸟飞出鸟笼,一去不返。鸟师傅不慌不忙吹响口哨,哨声清扬,如情人在呢喃,如母亲在呼唤……那鸟儿竟飞了回来,欢快地钻进了鸟笼。

有一段日子,鸟师傅天天足不出户奋笔疾书,他将收集的鸟儿图片,积累的养鸟知识,编出厚厚的一本《鸟经》。某夜,老伴在做晚饭,灶里的火突然引燃柴堆,烧着了房子……乡亲们闻讯赶来,只见鸟师傅一脸烟灰,身上的衣服被烧得千疮百孔，正手忙脚乱将鸟笼一个个打开，让鸟儿逃离。

众人一起帮忙，鸟儿全部脱险，房子被烈火吞噬了，一本《鸟经》被鸟师傅紧紧抱在怀里。

火灾过后，鸟师傅无房可住。他在残垣断壁间搭了一个棚子栖身度日。没事的时候，仍吹响他的口哨，哨音远扬，鸟儿们四处飞来，钻进鸟师傅新做的鸟笼。

一天，鸟师傅正在赏鸟、投食，村里来了几个大盖帽。森林公安听说鸟师傅和鸟的故事，前来一探究竟。森林公安看到鸟笼里许多保护级别的鸟儿，脸色大变。

鸟师傅微微一笑，他吹响口哨，笼中之鸟纷纷扑扇着翅膀，飞出了鸟笼。

火灾过后，鸟师傅做的鸟笼，笼顶都是空的！

# 桥

## 伍月凤

那年暴雨中，眼睁睁地看着9岁的儿子随那座年久失修的木桥消失在湍急的河流中。满叔就变了个人，苍老，木讷，毫无生气。

乡长到县政府申请修一座新桥，得到的答复是："勘测、预算、设计……都需要时间，修桥不是一时半会儿的事！"

满叔一咬牙，将悲痛欲绝的妻子送回娘家，变卖了家产，买了一条渡船，在河边扎了根。

"满叔早。"邻居花婶子去河对岸卖烙饼，从篮子里拿出一张烙饼递给满叔，向船尾走去。

"坐船一块钱。"满叔面无表情。

花婶脸色一变，丢下一块钱，还有一句话："喂了狗了。"

"刘满，好久不见。"老同学边问候，边递上一包烟。

"戒了。"满叔淡淡点头，伸手，"一块钱。"

老同学摇摇头，拿出二十元。满叔接过，塞进口袋，也不找零。

"认钱不认人。"有人鄙夷地说。

"也是可怜人。"知道满叔经历的，同情地说。

后来，大家上船交钱，再无二话。

满叔只不收老师和学生的钱，给也不收。

一晃两年，满叔人更老，腰更弯。一天，暴雨肆虐，洪水奔涌。满叔使出浑身的劲才将船摇到对岸。最后上岸的小孩，看着洪水，腿一软落入水中。满叔扎入激流，追了几十米，才追上小孩。费力地将孩子送到岸边时，满叔已筋疲力尽。岸上人拉上小孩，想再拉满叔时，满叔却无力伸手，人们眼睁睁地看着满叔被滚滚浊浪吞噬……

满叔的葬礼上，满婶拿出一个厚厚的纸包，纸包里是三万块钱。这是满叔积攒了两年的修桥费……

桥修好后，满叔的雕像，立在桥头，眼睛深情地望向河中央……

# 女教师的辞职信（外一篇）

### 张弃资

夏季来临，县教育局召开各中心校校长紧急会议，高调布置防溺水工作。吕局长三令五申，各中心校务必要成立组织，制定工作措施和预案，要把水塘承包给教师巡查，责任到人；教师要深入到有孩子的家庭，一起讨论，制定防溺水计划，务必做到一户一方案，一人一措施。吕局长最后强调："每位教师务必要认清形势，服从安排，否则后果自负！"

中心校及时召开中小学校长会议。马校长严令各校务必成立组织，制定好工作措施和预案，并把区内所有沟塘包给教师，教师务必每天二十四小时不间断巡逻，并对沟塘周边住户进行防溺水宣传；及时发现劝阻在水边玩耍的未成年人；发现未成年人溺水，务必及时报警施救。马校长最后强调："每位教师要有政治意识，认清形势，服从安排。否则必给予严惩！"

中心学校朱校长立即要求全校停课，召开紧急会议。朱校长号召教师立即制定相关计划，并宣布每位教师承包的沟塘。他强调："每位教师从即刻起，除了上课、护路和扶贫外，把全部精力转移到防溺水护水塘的重要工作上来！哪个敢玩忽职守，消极怠工，必将受到最严厉的惩处，直至开除公职！"

**中国新实力作家成名作**

第二天下午,一个刚入编年仅二十八岁的外来本科女教师,就义无反顾地向学校、中心校和教育局递交了辞呈:鉴于本人年轻,才疏学浅,完全不具备一线教师应有的一专多能的条件:缺少扶贫、危房鉴定、防溺水、护路和其他意外工作的专业知识和基本技能,唯恐误人子弟,祸国殃民,只好忍痛割爱,特申请辞职,敬请领导垂怜批复。

于是舆论哗然。

# 问 罪

### 张弃资

多年前,我接到一个男人来电:"喂,张老师吧?""请问你是哪位?""李大虎,李彪的老子!"按惯例,我有所保留地把李彪违反纪律的事儿告诉他。没等我说完,他便蛮横地嚷道:"就算俺儿子不守纪律,你咋教育都行,你干吗打他?"

早晨英语课,我让李彪到黑板前默写单词,他死抗不去,拉他站起来,他竟和我动手,被我训了一顿,还不轻不重地拍他一巴掌。

我小心地说道:"我只象征性地吓吓他!""俺孩子才十四岁,要是留下脑震荡或心理阴影啥的,俺孩子前途就毁在了你手里!"

"我……"

"我啥我,你最好带俺儿子做个检查,不然,后果很严重!"

我便带李彪到医院做检查,花了四百多元后,我提着的心终于放下来。

下午李彪没到校。我接到中心校李校长电话:"……家长告你有严重体罚学生的事儿……"

"到医院给李彪检查了,他没事儿!"我冷汗涔涔的。

"没事儿,孩子能待家不上学吗?这事儿捅到上面去,是啥后果,就不用我说了吧?"

晚间又一个电话:"我是镇上的……你把他打成了脑震荡吧?"

"我是吓唬他的……"我左手举起来发誓。

"张老师,你是个明白人……解铃还须系铃人……你懂的!不然明天镇里派领导过去!"

第二天早晨,我便带着五千元,央求校长陪我到李彪家赔礼道歉……

今天一早,我在镇上遇到一个坐轮椅而狼狈的残疾人,就是李彪。原来前一段李彪被社会上的一群小混混打残了两条腿,这次,李大虎明明知道是谁打的,却没敢高声说一句话!

## 看蜗牛(外一篇)

何志强

"这次模拟考试又退步了,爸爸一定会大发雷霆!"章斌迷迷糊糊已经来到了三十层楼的天台边。

地面上一位阿姨发现了他,她的大叫声引来了很多人。

章斌看着地上慢慢移动的人,就好像蜗牛一样在爬行。

"爸爸每次都说要考第一,要考名牌大学。我已经很努力学了,就是……"章斌坐在天台边想。章斌的爸爸是局长,妈妈是大学教授,他们都很忙,没时间陪伴他。

对面楼传来了儿歌《蜗牛与黄鹂鸟》:"蜗牛背着那重重的壳呀,一步一步地往上爬……"

章斌想起小时候,他和爷爷一起在乡村生活。每次看见路上的蜗牛,爷爷都会把它们抓回草丛里,怕它们给行人踩着。"爷爷,我想你!自从你去世后,再没人疼爱我了……"

忽然,章斌看见对面阳台上一只蜗牛慢慢地往上爬,上面有一棵小树开着花,似乎是花香吸引了它。阳台有点滑,蜗牛掉了下来,它很努力翻过身,又往上爬;它再次掉下来,再次翻身,再次往上爬……章斌一边看,一边暗自为蜗牛加油。

"小斌,在爷爷心里你永远都是最棒的……"章斌的耳边响起了爷爷临终前的话。这时,对面的蜗牛已经爬上了阳台,来到了开花的树下,它摇着头角,仿佛在对着章斌笑。

"孩子,别想不开!"突然冒出来的一个保安,紧紧地拽住章斌的胳膊。

"下面很闷,上来透透气,看看蜗牛!"章斌轻轻地说,眼里含着泪水。

# 不　争

何志强

自从三年前当上部门经理，柳铭便犯了"头痛病"。

每次董事长召开经理会议，其他部门经理为了争取分配多一点业务，争得面红耳赤。这时，柳铭总是按着头，一副痛苦难忍的模样，一句话也不说。柳铭从来不争抢业务，一切服从公司安排。

每当其他经理去参加宴会或娱乐的时候，柳铭总是拿"头痛"作为挡箭牌，留在办公室或躲在家里，不是工作就是学习。柳铭虽然老是"头痛"，他部门的业绩却从不拖后腿，总是处于公司的前列。

两年又过了，总经理即将退休，董事长要从所有部门经理中挑选一位继任总经理。其他部门经理都争着表现自己，这时柳铭的头痛病又发作了。柳铭向董事长请假回家养病，关键时刻，从来不请假的他居然主动放起了长假。为了争夺总经理的位置，经理们各显神通，大招小招无奇不有，斗得难分难解。

年中，总经理正式退休，董事长特意为他举行了一个欢送宴会。在宴会上，董事长请总经理代董事会宣布继任的人选。

"柳铭！"总经理大声压住议论的人群继续说，"柳经理上个星期出国受领他的博士学位，他利用这次拿学位的机会和一家外国大公司签订了一个十几亿元的大合同！"

话音刚落，柳铭走上了主席台。

"谢谢董事会！谢谢董事长！谢谢大家！谢谢我的'头痛病'！"柳铭声如洪钟地说，"因为它我才可以静下心来学习，才可以拿到我的博士学位，才有机会结交外国朋友和签下这份合同。"

这时，新任总经理柳铭神采奕奕，红光满面。人逢喜事精神爽，他的病魔似乎给喜神吓跑了。

## 圆滑的石子（外一篇）

刘春叶

公司要裁员，副经理很果断地把两个人的名字列入了被裁的行列，总经理私下和副经理商谈，请副经理谈谈裁两位员工的缘故。

副经理说："要说能力他们确实也不错，就是，就是……"副经理的眉宇间起了皱褶。

"究竟怎么了？"总经理追问。

"就是，就是，处事不会圆滑，棱角太过分明。"副经理讲了实情。

"他们有没有优点？"总经理又继续追问。

"有啊！有责任心，讲原则，他们一旦认准的事，总是难于沟通。"副经理再次皱起了眉头。

"好，关于这个问题咱们就此打住，走，咱们玩会儿游戏去。"总经理拍着副经理的肩膀，两人走进了一所游戏厅。

副经理心头一团迷雾。

这项游戏的规则是：两人各持一盒五颜六色的小石子，但必须淘汰出四分之一的石子，然后用剩余的石子搭建出一所小房子，看谁搭得又快又好。

于是，两人就各自淘汰石子，淘汰完毕后各自组建房子。

半个小时后，一间漂亮的小房子在总经理面前的桌子上诞生了，而副经理面前的还是一堆小石子。副经理的头上渗出了细密的汗珠子，急切地说："这，这，这是怎么回事呢？"

总经理嘻嘻一笑，一脸的诡秘。

副经理仔细看了看被自己淘汰出的那堆小石子，都是棱角尖尖的小石子，再看看总经理淘汰出的小石子，都是圆滑滑光溜溜的漂亮小石子。

总经理盯着副经理说："这回你该明白了你没有搭建成房子的缘由了吧。"

副经理脸上红红的，紧紧握住了总经理的手。

## 妈妈的礼物

刘春叶

手机一响,他的心就"咚"一下。

离家时,他拍着胸脯向妈妈保证,不出一个月一定找到工作。

现在已经三个多月了,工作还八字没一撇,能不着急吗?

"孩子,咱不急,找工作就像配螺丝,不容马虎。"耳边传过妈妈温柔的声音。

他强作镇定地说:"妈,你放心,我争取在最短的时间内找到工作。"

"不急,千万别心急,心急吃不了热豆腐。"电话那头又传来妈妈的声音。

他放下手机,一声叹息。

整天,他忙碌地如热锅上的蚂蚁,人就像粘在电脑上,不是咨询,就是简历,等待他的还是一次次的面试失败。

一天,他收到一个快递,是妈妈寄来的。他猜,应该是豆腐干。他快速打开小匣子,是他家那个破旧的茶缸,里边塞满了潮湿的土壤,几株嫩芽已经破土。

他百思不解,出于好奇,抠出一株芽苗,是荞麦芽。

他挠挠头,一头雾水。

两天后,又是几株嫩嫩的芽苗破土,他又抠出一株芽苗,是菜籽苗。他皱眉所思。

五天后,又是几株芽苗破土而出,他又抠开一株,是谷子。

谷子,菜籽,荞麦,他在心里默默念叨着,忽然茅塞顿开。

他是农村长大的孩子,当然记得大人们曾常说的那些耳熟能详的话语,"麻三菜四谷一七,气得荞麦当夜出"。

他的拳头攥得紧紧的,心头闪出一束光。

两个月后,他成功入职。

他给妈妈发了信息:"妈,感谢你的礼物。"

# 微散文卷

## 姚记粉店

符浩勇

稍上年岁的本埠人都会记得,水巷口那条窄窄长长的小街路口曾经横竖摆设一家姚记海南粉店,那个写在竹筛的招牌虽然消逝在岁月里,却也留在人的心上。

当年,姚发爹租下两间青砖瓦顶的铺面,打通中墙,撑起店铺,专卖海南粉。半间为厨,一间半为堂。由他掌勺,儿女跑堂。干了半辈子却总发不起来。每个墟集,天刚蒙蒙见光,父女就起来了,摆好六七张八仙桌般大的圆木桌,十多张巴掌大却两米余长的凳子,每张桌上又端上用糨糊空瓶装的竹筷子,就吆喝两声,开市了。每天焗做的粉条又嫩又软,又费尽心机地弄出香喷喷的花样,千方百计去讨好吃客的口味,可每天20多斤的粉粿就是很难卖完。经常老半天的,没见一个腰包胀饱的吃客。一天真难赚那么几个钱。

年深月累的,两间店铺受风雨日月的侵蚀破旧了,姚发爹却掏不出装点粉饰的钱。海南建省那年,小街上忽然来了天南地北的客人,他们也喜欢吃海南粉,不仅当早餐吃,午饭也吃,夜宵还来吃。可姚发爹忽而感到体力不济,常常闹些小病痛,意想让唯一的女婿宽财来接管,可愁的是,宽财一个老大粗,又憨又实又莽直,一看就不是做生意的料。但他实在不愿两间粉粿店铺就这样关门了,况且这时候凭借粉店也可安稳度日了。于是一咬牙,姚

**中国新实力作家成名作**

发爹将粉店交给了女婿。交接的那天夜晚，姚发爹让女儿把女婿请了来，说妥交接的事。翁婿俩对盅起来，喝得酩酊大醉，姚发爹两眼灼灼的，神秘地压低嗓子说："我老了，做买卖赚不了多少钱，没有什么留给你，但有两杆大小秤。你去收米粉时，就动用小秤大砣；你卖粉粿时，你再用大秤小砣，这么一来……"宽财也喝得懵懵醺醉，却一劲地点头，点了又点，仿佛真的领悟到了什么佛门真经。

没想到，三年过去，宽财接手后的两间粉店铺一下子就发起来了。据说是宽财无师自通练就了一手调配料味的招数，不咸不淡，不酸不辣，不腻不清，又滑又脆，爽口香醇，爱吃什么的就能吃出什么味道来。店铺里五六张大圆桌每天都围得拥拥挤挤的，赶做了几张桌凳，大晴天，又在门外顶着一油毛毡纸的小天地。女人一个跑堂走不赢，就招了三个山味野气十足的村姑帮手。为了配吃粉，店铺还兼卖了香烟、啤酒、牛肉干之类的。以往姚发爹卖粉时，吃客都是些路过的赶脚人，日午了，就叫一碗半勺的权当充饥，匆匆地吃，匆匆地走；而今的吃客都是贵贱不分，宽绰人家或外来商贾来吃是吃新鲜实际，而吃力卖气的赶脚人花去几元照样吃得十分风景。吃了去，去了来，去的凳上热未退，来的又续上了，来得迟的，没了位子，就站着或蹲着吃。时而一碗拌干的不过瘾，还再叫一碗淋汤的。间有三五悠闲没事者慢慢抿着啤酒嘬……先是做30斤，后来上升到50斤、80斤，直至120斤粉还是不够销。好在乡下城里的米粉客都争相卖给他，他总是照纳不误，日子日见盛长起来。

买来米粉，卖去粉条，周而复始。转眼间，十多年过去了。宽财觉得腰包涨了，手头宽松了，似乎对钱不甚看重，市里筹建体育馆，某中学要筹建科学馆，他总是慷慨捐款，出手就是上万元。前些年，他看到小巷街上不少阔起来的人家齐刷刷地修了店铺，就嫌起两间店铺窄小，前檐破败，后顶剥蚀，再说政府倡导建设文明城市，不让在店铺门口摆点了。他就比照毗邻人家的铺面，修造楼房，三层楼面鹤立鸡群。有人猜说，那恐怕无百万元也垒垫不起来。粉店门前那块金字招牌，伴着客人的南腔北调，在光里影里闪闪发光。

重新开张的那个夜晚，宴请宾客，煞是热闹。客人散光后，宽财让岳父姚发爹坐到正位上，好一阵孝敬他。姚发爹满脸亮光，喜不自抑。酒过三巡，菜入五味之际，姚发爹悠然捻着两撇老鼠胡须对着宽财说："还是你行呀！一脸福相，命带财运，我摸跑了多半辈子买卖，终是发不起来，没想到，你一接手，就风火地发了，你没有忘记我对你说过的话吧，买时小秤大砣，卖时大秤小砣……"宽财虽已半酣，但却醒智听着，忽一怔，悠地站了起来，连连摆手，说："爹，爹呀，错了错了，我可把你的话全记倒了！……"姚发爹惊愕地瞪大眼睛，张着嘴，不敢相信……

如今在水巷口的姚记粉铺已不是专卖海南粉了，但海南粉却是姚记店铺的魂。每年清明或冬至都有下南洋的番客回海口本埠扫墓祭祖，闲暇之余，也总有人相邀："去吃碗腌粉吧？""好，一年难得回一趟，走！""好哩，就到姚记粉店去！"

## 雪中情

杨富安

风，卷着雪花狂舞。大地、山川、河流、树木白茫茫的一片，整个商山沉浸在粉妆玉砌的世界中。

华主任走进办税厅，还未扑打身上飘落的雪花，一个甜甜的声音叫道："您是华阿姨吗？"

华主任转过身，看到一个小女孩背着书包系着红领巾，手握一把腊梅花立在面前。

"是的，我姓华。"

小女孩伸出冻得通红的双手，将紧握的一把腊梅花献上。

"谢谢阿姨为我爸开具的发票，是它挽救了我爸的性命。"

华主任听到小女孩的话，心里一怔，"你爸是谁？出了什么事？"

"我爸叫龚德海，是个包工头，因为欠了人家的账，几个人在我家里闹事，还把我爸打伤住院了。"

华主任这才想起前天晚上发生的事。那时，已经十点多了，自己在值班，刚刚熄灯睡下，有个中年男子来到办税厅，敲着窗户说要开具发票，她就说这么晚了还来办理业务，等到明天再来吧。他说没有发票，单位拒绝付款，民工威逼着要钱。当时心想，在办税厅工作多年，有许多事是在白天加班办理的，自己一个女人家还是第一次遇到夜晚要来办事的。他如果是个歹徒，自己势单力薄，没有谁帮忙，办税厅安全吗？自己会受到伤害吗？她很快打消了这个脑海中闪现的念头。从纳税人的角度考虑，他要不是有急需办的事，或者遇到了什么特别重要的情况，是不会在大雪飘飘的夜晚来的。当时顾不得多想，就披衣起床，为他办理了业务。他当时放了一沓钱，拿到开具的发票便飞跑出门，消失在沉沉的夜幕中。他走后，自己清点了钱数，减去应缴的税款，多出 500 元。这可怎么办？他已经走了，自己只好将多出的钱记在笔记本上，根据发票上的电话信息，拨通他的手机。

"是龚老板吗？你刚才开具发票多给 500 元钱，明天麻烦您来取一下。"

"那是给您的感谢费，不要了。"

接下来，手机那头就是一阵忙音。

回到休息室，拨通丈夫的电话："有个龚老板，晚上来办税，多给 500 元钱，你明天无论如何要找到那个人，把 500 元钱还给他。"

夜深了，万籁俱寂，只有雪花无声地飘落。

华主任握住女孩冰冷的双手，接过那把腊梅花，女孩的倩影便消失在茫茫白雪中。

办税厅里的人，看到眼前发生的这一幕情景，纷纷鼓掌，向华主任投来敬佩的目光。

华主任拿着女孩送来的腊梅花，将它插在水瓶中，整个办税厅里弥漫着一种扑鼻的清香，这种久违的清香在大雪的映衬下越来越浓，温暖了整个冬天。

# 捡鸟蛋趣语

## 麦　麦

何明出海已经有两个多月了，这是他第一次上鸭公岛。他们的船就停泊在鸭公岛不远处的礁盘里。

鸭公岛是个不大的珊瑚岛，岛上没有一粒沙子，也没有长一棵草。只不过是一千平方米的小岛，是由风化浪蚀了的珊瑚石构成的。鸭公岛四面环海，远远望去就是镶嵌在碧蓝柔软绸缎上的一块晶莹剔透的白玉。

每年的这个时候，鸭公岛上就有大批的海鸟来生蛋繁殖，它们用爪子扒拨碎石，好不容易扒了一个浅浅的石坑，那便是鸟窝了。海鸟大大的蛋生出来，自己却被反弹向前重重地摔在石头上，好半天才缓慢地站起来走动。每年这个时候，经过鸭公岛的渔民都会派几个人去捡鸟蛋。

"这么多的鸟蛋，我准备吃一百个。"何明对大亮说。

"你能吃那么多？不撑死你才怪。"大亮说。

"先煮了再说！"何明从小船上抱来一个几十斤重的砗磲贝。他把砗磲贝垒架在三块大石头上，然后拣来从海上漂来的柴火，把鸟蛋放进去用海水煮。

柴火借着海风噼啪噼啪地往上蹿，火苗一下子把何明的脸烧得比炭还黑，他露着和珊瑚一样白的牙齿。

水在翻滚沸腾，冒出的水泡由小变大"突突"地响着。鸟蛋在水泡里上下浮动像一只只展翅欲飞的雏鸟。

何明迫不及待地去捞鸟蛋，三两下就把鸟蛋壳剥掉，连蛋带壳就往嘴里塞。

"哎哟！"何明马上吐了出来，脸色难看。

"哈哈，"大亮笑弯了腰，挖苦说，"你是吃啥？"

鸟蛋已变黑，是个变质的鸟蛋。天气炎热，暴晒一天的鸟蛋就容易变质，鸟蛋太多得认真去挑。

"这么好的鸟蛋怎么会是坏的呢？"何明的眼睛还是盯在沸腾的水里，那一个个鸟蛋诱得他直咽口水，眨眼间，他又把一个鸟蛋往嘴里塞，不过这次是看仔细了。

"好吃！真好吃！"何明甚至连眼睛都不眨，一口气就把鸟蛋咽下了。

这两个多月来，何明还是第一次吃到蛋类。渔民在海上漂泊几个月，除了鱼类，几乎就没有其他的食物。何明简直就是吃了一顿饕餮盛宴，他觉得比孙悟空偷吃的王母娘娘的蟠桃还好吃。他接连吃了十几个。

"你那小子不能再吃了，吃多了，会吃坏肚子。"大亮说。

何明不信，他顶撞大亮："我这么健壮，身体好的很，这鸟蛋是营养食品，怎么会吃坏肚子？"

大亮摇摇头，他吃了七八个鸟蛋就不再吃了，他牢记着有经验的老渔民的教训："鸟蛋不能贪吃，吃多了就吃坏肚子了，甚至可能会要命！"

"妹妹你坐船头,哥哥岸上走,恩恩爱爱纤绳荡悠悠。"何明吃得欢,得意地哼起歌。

大亮嘀咕着:"不听话!"

"妈呀,我的肚子好难受!难受死了!"突然,何明捂着肚子哎哟大叫。

"大亮,我快痛得不行了。"他声音低沉地说。

大亮一看,何明脸色发黑。

大亮赶紧带着何明离开了鸭公岛。他们的大船就在不远处的礁盘里。

船长大浪叔看到何明的样子,着实一惊。船上缺医少药,能让何明吃的药都吃了,仍然不见效,只见何明已经拉泻得整个人变了样,更要命的是他还发着高烧。何明就像是一张枯萎的椰子叶随时可能被风刮掉。

"大浪叔,我……我不行了……"话还没说完,人"啪"的一声趴在了船上。

大浪叔马上下令把船开到有沙子的岛上,他们要用最古老的方法,沙子的湿润能降低人体高烧的温度。他们挖了一个沙坑,把何明的身子放进去,然后用沙子埋,只有头部露在外面。

不一会儿,何明慢慢睁开眼睛,他看到了蔚蓝的天空,看到了碧绿的大海,看到了大家。他喃喃地说:"我还活着!我还活着!"

"活着就好!人不可贪!"大浪叔乜着眼对他说。

# 霞落古镇烟尘中

### 幽 子

也许你去过浙江乌镇,也许你去过西塘古镇,江南小桥流水,曾令你流连忘返,可是,你知道江苏南通石港古镇吗?

一个烈日炎炎的夏日,一叶小舟引我们去"渔湾水道"。一脉清流,净水悠悠,两岸绿树,郁郁葱葱,澄净的河面,点缀着丛丛的水草,簇簇的红菱,片片覆盖着水面。河道蜿蜒而曲折,河水晶莹而剔透。丛林茂密而繁盛,芦苇飘逸而绵柔。小鸟浅唱,百花斗妍。人随船行,水随河走,人在画中,曲径通幽。鸟声千回百转,舟行柳暗花明。芳草鲜美,落英缤纷,野鸭娴雅，白鹭翩跹，渔者闲适，游人惬意。真是河曲，水清，树繁，草茂，鸟多，境幽。

如果"渔湾水道"带给我心底的涟漪与朦胧的梦幻，那么"九里兰亭"则给我诗意的缠绵与缱绻的悱恻。它驾驭自然气象于景观，吸纳苏式园林之精髓，亭台楼阁，雕梁画栋，飞檐翘角，图腾峥嵘。园内假山池沼，九曲回廊，亭台水榭，别具洞天。彩门秀窗，红木雕花，粉墙黛瓦，淡雅素洁，空谷鸟语，锦鳞游泳，岸芷柔柳，绿烟蒙蒙，徘徊其间，流连不归。或斜倚栏杆，吟风弄月；或邀朋唤友，品酒赏茗；或净手焚香，素衣抚琴；或调彩作画，泼墨寄情。当空灵的丝竹奏起，当缥缈的檀香升腾，当灿烂的日光挥洒，心底的沉静和着清郁的树荫参禅入定，顿觉凉意上身。此情此景，不正应了那廊上的楹联"一庭花木又催诗，万里山川皆入色"。

沐浴了"九里兰亭"的风华烟云，穿庭入巷，回归了俗世的尘烟，红尘中有你的知己，有我的依恋，"石渚渔港"带我回到了寻常陌巷，汲水淘米，提篮择菜，剖鱼去鳞，钓虾捉蟹，土锅土灶，烟火缭绕。童年的味道，乡村的生活，遥远的故乡，年迈的爹娘，种种意象，怎不使人乡愁阵阵，荡气回肠！

寂静的时光，行走于原汁原味的"石港老街"，有雨巷一般的悠长。那明清建筑，隐匿于苍老的银杏树后，弯弯曲曲的街道，青石铺路，宛若穿越时空，千年相约。粉墙青瓦的四合院中，一排排的盆景陈列其中，或盘根错节，或豪宕雄劲，或恣意奔放，或轻柔婉转，似唐诗宋词，若立体古画，这是盆景大家时兆先老先生的府邸。敞开的门扉里，悄悄地进，静静地出，与时老先生的默契，就如同这黄杨、雀舌、榆树、虎刺般的通灵。

离开了这座弥漫着栀子花香的处所，步入了古色古香的"孙氏老宅"，跃跃欲飞的门楼里展现出古香古色的木雕，大红的灯笼在廊前挂起，庄重的铜锁镌刻着岁月的痕迹，古雅的门庭彰显着书香的门第，红漆的山水，璀璨的唐卡，徽州的歙砚，江西的陶壶，晚唐的瓷器，明清的红木，精致的脸谱，艳丽的戏服，优雅的京剧，徘徊于此，仿佛听到了那铿锵的锣鼓之后，丝竹悠悠荡起，一场古老的大戏刚刚拉开了帷幕。

"石港老街"经历岁月的侵蚀，已难以承载历史，但昔日的繁华并未完全跌落于岁月的尘埃，名声蜚扬的"新中乳腐"辣方菜包，美味可口。"石港窨糕"，因季而生，雪白松软，食之忘形。

曾经的七十二座半庙，如今只剩"广慧禅寺"，千年古刹，肃穆恢宏，神鸦社鼓，悠扬钟声。涉足于这辉煌的禅宗庙宇，心底的沉重无以言表，菩提树下，我本清寒，青花瓷旁，卿何洒脱，千年的相约，万年的厮守，经不起岁月侵蚀。禅音梵曲旷达高妙，与苍生又有多少禅悟？

夕阳西下，霞光万道，回望古镇，烟尘迷蒙。沧海桑田，走不出岁月的痕迹；世事变迁，隔不断文化的神韵；古镇的烟尘，熏染着凡尘俗子；墨香书韵，陶冶着水巷人家。一湾水道，一座庭院，一条古巷，一座禅寺，都飘荡着古镇的精魂。

"凤凰所栖，乃是宝地；石港新开，幸福万代。"愿这吉祥的偈语传送福祉，普惠苍生。

# 缝在针脚里的爱

## 葛少文

那天我在家整理衣服，突然发现一件心爱的裙子不知什么时候开了线。我知道母亲的手工深得姥姥真传，便求助母亲。看着母亲在灯光下一针一线地缝补，不禁让我想起姥姥的缝纫机。

姥姥家有一台老式的兄弟牌缝纫机。记得小时候我在姥姥家长住，姥姥用缝纫机缝制衣服的时候，我总喜欢在一旁观看。那黑色机身灵巧挺拔地站在光亮洁净的台面上，宛如一匹骄傲的小骏马。随着脚踏板的节奏，细长的银色针头锋利地、不停地上下穿梭，速度快极了，布料在姥姥干枯粗糙的手指推动下来回游走。这神奇的家伙竟能缝制出衣衫，幼小的我对它充满了好奇。我总央求姥姥让我也试试，幼小的我不管是否能在布料上面缝出针脚，只是想感受那踩踏的驰骋。可我个子小，坐在凳子上，我的脚都够不到踏板。

姥姥在用缝纫机的时候，我总在一旁捣乱，央求蹬一会儿，最后她拗不过我，为了我的安全，不允许我把手放在缝纫机台面上，但允许我和她一起踩脚踏板，这可把我美坏了。我拿着小板凳，把脚放在缝纫机的脚踏板上，静静地随着姥姥的节奏，两只小脚一起一伏，仿佛那便是我的游乐场。

姥姥疼爱我，闲时不用缝纫机的时候，便把缝纫机侧面传送轮上的皮带摘下来，这样缝纫机就可以绕空圈，脚踏板能够踩得动，便随我踩踏。我坐在缝纫机前，两脚一前一后，颇有节奏地踩着脚踏板，感受它的一股股劲道，听着它嘎达嘎达的声音，仿佛骑在了欢快的小马儿身上。有时，我还天真地大喊："驾！驾！驾！"逗得姥姥合不拢嘴，然后用她温柔却粗糙的大手来回摸摸我的头，嘱咐我慢点，慢点。

缝纫机虽是我童年的玩伴，但更是姥姥的好帮手。家里的窗帘、被套、枕套、姥爷姥姥的衣服，还有我的新衣，都是在姥姥的一双巧手下，在那匹小黑骏马飞速地奔跑中完成的。每逢过年，姥姥便会去市场买来新布，为我们量体裁衣，然后在布上画画剪剪，拿到缝纫机上，伴随着嘎达嘎达的声音，不一会儿就做好了。邻居们都知道姥姥手巧，时常过来请教，也有的邻居拿着布料请求姥姥帮忙做件衣服。无论多忙，姥姥从不推辞，人家给的手工钱也从来不收，邻居们不好意思，便时常给我送来些好吃的。

如今，姥姥已经走了。但是她的缝纫机仍安详地坐在家里的角落里，母亲不舍得扔掉。每当我看见这台缝纫机就仿佛看到了姥姥，仿佛听到童年欢快的笑声，仿佛感受到她抚摸我头时的温柔，那些快乐温暖的童年记忆便会扑面而来，它让我沉醉其中，忘记斗转星移，沧桑变幻。

# 洗　钱

## 司　文

我终于把娘从农村接到城里小住几天。

老家在关中东部一个贫瘠的土塬上，父母靠种地卖粮食把我们几个孩子拉扯大，家中生活一向比较清贫。

在我的记忆里，别人家吃大鱼大肉，我们家只吃过大肉，却很少吃鱼。娘开玩笑说："鱼刺儿太多，没法吃。"父亲说："你娘就没吃过鱼。"

我今天特意下厨，专门为娘做一盆老碗鱼，没见她出来，就吩咐儿子去叫。

"你奶奶干吗呢？咋还不出来吃饭？"

"奶奶在洗钱。一会儿就来。"

"洗钱？洗什么钱？呵呵，洗黑钱？我没听错吧？"

"当然没错，奶奶洗的真是黑钱和脏钱。不信你自己去看！"

我不相信。推开洗手间的门，看见娘真的在洗钱！

她老人家用粗糙的双手把一枚枚脏兮兮的硬币反复搓揉，再用毛巾擦干，硬币一下子变得锃亮锃亮，变得精神抖擞，变得神采飞扬。

"我起来早，在小区转了一圈就捡这么多，大概六七块呢！多半是一毛的，你说怪不怪？捡一个矿泉水瓶子才卖几分钱。这些都能买七八斤粮食呢。唉，城里人看不起小钱喽！虽然脏了点，洗一洗照样用。我没给你们丢脸吧？"娘看我诧异的眼神问。

我的视线有些模糊，喉头哽咽，说不出一句话。

是的，城里人的确看不上小钱。

在社会浮躁暗涌的骚动下，中国最小的货币——分币，已经被"四舍五入"温柔地扼杀而即将退出历史的舞台。若干年以后，也许我们只能在收藏家那里看到分币，那时候儿时关于硬币的点滴不知道还在不在。

据说在小县城，除了银行，连那些小商贩们都拒收硬币。

我们诉说货币贬值，埋怨物价上涨，平时花钱却大手大脚，几块、十几块满不在乎。城里的饭菜吃腻了，专门开车去几十公里外吃农家乐。随便喝一杯咖啡、一壶茶几十块，随便一瓶酒几百块！丢失一枚硬币不觉得可惜，脚下的硬币懒得屈膝。在城里，除了无人售票的公交车，谁还正眼看一枚硬币呢？

但是在娘的眼里，每一粒粮食、每一分钱都来之不易。

看着洗过硬币后那脏兮兮的泥水，想着这一枚枚硬币被践踏千百遍，我仿佛嗅到了自己的臭脚味。

每日出入小区很多次，也常看见遗弃在马路边、草丛中、水渠旁等角落里那微微闪烁的硬币。也许在大庭广众之下我和很多人一样没有勇气弯腰，也许碍于面子而不屑低头，甚至熟视无睹，视若不见，坦然留下我们无情的脚印。

曾几何时，我们千方百计丢掉"农村人"而戴上"城里人"的帽子。也许，我们丢掉的还不止这些。

"这个周末我们逛公园，一边玩一边捡硬币。比赛看谁捡得多！"我的建议全家一致通过。

是的，钱永远是干净的。

# 八月桂花香

## 查 珂

人们常说八月桂花香，可是我们这儿不到八月就闻到了桂花的清香。

我们这里原本是没有桂花树的，只是近几年才开始从南方引种过来。刚进入盛夏，走在城市的大街小巷，或是乡间的房舍村旁，就会偶遇一棵棵桂花树，芳香了一片天空，也愉悦了心情。

它算不上高大挺拔，树形也不是很优美。但叶子却碧绿碧绿的，就像塑料做的，在阳光下泛着碧绿的光芒。它的花序是由无数的小花组合而成，毫不起眼，或者就不能称之为花。那一簇簇淡黄或橘红的小花，要是放在森林里甚至可能被忽略掉！但它能让人津津乐道甚至念念不忘的还是它沁人心脾的馨香。

这种馨香并不像牡丹或百合那样浓郁，而是默默地，毫无征兆地悄然释放出来。当人们走过就会被吸引，不自觉地想去寻觅。它却是持久的幽香，像暗夜的淡淡月光笼罩在梨花上。无怪乎古人也十分推崇桂花的清香，就连传说中吴刚在月宫里酿的都是桂花酒。

我又想到了现实中的一些人，他们看着并不出色，甚至于太过平淡。但他们却有自己的长处，只是不为人们所熟悉知晓罢了！就像小小的桂花藏在叶间并不引人注目，却默默地散发着馨香，使每个路过的人啧啧称赞。

比如一些文章极尽华丽辞藻，却少真情实感，做无病呻吟，可能暂时博得一些虚名，却不会流传下去。反而适得其反，让人心生厌恶之感，埋没了其所谓的才华。往往倒是那些淳朴得好似不加修饰的文字，如沙漠里的汩汩清泉，似桂花的清香让人不能忘怀。唯有真情才能打动人。好的文章就如桂花一样历久弥香。

我愿做桂花一样的人。我愿写出桂花一样的文章。

中国新实力作家成名作

# 一棵花菜的微笑

段万义

一颗素色花菜跌落在我眼前，让人心生怜惜与尊重。

我想，这颗花菜是有它的位置的。于是，拾起想放回原处，当抬头时，见菜摊上的菜码放得井井有条，落下的花菜使之留下一个空当，像木桶上少了一块短板，又如孩童换掉的牙从空隙中调皮逃脱后的境况，甚至恰似性格缺陷暴露无遗。

作为摊主，卖菜阿姨微笑着对我表示了谢意。一颗小小花菜的偶遇，让几乎不进菜市场的我关注了一位素未谋面的普通女性。她身上的围裙最抢眼，上有两个附件，一是胸前镶有的布口袋，边沿比其他方位明显旧些，大概是掏钱装钱所致，事实印证了我的猜想；一是右侧缀有一沓可降解塑料袋，只要身体动，袋子便跟着舞起来，舞成了朴实的节奏，像极了北方农民别在腰间，作为劳累后最大安慰的大烟袋。她衣服外所戴的彩色长手袖齐了肘，看来她一向比较注重卫生。在交谈中，无意中发现她脚穿着一双泛白的红塑料雨鞋，旧得有点令人心酸。

我让爱人买下她的一些蔬菜，当然包括那颗跌落的花菜。

在我再三请求下，卖菜阿姨答应我随她去体验进货过程。第二天，凌晨三点左右我和阿姨坐上了她老公的三轮车。风冷冷地打在我被车子抖上抖下的身体，像要将我搅成一摊黄泥，似贴非贴在车厢，随时都有可能把我甩出去。朦胧的路灯掩盖了我的囧态。熬过半小时后，终于到站了。批发市场早已灯火通明，忙碌的装菜身影在不时晃动。他们为了此时正在酣睡中的人们的生活而忙碌着，也为讨自己的生活而奔波着。阿姨轻车熟路，选菜、问价、装车，一连和好几家供应商打交道，很快完成工序，微笑着喊她老公发车。

然而，就在爬上车厢时，阿姨脚一滑，连人带菜摔倒在地。她紧护一大捆菜，擦伤了小腿。阿叔找来创可贴，我小心扶她贴好。谁曾想，她一句"干工，小问题，常有"，像是忽略了我见她疼痛的模样。女性的坚韧性，总能给人无尽鼓舞。

回程时，她嘴里轻声念叨："进价越来越贵啰。"我无意关注菜的价格，倒是想到她每天如此艰辛跋涉，正如她所言"连病都没有时间"。然而，她迎着黑夜的风讲："我们有辛苦，大老板也有难处，倒不如乐观一点。"

　　大约五点多，小三轮终于稳稳地停在菜市场一角。我忍不住帮忙提了两捆，轻轻放在她的摊位旁，尽量不要添乱。阿姨很麻利地将菜分门别类，像我将书籍归类整齐放在书柜一样用心。码好的蔬菜红绿相间、黄白各异，除了刚进的新鲜菜，还有自制的腌菜、辣酱等。阿姨勤劳肯干，将菜摊打理得妥妥当当。她擦了擦洗好的手，爽朗地说："可以开张了。"

　　六点过后，陆续有买主光顾。阿姨的精神劲又上来了，始终微笑迎客，像人见人爱的朝阳。七点左右，市场上人渐多。看着她忙前忙后的身姿，"母亲"二字不禁钻进我心里。身为母亲，她似一根负重的扁担，一头是即将结婚的大儿子，另一头是正读高中的小儿。

　　阿姨嫌自己分身无术，不断称菜，迅速装进从围裙上扯下的塑料袋内，奉送给顾客。这一装，似乎装进生活的味；这一扯，仿佛扯起希望之帆。有时够不着最外边一排菜，便请顾客挑选装在她顺势扬过去的电子秤托盘里，之后尽可能伸长了手接过来称重。如此简单重复，阿姨干得风生水起。阿姨告诉我，上午要一直守到十二点左右，下午四点左右开工，待到大概晚上七点半才结束一天的营生。

　　直到上午九点左右，阿姨才将自备保温瓶取出，里面有早餐泡饭。时而有人过来问价和买菜，阿姨的饭无法一次性吃完，而是有一口没一口地进行着，甚至有几次是嚼着饭跟人交谈的。阿姨放下饭碗，又端起它，不知重复了多少次，饭可能凉了，不会吃下后影响肠胃吧？

　　爱人又一次在阿姨那里买了花菜，听阿姨说它可防癌。花菜经过烹炒后，在餐桌上微微升腾起缕缕热气，而后满足了味蕾的渴望，仿佛便有了滋味生活。此时，想起了卖菜的阿姨。她犹如花菜，似花绽放，虽然只露出浅浅的微笑，但着实朴素而灿烂。

中国新实力作家成名作

# 乡间听雨

汪云飞

南方，下雨的时候特别多，倚门或是凭窗听雨是件温馨、诗意的事。

我常常觉得城里的雨似乎只下在天空、下在窗台、下在双休日的间隙；而乡间的雨却总是温馨地悄无声息地落在夜里、飘进梦里、弥漫在记忆里……

进入雨季，城里也常有大雨降临。但是，下了许多次，总也没有刻意地去关注、去体味。一来忙于生计，人总在吆喝声、喇叭声和挨挨挤挤的人群里穿梭，在近乎"一线天"的小巷、在不断的迂回的楼道上气喘吁吁地爬行。只有在大风刮走店铺前的招牌、暴雨砸响窗户上的玻璃、豆大的雨点横扫在阳台的玻璃钢的雨篷上叮咚作响的时候，才仿佛让人觉察下雨了。雨完全停了，人们才推开窗户或是走上窄窄的阳台，看天空中残存的雨天一色的灰暗。看不到这场雨的来与去，更感觉不到那场雨的声势和温情。

这常常让我想起从前一家人在乡下的日子。那时候，生活虽然艰苦和青涩，但山的浓绿、水的澄静、日的热闹、夜的宁静、春的花芳、夏的蝉鸣、秋的果实、冬的清闲似乎都令人陶醉、心旷神怡。入夜，仿佛就在墙角甚至床底的虫吟就像催眠的轻柔的优美的旋律，那境界是身居都市的人无法感知的。

一场骤雨来了，可以看见山尖涌来乌云，天渐渐地黑、风呼呼地刮过之后，乌云被随之而来的耀眼的白色替代。转瞬之间，那雨就要下了。村里的女人从庄稼地里气喘吁吁地跑回家收衣物、安顿孩子，有时她们忙完自家还得看看邻居在不在家，有没有要收拾的东西……男人赤着脚，手抓着斗笠，从雨里钻进屋里，早已衣衫淋湿。这场雨真大啊，柳树吹歪了，屋上的瓦片震得沙沙作响。"我的妈啊，闪电和雷声把我吓傻了。"男人说。女人听了就憨憨地笑，然后急急忙忙地从衣柜里找出男人要换的衣服……

春上，细雨蒙蒙时，仿佛听不到下雨的声息，唯有屋檐下许久才凝集的水滴一滴一滴地跌落。农闲时节，待在家中，看长满青苔的屋檐，那铁青色的瓦片的边沿，平心静气地等待雨滴形成，目睹它依依不舍地离开、下坠，那情形别有情趣。这时候,在庄稼地里,农夫光着头干活,不知什么时候衣衫湿了。入夜,静听水滴恰好落在有水的器皿里发出的咕咚咕咚的韵律,伴随着屋前沟渠缓缓流淌的水韵,顿觉全身放松,纵使劳作了一天也可飘然入梦。

持续下雨的时候,是乡村最热闹和温馨的时刻。村民相互串门,凑在一块聊天,天南地北、道听途说、家长里短、或逗趣、或挖苦、或戏弄,都只为了嘴开心、心舒坦、情融洽。说的、听的都很尽兴投入,甚至在被戏弄时也有人动粗动手。情境算不上高雅,乃至粗俗,但氛围总是那样和谐。这时,村民还常常几家合伙出糯米打麻子吃。我们村子不大,有几伙人同时搞这项活动差不多就热闹了半个村子。干活的、围观的、老讲与这项活动有关的笑话的、迫不及待等着品尝它的哭哭啼啼的孩子和东家西家带盛物分享成果的人群的动感,活脱脱地再现鲁迅先生笔下的社戏。

吃过糯米麻子才发现,池塘里的水又满了,门前的山上被水洗过干干净净,仿佛离我们更近。空气是那样清新,新叶、花草及泥土的芬芳沁人心脾。再出门,道路泥泞,每走一步都留下一个脚印。村里的幼童不怕脏,光着脚丫三三两两在水里、泥里折腾,大人见了少不了一次打屁股。

乡村听雨,其实就是在传承一种土色的文化:乡音俚语、真诚与淳朴、热情和率直。乡村的雨,其实就是小溪水里汩汩流淌的溪水,就是隐隐入梦的雨落瓦上、滴水入盆的悠扬的韵律,就是细雨里,掩映在一片红花草中头戴斗笠、身披蓑衣、手持哨鞭赶着牯牛犁田的情形……

临窗凝望,听雨的故乡仿佛就在街道和房影的尽头,在弥漫着雾霭的远山的背后,吹过故乡的湿湿的风迎面扑在我的脸上,让人多了一份对故乡的爱恋。

雨还在下,远处的小巷里,有一位披着黄色雨衣的女清洁工推着一板车的垃圾冒着雨在艰难地前行。她应该是我转居城里对雨的新的美好的印记。

**中国新实力作家成名作**

# 守候夏天

徐浩然

每个人的少年时代或多或少总有这样的朋友吧,他们关系不算最铁,但彼此却能交心,在那样的时光里,感谢有你。

快到高三末尾的时候,倒计时的数字变得越来越小,让我有些压抑和紧张,甚至精神崩溃,看着课桌上堆积如山的书本,还有试卷上大片的错题与空白,简直要疯了。林峰悄悄来到我的座位前:"走,我们出去散散心。"我望着迟迟解不开的数学题,欣然点头。

我们借着上厕所的名义从教室的前门光明正大走出去,临近高考,老师反而睁一只眼闭一只眼,像这样做的也不止我们,穿过密集的教学楼,跑到田径场。两个人找了个石阶坐了下来,望着灰黑色的天空,无云,隐约能看到点点星辰。每每这个时候我总会想起书上说的,躺在草地上,望着深蓝色的天空,思绪远方。只是我一直没有做到,些许湿露的草地,躺下后再起身,背后泥泞不堪。虽然身上穿着校服,但我一直不愿让它沾染上污渍。夏季的校服是黄白色的,好似记载着白色的我们经历风雨后微微泛黄。

两人沉默坐着,呼吸着略带温度的空气,释放心中的压抑。"最近怎么样?"先开口的总是他,也永远是这句话。"还好。"我说。我们会聊很多,聊天南地北,聊理想未来,走时互相拍拍肩膀,沉重而又暖心。

我们离开田径场时,晚自习结束的铃声响起。高一高二的学生涌出教学楼,都穿着还未洗黄的洁白校服,马不停蹄地奔向食堂吃夜宵。而高三教室的灯依旧亮着,一直亮到自动熄灯,稚嫩、疲惫又坚定的脸,谁也不知道以后会怎样,没有人能猜到结局,除了坚持,好像也没别的办法了。

日子像河流一样涓涓流过。像林峰一样的朋友,有很多。我们总是在夜晚的时候彼此交心,也许是快要说再见,不吐不快;也许是压力太大,找一个能倾吐心声又保守秘密的人。

周末的时光,我们依然待在校园。南方的夏季雨水很多,下着雨,走在校园中总是能溅起一身的泥水。我们借机偷偷换上自己的衣服,还为此找到了一个十分合适的理由:洗了没干。只是,我们都没有明白,校服再丑我们也穿不了多久了，等高考一结束，我们就要彻底告别校服，也要告别穿校服的年纪。

教室里，三三两两的人群互相讨论，也有人跑到空的自习室去，林峰拿着一本高考词汇背诵着。我想，高考结束后，我们将会变成什么模样？会考上自己喜欢的大学吗？还有机会彼此交心，说着那些遥远的梦吗？我们会很快适应大学，过上全新的生活吧？"你在南方的艳阳里，大雪纷飞，我在北方的寒夜里，四季如春……"我突然想起了这句歌词，明悟了些什么。大概每个人的青春里，都有这样的感慨与感悟吧。你要怀着一颗感恩的心，谢谢有他们陪你走过最美好的年华。

高考结束以后，林峰填了一所北方的学校，他说他想去看看雪。而我则继续留在南方，我要等待南方大雪纷飞的时刻，北方太冷，冷得泪水都化为冰。

整理衣服的时候，妈妈问我校服要不要丢了，留着也没用。我想了想，说："留一件吧。夏季的好了，薄，也不占地方。"

如今，我早已过了穿校服的年纪，那段对校服或期待或不舍的日子渐渐远行。而生命中的那些人，也渐渐少了联系。我们终究是抵不住时间的流逝，再多的话语也苍白无力。

去年冬天，我路过一所中学的门口正值放学，那些穿校服的学生们从校门口涌出来，深黑色的校服。我想起我红白的冬装，也许他们早已明白被洗黄的白色也不过是一场青春的梦，留不住时间和人。

留一件吧。夏季的好了，薄，也不占地方。

# 雨中游神潭大峡谷

### 薛国英

明人陈继儒在其《小窗幽记》中说："闭门阅佛书，开门接佳客，出门寻山水，此人生之乐。"数年前，在一朋友的QQ空间见其游逛神潭大峡谷的照片，被迷人风景所吸引，就想去游玩一番，然数年过去了，一直难以成行。

这些年，我游了不少山，五岳之一的华山去过，河南的云台山亦游玩过，不知名的小山更是游了不少，从内心深处，我更倾向游玩未名的山，因了游人少，因了它原始的气息。

终于觅得一个清闲的日子，携同数位友人，自驾去永济神潭大峡谷游玩。一出县城，顿觉神清气爽，心里那份愉悦难以言表。路上所见甚多景物是开得繁密密的杏花，一嘟噜一嘟噜粉白粉白的杏花，煞是好看。忽然想到了志南和尚写的诗句："沾衣欲湿杏花雨，吹面不寒杨柳风。"就想着，这时候如果有点小雨，该是多么富有诗情画意啊！虽是坐在车上，杏花淡淡的香，总会时不时地被春风柔柔地吹进车里，沁人心脾。我由此感念着春的好，春的美。

我来了，神潭大峡谷！及进得山门，迎面见一石碑，上刻："高河泻长空，势落九州外。"乃是欧阳修所写诗句。

绕过石碑，行数十步，一石刻雕像现于眼前，一长须飘飘之老者盘腿而坐，右手侧举，似在迎接吾等游客到来。其左右刻有两行篆体字："南风之薰兮，可以解吾民之愠兮；南风之时兮，可以阜吾民之财兮。"其句取于《南风歌》，其意为：南风徐徐，可以解我子民愠热；南风吹得正合时宜，可以赋子民财富。它体现了舜帝的民本主义思想。哦，原来这位贤者却是三皇五帝之一的舜帝也。遂站于其身前，和舜帝合影留念。借贤人之德操，提吾辈之品位。

继而前行，见得数十台阶，下有一牌，上书"九九归一"。拾级而上，数之，乃九十九台阶耳。佛语有云："九九归一，修成正果。"上得台阶，便得一小潭，深数丈，傍山而蓄，水清澈见底。木桥窄窄，缓缓而行。忽闻潺潺水声，心中遽喜。"乐山乐水"，山之灵气，皆缘于水，无水，则山少些许灵气。

余与友人疾步而行，山中空气渐润，目见小桥下，流水潺潺，心乐之。复行数里，乃见一瀑布，自山上倾泻而下，其声如雷鸣，如弦乐。见得瀑布，众人皆欣喜不已，拍照合影。此处乃"青龙偃月瀑"。传言关公斩杀恶霸吕雄后隐于此，习武修身；斩青龙，救小孩。当地人遂将每年五月十三日戏称为"关公磨刀日"，且每年当日有雨相伴。

又见一木板挂于崖壁，上书"北宋摩崖石刻"。题记竖排四行，内容为"赵瞻蔡延庆、雷周辅熙宁二年三月廿八日同游水谷"。沿绝壁古道继续前行，头顶山之缝隙愈窄，直至如一根线，故名"一线天"。走过浮桥，阴天终落下雨点，疾步前行，觅得一排房屋，屋前置数吊篮，一人一个，躺卧其上，惬意舒适；既作休憩，又避得雨。乐哉！快哉！

檐下避雨须臾，眼见这雨暂无停歇之意，且未游之景甚多。幸得雨不大，一声"走吧"，遂徐徐前行。此间小路为沙土，脚踩其上，绵软软的，忒舒服。路两旁，绿树渐次多了起来。视之，心情甚是愉悦。

约下午三时许，快至山顶。然雨亦渐渐大矣。继续前行，还是折路返回？众人颇为犹豫。"无限风光在险峰。难得今天有雨相伴，雨中漫步，岂不更有情趣！况且距山顶仅一步之遥，万不可留下遗憾。"冯君说。众人觉其言之有理，便不顾雨淋，欣然前往。

山路湿滑，小心翼翼。"快看，多美的仙境！"回头望向远处山坡，只见雾气从山谷底慢悠悠腾起，如云般。山坡上的杏树，映现在云雾里，宛如一幅绝妙的工笔画。一忽儿，雾气遮没杏树，一忽儿，雾气渐散，杏树又凸显，那般清新，那般飘逸。我们恍若置身于仙境，俱赞叹不已。忙取出手机不停拍摄，欲将这难得一见的瞬间美景留下。

看得此景，我情不自禁赋词一首：

点绛唇

峡谷幽幽，

绿满山野闻杜宇。

山泉潺潺，

一路欢歌语。

天雨骤降，

引黄莺欢鸣。

惊回首，

恍若仙境，

杏林云雾中。

美景引人留恋，然雨不解人情，渐次大起。尽管不忍，尽管不舍，还是赶紧下山为好。虽被雨淋了个落汤鸡似的，然余心情甚佳。雨中漫步神潭大峡谷，那份诗意，那份欢情，将长久地驻留我心间。

## 母亲的缝纫机

吴瑞清

最近几年频频出差国外，到过很多陌生城市，看到数不清的演唱会。但无论什么演出和音乐的声音，都没有母亲那台旧缝纫机时常发出的"咔嗒咔嗒"声音那样悦耳动听。这生命中的天籁之音时时萦绕在我的耳边，把我带回童年那遥远的时光。

故乡老院子主房四间，土木结构，又续半间作为厨房。院子大门到上房门口路很宽，用小石块和泥土天然混成，铺垫精致的石子路面；格子木窗每年春节用白纸重新裱糊过，上面有母亲红纸剪成的各种各样的窗花，平添着节日的喜庆气氛。青瓦土墙围成的院墙外面全是核桃树、杨树、柿子树。这些树和老院子相伴成影，春夏秋冬开花结果总给老院子变换成不同的景色。哥哥结婚时又连着老上房盖成三间厢房。此后，我们兄弟三人相继在厢房娶回新媳妇，不久也迎来侄子侄女满月周岁喜庆的宴席。这一切都组合成烟火人间的老院子，淳朴娴静农家小院的水墨图画。但我更喜欢老院子每天发出"咔嗒咔嗒"脚踏缝纫机的声音，那声音动听而温暖，那是母亲义务为村人缝缝补补，做床单、被罩、衣服时发出的声音。

母亲是最早生产大队的裁缝，受过专业学习培训。学成后给大队民兵基建队做工作服装，随后社会变化裁缝班解散，走时每人一台缝纫机，顶大家的工分。我们家就有了全村第一台缝纫机。看到乡亲们穿得破破烂烂，身上补丁也是用针线和五颜六色的不同碎布缝补，蓝衣服上面补红色，黄衣服上面补白色，既难看又不结实，稍微地里干活用点力，年轻的小伙姑娘肉就露外面，遮挡不住羞丑，母亲心疼又难过。母亲热爱裁缝这门手艺，自己有这手艺，家里也有现成的缝纫机，加上从秦腔戏曲吸取悯世情怀，她就利用放工时，支起那台旧缝纫机为乡亲们缝补衣服。母亲用各种碎布，选择同颜色或差不多的布片，缝补同样颜色的衣服，补过的衣服既好看又结实。从母亲用缝纫机为乡亲们补第一块补丁，这老院子的"咔哒"声就从未停歇过，这动听的声音温暖喜悦着我古老的村庄。

无论谁穿着母亲缝补的衣服出门也会炫耀几天，有意无意露出那片补丁让人看见，看看这是用缝纫机补的补丁，是老院子妈妈给缝补的。显摆的不是身上的片片补丁，是母亲精湛的裁缝手艺。

我懂事时，母亲已经五十多了，身染重病的她不能去地里上工。社会进步，村上也有几台缝纫机，那些年轻的媳妇姑娘总是向她请教，而她总是不厌其烦耐心教怎样用剪刀尺子裁剪，缝衣服。老院子家里还是时不时地有人拿旧衣服改小或用新布做过年新衣服、新婚床单被罩。家里煤油灯下那缝纫机"咔嗒咔嗒"的声音又夜夜响起，陪在母亲身边的我，真不忍心她如此辛苦，病中就这样没完没了地义务劳作，暗中把那缝纫机上的橡胶皮带故意放硬物上磨断，出去给人说家里缝纫机早坏了，不能用。用这方法减轻点她手里接的活，可是母亲很有办法又用点碎布把那皮带连接好，有人惊奇那皮带怎么老断，母亲解释家里老鼠太多把皮带咬断了，可是她心知肚明，脸上从未见过那样幸福的神情，为懂事和心疼她的儿子高兴。听着那缝纫机的声音，看着她帮乡亲们做衣服，她劝慰教导我啥时候做好事老天爷都能看到。帮助别人并不是为了回报，主要能给自己个好心情。幼小的我每次看到乡亲们拿走补好加工好的衣物，那发自内心的感谢，我再也不故意捣蛋了。那缝纫机橡胶皮带又完好如初，"咔嗒咔嗒"的美妙声音又不断地在老院子响起。

故乡的村庄炊烟缭绕，如诗如画。老院子母亲的缝纫机声声悦耳，声声如歌。母亲去世近三十年光阴，缝纫机动听的声音中她曾殷切教诲。在那缝纫机声音中我度过最快乐天真无邪的童年少年，陪伴我走过最幸福的小学初中时代。

这些年做过好多事，到过好多地方，无论大市小城，当我身处逆境遭遇挫折，"咔嗒咔嗒"的缝纫机声又从亲爱的商洛山，故乡村庄的老院子飘荡在我耳边，使我瞬间信心百倍而又充满力量，如擂响的战鼓，激励我乐观向上去奋发图强。

# 舟溪赏荷

龙 艳

我们是在七月的阳光里走进舟溪的荷塘的，在这里见到这么大片的荷塘，我不禁大声欢呼起来："好多的荷花啊！太美了！太好了！"真的，在这之前，我还不知道这里已经种上了这么一大片的荷花呢！真感谢这次采风活动，使我在这个炎热的夏天里，看到了舟溪有这么一个好去处，好景致。

"快点！快点！我要到荷塘里去，好好欣赏那些美丽的荷花！"车子还没停稳，我就迫不及待地催促我前面的文友，恨不得一下子就飞奔到荷花深处，摘碧绿碧绿的荷叶当伞，扳粉红粉红的莲顶在头上当花冠，美美地做一回荷花仙子。

荷花，又叫莲花、芙蓉等，古往今来，它经常成为文人笔下高歌咏叹的对象。北宋学者周敦颐最爱莲花，因此写下了著名的《爱莲说》。他爱莲的"出淤泥而不染，濯清涟而不妖，中通外直，不蔓不枝，香远益清，亭亭净植，可远观而不可亵玩焉"。

我除了喜爱荷花之外，还喜欢它的根、叶、籽。荷全身上下都是宝，花粉和莲子是很好很难得的美容保健品，荷叶可以减肥降脂，还可用来做一道飘着荷香的名菜——"叫化鸡"，莲藕也是很可口的菜肴，可炖，可炒，还可凉拌。古代的许多美人都很钟情和擅长用荷花粉来养颜美容，延年益寿。

顾不得天气炎热，太阳当顶，我三步并作两步，飞快地来到了荷花丛中，轻轻地捧起一朵开得正艳的荷花，用舌尖轻轻地舔了舔花蕊，顿感一股清香扑面而来，沁人肺腑！这该是最纯最原生态的花粉了！我对着荷花痴痴地观察着，这花像有灵性，也对着我甜甜地笑了笑。真是人花相看两不厌！此时此刻，我觉得自己幸福得就像荷花一样！

放眼望去，大伙儿都融入了荷塘中，各自寻找着自己喜欢的风景，摆着不同的姿势，从不同的角度不停地拍照。我一直在荷塘中流连，赏过了粉红色的荷花，又去赏纯白色的荷花，觉得每一种颜色的花都别样好看。一望无际的荷塘中，每一张叶子、每一朵花都各有姿态和特点。这时，一只蜻蜓轻轻地飞过我的眼前，点缀在结满莲子的莲蓬上，我突然在想，难道它是来戏莲子的吗？不一会儿，蜻蜓又飞了起来，在荷塘上游弋了几圈后，选中了一个含苞欲放的花骨朵,轻轻地停了下来休息,这一次,它停留了很久,也许,它是在等待花开吧?

赏过了荷叶、荷花,又低头去看在水中快乐地游玩的小鱼,我的心也跟随着小鱼们在水中快乐地游走着。就这样,我在荷塘里忘我地观赏、游玩,直到伙伴们一再催促才依依不舍地离开。如果可以,我愿意变作一朵荷花,在荷叶的陪伴下慢慢开放、结果。我想,做一朵荷花,应该是一件很有诗意又很美好的事吧!从古至今,有多少描写、称赞荷花的诗词呀,"江南可采莲,莲叶何田田。""青荷盖绿水,芙蓉披红鲜。下有并根藕,上有并头莲。""接天莲叶无穷碧,映日荷花别样红。"

可见,荷花是多么令人喜爱呀。如今,凯里舟溪种了这么多荷花,近三百亩呢,今后,我们要赏荷花,就用不着远远地跑到江南了,可以到这里来体会"五月湖中采莲女,笑隔荷花共人语。靓妆玉面映波光,细袖轻裙受风举"的诗意生活了。恰在此时,几位身着盛装的苗族姑娘,在荷塘的埂道上,手牵着手、唱着娓娓动听的苗歌,正向我们款款走来,更为这美丽的舟溪荷塘增添了许多亮丽的风采。

# 母亲的韭菜

### 吴淑娟

清明节回老家祭祖,看到门前屋后的韭菜正茁壮成长,绿油油,嫩生生,我就更加思念我的母亲。

母亲生前喜欢种菜,尤其喜欢种韭菜。她常扛着小锄,拿着韭菜籽,在房前屋后点种韭菜,或者把生长多年的韭菜挖出来,剪去毛根,分株重新栽培,一窝变几窝,几行变一片。

哥哥们都不在家,老屋的宅基地都荒芜着。母亲一有空,就在老屋周围种菜,韭菜居多。

邻居们常打趣母亲说:"孩子们都不在家,你种那么多韭菜给谁吃啊?"母亲就说:"孩子回来了孩子吃,孩子不回来了左邻右舍吃。"

韭菜易于成活,不择土壤,不需要人过多经管。秋雨冬雪供给水分,枯枝败叶提供养料，山坡埝边生长，檐下石边也能成活，生命力极其顽强。

一到春天，这儿几行，那儿几畦，春风中欢笑、蹦跳的韭菜，散发着淡淡的清香，惹人爱怜。

哥嫂逢清明节、端午节回来，要走的时候，母亲常对父亲说："去房后给娃割些韭菜。"

一会儿，父亲就提回来一大笼韭菜，鲜嫩鲜嫩的，一根一根择好，分四份，装入四个袋子，让三个哥哥和我带上。

韭菜是我们的家常菜。韭菜鸡蛋饺子，韭菜豆腐包子，韭菜粉条菜卷，百吃不厌。

回老家，最喜欢吃母亲做的韭菜鸡蛋饺子。

去门前割一把韭菜，择好洗净晾干，从鸡窝里收几个土鸡蛋。铁锅里倒些菜籽油烧热，打几个土鸡蛋，放上切好的韭菜做馅，那个香呀，飘满屋子。白面片，包裹着金黄蛋粒与翠绿韭菜粒的馅，看着就很诱人。

农忙时，割一把韭菜，洗净切成段，放上盐、酱油、陈醋，腌一会就能当菜吃，爽口开胃。

母亲最擅长做韭花苹果酱。秋天，在韭菜开花的季节，母亲趁花朵含苞待放之时，挎个竹篮摘下花蕾。回去后一个一个剥下花蕾外皮，淘洗后晾干。

接连摘上一星期左右，积攒多了，再洗些苹果梨之类，与父亲拿到村口的石碾子上去碾。

在碾碎的苹果粒韭花粒中撒些盐、五香粉等，继续用石碾碾，直到果粒花粒完全成了糊状。浓浓的果香花香，氤氲在村院中。

做好的韭花苹果酱，装在罐头瓶中，能吃一两年时间。就着热豆腐馍糊面吃，那香真的是无以言表。

后来父母年龄大了，推不动石碾了。他们就把摘来的韭花在捣蒜窝里捣，每年仍做出色香味俱佳的韭花酱。

五年前，爸在辞旧迎新的爆竹声中走了，连新年的饺子也没顾上吃。接着，热情好客的嫂子走了。去年，勤俭一生的母亲也走了。如今，哥也去了遥远的北方打工了。我回到家，满院孤寂，青草凄凄，再也听不到嫂子热情的招呼声，再也看不到父母迎进送出的身影。

老公说："咱直接去墓地吧。"我说："到家里转转吧，给爸妈嫂子上炷香，说说话。"

到了父母的坟地，我们跪下烧纸。看到坟堆上黄色的迎春花开得正灿烂。坟前，三尺宽的地上，也点种着一行行韭菜，碧绿鲜嫩，在凄凄的墓地顽强地生长着。父母的身影又浮现在我眼前。

常言道，清明的韭菜端午的艾。可看着这眼前诱人的韭菜，我却黯然神伤。我常常想，母亲的一生就像韭菜，随遇而安，馥香浓郁；索取极少，而奉献很多。

## 你是我的新娘

黄政芳

雅俊接到班长电话的那一刻，心里莫名地颤抖了一下，又能见到昔日的同窗，特别是那个一直让他魂牵梦萦的同桌冰雪，心里激动不已。

在那段艰难而又充满憧憬与快乐的岁月里，他与冰雪一起同桌了两年，那个文静、清秀、善解人意的女孩，深深地嵌在了他的生命里。

聚会在土家第一村——云舍举行。冰雪戴着深度眼镜，一身清秀脱俗的装束。雅俊握着她温暖的小手说："冰雪，你还是这么漂亮！"冰雪的脸上突地泛起了微微红晕，深情的双眸含着一丝羞涩。短暂的寒暄过后，一行三十余人驱车来到云舍，对了几曲拦路歌，喝下了土家拦门酒，拦路杆便放下了，身着艳丽民族服装的土家姑娘跳起了"竹竿舞"，打起了"金钱杆"。

歌舞过后，冰雪陪伴着雅俊，随大家一起来到民族风情表演场，亲身体验最浪漫的活动"背新娘"。

"请大家选出最漂亮的女士做今天的新娘。"主持人的话音未落，大家簇拥着把漂亮可人的冰雪推到了台前。

"接着由新娘挑选自己的新郎……"

男同学争相往里面挤。冰雪一脸的羞涩，更显得楚楚动人。

冰雪在人群中寻找，当她的眼光停留在一身帅气的雅俊身上时，雅俊的胸膛仿佛有只兔子一样在突突地跳动。

"这位最帅的男士就是今天的新郎。"主持人拉着雅俊的手，在人们的欢呼声中，来到了冰雪的身旁。

冰雪换上一身土家姑娘的服装，搭着红布藏于厢房里"哭嫁"，厢房外面的走廊上九位土家姑娘盛装"陪哭"。

装扮成新娘哥哥的同学把冰雪背了下来，媒婆在后面打上花伞，绕着花轿转了三圈后，坐上了八人抬的花轿，雅俊穿着新郎服装伴随身旁，鞭炮声中迎亲队伍出发，绕寨一周。一路的欢笑，一路的颠簸，花轿把冰雪摇晃得头晕脑涨，但是她很快乐。雅俊牵着冰雪走下花轿，心疼地扶着她。

主持人要求冰雪揪住雅俊的耳朵说句悄悄话。冰雪一脸的幸福，轻轻地捏住雅俊的耳朵，怪笑着柔声说："我已是你的新娘，你要来娶我唷！"雅俊的心飞扬起来，把嘴伸到冰雪的耳朵旁说："等着我，明年的这个时节，我一定来娶你。"他们在彼此的心中悄悄埋下了爱的种子。

春节后，各自回到原来的工作岗位。雅俊又兼职找了份工作，他勤俭节约，把钱积攒下来寄给冰雪，捐给那些她支教的乡村小学因贫困面临辍学的孩子。尽管日子很清苦，但是雅俊过得充实而快乐。

冰雪想着雅俊的优秀，雅俊的承诺，幸福便荡漾在脸上。她努力地教书，勤奋地学习，她一定要做个最优秀的老师。枫叶红遍山峦的秋天，冰雪去一个叫猴子溪的山寨家访时，发现一只被其他动物咬伤已不能行走的小金丝猴。它眼里含着忧伤，孤独无助得就像个没妈的孩子。冰雪的眼泪哗地流了下来，她把它抱回家，给它上药养伤，精心地喂养，还取了个名字叫欢欢。一个月后，欢欢恢复了健康，她又把它送回山林。后来，冰雪的屋门口经常出现一堆堆的山果和蘑菇。她知道，那是欢欢送来的。冰雪把这个故事在电话里讲给雅俊听时，雅俊深深地感动了。

冬天来临的时候，冰雪答应了雅俊的求婚，他们把婚期定在来年的正月初四，地点为云舍。他们要在那里举行一场浪漫的传统婚礼，让所有的同学见证他们的爱情。

这天清晨，冰雪推开门看见一只猴子抓着什么东西从雪地里缓慢地向自己的屋门前爬来。是欢欢，她激动起来，原来欢欢是给她送兔子来了。这时寨里的一只恶狗冲了出来，奔向欢欢。她惊呼起来，平时怕狗的她不知哪来的勇气，一个箭步冲向欢欢，把它抱在怀里。狗没能咬着欢欢，便扑向冰雪，在她的腿上咬了几口……

大雪封住了出山的路，一个懂点医术的村民给冰雪敷上了草药，暂时缓解了疼痛。半夜过后冰雪突然发起了高烧,天亮时已经昏迷不醒。孩子们哭喊起来,村民们毅然决定全寨男女老少铲雪开路,送冰雪老师去乡卫生院。

然而冰雪再也没有醒来。

根据冰雪的遗愿,村民们把她埋葬在学校后面的半山上,让她静静地看着自己深爱的学校,还有这片留下她青春岁月的土地。雅俊从林城赶来时,冰雪已是一堆黄土。他跪倒在冰雪的坟前泣不成声。

雅俊把积攒的用于结婚的钱全部捐给了冰雪生前工作的这所乡村小学。

## 寻寻觅觅的鸟

### 代应坤

做梦的时候,时常把自己当作了一只飞来飞去的倦鸟。

鸟有两类:一类是被主人困在笼子里,享受着宠爱却没有多少自由的鸟儿,或乖巧或美丽或珍稀,寝食无忧,安逸恬静,一副婉转的歌喉,几句学舌的鸟语,几片美丽的羽毛,便足以让主人满脸绽花,笑口常开。

另一类是户外鸟,海阔天空任其翱翔,自由倒自由,但却奔波劳顿,生存的压力,寻觅的风险,同所获得的自由相冲抵,其结果是正值负值还是零,那要看鸟的造化了。

尽管如此,仍然存在着外界的鸟儿想进笼,笼中的鸟儿想腾空的情况,这是鸟类王国的"围城定律"。人与鸟本具有可比性,至少在生活态度上并无二致,要不怎么会有"人为财死,鸟为食亡"一说呢?只不过人是高级动物,有思维,有意识,所作所为带有更多的功利性和目的性,不像鸟儿觅食、筑巢、育雏凭的是本能。

有栖息的场所,有人类遗落的劳动产品,有大自然的馈赠,它就有可能存活乃至繁衍下去,否则,它只有暴尸荒野的份儿了。鸟的死亡与贪婪无关,是缺食和饥饿所致,是自己无法左右的,不像人为财死,源于贪欲,终于自殇。

于是,我躺在岁月的河床上,以理性的目光打量着自己。

上天曾赐给我一个精美小巧的樊笼,但却被我毫不领情地抓破了,我成了一只户外鸟。我的性格决定了我无法适应嗟来之食和任人摆弄，我的梦想写在蓝天上，挂在松枝旁，撒在田野里。

　　一晃十多年过去了，当我站在四十岁的门槛上，面对如期而至的第一根白发，我的心灵在震颤，岁月的巨手已经无情地将我们最为宝贵的东西拿走了。静下心来，细细想想，其实剥夺我们青春与容颜的与其说是岁月老人，不如说是无休无止的人生征战和梦幻；耗费我们生命的与其说是疾病缠身，器官衰退，不如说是贪欲和忧患。我设想过当一名人民教师，一名国家公务员，一名自由撰稿人，一名律师；我设想过将学历从中专修成大专，从大专考成法学学士；设想过把自己的巢穴从农村徙至集镇，再从集镇筑到中等城市……

　　当一个个目标被踏在脚下的时候，心里不免徒生悲念：哪里是我的尽头？冥冥中，我把自己幻化成一匹桀骜不驯的战马，一路左冲右突，一路腾跃嘶鸣，顾不得舔舐一下身上的血，便又朝另一个疆场飞奔；我也把自己幻化成了一所矿藏，将自己最大限度地开采，不停地兜售，从一个卖场转入另一个卖场；我又把自己幻化成一只孤雁，寻寻觅觅，劳劳碌碌，找不到可以栖息的枝头，却迷失了自我……

　　昨日拜读文济齐先生的散文《不惑将至》，得知四十岁左右年龄其实是一个很危险的时段，肖邦、雪莱、果戈理、曹雪芹等艺术大师，脚刚踏进这个时段便直奔天堂。英年早逝固然与个人寿数有关，但也不排除奔波劳顿对生命的摧残成分。鸟为食亡，那是无奈；人为财死，为名死，为欲死，纯属自找的，怨不得别人。

　　于是，我用毛笔写下"需要极少，满足极易"八个字，压在书桌的台板下，时常看看，然后闭上眼睛做一个长长的深呼吸，心绪立马就变得释然晴朗起来。

# 送　站

## 欧阳在衷

　　自有记忆起，我就知道母亲很关心我。后来外出读书乃至参加工作，母亲总是把平时省吃俭用下来的好食物，等我回家才拿出来与我享用。平时家乡有人到学校或县城，他就托人捎带大包小包的东西给我。长期以来，我都习以为常了。

去年暑假，我与妻儿回家小住几天，回县城小家的那天，天公作美，路面干爽。我们洗漱吃饭后准备上路。母亲又像以往那样，把自己从地里种出来的果菜一类东西装满了一个蛇皮袋送给我们，还说，趁去地里干活之机顺便送送我们到新凉亭搭车（从家里到新凉亭有五里多路，先上坡后下坡）。我叮咛妻子和儿子背上行李袋，我来背沉甸甸的蛇皮袋。

母亲走过来，说："你很久没有干过农活了，让我来背吧。"

"我是后生仔，您都六十多岁的人了，让别人看见，会笑话我的，还是我来背吧。"我知道母亲是一个宁愿自己受苦受累，也不愿让儿女吃苦的人。

母子俩争执了好一阵子。母亲叫我回头去关好大门，然后她自己蹲地反手抓起口袋，一用劲拉上了肩膀，背起就走。等我回过神来才知道"上当"了，只好空手跟在她后面。

母亲在前走，我们跟在后，约有十米距离。我不止一次叫母亲放下袋子让我背，她好像没听见似的，反而走得更快，生怕我追上抢着袋子背。走出村口，就开始走上坡路。我仰起头，只见母亲右手横过前胸搭在左肩上拉着袋口，左手反倒至背后托住袋子底部，左腋里还夹着一把雨伞，佝偻而又瘦小的身躯匆匆地，艰难地，一步一步往上挪。走上了一个山坳，才到了宽敞一些的乡村公路。看着母亲吃力的样子，我的眼眶里有点湿润，不再说什么，只是催后面的妻儿快点儿跟上去。

上了公路，听见母亲跟人说话。只见她从袋了里拿出几个桃子送给正在路边地里干活的三伯母吃。母亲她们妯娌一向相处很好的，从来没有口角是非，为人随和慈善。我趁她与三伯母说话的时候，出其不意走上前去抓起袋子往肩膀上扛。母亲无奈地跟上来，撑起雨伞与我肩并肩走在山村公路上。

我们母子边走边谈，谈家里的种养，谈家里的收成，也谈我们这个小家的情况。我说爸妈年纪大了，就别再干重活累活，保重身体要紧。她说，在农村，劳动惯了，不劳动反而不习惯，如果在家静坐两天，脚腿就会不舒服。

谈着谈着，不知不觉将到目的地，我也觉得有点累了，有点热了。这时太阳升得老高了，猛然间，我看见前面的公路上有我们母子的身影。母亲在左边高擎着雨伞，我的影子的头部是一个大大的圆形的阴影。我仰视，头顶上方是母亲撑开的雨伞，母亲右手举着伞，尽量向我倾斜，为我遮蔽阳光，而她自己却被晒得满头大汗。我走得快，她也走得快，我走得慢，她也跟得慢，生怕雨伞遮挡不住照射在我身上的阳光。我放慢脚步端详着她，头上的白发明显地较前增多了，额上的皱纹也增多了，而且又粗又深。我想对她说，妈妈，您别老顾着我，也要照顾自己。但我始终没有说出来。

新凉亭到了，我们坐了一会，公共汽车来了。上车前，我把买车票余下来的50元塞到母亲手里，她横竖不肯接。她说："我有钱用，你建房子还有债务，还债要紧。"我好说歹说了一会，她才肯收下，还说，暂时为我存放着。

车子开动了，我们在车里向母亲挥手告别，她在新凉亭里站着，独自一个人，目送我们。车子转弯了，我见不到母亲羸弱的身躯。坐在车上，窗外的树木、莽草、山峦一晃而过。我思绪泉涌，泪水禁不住夺眶而出。

# 游潜夫山

## 高 杰

潜夫山，因东汉末年，著名思想家、政论家王符，在此隐居著书《潜夫论》而得名。

——题记

镇原，为陇上名邑，我住城南，潜夫山就站在城北，我们隔河相望。

只要有空闲，我就会去登山，不需要理由，也不需刻意装扮，也不必呼朋邀伴三五成群，就这样随心随性，一个人，轻轻地关上门，踱步而去。

沿南茹河中路往西，右拐，过广汇桥，拾级而上，至南天门，高大的花岗岩门楼，正以一种庄严挺立的姿态，迎接着每一位来访的新朋老友，匾额处雕刻的"王符故里"四个鎏金大字，从容不迫地简述着这座丝绸古镇的历史文化底蕴。

行至半山腰，路似乎被人用力地拽了一下，直了许多，也更陡了许多。如果是初次登山，总会给人一种始料未及之感。正因为这样，退缩，就意味着前功尽弃。而坚持，付出的努力，会比之前更艰辛。这，就是考验。

我不是第一次来，也不想行百里者半九十，也没想过要超越多少人。而是着眼当下，扎实地走好脚下的每一步，戒骄戒躁，不气馁，不放弃，一如既往的，走走停停，游目驰骋，寄情山水。

刚跨进潜夫山公园南门，豁然开朗的平坦，与之前的行程，形成的反差和对比，让人一下子觉得，以前所有的付出，都是为这一刻做铺垫。

在夹道相迎的青松护送下，夹杂着枫树、柳树、国槐的前簇后拥，郁郁葱葱中，一股自然的清新之气迎面而至，神清气爽中，精神为之一振，心情也随之愉悦，莫名的满足感也纷至沓来。

拐过一道弯，就能看到仿古的佑德观，蜈蚣墙、琉璃瓦、歇字顶，巍峨耸立，气势恢宏，站在64级台阶下面，需仰视才见。进入观内，空旷处，安置着一座六层六角形凌霄宝鼎，与坐北向南雕梁画栋的通明宫前安放的安定炉，一同萦绕着袅袅香烟，伴随着两侧三帝宫和圣母宫的钟磬之声，加上青衣道士梵音诵经，在百余棵苍翠古柏的掩映下，构成一处肃穆的道教胜境。

观内有一棵柏树，相传是后汉三贤之一王符手植，距今有1900多年，高20多米，围约4米，实属罕见，蔚为壮观，俗称"神树"。

佑德观右侧，是王符纪念馆，陈列介绍他的生平事迹，以及竹笺，线装本，和后世研究他的文献书籍。回廊东侧是人物碑记，刻有从东汉至清，镇原籍历史上有影响和贡献的四十位人物；西侧为著作碑，精选王符《潜夫论》的警言佳句，艺制四十块碑，以供后人参观学习。

纪念馆前的广场中间，矗立着王符行走议论状雕像，意气风发，神采奕奕，气度非凡。

正对着雕像，是王符读书坛——潜夫亭。登上此处，可以鸟瞰镇原全城，一览无余。在南北两山呵护之下，茹河犹如一条银色的飘带，沿川道，由西向东，悠然而去。两岸建筑林立，街道纵横。商超、购物中心、市场、学校、医院、电力、银行等等，历历在目；东广场、西广场，人头攒动，如沐春风；1号桥、2号桥、3号桥，贯通南北，车流如织。站在这里，能看到发展、速度和激情，更能看到欣欣向荣的蓬勃朝气。

每次站在这里，都有不同的收获，每次都有惊喜。这里也是潜夫山的制高点，望见山川景秀，风轻云淡，万物生晖，不自觉地，就有一种会当凌绝顶的豪迈感。

走下读书坛，沿纪念馆的西侧，绕了一个大大的弧线，然后转至佑德观的后面，一堵高起厚重的古城墙便拦住了去路。

据《平凉府志》《元和志》《镇原县志》记载，镇原县城，始建于元顺帝至正二十年，迄今已有600多年的历史。

从爬上城头稀疏的蒿草，足见熟土夯实的魅力，从斑驳的墙体，也可窥见它饱经风雨的沧桑。它用完整的400多米，正无声地细数着年轮，也默默地佐证着历史。

城墙上留有唯一的关口，这就是潜夫山森林公园的北门，从此而出，便可以乘车抵达想要到达的地方。

时光缠指绕，纵有不舍，终有离别。我更情愿原路返回。行走在时间里，每前进一步，都是崭新的。只有亲自走过的，才叫经历。

因为生活，都是琐碎的累积，往往乐趣就藏在过程之中。你懂，我懂，一切尽在不言中。

# 宣城照片

## 玉 霖

杭黄高铁通车后，又是一番去黄山的热潮，网民游历皖南还觉得不够，又在网上掀起恢复徽州古地名的呼吁。

我看了本陈丹燕写旅途见闻的书，觉得非常有意义，作家女性视角和细腻笔触表达的生命感悟，对生命过程的珍视，写出来如涓涓细流，那样美好，那样动人。

其时，老公正好在双休日要和几个朋友去趟皖南，我一改禀性，要求和他一起去。

正是油菜花开得旺盛的时候，我们这几位却绝不是"青春作伴好还乡"的年龄。虽一路也感慨着如诗如画的皖南，却又不停地嘲笑那些在朋友圈猛发桃花照、梨花照和油菜花照的人。说是"矫什么情？有什么好拍的？真让人笑掉大牙了"。

最近，朋友圈不断有皖南山水草木的照片，让人忍不住发笑的是，他们不约而同地，大都以"无梦到徽州"为题，以为找到了最酷的佳句。可我们这次去的是宣城，不在徽州府，却同宗同脉，同样的秀丽山川和灿烂文化。

坐在车上，按捺不住兴奋，我给才结识的一个网名叫村姑的宣城文友发微信，告诉她我数小时后到达，希望能见着她。村姑是个活泼的女孩子，常看到她发的山城生活照。我想象她过着慢悠悠的神仙日子，可以带我去老乡家转悠转悠。记得她发的一个老伯家的照片，那案几，那碗橱，还真让人生出淘几件老家具的心思呢。

不巧的是，村姑外出了，她去北方转悠了。这还真应了那句话，人啊，缺点什么就想着什么，我们向南，村姑向北了。无比美好的会合变成了分道扬镳。

错过村姑，我离开老公他们谈事的地方，到街上转悠。希望能找到家具店，最好是二手的家具店。可是一条街走完，又到另一条街，还是没有家具店的影子。

这条街上店铺很多很新，大都关着门。玻璃门上有业主留的出租信息和电话。

问了街上的人，才知道老城区才有家具店，我逛的地方是新城区。我连忙问老城区有多远，可以怎么去。得到的答复是有公交车，但是还是要很长时间的。看着傍晚阴沉沉的天，我有些泄气了。我问老城区在哪个方向。他们指着远处的山峦。看着我不解的神色，便又补充说，在敬亭山的那一边。

什么？敬亭山！我一下明白了，就是李白写"相看两不厌，只有敬亭山"的那个敬亭山。山川人物，有上好山川才能与诗仙相逢啊。

天色渐渐暗下来，毛毛细雨若有若无，我往回走，还是那一间接一间的店铺。突然，一间忙碌的店铺出现在眼前。里面摆满了缝纫机，机子上堆着布料和半成品衣物，一些戴着帽子的工人在忙着做衣服。近门的一张大案子上同样有布料衣物，案子旁边的年轻妈妈可能正好放下手里的活，弯腰凑到孩子跟前，大概在指导孩子拉琴。返春的天气很冷，小女孩穿着棉衣，托小提琴和拉弓的小手都冻红了，显然这里并没有开空调。这年轻的妈妈怎么可以把孩子带到工间来呢？可能她刚刚从哪个培训班接了孩子出来，等下班再一起回去，也可能这年轻母亲就是老板，自然可以把孩子带来，一边工作一边看着孩子练琴。

多能干的年轻母亲！我禁不住又想起那些著名的母亲教子的故事，皖南就现成有一个例子，那就是新文化运动领袖人物胡适之的母亲。看着眼前这母女俩，我像是看到二十世纪初的皖南山区，每天早早去学堂开门的"糜先生"（胡适小时候乡邻给他起的绰号），听到他早寡的母亲殷殷地叮咛。

我掏出手机，把这母女俩拍了下来，一棵街树通过玻璃门投映在影像里，缝纫机旁工作的母女俩都像是在一棵大树下，真是奇妙。

中国新实力作家成名作

# 老伴的心事

### 杨春贤

人海茫茫，行色匆匆。芸芸众生，似乎每天都在如织的人流中重复着昨天的故事。其实，大千世界每时每刻都在发生着非同寻常的变化，每个人的背后也都隐藏着不为人知的欢乐和悲伤。

十几年前的一件往事，早已被时光掩埋，拂去岁月的灰尘，却依然清晰如初。

那天早上，我上班去了，老伴退休在家。

"收废品了！"一个响亮而又略带沙哑的老人的叫喊声，回响在我家窗外的楼下。

"收废品的！"我老伴站在5楼的阳台上，俯身招呼着收废品的老人，想把积攒已久的旧报纸卖给他。

老人60多岁，高高的个子，慈眉善目，挺着硬朗的身板登上5楼，乐呵呵地打着招呼，接过老伴捆好的旧报纸，麻利地称过重量，将钱付给老伴。

"你是荣成人吧？"简短的对话中老伴觉得老人的口音格外亲切。

"是，你听出来了？"老人朗声答道。

"老乡，我也是荣成人，"老伴笑容可掬地说，"咱荣成人说话就像唱歌一样，一听就听出来了。你记得不？那年有个主持人在中央电视台的晚会上，用咱荣成话播天气预报，观众都乐翻了。"

都说，老乡见老乡，两眼泪汪汪。说笑间，老伴和收废品的老乡便热切地攀谈起来。一定是老伴的真诚善良深深地感染了老人，老人慢慢地道出自己心底的压抑。原来，他命运很不幸，老婆子过世后，与儿子一起生活，儿媳妇不待见他，总是甩脸子给他看，吃饭时扭着身子，背对着他。他心里窝着一肚子委屈，出来收废品既可帮助儿子补贴生活，又可以换个环境躲避儿媳妇。

老人边说边流泪，我老伴一向怀有悲天悯人的情怀，这时也红了眼睛。老人临走时我老伴送他一瓶白酒，他不肯要，老伴硬是塞给了他。老人感动地连连道谢。我老伴嗔怪道："咱不是老乡吗？乡里乡亲的，还客气什么？！"

送走老人，老伴回来时发现，老乡居然没拿那捆日报纸，就匆匆地走了。

那天傍晚，我下班回家，老伴操着荣成腔，不紧不慢地和我述说着收废品老人的不幸，老伴心软，说着说着哽咽起来，泪水止不住地涌出了眼窝。

"唉，真是个可怜人，我当时给他两瓶酒就好了。"老伴后悔地重复着。

"你不用后悔，等下次他来，你再送他两瓶。"我安慰着老伴。

老伴点点头，她也是这么想的。

一连几天，老伴的心始终平静不下来。

"你看这个老人，连那捆报纸都不好意思拿就走了。"老伴深有感慨地说，"下次他来，我再找些报纸给他。"老伴的古道热肠，不用说收废品的老人，连我都感到丝丝温暖。

然而，世事难料，事与愿违。此后，老伴天天翘首以盼，隔三岔五地伏在楼台的栏杆上向大街张望，期待着那响亮而又略带沙哑的老乡的声音。

两个月过去了，老乡没来；树叶绿了又黄了，老乡还没来。老伴几次不安地对我说："你说俺这个收废品的老乡，再就不好意思来了？"

两年过去了，十几年又过去了，收废品的老乡地老天荒一样再也没有出现。老伴屡屡提起他。但她知道，老人不会再来了。相遇是一种缘分，正如人生是一趟有来无回的列车，过去就过去了。

有一天老伴终于读懂了老乡的心。老人不拿那捆报纸，肯定不是遗忘，而是有意弥补欠下的人情。每人都有自己的个性，内心深处都有个"深度自我"，有自己的精神世界和行事方式，无论你出于怎样的同情和关心，希望帮助人家，人家却有难言之隐，心有亏欠，于是躲着你。唉，自己怎么就粗心地没往这方面想呢？老伴无可奈何地长叹一声："多好的一个人啊，本来老人就够不幸的了，何苦再给老乡平添些心理负担呢？"

# 荷花赞

### 王树彦

接天莲叶无穷碧，映日荷花别样红。每年七八月荷花盛开时节，家乡西郊荷塘都会吸引众多游人前来观赏。蓝天白云下杨柳依依、荷花映日、蜂蝶

**中国新实力作家成名作**

飞舞、蜻蜓点水、游船荡漾,石桥凉亭边鱼戏莲叶、鸟语花香、燕舞人歌。无论是对对情侣漫步柳堤窃窃私语,还是休闲的游人在彩色太阳伞下喝着冷饮聊天,欢声笑语中映入游人眼帘的是一幅幅和谐美丽的图画,耳边听到的是一曲曲动人的大自然交响乐,置身其中会让你赏心悦目、心旷神怡、流连忘返。

我爱荷花,喜欢她的亭亭玉立、婀娜多姿、清新淡雅,给人以无限的美感,让人在尽情地欣赏中陶醉;更钦佩荷花出淤泥而不染的高贵品质和给予人的甚多,而需要甚少的无私奉献精神,让人在无限的遐想中悟出道理,受到启迪。

当她在展现美丽尊容的时刻会引来蜂蝶等昆虫传播花粉,花朵上分泌出来的甜汁蜜蜂采集后可以酿成蜂蜜,供人们食用或药用;荷花开过后的花托呈现出倒圆锥形的莲蓬里面结出的莲子可食用,莲子是八宝粥的主要原料,也称莲子粥,除此之外,莲子还可以入药;荷的地下茎为藕,可制成藕粉等多种食品;荷茎也可用药;即便是那又大又圆的荷叶也成为餐桌上美味佳肴的衬托。荷牺牲自己奉献给人们的甚多,要求人的却极少,平时她不需要什么特殊管护,在水下生命力极强,荷叶干枯后可以在冰冷水下冬眠,一梦醒来又是春天。复活后翠绿的荷叶继续生长蔓延,直到塞满池塘鲜花盛开,她能大面积自然繁殖而引来众多游人,其壮观景致是许多花卉所无法比拟的。

也许荷花比不上牡丹壮观,也不像玫瑰那样芬芳,更不像梅花那样耐严寒,然而,她却有着顽强的拼搏精神,自强不息,勇于在逆境中展现自我。荷花绝不像温室里的花朵那样娇嫩,经不起风吹雨打,她是在大自然的洗礼中绽放青春的。你看支撑她的不过是一根细细的茎,从水下到花朵足有两米多高,风雨中她在高高的茎上摆来摆去,与风雨搏斗后仍以多彩的丰姿陪伴着彩虹。经受了风雨考验的荷花焕然一新,翠绿的荷叶上面雨后常常会留下几滴大小不一的雨点,像洒落在那里的珍珠晶莹璀璨,在太阳的照耀下闪闪发光。那是大自然给予荷花的特殊礼遇,看似柔弱的荷花风雨过后依旧光彩照人。人何尝不需要这种精神?在不平静的生活中勇于拼搏,做一个强者。

我赞赏荷花洁身自好、纯洁无瑕,她从污泥中汲取有益的营养强健肌体,而绝不容有害物质侵害,损坏自己的尊容。她的叶子长得那样茂盛,遮天蔽日。水灵灵的花瓣匀称有致,粉红色里透着白,从花蕊到花瓣看不到一丝污迹,让人很难相信她的根竟置身于污泥之中,这不正是"出污泥而不染"精神的真实写照吗？如果能有更多的人具备这种精神，社会将会更加和谐美好。

荷花是团结、吉祥的象征，她的每一片花瓣都有极强的向心力，不仅在含苞待放时紧紧地抱成一团，头两天初开后到了傍晚片片花瓣还会慢慢收拢，以后的几天即便不像当初那样，她的花瓣还是尽力地向着中心。她的茎上长满了刺只是为了保护自己，而不伤害于人；花中珍品一茎两花的并蒂莲集荷花之精华于一身，尤能引人入胜，被视为吉祥喜庆的征兆，善良美丽的化身，只可惜平时很少见到。常常看到端庄慈祥的佛像坐在莲花之上，寄托着人们的美好祝愿，也有人取"荷花"为名，每当有人提起她的名字便会想到美丽的荷花。

古往今来曾有多少文人墨客以散文、诗赋、绘画等形式赞美、讴歌荷花，不知她已演绎出多少浪漫的爱情故事。荷花已成为人们生活中的一部分，近些年来亿万人广为传唱的歌曲《荷塘月色》，足见人们对荷花的喜爱。

在她给你带去无限愉悦和乐趣的同时，你的意境也会得到升华。荷花是奉献之花、吉祥之花，更是开在人们心中的"荷"谐之花。

# 与春天的约会

## 曹 裔

春天来了，春天来了，春天像小姑娘，花枝招展的。她吹着口哨，很淘气，很顽皮，蹦蹦跳跳地走来了。

似乎是一夜之间，春风就吹绿了树梢，吹绿了田野，吹绿了山坡。不！春风吹绿了大地上的一切，甚或也吹绿了高高的天空。一切的一切好像都被点染成绿的了，像是经过绿水泅染似的，一片萌萌的绿意！

虽说气温时升时降，不时会出现倒春寒，但总体上一天比一天暖和。这时，头脑中总会闪现春暖花开、万象更新的景色，就会油然滋生踏青的念头，想起自己每年与春天有个约会，该携二三挚友出去踏青。好好与大自然亲昵一下，呼吸呼吸山野新鲜空气，汲取山水的些许灵气。

"一树春风千万枝，嫩于金色软于丝。"春光明媚，桃红柳绿，草长莺飞，正是春游踏青的绝佳时机。据说春日踏青的习俗由来已久，唐朝时期就颇为流行。每当春天来临时，杜甫都会诗兴大发，写出脍炙人口的诗章，"迟日江山丽，春风花草香。泥融飞燕子，沙暖睡鸳鸯。"诗人选取了江山、花草、泥沙、燕子、鸳鸯等自然景物，凝练地写出了春天生机盎然的迷人景象，描绘了一幅春和日丽、鸟语花香的春景图。李白曾在《春游》一诗中写道："逢春不游乐，但恐是痴人。"诗仙李白的意思是说，在春光明媚的日子里，应该潇潇洒洒地去踏青春游，好好感受大自然给您带来的无限美景和怡人心情。

绿是春风的颜色，绿也是生命的颜色。每每春风吹皱一池春水的时候，整个天地立马就充满了勃勃生机，到处都是春暖花开欣欣向荣的风景。嫩绿的小草像是好奇的孩子，探出了稚嫩的小脑袋。早先光秃秃的杨柳树枝，不知何时吐出了嫩嫩的尖尖的小绿芽。各种各样的花儿，大的，小的，红的，粉红的，白的，有名字的，无名字的，都竞相开放，争奇斗妍。也不知小燕子是什么时候飞回来的，瞧她们叽叽喳喳的，飞来飞去，忙着衔泥筑巢，歌唱爱情的芬芳。

桃红柳绿二月天，吹面不寒杨柳风。山河解冻了，土地松软了，草木发芽了，山花盛开了，小鸟多起来。看，地面上和低空中的小燕子、小麻雀、喜鹊、乌鸦、斑鸠，一下子多了起来，分外活跃似的，热热闹闹的。此时，整个天地仿佛就是偌大无比的大花园，显得格外美丽。人类的活动也成了这个大花园的必要点缀，给大自然增添了几分灵性和神韵。

在这般美丽诱人的春天里行走，所见皆是美景，不用刻意选择取景。山，似乎分外精神；水，似乎分外柔媚；天，似乎分外高远。山，还是那座座大山；水，还是那条好似风中飘带的河流；山谷，还是那个有几分神秘的幽深去处；村庄，也还是那个鸡鸣犬吠的小村子。但是，又觉得一切好像都变了样似的，比原来的要好上几十倍，甚或上百倍。

沐浴在这么美丽宜人的春天里，到田间野外随意走走停停，看看风景，那是一种美的享受啊。就像是和你梦寐以求的心上人意外邂逅，谈了一回恋爱一般，令人回味，难以忘怀。

沐浴春天，让自己身心的疲惫得以消解；沐浴春天，让自己的心空蒙受的阴霾得以驱散；沐浴春天，让自己被囚禁已久的心灵之小鸟得以释放。

如此这般踏青春游，让身心都沐浴在春天里，那是生活的恩赐，绝美的精神享受，何乐而不为？

## 故乡情怀

刘佩华

故乡，对于每个人来说，都是十分亲切和依恋的。故乡，是游子在繁华都市回望的圣地，故乡，是远在他乡的行者最难忘的地方。

记不清多少次梦里回故乡，梦境里，故乡的山，故乡的水，恍如幼时眼中的模样，依稀如电影般在脑海中回放，一切都是熟悉的画面。当梦初醒，心中怅然若失，辗转反侧，久久沉浸在梦中，再也难以入眠。

我思念故乡，是因为故乡留下了我们祖辈们在此垦荒种地、植树造林，为子孙开基立业、造福后世奋斗过的足迹，留下世代人许许多多动人的故事和传说。

我思念故乡，是因为故乡有我的父老乡亲，他们躬耕四季，辛苦劳作，在祖辈开垦的田间地头，执念一生，呵护这片黄土地，播种四季希望，享受着瓜果丰硕，稻菽飘香的喜悦。

时光匆匆，岁月无情。昔时伙伴为了生活闯荡东西南北，辛苦打拼在异地他乡，归期不定。虽有相逢之日，却是相聚时短，更那堪别离恨长，相见时难别亦难。

故乡，远隔千里，由于工作繁忙，身不由己，有时琐事牵绊，每每归乡急促，难免去亦匆匆，来亦匆匆，脚步一直在往返的路上，而思念就好像长了翅膀，时常在梦里飞回故乡。

每次回故乡，故乡的一山一水、一草一木，无不令人感到格外亲切，沿途闻听乡音绕耳，顿觉亲情无比温馨。

故乡的天空是那么的湛蓝，故乡的河水是那样的清澈，故乡的山郁郁葱葱，故乡的花儿姹紫嫣红。

每次回故乡，我最爱登高远眺，伫立山头，远听山风呼啸，近听山涧流水欢畅，道路两旁排排杨树亭亭玉立，株株垂柳婀娜多姿。徐徐清风，飘过醉人的花香，令人陶醉；山间鸟鸣啾啾，草丛蝈蝈歌唱，仿佛是对归乡游子的亲切问候。

远处，一望无垠的田野，阡陌纵横，梯田交错，大片的山地早已退耕还林，枝叶茂盛，郁郁葱葱，原来的羊肠小道，已经变成宽阔的柏油马路。站在大地中央深深呼吸，总有田野散发出原汁原味的泥土芳香，感知故土永远难忘。

故乡的春天，花红柳绿，莺歌燕舞，一块块翠绿的庄稼地，犹如一幅幅美丽的图画，把整个小山村装扮得格外美丽。

故乡的夏天，大地一片葱茏，乡间的大路两旁，槐花飘香，知了在树上放声歌唱，就像一幅有声有色的水墨丹青画。

故乡的秋天，树上结满了丰硕的果实，地里的庄稼成熟了，家家户户门前，黄澄澄的玉米堆积如山。田野里，谷子压弯了腰，高粱涨红了脸，收割的农民唱着嘹亮的歌声，人们脸上露出喜悦的笑容，好一派丰收的喜人景象。

故乡的冬天，寒霜素裹，枯叶凋零，大地一片苍茫。小河结冰，花草休眠，鹅毛大雪从天而降，飘落在树上，洁白无瑕、晶莹剔透，整个房屋、庭院，如棉絮覆盖。一眼望去，层层叠叠的山谷银光闪烁。故乡的冬天，虽然枯燥乏味，却呈现出一番别样的景致。

故乡虽是穷乡僻壤，在我眼里，那山、那水，无时无刻不在眷念。我虽远离故乡，身处繁华都市，故乡永远在我心中不能忘怀。

故乡的记忆是深刻的，我无法忘记那美丽的大山，还有那些淳朴善良的乡亲；故乡的记忆是真诚的，我无法忘记亲人那期盼的眼神；故乡的记忆是永恒的，我无法忘记童年留在大山里的快乐足迹。

故乡是永远无法磨灭的记忆，故乡是永恒的心灵寄托。故乡的水土养育了我，故乡的父老乡亲培养了我。我的根在故乡，我的心在故乡，故乡永远在我心中。

故乡，读万卷书怎样也读不完你的美丽，行万里路怎样也走不完对你的思恋。你的美丽和善良早已打入我的行囊，相伴我四海为家。

莫说故乡路长，再长也长不过我的思念；莫说天涯很远，再远也远不过我的目光；莫说云淡天高，再高也高不过我的畅想。故乡，你是一首永远读不完的诗词，一曲永远都唱不完的歌谣。

风过无声，雨过无痕，时间的脚步总是走得匆忙。转眼间，已经离开故乡多年，岁月的痕迹，流年的沧桑，已悄然爬上脸庞，在心底沉积了厚厚的羞涩，那张幼稚的笑脸，永远停留在童年故乡的记忆中。流浪天涯，只为那心中的信念，留下一段段美好的故事，储存心灵深处，沉淀永恒。

时光依旧匆匆流淌，流浪的脚步还未停歇，经历了人情冷暖的变故，品尝着酸甜苦辣的沉重。流浪的人，疲惫的心，端起一杯醇香的老酒，唱起一首深情的老歌，迎着清凉的夜风，伴着柔婉的月光，思念着故乡的亲人，回味故乡那美丽的风景。

# 我是故乡的一片云

潘 艳

头顶上的那朵白云，它是从故乡飘过来的吧？

你瞧，它那轻盈的身姿，像极了故乡山坡上的羊群。它应该是故乡亲人挥别的手帕，不然，我怎会为它驻足，久久深情凝望，不舍离去；它应该藏着我的心思，不然，我怎能读懂它的语言；它应该是故乡湖泊里的芦花，托它带来了双亲温暖的叮嘱，不然，它怎会一直在我头顶，注视着我。

我踏遍千山万水，看过四季繁华，哪里有我的影子，哪里就有我对故乡的思念。

故乡山涧的清泉，已注入我的血液，与我的生命一起流淌；故乡遍山的松柏，已根植在我心的沃野里，让我不再惧怕风雨，内心坚强如松柏般苍翠挺拔。

暗夜里，我时时会莫名地从心底滋生出一丝失落、一丝忧郁，但每当我想起家中双亲期盼的眼神，想起故乡群山后缓缓升起的那轮红日，想起我们恣意奔跑在阳光明媚、鲜花遍地的旷野……我的心便不再感到忧伤、孤独，心情也随之豁然开朗起来，似雨露滋润着我的每片思绪，让它在每个孤寂难熬的黑夜里绽放出灿烂的花朵。

我已把灵魂留在了故乡，无论我飘向何方，也不会忘记，在我的行囊里装满故乡的泥土，用它栽种一棵棵树苗，让其长成家乡屋前参天大树的模样，把根深深地扎藏心田。

帆船会靠岸，候鸟会飞回故乡，太阳会落山……我翻山越岭，踏破铁鞋，寻寻觅觅，却一直未能找到灵魂皈依的地方。

当我累了、倦了的时候，总会独自坐在阳台上，抬头仰望星空，那轮皎洁的圆月，把银色的光辉播种在故乡的土壤里，让思念之花开遍故乡的每个角落。年年岁岁月相似，它依旧还是静静地倚靠在故乡村头的老槐树枝头，守望远方游子归来。

无数次，故乡在梦中与我相遇，每次我从梦中醒来，泪水已打湿双眸。那里的一草一木，一山一水已深刻脑海，如今仍历历在目。我把我的心留在了那里，即使相隔天涯，我的目光也从未远离。

冥冥中一切又是命运的安排，让我年少时就离开了故乡，以致它成为我往后岁月里最深的牵念，就算一辈子漂泊，我也要在梦中把它一遍遍忆起。

只有在那里，我的心才变得平静、恬淡；只有在那里，我才不会迷失自己，才能寻到人生的方向。

为什么故乡总是在我的梦里？因为那里有我亲情的牵挂、最美的童年记忆。为什么我的眼里常含泪水？因为我对这土地爱得深沉……

# 天堂里的母亲

### 吴若兰

一直以来，总想写篇文章，送给母亲，可又总是不敢轻易写出来，怕自己语言匮乏表达不出自己内心的真实感受。我后来一直在想，母亲离开这个世界的时候是不舍还是放弃？在母亲离开我们第二年的母亲节前夕，我终在手机上将这些埋藏在心里两年的话写出来，给自己一个交代。两年了，我一直以为我已经从母亲去世的伤痛中缓过来了，可每想一次就撕心裂肺地疼一次，脑海里永远无法忘掉她离开这个世界最后一分钟的情形。她毕竟是生我养我的妈妈啊！

母亲离开后，我给自己贴上"从此我是没有妈妈的孩子"的标签。不论遇到任何事，我总会考虑如果母亲还在，她会怎么处理，她会让我怎么处理，然后按照对母亲的了解，处理所遇到的任何事。后来，总有人说我懂事了，其实啊，这都是母亲的功劳！她生前教育我该怎样做，她去后又无时无刻不影响着我。慢慢地，我将自己活成了母亲的样子。

母亲离开了，可她总是隔三岔五地出现在我的梦里。梦里有时候是她年轻时候的样子，骂我，凶我，有一次梦里跟她吵架，吵得特别凶，梦里我一直在哭；有时候她也会对我笑，拉着我的手说家长里短；更多时候是她生病的样子，母亲躺在床上，也不说话，也不动，就那样拉着我的手；有时候梦里没有她的身影，可梦里却告诉我母亲已经不在了，那些撕心裂肺的时刻又再一次在梦中袭来。很多次在梦中哭到快要不能呼吸，醒来便会难过很久，很久很久不能平息……

跟未婚夫在一起的很多时候，我都会跟他谈起母亲，跟他讲母亲是个多么美丽的女人，讲母亲的孝顺，讲母亲的为人处世，讲父亲和母亲的故事，讲父亲有多疼爱母亲，讲到最后总是："如果妈妈还在就好了，你就会知道她是个多么善良的人了！"讲到最后往往都是泪流满面，最后都会感叹，不是说好人一生平安吗，可妈妈为什么不能平平安安地过一生呢？这个世界为什么这么不公平？

孩子的生日是妈妈的受难日！生日那天梦到母亲，梦里母亲不说话，一直拉着我的手，我另一只手在看手机，她竟把手机从我手中夺走自己去看。母亲，您是不是在无声地责备我，责备我总不去看您？

这几天，母亲节的气氛愈来愈浓厚，昨晚做梦，梦到我跟大家一起去烧纸，母亲的身影隐隐约约。母亲，您是不是在无声地责备我，责备我母亲节也没能回去给您烧纸。

每次想母亲的时候，我都想，回家吧，回到那个有母亲的地方，哪怕在坟前坐坐，陪母亲说说话也好。可每次我都没有勇气，我拿不出勇气去坟前看您。快两年了，每次去母亲坟前烧纸，总是快去快回，像例行公事一样。其实只有自己心里知道，那个地方多停留一分钟，我的眼泪就会控制不住；多停留一分钟，我的难过也会多一分。永远也忘不掉母亲进坟墓那一刻，全世界都黯淡下来。

母亲，还有整整一个月，女儿就要结婚了。每每想起婚礼现场您不能参加，不能看到您心爱的女儿出嫁，我的心里就难过地要拧出一汪水。我还没来得及孝敬您，您怎么就先离开了呢？我结婚，您再也看不到了。

我不愿忘记母亲，我宁愿每晚的梦里母亲都会出现，都会来看看我，母亲留给我也永远都是年轻时的样子。没有皱纹横生，没有满头白发，永远意气风发，永远，永远都是年轻漂亮时候的模样。

母亲在世时，总说我们几个女儿是她一生的骄傲，殊不知，有这样一位母亲，才是我这辈子最大的骄傲。

母亲善良大方，知书达理，热情好客。她短短的一生，从不曾口头教育我该如何做人做事，她却用行动告诉我，要成为一个懂事知理的、让人尊重的人，母亲一生为人正直，教会我百善孝为先。母亲是我这一生再也遇不到的贵人。

母亲节又到了，我再也不能送您念叨了好久的漂亮衣服，再也不能给您偷偷准备一份惊喜，再也看不到您笑，再也摸不到您有体温的手。

妈妈，我好想您啊，我已经很久没有听到您的声音了，已经很久没有再听到您叫我名字了，妈妈，我太想您了。

下辈子，我还要做您的女儿。

# 回乡记

柴亚娟

早就想回家乡五常看看。

8月22日，东北小小说创作基地与五常作协接洽，召开改稿会与采风活动。我们十余人便一同驱车赶往五常。踏上家乡的土地，心情格外爽朗。车窗外，阳光照耀下的大片稻田闪着碧绿的光泽。一株株稻子，随风摇动，远远看去，像一群绿衣姑娘在跳舞。我隐隐感到，这将是一次愉快之旅。

来到五常，不能不看凤凰山。翌日清晨，五常市作协主席赵仕、山河林业局周副部长带领我们一行人，来到凤凰山脚下。天灰蒙蒙的，雨下个不停，远处的山峰雾气缭绕，白茫茫的。雾浪如白龙翻滚，只觉得好大一座山，被白烟裹了个严实，眼前的凤凰山，显得更加巍峨了。

我们顺着栈道朝葫芦岛攀登，天公网开一面，此时的雨渐渐小了。

我们才到山神庙，就被旁边岿然立在蓊郁丛中、身上系着几道红绳、几个大人合围都抱不过来的一棵高大的神树吸引了。我们在神树下，拍照留念。传说凤凰山的山神，就藏在这棵高大的神树里，抗战时期日本人想毁掉神树，没想到神树"显灵"了，从树身的腹部往下，离树根不远处，裂了一个椭圆形大口子，由里往外冒红浆，越冒越多，口子一点点扩大，至今仍能看见西瓜般大小的洞痕，伐树者看了，害怕遭天谴，不得不留下神树。还有人说，东北抗日联军第十军，在五常地带袭击日本鬼子时，不知从何处来了一位仙女，飞到了日本鬼子的战营，帮助汪亚臣将军，巧妙地解救了好多抗日战士。

这些传说，本身就是个谜。但愿山神永驻，庇佑百姓平安！

我们沿栈道继续前行。不知不觉中，云厚了，雾薄了。离葫芦岛近了，我们加快了脚步。这时雨又大起来了，我靠着石坊，朝下眺望，喜忧参半。喜的是登山一半，忧的是还有一半，我不知自己能否抵达，就像人生的路一样，每走一步都是向上攀登，而在关键处更显毅力与坚持的重要性！

过了葫芦岛，沿着陡峭的石级，手抓栈道扶手，脚在颤抖，心跳加快，一步一级，又一步，又一级，向上攀登！这时，忽听巨大的水声，原来，在一面石壁上，有水柱顺壁而下，宛如一条白龙，呼啸而来，非常壮观。我们驻足观赏，欢呼雀跃，这就是黑龙瀑。

我们拿出手机，留下难忘的瞬间。我们又坚持走了一里多地，终于抵达观景台了。我暗自庆幸，自己终于攀上高峰，真是开心哪！站在峰顶，举目远望，重峦叠嶂，古木参天，峰青峦秀。我不由得想起杜甫的《望岳》的最后一句："会当凌绝顶，一览众山小"，心里深信无疑了。

登山的毅力取之于恒心，如果稍一懈怠，就看不到峰顶"众山小"的气势了，人生亦如此。下山时，我如是想。

# 老方的一天

### 唐家松

我一直想写写老方。大约是因为"熟视无睹"吧，所以总是找不着灵感。这一年多来，她真的让我"忍无可忍"，非写写她不可了。

**中国新实力作家成名作**

然而，事情又很多，写她什么呢？想了想，就简单点，写她的一天吧。可日复一日，几乎雷同，写哪一天呢？我又想了想，就捡最近的今天吧。

在写老方的这一天之前，有必要先简介一下她的家庭。她家住在豫南一个乡镇的小街上，全家7口人：婆婆年届八旬，患有严重的运动源神经障碍症，生活已完全不能自理；丈夫在乡中心学校工作，却因眼底病变，视物模糊，家务上常常是越帮越忙；女儿在省直机关当公务员，儿子小两口都在本县内当教师，孙子刚满3岁，老方是家庭主妇。

叮叮叮……早上6点整，手机闹钟准时报点。老方闻声而起，开始了她新一天的主妇生活。

做早饭，是老方起床后的第一要务。早饭很常规，有米饭有面点，菜呢，有炒菜有生拌。

早饭准备好了，老方开始给婆婆穿衣服。

掀开老人被窝的那一瞬间，其气味难闻是不言而喻的。刚开始，老方闻一下就得干呕半天，现在她已经习以为常了。

老方先扯掉婆婆的尿片，又用热水帮她擦擦身子，才给她穿上衣服。然后，老方把婆婆的两条腿慢慢移到床沿，把她拉坐起来，给她穿好鞋子后，连扶带拉把她弄到马桶上解手。趁这空，老方把婆婆的被褥，都送到后院的绳子上晒着。老方常说，妈床上的东西，只有常洗常晒，才能干爽爽软乎乎，睡着舒服。妈的屋里也不能有丁点儿异味，左邻右舍亲戚自家们来看她，闻着异味儿了，谁还能坐得下来，与妈聊天？

这几天，婆婆常吃水果，多喝了开水，所以今天的大便很顺畅。不像几周前内热干燥，解手时还需要老方帮忙抠。

老方给婆婆系好裤子后，又连扶带拉，把她弄到大椅子上坐好，帮她洗脸梳头。婆婆漱口时，老方端个盆接着。老方跟婆婆开玩笑，说："妈，您像那电视剧里的太后，我就像那宫女。"婆婆就嘿嘿地笑。

放下盆，老方先给婆婆倒杯开水喝，然后才端来饭菜，让她用小勺子慢慢吃。这时，老方才能坐下来，一边吃饭，一边招呼边吃饭边玩耍的孙子。

婆婆吃罢了，孙子赶紧去把太奶的碗送到厨房里。老方说孙儿真乖。其实，孙子常这样干，哪一次没拿到，他还会噘起小嘴生一会儿气呢。

收拾好厨房，老方用轮椅把婆婆推到后院里晒太阳。她在旁边洗衣服，孙子在院子里玩耍。老方和婆婆拉家常，间或和孙子斗斗嘴，真的是其乐陶陶。

衣服洗好了，也该准备午饭了。

吃午饭时，老方把婆婆推进屋，送上饭菜后，还给她倒上一盅白酒，让她慢慢享用。婆婆喜欢喝点酒，再说酒能活血。饭后，老方又把她推到前院大门口，继续晒太阳，看门前街道上人来人往，车来车去，和邻居们聊天。

丈夫晚上下班刚进屋，孙子就提着个带秧子的胡萝卜跑过来。丈夫知道，老方又侍弄了半天菜园。孙子说："爷爷，红公鸡绿尾巴，一头钻到泥底下，你说是啥子？"他说："不知道。"孙子说："胡萝卜。"他晃晃大拇指，说："你真棒。"孙子立即开心地笑起来。

因为儿子下班晚，所以老方家晚饭都比较迟，等吃罢饭收拾好厨房，《新闻联播》就快结束了。

老方开始给婆婆洗澡，把她上上下下洗一遍之后，又帮她搓一会儿脚，最后才喊丈夫帮忙把她抬上床。当然，丈夫不在时，儿子小两口也会来帮忙，否则老方很难把婆婆弄上床。这天气比冬天省事多了，冬天里老方还要烧两个电暖宝，给婆婆脚头放一个，怀里放一个，生怕冻着了她。

婆婆睡下了，老方辛苦的一天也就结束了。

也曾有邻居跟老方开玩笑，说："老方，你们家的活都叫你一个人干完了。不过，你也真伺候出了一帮子贤人，个个有文化，连小孙子都会用'因为、所以'了。"

老方笑着说："不是贤人，是一帮子懒汉。"她灿烂的笑容里，蕴含着永远的无怨无悔。

其实，老方是我老伴。

今天三月初五，是老方的生日。我谨以此文，献给她60岁生日！

# 母　亲

**方再红**

操劳一生的母亲已70岁了，身体一向不好，常年吃着中药。但她一刻都闲不住，把自己的那份自留地打理得井井有条，一年到头给我们几个在城里工作的子女提供瓜果蔬菜。她说虽然不值几个钱，但自家种的菜没农药，吃着放心。

今天母亲又来城里看病，打电话说有自家种的蔬菜带上来，问我有没有空去医院拿。当时我正为公司的事弄得心情烦躁，匆匆赶到医院时已近中午。她知道我忙，不肯留下来吃饭，也不肯让我送她回家。因为公司还有事，中午又要接儿子，于是烈日炎炎下我把她一个人留在了公交车站。

到了公司门口，我才发现放在后座的那只袋子被母亲下车时顺手拿走了。那里有我每天要看的书和一本公司日常笔记，本来心情就不好，这下更是恼火。

我赶紧调转车头往母亲等车的方向赶。远远就看见班车驶到了站台，于是我加大油门，可站台上没见着母亲的身影，她到哪里去了？

心中的怒火越来越大，这时手机铃声响起，显示的是一个陌生号码，里面竟传来母亲的声音。原来母亲发现自己拎错袋子后，怕我焦急用公用电话打过来的。听到母亲的声音，开始我还很高兴，但旋即心中的不快也喷涌而出。没等她多说我就在电话里吼了过去，心中淤积的所有不顺像找到了突破口，一股脑儿向她泼洒过去。

不知自己当时怎么会这样不讲道理，其实那点距离来回用不了几分钟，母亲并没耽搁我多久，而我歇斯底里俨然像一个母亲训斥做错事的孩子，噼里啪啦根本不给她说话的余地。

驶向母亲家的班车早已开走，挂掉电话，我在离站台几十米远的公用电话亭找到了母亲。母亲一脸歉意，当我接过袋子，她隔着车窗突然对我说了句："你辛苦了。"刚才还飞扬跋扈的我一下子如鲠在喉哑然失语。

我辛苦了？我又做了什么呢？我的无理怒吼引不起母亲的一丝幽怨，她只是心疼让自己的女儿在这大伏天多跑了一趟。可我有车，车里有空调啊！望着在烈日下站着的老母亲，一股热热的东西模糊了双眼。

生活的烦琐和劳累让我们变得日益暴躁脆弱的同时，也削弱了我们知足与感恩的能力。我们的心似乎都结了硬痂，感觉不到亲情，感受不到爱。而不经意间伤害的，总是身边最至亲至爱的人。

有人说父母是子女的天堂。可是当我们拥有天堂时，却往往无视这种幸福的存在，一味地索取，而不懂得给予。只是等到天堂不见了，再猛然回首，到时也只能徒增一声"树欲静而风不止，子欲养而亲不待"的感叹了。

**微散文卷**

# 春前草的童话

## 姚凤阁

　　冷，锥似的。游丝般的身子瑟瑟地抖。

　　小草是前天才得见天日的。那天阳光柔柔地抚摸，春风暖暖地呼唤，土地也绵绵地松软。憋闷了一个冬天的她，经不住这诱惑，怀着一腔春梦，揣着向往蓝天白云的憧憬，一拱便挤破了地壳。抻一抻腰，展一展臂，做做柔软的自由体操。多宽敞啊，蓝的天，白的云；多舒服啊，和煦的风，清新的空气；坦坦荡荡，黑黑亮亮；多么辽阔啊，大地，我的母亲啊，小草听见了母亲吟唱着"摇篮曲"，感觉到母亲乳汁般的气息，母亲的手柔软地摩挲着她的身子。

　　小草不辜负母亲的愿望，短短的时间里，就抽出了两片嫩嫩的丫儿。茸茸地绿，闪闪地亮。

　　清晨，一头牛走来，伸出湿润鲜红的长舌，滴下一滴长长的唾涎，然后摇摇尾儿悠闲地走了。

　　中午，一对小鸟，怕是从远方飞来，也被这点儿绿吸引了，双双地落下，叽叽喳喳地对叫，交替地啄了小草几口。小草感到痒酥酥的。

　　黄昏，走来一对恋人。女的惊喜地喊："看，小草。"男的伸着双臂，说："噢，好绿啊！"女的脸色如一朵红云，诗人般忘情地喊："春啊，春啊！"

　　小草兴奋极了，她往上跳了跳，要长得像白杨树哥哥那么高，她要变成一枝绿钗装饰母亲的青丝……

　　夜色笼来，重重地挤压着小草，骤然下降的寒冷欺侮着小草。

　　西北风把她按倒，她也真想躺一会儿，躺下比站着暖和一些。可是西北风又把她揉起来，揉起来又按倒了。

　　那冷，无孔不入的冷啊。

　　游丝一样的身子发出了只有游丝一样的呜咽。冷风撒泼似的呼号。小草愤怒了，把两片丫合拢起来抵抗……她慢慢地走入了一个美丽的童话世界：像是着了一场蒙蒙细雨，像是沐浴六月雨后的骄阳，它使劲地往上长，身旁有小花姐姐吐露着熏人欲醉的芬芳，有大叶杨哥哥溢出的男子汉般的汗的苦

299

涩，有小蜜蜂嗡嗡地弹唱，有大肚子蝈蝈的奏鸣曲……

夜深了。小草挺直了身子，像一柄硬邦邦的剑，刺向寒冷，刺向黑夜。

黎明来了，太阳公公终于又悬挂在半空。风向又转成了东南。阳光还是柔柔地抚摸，春风还是暖暖地呼唤，土地还是绵绵地柔软。这诱惑，难以抵挡的诱惑啊！小草的根又在积蓄力量，又在做着一个旺盛的梦。有恋人的情话，有黄牛的唾涎，有小鸟的吟唱。它梦想自己长成了白杨树一样的男子汉。

小草哭了，落在母亲的怀抱里的一滴泪，也是绿的……

# 五月艾飘香

## 凌云彬

站在五月的记忆里，我拎不起身后渐渐模糊的村庄，就像时间拎不起我远去的年华。我只能拎起背囊，以贪婪的天性紧紧地，尽可能地让这片土地的芬芳放进包裹。我面对苍天，伸出一双手，手掌朝上，捧起一把五月的艾蒿，让艾香飘在梦中。

艾，又名艾草、艾蒿、艾绒、香艾等，在我的故乡，俗唤香艾。从植物学上说，艾为菊科艾属，多年生草本植物。其根，分系繁多；其叶，羽状不对称互生；其花为总状花丛。边花为雌花，7至12朵，花冠细弱，常不怎么发育；中央花为两性花，10至12朵。花色淡红、淡黄、淡褐三色并呈，果实瘦小呈长圆形，揉之有浓香。

艾，属于南国的五月。五月是南国大地最好的时光，灿烂阳光，微微暖风，各种植物在五月里开花孕果。享尽了春光，亲完了春色的艾蒿，在五月拔节。在小河畔、地头、沟壑、荒坡，一簇簇，一片片蓬勃地生长起来了。充满了茂盛，极富气势，彰显一种顽强和蓬勃。五月里的艾株茁壮，艾叶簇密，整个株体的艾油含量最为饱满。因此，五月的艾，浓香弥漫着南国大地，有艾的地方就蜂飞蝶舞。一年只采一次艾，采的就是五月艾。

采艾之事，充满虔诚，带有一些神秘的色彩。端午节当天的黎明时分，采艾人在晨鸡未鸣之时出门，腕上拎一个竹篮，手握一把镰刀，神秘兮兮地往野地里走去。当初阳散光之时，四野里人影幢幢，那齐膝的艾草挨挨挤挤铺满田间地头。远远望去泛着隐隐的银色光亮，走近一瞧却透着油绿和翠色。蹲在艾草丛中，毛茸茸的艾叶散发出一种特别的香气。此时，顺手拈起艾叶上的露水，洗洗脸，揉揉手，感觉凉凉的，香香的，神清气爽。据说这么做可以止痒祛疮。艾草拂衣或艾汁染手之后，艾香多日不散，令人久久无法忘怀。

民谚说："清明插柳，端午插艾。"每至端午节之际，人们把插艾和菖蒲作为重要内容之一，采回悬之屋宇，能"避邪"。

艾草还可入药。药师采艾，自有他的采艾秘法。五月初五早上，药师选择好一片野生艾蒿，屏神闷气，脚踩艾株。踩倒艾株后，并不急着采摘，隔天再返回踩艾的地方，看到哪一株艾蒿草蔫了，才把哪一株艾蒿采回加工。加工好了的艾，用纱布包好，找到正在抱窝的老母鸡，放到鸡窝中，让鸡抱。经过母鸡抱过多日之后便可入药，能治疗头痛、感冒风寒、关节炎等多种病症。

艾蒿还可以食用，采集新鲜的艾蒿做成的艾糍粑还是家乡的一种美味小吃。

小时候，每到农历五月初五，清苦的香味在五月的田野里弥漫开来。母亲也早起，采回一把带有新鲜露水的艾蒿放到石灰水中焯过杀青，然后和着蒸熟的糯米饭放到石臼内捣成糍粑。艾糍粑从石臼取出来后，用花生糖或芝麻糖为馅，给全家人享用。当我们等得口水流有半尺长才接到母亲递给的青绿色的甜味艾糍粑。闻到了那熟识的艾香，还有那甜甜的口感，那是我们童年的乐趣。

艾香不仅是五月河边欢腾的龙舟赛。艾香还与五月，与五月一位浪漫的诗人有关。每到农历五月时节，闻到艾香，童年遥远的记忆又逐渐清晰。艾蒿在五月的阳光下摇曳。记忆里定格的画面，从童年一直留存至今，还没有褪色。

## 微诗歌卷

## 镜子(外两首)

郑 炜

见到谁,
就对谁说:
"你在我心里。"

## 两只小鸟

和风
细雨
小雨伞
小草
大树
溪流
天地间
两只雀跃的小鸟

## 相 遇

风起,雪落

会是谁的眼眸

惊醒尘封的记忆

冷清的文字

细瘦的愁绪

在无数孤独的夜里

抽出了相思

云破,月来

会是谁的多情

剪出了漫天的花影

无痕的寻觅

苍凉的诗意

在布满荒芜的心里

生出了爱意

中国新实力作家成名作

## 情系梦乡（外一首）

黄凤娇

那个竹影摇曳的地方

是我热恋的故乡

眷恋母亲——

我无法离开她的身旁

心仪一个爱做梦的小生

筑起了爱的鸟巢

在这美丽的地方

把那点滴幸福融入梦乡

那些年

故乡的山水

母亲的微笑

都挂在四季最美的画廊

爱人播下深情的种子

长出绿色柔美的诗行

在生命里奏响动人的绝唱

亲人相继驾鹤西去

命运在孤独地流亡

游荡在陌生的高楼大厦

深深的思念化作缕缕乡愁

故乡啊——

魂牵梦绕在何方

# 雪

都说

雪移情别恋

割断了对南方的执念

诗意浪漫的季节

已没有银色装点

浮躁的江南

无法在冬季沉淀

誓言犹在

你却独自去了天边

洒落心中的雪

冰封了我的江南

背负命运的缰绳

笑脸依然绽放在春天

## 夜（外一首）

### 司 文

有人说我给你们带来了不安
欺我骗我
其实
那是些夜游动物
盗走了我的外衣
打着我的旗号在作梗
我的目光始终是湛蓝的
有星星为证
有月儿为凭

有人说我浪费了你们的时光
恨我怨我
其实
那是我蓄意安排
好让亲人们团聚
以便消除人间的寂寞
我的用心终究是良苦的
有风儿为证
有小河为凭

有人说我夺去了你们的阳光
咒我骂我
其实
我怕累坏了你们
让休息解除疲劳
明天便能更好地工作
我的心毕竟不是黑色的
有鼾声为证
有睡姿为凭

# 夜归来

今夜突然停电

夜回到身边

窗外光无限

布帘怎遮掩

今夜突然停电

看繁星点点

也许在乡间

不用挤扁脸


今夜突然停电

手机又添乱

能否在耳边

装块隔音板

中国新实力作家成名作

## 梦中的故乡

### 代应坤

月色是今晚村庄的梳妆
夜幕融进你的体内
回家吧
千里之外的黑土地上
有你童年的梦

八月的晚风席卷着愁绪
星星挤兑着多彩的心灵
回家吧
瑟瑟秋歌中
不乏你家院内石榴树的吟唱

蓬勃的荷花发出均匀的呼吸
不安分的小跳鱼扎着灵巧的猛子
回家吧
三叔家的小鱼塘
记载着你湿漉漉的记忆
老字号老招牌穿着补丁衣衫
守候成一颗颗冬夜的寒星
回家吧
村西头那间小卖部
曾经是你梦中的向往

大雁飞过黄昏的村庄
相思树注定驮不了黏稠的乡愁
回家吧
即将荒芜的家园内
有老母蹒跚张望的身影

## 我从蓝天飘过（外一首）

吴传文

我是一朵白云
轻轻地飘过蓝天
蓝天下的你
不要望眼欲穿
我们虽然相恋
再见不知何年

我是一朵白云
静静地飘过蓝天
不要把我思念
这只是美丽瞬间
我会越飘越远
消失在天边

## 当丁香盛开

当丁香盛开
那温馨的气息
就会沁入心怀
我喜欢丁香
是因为它像一个女孩
每到这个季节
就会看到她的身影
向我走来

**中国新实力作家成名作**

## 擦肩而过的你（外一首）

### 刁家乐

我与你相遇多么不容易
在众多叶美人面前，我注视着你

一阵风，我听不清你的话语
渐行渐远，擦肩而过的你

像是错过花期，一枚红叶的珍惜
我曾打马追过，日夜白费力气

给我带来片刻，唯有回忆
叶脉的清晰，红艳艳的美丽

你那多娇的灵魂，我无法触及
你走得太远，我无法找到你

孤独是种子，长成相爱的诗句
写下一段爱情，刻进灵魂里
心灵崇高的音阶
我喜欢窗外飘飞的丁香树红叶
多像一首首小诗，那么惬意
呼唤我快乐的清晨
每一片红叶，都隐藏着杜鹃的血
虽没看见鸟，但我已听到

## 心灵崇高的音阶

秋风吹着阳光一缕缕的点穴

红叶的丁香凌空飞成欢悦

上观天象，下俯尘烟

不料，一片红叶扑怀请约

我忘了天南，忘了地北

满心欢喜，让我心领请帖


我怀揣红帖，幸福不解

发现走过的地方有花开的情节

感到有蝶恋花的踪影

我心中却油生幸福的幻觉

甜美点亮心诚的灯盏

仿佛听到落叶生根发芽的韵脚

**中国新实力作家成名作**

## 麦子黄了（外一首）

王德强

麦子黄了

如摊开一部农事经卷

古朴而厚重

五月艳阳高照和风徐来

正翻阅一页页金色篇章

散发出馥郁的麦香

农人饱蘸心血与汗水

历经冬春书写麦子故事

随季节日渐丰满的情节

在嘹亮的布谷声中

一遍遍熟读

# 一颗麦粒，一尊父亲头像

每当布谷声声

便想起家乡的麦地

想起收割以及麦场

脱粒出的颗颗麦粒

麦子的色泽

就是父亲的容颜

麦粒的形态

宛若父亲的头像

家乡坡陡地薄

那并不饱满的麦粒

如父亲瘦削的面庞

父亲不在了

年年麦收时节

每一颗麦粒

都是一尊父亲头像

深沉而凝重

**中国新实力作家成名作**

# 曾经（外一首）

### 薛福良

夜，倒挂在树上
树显得很无奈
月亮，不经易间
打翻我的茶杯
你，无意间走来
从李清照的诗行中

有一阵清风
脱光了衣服
披上透明的轻纱
我多么希望，你能走近
再走近点

你还是那身装扮
三月像是在为你守候
笑声，如纤素的桃花
整个身子，仿佛
就是诗的句子
雅到不能再雅
此时，我的手
还没来得及摸到
那满地的月光

突然，不知哪来的
一只老花猫
打碎整个星空

把我又带进了白昼的忧伤
你走远了，没有半点声响
轻轻，轻得没有惊动
当初的那个承诺

如今，你在城市的一个角落
作为一片风景
无奈地装饰着没有知觉的门窗
而我呢，空空荡荡
行走在断头的路上
除此之外，再也品不到
当初那个清水煮着的爱情
与黄昏里太阳的味道

茶，淡淡的苦
影子的孤独，总是很长
此时，我用尽全身的血
和血的温度
注定又要念你的名字了
以及曾经的曾经